dtv
premium

Marcia Zuckermann

Das vereinigte Paradies

Nachrichten vom ost-westlichen Divan

Roman

Deutscher Taschenbuch Verlag

Ich danke
Uwe L., ohne den das Buch nicht entstanden wäre;
Marcel R., Yvonne P., Bettina S., Wladimir & Eugenia R., Eva A., Jürgen H., Günther K., Wolfgang B., deren Lebensläufe ich geplündert habe;
Igor P. & Saskia S., Luis L. & Juliane sowie Siegfried B. für sachkundigen Rat und Hinweise und Zlata F. für ihre Mithilfe bei Recherchen.

Originalausgabe
September 1999

Umschlagkonzept: Balk & Brumshagen
Umschlagfoto: © Mauritius
Satz: Fotosatz Reinhard Amann, Aichstetten
Gesetzt aus der Sabon 10,5/12,25˙ (QuarkXPress)
Druck und Bindung: Kösel, Kempten
Gedruckt auf säurefreiem, chlorfrei gebleichtem Papier
Printed in Germany · ISBN 3-423-24186-1

Inhalt

1. Nackte Tatsachen, die nichts besagen

Einen Kasten Sekt und einen Zentner Bockwurst hätte Frank Zaunig immer darauf gewettet, daß er für falsche Ekstasen einen Riecher hat.

Lustschwindlerinnen verraten sich seiner Meinung nach immer durch drei Dinge: erstens durch verräterisches Kontrollblinzeln; zweitens dadurch, daß sie sich noch beim gespielten Orgasmus um ihr Aussehen sorgen; drittens: in der Beflissenheit, im Bett möglichst gute Kritiken zu bekommen und sich dabei auch noch anzuhören wie Janet Jackson auf ihrer letzten ZeeDee. Wahrer Sinnentaumel schert sich darum natürlich einen Dreck, aber davon verstehen »frigide Bräute« seiner Meinung nach so viel wie Blinde vom Regenbogen. Ihm, Frank Zaunig, macht da seit seinem neunzehnten Lebensjahr keine mehr was vor.

Wenn er nun aber die Augen schließt, würde er genau jenen Zentner Bockwurst und sogar einen Kasten »Rotkäppchen«-Sekt drauf verwetten, daß hier und jetzt ganz eindeutig eine *echte* weibliche Ekstase im Gange ist. Nur weiß er mit absoluter Sicherheit, daß seine Partnerin wirklich simuliert. Würde diese Beate nämlich nicht simulieren, dann hätte die entweder einen »Sockenschuß«, folgert er, oder eine Obsession, von der er bisher noch nie was gehört hat. Das scheint Frank eher unwahrscheinlich, denn auf diesem Gebiet hält er sich für einen Fachmann. Darum läßt er sich nicht lumpen: »Mach mich geil, Bäibie!« stöhnt er, so als hätte Barry White mit Sahne gegurgelt. Es kommt auch ganz gut, findet er.

Zugegeben, daß *er* einer Bettgenossin einen Orgasmus nur vorgetäuscht hat, ist ja auch nicht so lange her ... Das machen ja schließlich nicht nur Frauen ... Wie oft war ihm da schon die Lust vergangen, wenn sich so eine schöngetrunkene Spätabschleppe ausgezogen hatte! Plötzlich nur noch schlaffes Fleisch in Schmuddelwäsche ... und Warten auf den großen Zampano ... Da hilft nur Phantasie und Standvermögen, wie so häufig im Leben.

Beate lächelt kennerisch. Trotzdem geht ohne jede Vorwarnung die Aufnahmelampe am Mikro aus. »Der letzte Täik kam mir noch nicht fetzig genug, Frau Landé!« mäkelt die Dialogregie aus dem Studiolautsprecher.

Warum alle Studiolautsprecher der Welt, auch im *Westen* (!), nach Badezimmer aus den Sechzigern klingen, sollte endlich mal geklärt werden, nörgelt Frank stumm in sich hinein. Das Ding hier scheppert aber nicht nur, sondern hat auch noch eine ausgeprägte Allergie gegen »e«s und schüttelt sich beim häufigsten deutschen Vokal, als stünde ein elektronischer Asthmaanfall bevor. Bei jedem »e« flattert die brüchige Bespannung der Box. Das scheucht aber nur eine lautlos umherschwirrende Studiofliege auf, und die setzt sich auch gleich wieder ermattet auf die Studiouhr daneben. Seit Ewigkeiten kleben da die Zeiger auf zwanzig nach neun, so als läge die Zeit in Aspik.

Beate Landé, Franks Partnerin für heute, gähnt, bis ihr der Kopf ganz leer ist und die Augen tränen. »Für'n Novembermorgen war ich aber *sehr* geil, finde ick«, mault sie gekränkt.

Die amerikanische Inhaberin einer silikongeblähten Oberweite, der Beate hier ihre deutsche Stimme leiht, kopuliert jetzt auf dem Bildschirm mit einem verquält dreinschauenden Tätowierten im Schnellgang rückwärts bis zum »Taim-Kohd 29.53.129«. Der Ton quietscht und piept im Beschleunigungslauf. Dabei denken alle an heckende Meerschweinchen. Aber darüber lacht hier schon lange keiner mehr. Profis sowieso nicht, na schon aus Prinzip.

Frank zeigt auch keine Neigung zu einer Befindlichkeitsdiskussion von Synchronsprechern beim Porno an einem verregneten Novembermorgen, sondern schweigt aggressiv.

»Man schreibt ein Schicksalsdatum heute«, hat er beim Rasieren gehört. Pfarrer Horlemann aus Magdeburg. »Worte für den Tag«: Wie ein Tag das Leben von Grund auf ändern kann … und so weiter … Von da ging's im Schweinsgalopp ab zu Jesus, dem neunten November, Deutschland: Reichskristallnacht, Fall der Mauer, Schicksal und Preis der Freiheit, dann wieder zurück zu Jesus und Halleluja! »Lobet den Herrn.« Kirchenchor. Die neue Zeit!

Morgens, und dazu noch an historischen Tagen ist Frank sowieso ultra-mies drauf. Da will er nicht »von der Seite angequatscht« werden. Christlich schon gar nicht. Vielleicht ist ja an diesem »Schicksalsdatum« nun wirklich die Zeit stehen geblieben, und dieses versiffte Lankwitzer Studio befindet sich im zeitlosen gekrümmten Raum? Die Wahrscheinlichkeit liegt da sicher ähnlich hoch wie die vom Fall der Berliner Mauer, damals, grob geschätzt. Bei diesem Gedanken fährt er zusammen und blickt ungeduldig auf seine Eduscho-Uhr. Ein Erinnerungsstück. Zusammen mit einem Pfund »echten« Bohnen-Kaffee hatte er das Ding vom »Begrüßungsgeld« gekauft. Damals …

Wir vertrödeln hier kostbare Zeit, denkt er. Jeder Täik fünf Mark. Das ist, was zählt. Zwanzig Täiks von lippensynchronem Gestöhn und Gestammel liegen bis zur Kaffeepause noch vor ihnen.

Mittlerweile hat der Mann im Bild erneut seinen Unterleib im weiblichen Genitalbereich plaziert und das Pärchen vögelt wieder hurtig vorwärts. Der Ton wechselt dabei von Meerschweinchen über Micki Maus zu angelsächsischen Brunstlauten. Auch darüber kann Frank nicht mehr grinsen, feixen oder gar zotige Bemerkungen machen wie nach der Wende, als das alles noch neu war.

Für »vorübergehend« dachte Frank sich die Arbeit hier »witzig«. Nur, es war weder vorübergehend, noch war es witzig. Beate und Frank betrachten das billig inszenierte Luststück so teilnahmsvoll wie die Langzeitbeobachtung eines Pflastersteins. Mit angehaltenem Atem wartet Beate auf den Kopfschwung der Blondine bei 29.53.142 und blökt dann: »Ahh, ahh, jaahh!!!« Dieses Mal wie geisteskrank.

Die Regie hält anerkennend den Daumen hoch. Brav liefert Frank seinen »Geil«-Satz sowie die lustglühenden Atmer ab und stößt theatralisch seufzend die Luft durch die Zähne. Beate skandiert dazu die spitzen schrillen Lustschreie im Takt und stöhnt »du, ah, du« anstatt des englischen »duh it, jähh duhh« im O-Ton. Zur besseren Konzentration halten sich die Kollegen Beate Landé und Frank Zaunig umschlungen und schunkeln im Kopulationsrhythmus der beiden amerikanischen Akteure. Alles reine Routine. Jede Branche hat so ihre Eigenheiten.

Abwechselnd schauen sie dabei auf den Bildschirm und auf ihre Textanmerkungen zum Gestöhne und Gelalle. Irgendwann muß er ihr überzeugend, aber vor allem lippensynchron, mitteilen, daß sie die »geilsten Titten der Welt« hätte und daß ihn diese obendrein noch »rattenscharf« machten.

Ich würd' da glatt 'n Antrag auf 'n Schwerbeschädigtenausweis stellen, denkt sich Beate angeödet. Allein schon die Schlepperei! Sofort konzentriert sie sich wieder, denn nach Franks letztem Atemzug kommt ihr künstlerischer Höhepunkt, ihr einziger zusammenhängender Satz: »Mach's mir *härter*!«

»Danke!« nölt die Regie aus dem Lautsprecher. »Fünfzehn Minuten Kaffeepause!«

»Ein Schauspieler muß auch das können«, hat Beates zuständige Vermittlerin beim Arbeitsamt gesagt. Bei Verweigerung von zumutbarer Arbeit wird sonst die Arbeitslosenhilfe gestrichen. »Sie müssen es ja nicht spielen, sondern nur sprechen!«

Frank und Beate sind Profis, zwei arbeitslose Schauspieler aus Ost und aus West. Sie haben keine andere Wahl. Sie kommen planmäßig, völlig synchron, und liegen gut in der Zeit. Irgendwann am Nachmittag ist »das Ding« dann gestorben.

Frank faltet gerade seine schlaksigen Gliedmaßen auf dem

Cabrio-Notsitz zu einer erträglichen Bequemlichkeit für Fakire, da überfällt ihn Beate mit der Frage: »Sach mal, biste sexmäßig nach so 'nem Job auch immer tot?«

Am Steuer sitzt Beates »derzeit Fester«, Horst Dretzke, und der zieht unwillig die Augenbrauen zusammen. Großzügig hat er angeboten, Frank bei »dem Sauwetter« die fünfhundert Meter zum Es-Bahnhof Lankwitz mitzunehmen. Von dort aus fährt Frank sonst immer nach »KaWe«, was für Westler und sonstige Auswärtige nur als »Königs Wusterhausen« verständlich ist, getrennt geschrieben wird und vage am südöstlichen Stadtrand liegt.

»Wir kriegen ja auch keine Gage, sondern Schmerzensgeld«, pariert Frank bissig. Freimütige Bekenntnisse über sein Intimleben liegen ihm nicht, in Gegenwart eines großkotzigen Wessis mit einem Angeberauto der Marke Mercedes 300 Cabrio schon gar nicht! Außerdem tropft es ihm von irgendwo her in den Kragen.

Doch wenn Ausfall von Beischlaf droht, will es Horst ganz genau wissen: »Porno-Synchron, macht das nu' geil oder impotent? Wir erwarten eine ganz schlichte Antwort, kein Ossi-umsieben-Ecken-Herumgeschwafel, stimmt's?!« Alpha-Grinsen hat er aufgesetzt. Er walkt Beates Oberschenkel.

Grollend streift Beate seine Hand ab und traktiert ihn mit Abmahnhypnose. Sie weiß, was jetzt kommt: Mit der Unerbittlichkeit eines Uhrwerks läuft nun Horst Dretzkes Tick-Programm ab: trübe Herrenwitze und Häme über »Ossis«, Russen und Balkanesen. Den Untergang von West-Berlin, seinen Heimatverlust durch »Verostung«, trägt Horst jedem »Zonie« persönlich nach. Dafür sollen die büßen, findet er, wenn es sein muß mit siebzehn Millionen bösen Sprüchen.

»Wenndes genau wissen willst ...«, versetzt Frank, der »Ost-Schauspieler«, nach einer spannungssteigernden Kunstpause, denn er weiß nur zu gut, woher der Wind hier weht: »... venndes also wirklich genau wissen willst: Das, was müde Wessis scharf machen soll, geht 'nem scharfen Ossi schwer auf die Eier!«

In diesem Moment steigt Horst voll in die Bremsen und brüllt »Idiot« gegen die nasse Windschutzscheibe. Gegen weiteres Dummgelaber will Beate mit dem Auto-HaiFai vorgehen: Die Stones, »Honkietonk Wumähn«. Laut. Aber vergeblich.

»Kriegst also keinen mehr hoch, ja?« fragt Horst grinsend in den Rückspiegel.

Frank deutet mit dem Zeigefinger einen Neigungswinkel von etwa fünfundvierzig Grad an. Darauf legt sich eine Wolke dumpfer Nachdenklichkeit über Horsts prinzipiell gute Laune. Außerdem sind mittlerweile die Scheiben beschlagen. Das haßt er. Er läßt das Fenster runter und es regnet rein. Das haßt er noch mehr. Also muß er das Fenster wieder zumachen. Anhalten kann er auch nicht: Auf der rechten Spur, in einem grünen Polo, kämpft eine ehemalige Spätgebärende mit ihrem Wunschkind, das ihr kindgerecht gnadenlos an den Haaren reißt; im linken Auto, zum Mittelstreifen hin, bohrt ein Orientale traumverloren in der Nase. Eine Verständigung mit beiden Verkehrsteilnehmern scheint aussichtslos, und darum beschließt Horst großzügig: »Ich fahr dich bis Zoo, dann mußte nicht noch umsteigen!«

»Bis Yorkstraße reicht. Danke!« entgegnet Frank gnädig.

»Ach, ja!« tickt es bei Horst wieder los. »Du hast ja jetzt 'ne *West*-Frau, wie man hört! Ist ja 'ne dolle Kombination: Ost-Bulle und West-Kuh! Normal ist ja mehr: West-Bulle und Ost-Kuh, oder?!«

Als Frank dazu nur mitleidig grient, schiebt Horst ein abfälliges »Na ja, *Kreuzberg*« hinterher. »Das sagt doch alles!«

Beate verdreht die Augen. Noch bevor Frank irgend etwas erwidern kann, jault sie gegen den feuchten Autohimmel: »Horst, bitte! Wir hatten wirklich einen harten Tag: fünf Stunden Porno am Stück, Mann!«

Fuchtig klappt sie den Leuchtspiegel an der Sonnenblende runter und ist sofort sauer: verschwollene Lider, rote Augen, Ränder unter den Augen und ... ein dicker *Pickel* am Kinn! Sie hat bloß noch diesen Pickel vor Augen, obwohl der Spiegel eigentlich nur das ziemlich müde Gesicht einer aparten Anfangzwanzigerin zeigt: ein Oval von klassischem Zuschnitt, in dem wie auf alten griechischen Münzen Nase und Stirn eine gerade Linie bilden. Ihre Wimperntusche ist verschmiert und verleiht ihren fast schwarzen Kirschaugen den dämonischen Ausdruck von Stummfilmdiven. Beates schwarzes Haar, das bei Schauspielerinnen aus unerfindlichen Gründen immer unentschlossen halblang sein muß, hat sich in der Feuchtigkeit strähnenweise zusammengekräuselt.

Sie denkt an das Casting für den Werbespot morgen: Bluse bügeln, Haare waschen, Haare eindrehen, Fingernägel machen, früh schlafen gehen, morgens eine Gesichtsmaske, und der Pickel muß weg! Was für'n Rock ziehe ich bloß an? Nie habe ich was zum Anziehen! Am blauen ist der Saum ausgerissen, der schwarze ist zu eng, im grauen sehe ich aus wie 'ne Wurst! Herrgott, ich muß dringend sieben Kilo abnehmen! Bin ich nun dick und unattraktiv, weil ich arbeitslos bin; oder bin ich arbeitslos, weil ich dick und unattraktiv bin?

Scheel linst Beate im Schminkspiegel nach hinten zum leptosomen Kollegen Frank Zaunig und zieht sich gedankenverloren ihre vollen Lippen mit Venezianisch-Rot nach. Der hat noch nicht mal versucht, mich anzumachen! denkt sie bitter. Dabei macht der doch jede an, sogar die Else in der Kantine! Ihr liegt zwar nichts an Frank Zaunig, aber darauf kommt es hier auch nicht an! Wahrscheinlich könnte ich jetzt sogar nackt den Ku-Damm runterrennen und kein Arsch würde sich auch nur nach mir umdrehen!

Kurz: Beate Landé ist auf dem besten Weg, sich in die mittlere Feierabend-Depression einer reizlosen Arbeitslosen zu steigern, die sich früher einmal für eine Sexgöttin hielt. Und schuld daran ist dieser Frank Zaunig! Was, zum Teufel, denkt der sich?! Und: Wat ist schon dran an dem Kerl? Weder schön noch häßlich ... Ungefähr vierzig muß er sein. Markanter Kopf, charaktervolle Nase, entschlossenes Kinn. Etwas kantig Verwegenes strahlt er aus, so wie ein Ex-Boxer oder ein Seemann. Dem widerspricht allenfalls dieser erstaunlich empfindsame Zug um den Mund.

Harte-Schale-weicher-Kern-Typ? Kräftige dunkelblonde Haare, die lange keinen Friseur gesehen haben ... und sonst?

Es sind die Augen! stellt Beate fest. Der hat Tigeraugen, grün mit goldenen Einsprengseln! Das geht sofort auf den Solarplexus, auf den weiblichen jedenfalls. Und ... (addiert Beate zur Attraktivitätsliste des Kollegen Frank) ... er hat Hände, nach denen man sich sehnt. Und die Zähne, wenn er lacht ... Warum *der* wohl keine Rolle kriegt? Der wär' doch bestes Serienfutter: Kommissare, Fernfahrer, Abenteurer und dergleichen. Im Vergleich zu mir hat der doch Glück: Auf sieben Männer-Rollen kommt in den Stücken oder den Drehbüchern nur eine Frau vor. Und Präsenz hat er ooch. Bestimmt liegt das an irgendwelchen Weibergeschichten ...

Denn als langlebiger als die ganze DeeDeeErr hat sich der östliche Theaterklatsch erwiesen. Selbst wenn das alles maßlos übertrieben ist, was über Frank Zaunig »drüben« so im Umlauf ist; in ostdeutschen Theaterkreisen hat er den Spitznamen »Rumpel«, aber nicht etwa, weil er lautpolternd daherkäme ... Er »rumpelt« immer zu zweit, heißt es ... mindestens, und kein Weib soll vor ihm sicher sein ... angeblich. Nur Beate hat er nicht angemacht, und das ist der Beweis, daß sie nun den absoluten Tiefpunkt verfetteter Reizlosigkeit erreicht haben muß. So begehrenswert wie eine Qualle fühlt sie sich. Aber zum Glück hab' ich ja Horst.

Horst Dretzke, ihr Lawwer am Steuer, ist die amerikanisierte Version eines Breker-Hünen, bei dem die postmoderne Stromlinie alle bäuerliche Erdenschwere und proletarischen Kanten abgeschliffen hat. Fast zwei Meter mißt er und mit seinen durchtrainierten hundertzehn Kilo sieht er nicht gerade wie ein Stück Tapete aus, sondern eher wie einer, der nur so zum Spaß mit Klavieren wirft. Unter seinen bürstenkurzen blonden Haaren lachen fast immer ziemlich arglose, strahlend blaugraue Augen, dazwischen ragt eine kurze feste Nase und darüber wölbt sich eine breite niedrige Stirn. Nur die steife Oberlippe verleiht seinem sympathisch-offenen Gesicht etwas Dümmliches. Das fällt aber kaum auf, denn sein Lachen lenkt davon ab, und Horst lacht fast immer. Außerdem ist er immer braungebrannt und der fleischgewordene Strahlemann, den sich so eigentlich nur Reklamefritzen ausdenken. Seltsam ist allerdings, daß, obwohl jedes Detail an ihm perfekt scheint, seine Gesamterscheinung irgendwie verfehlt wirkt.

Beate ist das egal. Sie findet sich heute zum Gruseln häßlich, aber das ist normal. Ich würde mir auch keine Rolle geben!

In Steglitz hat sich der Stau zu flüssigem Verkehr gelöst, und Horst kann endlich Gas geben. Der »Wagen« (Horsts ganzer Stolz) duckt sich und zieht weg. Die Passagiere drückt es in die Polster. »Was sagst'n zu dem Teil?« fragt Horst.

Ach, du liebe Jüte! Frank tut so, als hätte er die Frage nicht gehört. Wessis, die mit dicken Autos protzen und dazu noch Beifall verlangen, sind wirklich das Hintervorletzte! Ein Frank Zaunig bedient sowas nicht.

»Sicher ganz schön problematisch, so 'ne Beziehung wie deine, oder?« bohrt Horst weiter, zur Strafe für die Mißachtung seines »Teils«. Wieder dreht Beate das Radio laut: Tina Turner. »Ai känt ständ se Räin«, trällert sie mit, um Horsts Gelaber zu sabotieren.

Blöderweise fühlt sich Frank Zaunig aber plötzlich verpflichtet, für Horsts Chauffierdienst Unterhaltungsbeiträge zu liefern: »Ach, die Probleme sind nur anders«, brüllt er über die Musik und Beates melodisches Blöken. »Die Ostfrauen wollen nur noch 'n Typ mit Kohle und die Westfrauen wollen nur noch 'n Typ, der sie heiratet! Dissis die Lage!«

Beate vergißt vor Schreck, nach »Windoo« weiterzusingen. Beinahe hätte ich dieses Arschloch auch noch in Schutz genommen, denkt sie.

»Genau!« trompetet Horst und läßt eine Welle Zustimmung nach hinten zu Frank schwappen.

»Du kannst da ganz beruhigt sein«, flötet Beate ihrem Lawwer giftig zu, »*dich* heiratet sowieso keine, wennse nich unbedingt muß!« – Böse Pause.

»Sach mal«, wendet sich Horst plötzlich sanftmütig via Rückspiegel an Frank, »stimmt das eigentlich, daß die dich da in der DeeDeeErr so richtig *verbannt* hatten, nach *Anklam*, oder wie dit Nest heißt? Soll ja für'n Schauspieler so was wie die Vorstufe zu Sibirien jewesen sein ...«

Frank starrt finster im Spiegel zurück. »Es *war* Sibirien!« Es klingt nach Bis-hier-hin-und-nicht-weiter. Das hat selbst Horst verstanden. Mit tragischem Nicken starrt er in die verregnete Dunkelheit, in der verwaschene Scheinwerferkegel und Leuchtreklamen herumschwimmen.

Plötzlich wetterleuchten jede Menge Blaulichter. Ein Polizist in weißem Regenmantel mit Blinkgürtel winkt sie in eine Umleitung.

»Was'n los?« ranzt Horst die triefende Weiße Maus an.

2. Warum ein Russe zum Smoking keine Handschellen trägt

Berlin kehrt den Gleisen den Hintern zu. Das liegt daran, daß die Gleise das Rückgrat der Stadt bilden und der Hintern am Ende des Rückens liegt. Die Züge donnern zwischen Hauswänden durch, von denen sich der Putz in Schichten abschält wie tätowierte Hautfetzen. Funkensprühende Blitze schlagen aus den Stromschienen und gewittern fahlblau durch düstere Häuserschluchten. Immer stinkt es nach frisch geschlagenem Feuerstein und Hundepisse am Bahndamm. Doch über Schöneberg leuchtet der Abendhimmel so braun wie ein Dom aus Braunkohle, an dem Millionen von Regentropfen wie Sterne funkeln ... Der vorhergesagte Niederschlag drischt wütend gegen die Fenster und schlägt zischend ins Mauerwerk ein. An so einem Abend jagt man keinen Hund vor die Tür. Da gehen nur Russen aus.

Sergej Salnikow schlägt den Mantelkragen hoch und rennt mit aufgespanntem Schirm zum Auto. Nach dem Schlüsselloch stochert er gerade herum, da springen ihn von hinten zwei Männer an und drehen ihm den Arm auf den Rücken. Er spürt einen stechenden Schmerz im Schultergelenk, registriert den aasigen Geruch von Zahnfäule und eine Überdosis von billigem Rasierwasser, gerade in der Art wie Säufer ihr Laster tarnen.

»Ich hab' nix Geld in bar, nur Auto und Uhr!« Wer bei solchem Wetter Leute überfällt, ist ein total Verzweifelter. Den verwirren Sachwerte nur, spekuliert Sergej. Ruhig Blut! Damit kennt er sich aus, denn er ist ein echter Moskowiter.

Als keine Reaktion von hinten kommt, grabbelt er mit seiner Regenschirm-Hand nach seinem »Friedensstifter«, einem Tausendmarkschein, den er »für alle Fälle« in seiner Hemdtasche hat. Da wird jeder weich, davon ist Sergej überzeugt.

Blitzartig wird ihm auch der linke Arm mit der Hand am Geld umgedreht. Aber anstatt eines Klappmessers mit Blutrinne, einer »Tulpe«, wie man in Schlägerkreisen eine abgeschlagene Flasche nennt, einer fernöstlichen Tötungsmechanik oder eines Baseball-Schlägers hält ihm ein bulliger Mann in einer aufgeweichten Lederjacke eine Polizei-Dienstmarke vor die Nase. Jetzt wäre Sergej ein solider Raubüberfall doch lieber.

Vergeblich klammert er sich weiter an den Glauben von der friedenstiftenden Wirkung seines Geldes. Wie Elstern nach Straß, so schielen die beiden Zivis nach dem braunen Schein, den der Regen weichwäscht. Aber zu zweit?

»Ihre Papiere!« knurrt ihn der Bullige an. Räuber oder Diebe wären Sergej schon deshalb willkommener, weil sein Touristenvisum vor über drei Wochen abgelaufen ist ... Seit Jurij »auf länger« mit dem Motorrad durch Südamerika düst, hatte Sergej einfach zu viel um die Ohren. Die gesamte Zahnarztpraxis mußte er von heute auf morgen allein bewältigen. Zum Glück hatte Jurij vor drei Monaten fast nur russische Patienten. So hielten sich zumindest die Sprachprobleme in Grenzen.

Warum ein hartarbeitender Mensch wenig Neigung verspürt, sich im Morgengrauen für eine Aufenthaltsgenehmigung bei der Fremdenpolizei anzustellen, geschweige denn zwecks Wiedereinreise die Siebzig-Kilometer-Tour nach Polen und wieder zurück zu machen, muß man nicht näher erklären.

Jetzt allerdings drohen Sergej weit größere Unannehmlichkeiten als so ein bißchen Raubüberfall, eine Landpartie nach Polen oder nächtliches Anstehen vor deutschen Ämtern. Am meisten ärgert ihn, daß er sich selbst in diese mißliche Lage gebracht hat. Pure Schlamperei, reiner Leichtsinn! Immer wieder hat er das Paßproblem aufgeschoben und darauf vertraut, daß schon nichts passiert.

So viel steht aber jetzt schon fest: Der Opernbesuch heute abend, mit dem ihn Larissa schon seit Wochen nervt, der fällt flach! Das ist immerhin etwas. Vor schreienden drittklassigen Tenören oder brüchigen dramatischen Sopranistinnen, denen beim Singen die Halsschlagadern wie Starkstromkabel hervortreten, nimmt er ebenso gern Reißaus wie vor dem Berliner Publikum, das immer eine Eleganz von Altkleidersammlungen vorführt.

»Sie halten sich mit ungültigen Papieren hier auf! Wir müssen Sie in Überprüfungshaft nehmen.«

»Gefängnis?« Sergej ist entgeistert. Bloß keine Panik! Schließlich ist er ein unbescholtener Mann und hat einen in Deutschland hochgeachteten gesellschaftlichen Rang, fällt ihm ein. »Ich bin *Arzt*! Ich habe Notfall, muß zu Patient! Morgen ich gehe zu Fremdenpolizei! Ich gäbä Ährenwort als Arzt!« Er ärgert sich, daß sein russischer Akzent bei Aufregung stärker ist als sonst und daß ihm dann plötzlich kaum noch deutsche Worte einfallen.

An den Gesichtern der beiden Zivis sieht er, daß die Arzt-Nummer diesmal nicht zieht. Das ist neu! Was wird hier gespielt?

»Ach, da machen Se sich mal keene Sorgen, Herr Doktor! Sie sind morgen ganz sicher bei der Fremdenpolizei, denn wir bringen Sie *heute* schon hin. Wir sind doch die ›Guten‹!« höhnt der andere Zivi, ein Magentyp mit der hinterhältigen Heiterkeit eines Ulcusgequälten. Er schüttelt sich das Wasser von der Baseballmütze, die den Werbeaufdruck »Red Bull« trägt und gnädig eine feuchte Glatze bedeckt, auf der letzte schüttere Haarreste kleben. »Heute sind Sie mal unser Patient, stimmt's?!«

Der Red Bull knufft seinem Kollegen in die Rippen, und der schnauft fröhlich zurück: »Und wennse schön brav sind, tut's auch nicht weh! Dürfen wir jetzt bitten, Herr Dokter?« Red Bull macht eine übertrieben höfliche Geste: »Bitte, nach Ihnen!«

Trotz der tausend Gedanken, die Sergej jetzt wie Leuchtraketen am Silvesterhimmel durch den Kopf schießen, zwingt er sich zur Ruhe. Plötzlich, als hätte jemand einen Wasserhahn zugedreht, hört es auf zu regnen. Das ist ein gutes Zeichen, tröstet er sich, und seine eben noch anbrandende Panik verebbt in kleinen Wellen. Resignierend läßt er seine Autoschlüssel in die offene Hand von Red Bull fallen.

Erst jetzt, als er den beiden Beamten zum bereitstehenden Mannschaftswagen vorangeht, bemerkt er, daß offenbar ganze Straßenzüge in Schöneberg abgesperrt sind. Eine großangelegte Polizei-Razzia scheint im Gange zu sein. Durchnäßte Polizisten in Zivil und in Uniform laufen hastig hin und her. Hundestaffeln sind im Einsatz, hektische Befehle knarzen aus trillernden Polizeifunkgeräten, überall spukt Blaulicht. Die Anwohner liegen auf dicke Sofakissen gelehnt in den Fenstern. Einige rauchen mit stummer Erbitterung in den feuchten Feierabendhimmel, andere kommentieren das Geschehen auf der Straße, als handele es sich um ein Fußballspiel. Die Fernsehgeräte blaken blau die Wände an.

Bäuchlings an eine Hauswand gereiht steht eine Gruppe klatschnasser Vietnamesen. Mit erhobenen Händen und gespreizten Beinen werden die Männer durchsucht. Aufgeweichte Zigaretten-Pakete fallen aus ihnen heraus wie faules Fallobst. Anschließend steigen sie mit gebundenen Händen und gesenkten Köpfen fügsam in die ihnen zugewiesenen Mannschaftswagen.

Sergej genießt den Vorzug, daß man ihm keine Handfesseln anlegt. Möglicherweise gibt es eine natürliche Hemmschwelle, einem Mann im maßgeschneiderten Abendanzug die Hände zu fesseln. Wahrscheinlich halten sie ihn aber nur für harmlos. Ein mittelgroßer, rotblonder Akademiker mit melancholischem Blick und feinnervigen, manikürten Händen, ausgehfertig für die Oper, fällt einfach nicht unter die Kategorie »gewaltbereit«. Red Bull läßt Sergej sogar noch die Auswahl, ob er zu den Vietnamesen und Afrikanern oder lieber zu den Rumänen, Jugoslawen, Albaniern und Arabern zusteigen möchte. Er gibt der asiatisch-afrikanischen Variante den Vorzug.

»Giw mih faiv!« trompetet Red Bull und wälzt seinen Kaugummi triumphierend im Unterkiefer herum. Sie schlagen sich wechselseitig auf die Handflächen. Red Bull hat eine Wette gewonnen. Die nasse Lederjacke rückt einen Zwanzigmarkschein raus und sieht Sergej mit leeren Augen nach.

Zögernd steigt Sergej in den Mannschaftswagen. Sofort nageln ihn sieben schräge und fünf kugelrunde Augenpaare fest und taxieren millimeterweise seine elegante Garderobe. Am Brillie an der Halsschleife bleiben alle Pupillen geweitet hängen. Es riecht nach saurem Männerschweiß, schmutziger Wäsche, kaltem Rauch und Angst. Instinktiv zieht Sergej seinen Trensch enger um sich. Er denkt an Larissa. Sie wird in der burgunderroten Abendrobe, die den Opernkostümen auf der Bühne ernsthaft Konkurrenz machen könnte, in kleinen bösen Schritten zwischen Fenster, Wohnungstür und Telefon auf und ab gehen und sich eine Sammlung wüster Vorwürfe zurechtlegen. Dieses Mal sammelt sie ihre Vorwurfsmunition allerdings vergeblich, und das Pulver wird sie auch nicht lange trocken halten ... Sergej lächelt fast.

»Übaraschung, wa?«

Sergej fährt zusammen. Zwei blendend weiße Zahnreihen in einem schwarzen Gesicht lächeln ihm gutmütig zu. Dazu streckt sich ihm eine schwarzweiße Hand entgegen, die er fast übersieht, weil er noch in die Makellosigkeit des freundlichen Gebisses vertieft ist. Daß man sowas nie auf dem Behandlungsstuhl sieht ...

»Alles klar, Mann?! Ich bin Fela aus Naidschiria!«

»Sergej!« Nachdenklich läßt er sich die Hand schütteln.

»Alles klar?! Ja?!« fragt Fela die asiatische Ecke.

»Alles klar, Män!« versichern die Asiaten. Alle scheinen ein wenig erleichtert.

Aus dem Saum seiner gehäkelten grün-gelb-roten Rastafari-Mütze klaubt Fela drei dünne selbst gedrehte Zigaretten, die wie durch ein Wunder trocken geblieben sind und zottelt aus seinem Afro-Schopf ein Feuerzeug. »Eine Tabak, zwei Aktive, juh nou wot Ai mien, Män?« Die Zigaretten werden reihum so gierig inhaliert, als könne man daraus neues Leben saugen.

Sergej rückt von den Rauchern ab. Während die Männer schwatz- und lachlustig werden, ordnet er seine Gedanken, legt die nächsten Schritte fest. Oberste Priorität: Abschiebung verhindern; Frage: Wie? Welche einflußreichen Freunde hat man?

3. Wie arisch ist Schneewittchen und wie türkisch ist Beate?

Ihr erster Gedanke war: Den Kerl bring ich um! Was sich eine arbeitslose Schauspielerin bieten lassen muß, hat schließlich auch Grenzen!

Wenngleich gedachte Morde selten Leichen hinterlassen, so vergröbern sie doch die Sitten. Ersatzweise läßt Beate deshalb einen harmlosen Passanten auflaufen, der einfach nur »dran war« und idiotischerweise annahm, daß sie als Frau schon ausweichen werde.

»Paß' doch uff, du Penner!« keift sie und fühlt sich auf der Stelle besser. Verstört zieht der Mann Leine.

Fünfunddreißig Mädels hatten für »Bessermanns Apfelkraut« das Schneewittchen gemimt, und sie war definitiv die Beste. Sowas weiß man! Alle fanden das am Set: der Kameramann, die Maske, die Cutterin, der Tonmann, der Regie-Assi, die Regisseurin und sogar die Tante von der Werbeagentur. Und da sagt dieser Schnösel, dieser Bessermann junior: »Die Landé ist mir zu *türkisch*!«

Der sagt das, obwohl sie, Beate Landé, daneben steht! Seit die keine Angst mehr vor den Russen oder vor einer Revolution zu haben brauchen, meinen die wohl, die könnten sich jetzt alles erlauben! Und überhaupt: War Schneewittchen eigentlich arisch? Was weiß man schon über Schneewittchens leibliche Mutter? Hieß die nicht Suleika und war eine eingeheiratete Prinzessin aus dem Morgenland, ein Souvenir von den Kreuzzügen, die Lieblingstochter des Kalifen von Bagdad vielleicht, und eine direkte Ahnfrau von Saddam Hussein? Har, har, har!

Wahrscheinlicher ist: Schneewittchen hatte eine *jüdische* Mame und war eine echte Dschuisch Prinzeß! Jäh! Wo sollen denn die schwarzen Haare herkommen, bitte sehr? So schwarz wie Ebenholz? Ebenholz!!! Aus Winsen an der Luhe?!

Mit dem wütenden Stakkato ihrer abgelatschten Absätze hämmert Beate den Uh-Bahnschacht entlang, vorbei an osteuropäischen Akkordeonspielern und Gesamt-Berliner Alkoholikern.

Zu türkisch! Das *ihr*, Beate Landé, Tochter einer altehrwürdigen Hugenotten-Familie! ... Na, wenigstens kommt der Zug gleich!

Daß sie dann aber gesagt hatte, daß sie sich die sechzig Mark Casting-Honorar in den Arsch schieben könnten, das reut sie jetzt. Wo sie doch so dringend neue Schuhe bräuchte. Und Weihnachten steht vor der Tür... Warum kann sie auch nie die Klappe halten? Zehntausend Mark Gage hätte der Schpott gebracht, zehn Riesen! »Merde!« Französisch flucht sie, aber nur weil es besser klingt und soeben Fahrscheinkontrolleure in Begleitung von zwei Polizisten mit Hunden zugestiegen sind.

»Wer hat eine Familienkarte?« rufen die Schwarzfahrer durch den Waggon. Drei Frauen melden sich, und es formieren sich in Sekundenschnelle drei Uh-Bahnfamilien. Die Kontrolleure winken resigniert ab. Beates Schutzpatronin ist eine Sozialpädagogin aus Zehlendorf, die sich gut fühlt, weil sie heute gut zu einer Arbeitslosen sein kann. Beate dankt knapp.

Sofort gleitet sie wieder hinab auf ihre Tauchstation im tiefen Meer ihrer Sorgen: Morgen ist ihr Mietanteil fällig und auch das Haushaltsgeld! Horst ist nämlich der Ansicht, das Beste an der Emanzipation sei, daß Frauen für sich selber zahlen. Zugegeben, Horst ist ein Arsch, denkt Beate. Sie hat sich aber an ihn gewöhnt wie an die Marke ihres Kopfwaschmittels und er ist wenigstens nicht langweilig. Andere Typen sind auch nicht besser. Außerdem sieht Horst wenigstens noch gut aus und ist im Bett kein Reinfall. Das ist schließlich nicht zu verachten! Da sind doch andere Mädels viel schlechter dran. Die haben dann noch so'n dauerfernsehenden Miesepickel am Start, der auch 'n Arsch ist, und dürfen dazu noch Verständnis für seine Potenzprobleme heucheln. Na, danke!

Im Waggon werden jetzt Zeitungen und Kurzwaren feilgeboten, im anderen davor singt und tanzt eine Zigeunerkapelle. Früher gab es wenigstens noch irgendwelche lausigen Brotjobs wie Kellnern oder bei Aldi an der Kasse sitzen, geht es ihr durch den Kopf, während ihre Zehlendorfer Nachbarin vom fliegenden Händler zwei Topfkratzer kauft. Heute mußte schon für sowas Beziehungen haben! Wenn ich den Accent aigu am Ende meines Namens weglasse, steigen meine Chancen auf eine Putzstelle rapide. Im übrigen beschließt Beate, die Miete zu »schieben« und aus der Not eine Tugend zu machen: Nulldiät spart Haushaltsgeld! Und falls sie wieder nicht über den dritten Tag mit dem Fasten hinauskommt, dann steht ganz Berlin voller Festbüffets, die alle abgegessen werden wollen.

Simone, ihre beste Freundin, lebt seit Jahren ausschließlich von Büffets. Mit Simone auf Büffetjagd zu gehen, ist sicher witziger, als durch den Supermarkt zu traben und schwere Tüten nach Hause zu asten. Der Gedanke, wie sie sich mit Simone Wöw Klickoo schlürfend die Lachsschnittchen und die Kaviarkanapees einpfeift, während Horst Tüten schleppt und Dosensuppen frißt, amüsiert sie so, daß sie fast schon wieder versöhnt ist. Aber nur fast. Ihre Wut köchelt weiter und schlägt auf dem Grund ihrer Seele dicke Blasen. Wieso denkt sie eigentlich jetzt schon ans Büffet-Abfressen, wenn sie doch Nulldiät machen will?!! Nun ist Beate auch noch auf sich selbst sauer. Noch sauerer aber ist ihr Magen, denn in ihm gären laut »Mayo-Diät« drei harte Eier, schwarzer Kaffee und eine halbe Grapefruit.

Das erklärt aber nur, warum Beate in der »sau-richtigen« Laune ist, um mit »Peitschenknall« und »funkenden Hufen« in die Leistungsstelle ihres Arbeitsamts »einzureiten«. Die haben doch wahrhaftig die Stirn, ihr jetzt schon (!), bevor sie überhaupt die Gage gekriegt hat (!!), das volle Bruttohonorar fürs Porno-Synchronisieren von der Stütze abzuziehen (!!!) – und das obwohl sie netto zweihundertfünfzig Mark weniger rauskriegt!!! Das wissen die ganz genau! Das ist reine Schikane! Und dazu noch von Leuten, die sich nie um ihre Existenz sorgen mußten. Diese Leute, Beamte (!!!), die sie zu solcher Drecksarbeit genötigt haben, die wollen sie nun um ihr so sauer verdientes Geld bringen?! Aber nicht auf diese miese Tour! Diese zweihundertfünfzig Mäuse sind mein Geld! Und das will ich hier und heute sofort käsch auf die Kralle kriegen. Und keine Faxen! wütet sie stumm vor sich hin. Grimmig mustert sie die durchweg übergewichtigen Bearbeiterinnen: Tonnenweise Cellulitis wünsch' ich euch an die Schenkel!

Mit Klappmappen »Eilt« unter dem Arm, mit Seifenkästchen nebst Plüschhandtuch und putzigen »Liebe ist ...«-Kaffeepötten, wackeln die Verwalterinnen der Not behäbig durch die Linoleumgänge und werfen hochmütige Blicke auf die herumsitzenden »Problemfälle«. Als nach zwei Stunden Beates Nummer aufgerufen wird, hat sie ihren Auftritt parat: Dem Rosenkötter wird sie es heute geben! Erste Stufe: das zuckersüße, hilflose Häschen, dem nur *er* helfen kann, ihn mit großen bittenden Kinderaugen anschauen. Vielleicht ein bißchen weinen? Er soll ja auch seine Chance als Mensch bekommen.

Rosenkötter will sich aber nicht erweichen lassen, auch nicht mit Tränen. Er faselt was von Ausführungsvorschriften, Rückerstattung erst nach Vorlage der Steuerkarte. Das kann dauern. Die Produktionsfirma sitzt in Hannover und läßt von einem EhDeeVau-Zentrum in Heilbronn abrechnen. Da vergehen locker drei Monate. In der Zwischenzeit, stellt der Oberamtmann Rosenkötter Beate anheim, könne sie sich ja das Geld vom *Sozialamt* holen, wenn bei ihr *wirklich* (!) eine Notlage vorliegen sollte.

Beim Stichwort »Sozialamt« knallen bei Beate alle Sicherungen durch. Zum Glück sind sie allein im Büro. »Also, jetzt hören Se mal zu«, zischt sie den Mann gefährlich leise an. »Es gibt zwei Möglichkeiten: Entweder Sie schreiben mir jetzt sofort den Auszahlungsschein über meine zweihundertfünfzig

Mäuse aus, oder Sie haben ein Verfahren wegen sexueller Belästigung am Hals!«

Rosenkötter ist schwer von Begriff. »Wieso? Ich habe doch gar nichts gemacht ...«

»Das sagen Sie! Hä hä! Wenn ich hier aber mit zerrissener Bluse rausrenne und die Polizei rufe, wem wird man da wohl glauben? Dreimal dürfen Se raten! Ich bin eine junge, gutaussehende Frau« – sie kreuzt dabei in Gedanken die Finger – »... und dazu noch *Schauspielerin*, und keine janz schlechte ... Und Sie, Sie sind 'n verklemmter oller Knacker. Ich laß hier mindestens drei Mädels antanzen, die alle auf die Familienbibel schwören werden, daß *Sie* ihnen auch an die Wäsche gegangen sind. Wollen wir wetten, daß Sie da den kürzeren ziehen? Bestenfalls dürfen Sie dann bis zur Pensionierung im Keller Akten abstauben. Das schwöre ich Ihnen! Also, was ist?!«

Mit dem Auszahlungsschein rennt Beate in den ersten Stock: Freitag ist die Kasse ab Mittag geschlossen. Es ist zwölf Uhr zehn.

4. Eine Jüdin aus Moldawien rät zur Scheidung auf russisch

Am Donnerstag so gegen halb elf Uhr abends hatte endlich das Telefon bei Larissa Kaprinowa Salnikow geklingelt.

Eine Fremde mit starkem moldawischem Akzent war am anderen Ende und stellte sich als Apollonia Rabinowitsch, die Frau von »Sergejs bestem Freund« vor. »Sergej ist verhaftet worden!« verkündete sie unbarmherzig. »Abschiebehaft!«

Larissa solle sich aber nicht sorgen, beschwichtigte sie dann in moldawischem Singsang, denn Victor – »mein Gatte« – habe schon alles in die Wege geleitet, um Sergej wieder frei zu bekommen. Allerdings müsse Larissa sich *unbedingt* morgen um zwei Uhr mit allen Papieren bei ihr »im Geschäft«, am westlichen Ende vom Kurfürstendamm, »Sie wissän schon«, einfinden. »Und pinktlich, bittä sähr!« Ehe Larissa etwas entgegnen oder fragen konnte, legte die Frau auf.

Larissa war außer sich: Vom eigenen Unglück muß man also von Fremden, und dazu noch von *Juden,* erfahren und auch noch Befehle entgegennehmen! Als hätte sie zwei Handkantenschläge in die Kniekehlen bekommen, sank sie aufs Sofa. Bald aber besiegte die Müdigkeit den Groll und die Sorge um Sergej, und Larissa schlief im Abendkleid auf dem Sofa mit dem russischen Wunderheiler Kwaserowsky auf der Mattscheibe ein.

Genau fünf nach zwei steht Larissa anderntags vor dem Geschäft. Der Laden liegt neben dem »Paschas«, der Bar der russischen Jeunesse dorée, wo man das Glas Mineralwasser mit fünfzehn Deutschen Mark handelt und mit einer Bestellung auf

Deutsch garantiert verdurstet. Apollonias Boutique verkauft daneben Designer-Mode »ab Werk«. Ihr Schaufenster ziert mit viel Lamee, Straß und Federn eine absonderliche Dekoration, die an tote Vögel auf dem Karneval von Venedig erinnert.

Der Anblick ist Larissa widerwärtig. Mit gemischten Gefühlen tritt sie ein und erschrickt, weil sich die Ladentür mit blechernem »Bei-mir-biste-scheen-plies-let-mi-ixpläin« öffnet. Am liebsten würde sie gleich kehrtmachen, aber das ist nicht ihre Art.

Der Laden gleicht der Empfangshalle eines byzantinischen Krematoriums. Von einer staubgrauen Stuckdecke, die mal falschen Marmor versprach, hängen monströse schmiedeeiserne Kandelaber herab. Beinahe erwartet man, daß jeden Moment Dschingis Khan oder Iwan der Schreckliche zu Pferd hereinstürmen könnten, um dann mit dem Schwert die Ketten der Leuchter zu kappen. Unter den gewaltigen Leuchtern drängen sich dicht an dicht wie die Rücken verängstigter Tiere überladene Kleiderständer und angeschlagene, schiefe Regale aus Blech.

Der Verkauf findet in diesem »Geschäft« nur sporadisch, je nach Lust und Laune seiner Besitzerin, statt; es sei denn, eine der ständig wechselnden Verkaufshilfen, die aus irgendeinem Grund immer Sonja heißen und den Tränen nahe sind, ist zufällig anwesend und dazu auch in der Lage. Die Boutique der Madame Rabinowitsch ist auch keine Erwerbsquelle im herkömmlichen Sinne. Das »Belle de Jour«, wie sie sich nennt, ist eine Institution, Apollonias verlängertes Wohnzimmer und ihr Audienzsaal für den sich täglich versammelnden Hofstaat von Damen der besseren jüdisch-russischen Kreise, die hier standesgemäße jüdische Ehen verabreden und einander ihre Neuerwerbungen vorführen, egal ob Mäntel oder Männer.

Um zwei Uhr nachmittags ist das »Belle's« gewöhnlich leer. Um diese Zeit sitzen die Damen sämtlich zu Tisch und speisen mehr oder weniger koscher. Deshalb trifft Larissa jetzt nur auf Mascha, die man auch die Tschernyschewskaja oder schlicht die »Fürstin« nennt. Tief über den Tisch gebeugt, studiert die

»Fürstin« mit einer großen Lupe einen Satz ausgelegter Karten und murmelt mit trockenen Greisinnenlippen vor sich hin.

Larissa geht im Laden unschlüssig auf und ab. Bald greift sie zu diesem, bald zu jenem Kleidungsstück und betrachtet sich damit flüchtig im Spiegel. Mit ihren fünfunddreißig Jahren macht sie immer noch Staat. Hochgewachsen, dabei jedoch anmutig und sehr weiblich ist sie, mit einem energischen Kinn, einem Mund wie ein Rosenblatt, wenn sie ihn nicht gerade mürrisch verzieht (was sie leider meistens tut), ein kleines slawisches Sattelnäschen gerahmt von hohen Wangenknochen, über denen zwei kalte graue Kiesel aus leicht schräggestellten Tatarenaugen die Welt abweisend mustern. Darüber zeigt sich eine eigensinnige Stirn und eine unbändig wuchernde rote Haarmähne, die Larissa mit drei Schildpattkämmen hochgesteckt trägt. Sie könnte als russische Schönheit durchgehen, hätte sich in ihr Gesicht nicht über die Jahre hochmütige Verdrossenheit eingegraben.

Wo steckt denn diese Rabinowitsch? Diese Mumie kann es ja wohl kaum sein. Ungeduldig geht Larissa auf und ab und hüstelt demonstrativ.

»Asseejee wuh«, befiehlt ihr die Tschernyschewskaja ohne aufzublicken. Larissa versteht zwar kein Französisch, aber sie kennt den Ton. Vorrevolutionäre Attitüden, anachronistisch wie diese Greisin, die sogar ihre eigene Legende noch überlebt hat.

Die Tschernyschewskaja muß fast hundert sein. Mit ihren Eltern kam sie als junges Mädchen kurz vor der Oktoberrevolution von St. Petersburg nach Berlin. Vom Tod des Zaren hatte sie geträumt, bevor ihn die Depeschen meldeten, und von diesem Traum und denen, die noch folgen sollten, lebten die Tschernyschewskys dann recht kommod. Inzwischen ist Mascha seit vier bis fünf Generationen die unumstrittene allrussische Pythia Berlins.

Die letzte Zarentochter, Anastasia, die vielleicht nur eine geniale Hochstaplerin war und sich seinerzeit vor der Weltöffentlichkeit in den Berliner Landwehrkanal stürzte, um auf ihr tragisches Schicksal aufmerksam zu machen, ist Maschas beste Freundin gewesen. »Wir standen den Romanows doch sehr nahe«, erklärte Mascha immer, obwohl die Nachgeborenen die Romanows eher für eine Wodka-Dynastie hielten. Selbst zu Zeiten des Eisernen Vorhangs sollen heimlich gardinenverhangene russische Limousinen aus Ost-Berlin und Wünsdorf mit Botschaftern und Generälen bei ihr in der Niebuhrstraße vorgefahren sein. Die Zeiten waren schließlich schwierig und die Geschicke der Herren immer unsicher. Heute ist das nicht anders. Nur tragen die Mächtigen keine Uniformen mehr, sondern Maßanzüge, in denen sie dicke Bündel zu Rollen gewickelter Dollarnoten mit sich führen, anstelle von Marschallstäben und diplomatischen Akkreditierungen.

»Mon diö, purkwoa wuh nö prönee plaß donk?!« fährt Mascha die nervöse Larissa von neuem an. Dabei scheint Mascha zu lächeln, doch das täuscht. Die Tschernyschewskaja lächelt immer, auch auf Beerdigungen. Es heißt, daß sie den gleichen Schönheitschirurgen wie Nancy Reagan hatte. Ihre schütteren blauschwarz gefärbten Haare sind zu einem straffen Knoten im Genick zusammengezurrt, der sie zu diesem sphinxhaften Lächeln zwingt. »Apollonia telefoniert schon in deiner Angelegenheit, mein Kind.«

»Ja, sind denn Victor und der Anwalt nicht da?!«

»Und wo, bitte?« Die Fürstin dreht sich belustigt um und späht spaßhaft mit der Lupe im Laden umher.

Wie eine Bittstellerin läßt man mich hier warten, empört Larissa sich stumm. Auf die Idee, daß sie tatsächlich eine ist, kommt sie nicht.

»Setz dich, trink Tee! Das beruhigt.« Widerwillig setzt sich Larissa auf einen wackligen Rokoko-Hocker aus Plastik. Mit der Fingerfertigkeit einer Berufsspielerin rafft Mascha die Karten zusammen und reicht sie Larissa. »Mischen!« Larissa will Einwände erheben, aber Mascha winkt herrisch ab. »Mischen, mit der linken Hand abheben und mit der rechten aufdecken!«

»Und wo bleibt diese Apollonia? Was ist mit meinem Mann? Wissen *Sie* vielleicht etwas?« fragt Larissa gereizt. Um sich abzulenken, hantiert sie fahrig mit den Karten herum und knallt sie dann auf den Tisch.

Mascha ignoriert ihre Fragen und beschäftigt sich, bald brummend, bald zischend und bedenklich das Haupt wiegend, mit den Karten, die sie zu einem orthodoxen Doppelkreuz auslegt. Auf Larissas Stirn hat sich eine senkrechte Zornesfalte aufgestellt, und sie überlegt, ob sie nicht einfach gehen sollte. Und was dann?

Krachend fliegt eine Tür im Hintergrund auf, und Apollonia segelt auf einer Bugwelle von Energie aus einem Kabuff, das sie Büro nennt, in den Laden direkt auf Larissa zu. Vor der Brust trägt sie ein Bündel Papiere.

Larissa hatte eine Klischee-Jüdin erwartet: klein, dunkel, große Nase und so weiter. Apollonia hingegen ist eine stattliche Mittfünfzigerin mit typisch slawischen Zügen, bernsteinfarbenen Augen und kastanienbraunem Haar. Larissa hätte sie eher für eine waschechte Weißrussin gehalten, vielleicht noch für eine Ukrainerin, niemals jedoch für eine *Jüdin*. Vom ersten Augenblick ist eines klar: Waffenstillstand ist das freundlichste Verhältnis, das zwischen den beiden Frauen überhaupt denkbar ist.

»Meine Beste, was müssen Sie ausgestanden haben ...«, säuselt Apollonia und küßt Larissa rechts und links, als sei sie eine Leiche mit einer ansteckenden Krankheit.

»Meine Liebe«, entgegnet Larissa förmlich, »kommen wir doch bitte gleich zur Sache.«

»Tja«, Apollonia zieht besorgt die Augenbrauen hoch und macht eine dramatische Pause, um sich ausgiebig an der Not dieser hochmütigen Person zu weiden. »Die Dinge stehen leider viel schlimmer, als wir befürchtet haben ...«

»Was soll das heißen?« fährt Larissa sie an.

»Sergej ist bereits bundesweit als illegal arbeitende Person erfaßt. Er hätte sich lieber als Tourist ausgeben sollen und nicht als in Berlin praktizierender Arzt. Das war ein großer Fehler. Er hat schließlich keine Arbeitsgenehmigung, ja noch nicht einmal einen Arbeitsvertrag ... und wo Jurij jetzt steckt, weiß kein Mensch, ob in Rio oder Feuerland ...« Apollonia betrachtet schweigend ihre Fingernägel.

»Illegal arbeitende Russen werden abgeschoben!« ruft Mascha streng. »Das war schon immer so!«

Larissa ist so weiß und durchscheinend wie Milchglas geworden. »Was sagt denn der Anwalt? Was sagt denn Victor? Wo ist Victor überhaupt?« fragt sie mit blutleeren Lippen.

»Ein Anwalt oder sonstige Rechtsverdreher können hier gar nichts mehr ausrichten. Dazu ist es zu spät, meine Liebe!«

»Soll das heißen, daß wir jetzt abgeschoben werden und nie wieder nach Deutschland einreisen dürfen?« Larissas Stimme zittert. »Mein Gott, wir haben in Moskau doch alles aufgegeben ...«

»Nach geltendem Recht würde man euch innerhalb von einer Woche abschieben, mit Einreiseverbot, allerdings«, erklärt ihr Apollonia gnadenlos. »Übrigens hält sich Sergej ganz tapfer ...«

»Aber sorg dich nicht, Töchterchen! Alles geht gut«, mischt sich Mascha mit brüchiger Altfrauenstimme ein und legt tröstend ihre knochige Greisinnenhand auf Larissas Arm. »Die Karten haben uns bereits den Weg gezeigt!«

Larissa muß sich mächtig zusammenreißen, um der Alten nicht an die Gurgel zu gehen. Apollonia hat ihr eine Tasse Tee eingegossen und reicht sie ihr mit gefrorenem Lächeln. »Was kann man noch tun?« fragt Larissa gefaßt.

»Tja ... ich weiß nicht, *tun* kann man natürlich immer etwas ... Oft ist es nur eine Frage des echten Willens ...« Apollonia und Mascha wechseln tiefe Blicke.

»Sag's ihr!« befiehlt Mascha.

»So reden Sie doch!« bittet Larissa.

»Der einzige sichere Weg ist, ihr laßt euch sofort scheiden und Sergej heiratet ganz schnell eine Deutsche. Eine reine Formalität, natürlich ... Über gewisse Beziehungen, über die Victor und ich verfügen, könnten wir erreichen, daß man Sergej eine Weile dulden würde. Wir müssen dafür natürlich bürgen ... und für euch Garantien geben, bis diese ... Formalehe geschlossen ist.«

»Das ist doch nicht Ihr Ernst ...?« Larissa weiß nicht, ob sie über diesen Vorschlag lachen oder wütend werden soll.

»Die Lage ist viel zu ernst, um an Scherze zu denken«, versetzt Apollonia ungerührt und beobachtet, wie eine kleine Ader an Larissas Schläfe pocht.

»Das ist ja völlig absurd!« stammelt Larissa matt. »Oder gibt es schon eine Frau, von der ich wissen sollte?«

»So genau kennen wir Ihre Verhältnisse nun auch wieder nicht, Kindchen! Und es ist auch nicht meine Absicht, mich mit den Interna Ihrer Ehe zu befassen ...«, fertigt Apollonia sie ab. »Wir wollten Ihrem Mann und Ihnen nur behilflich sein. Vielleicht ...«, fährt sie lächelnd fort wie eine Händlerin bei schwieriger Kundschaft, »... vielleicht sollten wir einfach die Karten befragen. Ich persönlich entscheide ja nichts ohne die Karten, aber das ist natürlich Ansichtssache.«

»Ich kann mir nicht vorstellen, daß sich Sergej von mir scheiden lassen würde ... Nie und nimmer wäre mein Mann damit einverstanden!« bäumt Larissa sich auf.

»Ja, denken Sie, ich rede nur so daher?« Apollonia legt das Bündel Schriftstücke neben die Karten auf den Tisch. »Das hier ist die Scheidungsklage Ihres Mannes! In Deutsch und auf Russisch!« Mit einem kaum verhohlenen Grinsen, auf dessen Oberfläche kleine Fettaugen faden Mitleids schwimmen, reicht sie Larissa die Papiere.

Einen Moment lang tanzen vor Larissas Netzhaut tausend kleine weiße und schwarze Pünktchen. Dann liest sie: Da verletze eine Ehefrau »gröblich« die Ehepflichten, indem sie sich dem Kinderwunsch des Gatten versage und weigere sich, zum gemeinsamen Unterhalt beizutragen ... Die Schrift verschwimmt Larissa vor Augen, und sie beugt sich vor, um zu sehen, ob Sergej diese Ungeheuerlichkeiten wirklich unterschrieben hat. Er hat!

Die Tasse in ihrer Hand beginnt zu tanzen. »Und ... was ist ... wenn ich der Scheidung nicht zustimme?« fragt sie mit belegter Stimme.

Stille ist eingetreten, und von irgendwo her tönt eine Kuckucksuhr.

Apollonia zuckt die Schultern und mustert sie kalt. »Dann fährt das Boot ohne Sie weiter, fürchte ich! Aber bedenken Sie, es ist alles nur eine Formsache. Deshalb ändert sich doch nichts zwischen Ihnen und Ihrem Mann. Diese Ehe ist doch nur ein Stück Papier. Mißtrauen Sie Ihrem Mann wirklich nur *deswegen* ...?« Apollonia tippt mit ihrem rotlackierten Zeigefingernagel auf das Schriftstück.

Vor hilfloser Wut hat Larissa hektische Flecken im Gesicht bekommen. »Natürlich nicht!« kontert sie.

»Na, also!« meinen Apollonia und Mascha im Chor. Mascha liest ihr eine wunderbare Zukunft aus den Karten, und endlich sieht Larissa die Ausweglosigkeit ihrer Lage ein. Wie im Russenfilm nimmt sie die heldenmütige Pose einer zum Tode Verurteilten an, die mit offenen Augen in die Gewehrläufe ihres Standgerichts blickt.

5. Ein Neubundesbürger ist der rechte Mann am rechten Ort und hat einen harten Handel mit einer Kreuzbergerin

Tage, an denen er sich so richtig gut gefühlt hat, nicht nur ein bißchen gut, oder mittelgut, »so gerade mal okäi«, sondern »rundum gut« bis »echt-super!«, so daß nur noch ein winziges Quentchen zum Glücklichsein fehlte, an solche Tage kann sich Frank kaum mehr erinnern. Die letzte gute Zeit, an die Frank Zaunig zurückdenken kann, war noch zu Lebzeiten der DeeDeeErr, in Mecklenburg, in seinem Sibirien, in Anklam ...

Das erste Mal seit der Wende ist er »häppie«. Frank Zaunig ist endlich in Deutschland angekommen!

Ganz in Festtagslaune schlendert Frank durch die Lebensmittelabteilung des KaDeWe, das jetzt zum ersten Mal auch »sein« Kaufhaus ist. An seinem Arm baumeln bereits etliche Einkaufstüten mit Champagner und schottischem Wildlachs. Jetzt hält er Ausschau nach Austern.

Schon der Gedanke an lebende Austern im Mund bereitet ihm Brechreiz, aber Claudia ist nun mal verrückt nach dem Zeug. Leider sind ihre Geschmäcker nicht nur beim Essen so verschieden ... Aber darüber will er jetzt nicht nachdenken, heute nicht. Heute wird gefeiert. Frank Zaunig hat einen *Dschopp*! Einen regulären Dschopp mit gesichertem Monatsgehalt, einem dreizehnten dazu, Weihnachtsgeld, Urlaubsgeld, und es ist nicht irgendein Dschopp, es ist eine Stellung, eine Position, wie man im Westen sagt. Das erste Mal seit der Wiedervereinigung hat er wieder eine »Perspektive«. Seit zwei Stunden ist das Leben wieder überschaubar. Und das alles verdankt er Antek.

Sein alter Kumpel Antek, mit dem er damals im »Scharfen

Eck« in Anklam Kampftrinken zum Hamlet-Monolog abgehalten hatte, bis einer von ihnen den Text nicht mehr artikulieren konnte oder einfach lang auf die Dielen des Wirtshauses schlug, dieser Antek hat nach seiner Ausreise in den Westen vor drei Jahren bei der »Pallas« Karriere als Chefdramaturg gemacht und ihm dort einen Dschopp angeboten. Dabei war's purer Zufall, daß er Antek in der »Meisengeige« getroffen hatte. Dort säuft normalerweise nur die Babelsberger Filmbranche den Jammer über bessere Zeiten nieder und vermerkt Abgänge nach München, Köln und Hamburg wie Fahnenflucht.

Eigentlich wollte Frank nur auf ein Bier ... Wie es dann dazu kam, daß Antek und er am nächsten Morgen in einem tschechischen Puff bei Beelitz aufgewacht sind, darüber konnten sie sich auch gestern nicht einig werden, wohl aber über den Arbeitsvertrag als Dramaturg für die Sparte »Kriminal- und Action-Serien«.

Angesichts der zehn Sorten Austern wird Frank nicht mehr verlegen wie früher. Souverän läßt er sich die verschiedenen Vorzüge erklären. Er entscheidet sich gegen Belong- und Sylt-Austern für Bretonische Baby-Austern vom Felsen, womit er sich (unter Zuzahlung von hundertzwanzig Mark) die Achtung des Verkäufers erwirbt. Ihm fällt ein, daß er sich neu einkleiden muß. Außer einem schwarzen Anzug hat er nur ein Tweed-Sakko und drei Paar Dschiens. Für einen derartigen Posten entschieden zu wenig. Im Schnellgang wählt er in der Herrenabteilung einen grauen Anzug und zwei Jacken, die er auch zu seinen alten Hosen tragen kann. Vier Krawatten! Einen »Würger« hat er außer zu offiziellen Gelegenheiten nie getragen. So etwas ist aber in einer Westfirma unerläßlich. Das mußte ihm Antek nicht erst sagen. Das königsblaue Sakko und die dezent blaugelb gemusterte Krawatte, die ihn bis an die Grenze seines Überziehungskredits führt, behält er gleich an. Mit Sack und Pack fährt er zwei Stationen weiter nach Ost-Berlin zum Friseur, erstens weil Friseur Vertrauenssache ist und zweitens weil der im Osten immer noch ein Drittel billiger ist.

Ein neuer Mensch! Er sieht jetzt eindeutig nach »Oberliga« aus. Einen Moment lang überlegt er, ob er Claudia nicht vielleicht auch die Ohrringe mitbringen sollte, die ihr letztens so gefallen haben. Andererseits soll man Frauen nicht zu sehr verwöhnen. Die halten das für Schwäche und werden maßlos. Über Blumen für sechs Mark freut die sich genauso. Aber auch diesen Gedanken verwirft er sogleich. Wann hatte er jemals einer seiner zahllosen »Bräute« Blumen geschenkt? Zum Geburtstag – wenn er daran gedacht hatte ... Aber auch nur wenn der Geburtstag zufällig in die erste Frisch-Phase der Beziehung fiel, also in die ersten acht bis zehn Wochen.

Seine Eduscho-Uhr zeigt halb sechs, und er hat wieder nicht angerufen, daß er später kommt! Entweder wird Claudia wieder so kühl und unnahbar wie ein Gletscher sein, oder gar nicht erst aufmachen. Es ist immer dasselbe! Frank denkt wehmütig an seine letzte »Flamme«, an Heidi. Stundenlang hat Heidi am Fenster auf ihn gewartet und war froh, wenn er *überhaupt* kam ... nachts irgendwann und meist besoffen.

Quatsch, keine Blumen! Als ob Lachs, Austern und der Schampus nicht genug wären?!

Irgendwann gegen sieben, halb acht biegt er mit seinen Tüten in den Torbogen ein, der immer nach hundert Jahren Pissoir riecht. Die Beleuchtung ist hier so trüb wie in einer Wartehalle der Reichsbahn in der Nachkriegszeit. Doch ein Blick nach oben im Hof genügt: Claudia ahndet die Verspätung ohne Anruf wieder einmal mit demonstrativer Abwesenheit. Stockdunkel und verwaist liegt das Fenster in der dritten Etage. Jetzt ist Frank heilfroh, daß er nicht wie ein Obertrottel mit einem Blumenstrauß in der Hand vor Claudias Tür auf der Treppe sitzt. Denn rein kann er nicht. Claudia will ihm keinen Schlüssel geben. Normalerweise sind Frauen aus Liebe nachgiebig wie Wachs. Man muß nur sentimental und stur genug sein! Das war immer seine Devise. Nur bei Claudia kommt er damit nicht durch. Aber wahrscheinlich liebt sie ihn auch nicht richtig. Vielleicht sind alle Westbräute so? Klar, natürlich nicht alle, aber tendenziell …? Er müßte mal Antek fragen, wie er mit den Bräuten hier drüben so klargekommen ist, als er in den Westen kam. Sonst kennt er keinen Ossi mit West-Braut. Det hält ja auch keiner aus, denkt er. Dieses ständige Minne-Getue: Händchen halten, Türaufhalten, in den Mantel helfen und am Wochenende *Blumen*, unbedingt!

»Ein Dschentelmän macht das halt«, behauptet Claudia. Sie sei das von ihren Verflossenen so gewohnt.

»Ich bin aber kein Dschentelmän«, hat er ihr erklärt und wie ihn das alles ankotzen würde. »Dschentelmän war kein Erziehungsziel in der DeeDeeErr. Dschentelmän und Proletarier is' ein Antagonismus«, legte er ihr dar, weil sie sonst immer auf den »historischen Kontext« Wert legt. Nur Lasalle war ein Genosse und Dschentelmän. Der war aber bloß 'n Revisionist und ist anstatt für die Revolution in einem Duell gestorben. Wegen einer Frau! Was für ein lächerlicher Tod! Gar kein Vorbild für die Helden der Arbeiterklasse! Außerdem fehlen ihm natürlich vierzig Jahre Gehirnwäsche durch Hollywood für's Romantik-Repertoire, das für westliche Damen offenbar Mindeststandard ist.

Frank steht von der Treppe auf und macht jetzt wohl schon zum fünfzehnten Mal Licht. Die Automatik rattert schneller werdend durch und klingt zum Ende hin immer irgendwie höhnisch.

Claudia hat einen ganzen Katalog von Verhaltensregeln für »Helden der Arbeiterklasse« entwickelt:

Erstens: Von »Fidschis« zu reden, ist verboten! Sie hat ihn sogar ins Völkerkundemuseum geschleppt und ihm echte Fidschis gezeigt. Natürlich sehen die ganz anders aus als Vietnamesen. Claudia dachte wirklich, dieser DeeDeeErr-Ausdruck sei lediglich auf die mangelnde Weltkenntnis von hinter Mauer und Stacheldraht Eingesperrten zurückzuführen. Sie legte sich pädagogisch mächtig ins Zeug, und er dachte nur: Die spinnt!

Zweitens: Im Stehen pinkeln ist verboten! Ein Witz! Mal ehrlich, ein Mann, der sich zum Pinkeln hinhockt, ist doch ein Fatzke, oder? Als Claudia ihn dann beim dritten Mal Standpinkeln ertappt hatte, mußte er das Klo putzen, den Klodeckel und die gesamte Klowand. Darauf hatte er natürlich auch keinen Bock, also hat er sich lieber hingehockt. Erst später hat er erfahren, daß West-Frauen den Grad ihrer Emanzipation daran messen, ob die männlichen Familienmitglieder stehend oder hockend urinieren. So gesehen ist Claudia emanzipiert.

Drittens: Es ist verboten, eine Kaffeetasse ohne Untertasse zu benutzen, Milch und Saft in Tüten auf den Tisch zu stellen oder Wurst und Käse im Papier! Claudia duldet keine »Proletarisierung« ihrer Küche.

Viertens: Es ist verboten, Bier im Schlafzimmer zu trinken und die Flaschen und Büchsen am Bettrand aufzureihen! Aus der Bierflasche trinken wird gerade noch geduldet, aus der Büchse trinken aber nicht. Das ist Prol und kommt nicht in die Tüte.

Fünftens: Es ist verboten, in Unterhemd, Jogginghosen und Latschen »herumzuhängen«, oder gar so aus der Wohnung zu gehen! Sie schämt sich angeblich vor den Nachbarn ... In Kreuzberg! Das muß man sich mal vorstellen! Außerdem muß er täglich ein Deo benutzen. »Ost-Männer erkennt man immer daran, daß sie riechen«, sagt Claudia. Er riecht jetzt nur noch nach Deo.

Sechstens: Es ist verboten, in ihrem Beisein anderen Frauen nachzuschauen! Sie hat ihn da mitten auf der Straße stehen lassen und ist im Taxi auf und davon.

Siebentens: Impotenz ist total verboten! Gelbe Karte, bei Wiederholung Platzverweis. Darf einem Ehemann zwar passieren, einem Liebhaber aber nicht. Er sei nur ein Liebhaber und darum solle er sich gefälligst vorher überlegen, ob er Lust hat oder sie sonst in Ruhe lassen. »Erst mit der Wurst wackeln und dann nicht liefern, fällt unter vorsätzliche Täuschung, bestenfalls unter Rücksichtslosigkeit oder Provokation.« Das läßt Claudia nicht durchgehen. Zur Belehrung hat sie sich tatsächlich, als er kurz vor dem Orgasmus stand, einfach umgedreht und gesagt: »Siehste so isses!«, ist in die Küche gegangen und hat sich ein Wurstbrot geschmiert. Seitdem denkt er vor jedem Bumsen nach.

Die normale Strafzeit müßte erfahrungsgemäß in zehn Minuten um sein. Mehr als dreißig Minuten läßt sie ihn eigentlich nie schmoren. Ob er nicht unten in der Kneipe vielleicht auf ein kleines Bierchen ...? Besser nicht, sonst stinken die neuen Klamotten gleich nach Kneipe. Morgen bei der »Pallas« ist er der neue Mann. Der Mann der Zukunft hat einfach keine Bierfahne, ist nicht verkatert und riecht höchstens nach Duschgel, Deo und Erfolg. Gott sei Dank ist er seit der Wende nikotinfrei. Denn nur Verlierer rauchen!

Das letzte Mal hatte Frank geraucht, als er Claudia kennengelernt hat. Damals im Februar 1990, im Haus der Sowjetischen Kultur in der Friedrichstraße auf dem Filmball. Diese wüsteste Fete, die die Stadt beidseits der Mauer je sah, hätte Fellini nicht besser inszenieren können. Allerdings führte dort nur das blanke Chaos Regie. Frank stand da an eine Säule gelehnt und sah dem Treiben ungläubig zu. Neben ihm stand Claudia und stammelte ständig: »Das ist alles nicht wahr!« Ab und zu schlug sie entsetzt die Hände vors Gesicht. Um irgendwie auf sich aufmerksam zu machen, nahm er die bewährte Humphrey-Bogart-Pose beim Rauchen ein: Mit einem in Kopfhöhe angewinkelten Arm lässig an der Säule zu lehnen, in der anderen Hand die Zigarette mit Daumen und Mittelfinger in der Innenwölbung der Hand zu halten und dazu mit verengten Augen sinnierend durch den Rauch zu spähen, das scheint auf Frauen ähnlich zu wirken wie eine Trillerpfeife auf Fußballspieler. Sie sind dann zusammen auf die Galerie gegangen, um nicht in die Szenerie hineingezogen zu werden, denn das größte Spektakel fand nicht auf der Bühne, sondern im Saale statt.

Am Eingang, wo West-Sponsoren arglos Empfangsgeschenke verteilen wollten, schlugen festlich gekleidete Damen aus Ost und West mit Abendhandtaschen aufeinander ein und rissen an den Kartons der Damenspenden, so wie tollwütige Hündinnen sich um Kalbsknochen balgen. Mittendrin posierte in Woolworth-Ramsch gehüllt eine fast kahle West-Berlinerin, die sich für Joan Collins aus dem ›Denver-Clan‹ hielt. Nebenan zerfloß die Eisplastik des Kreml, in dem die überwiegend kulturschaffenden Gäste Bier und Wodkaflaschen kühlten. An den Büffets verschwand das gesamte Besteck im Handumdrehen in den Jacken- und Gesäßtaschen von Abendanzügen, also griff man mit bloßen Händen in die Salate und führte sich mit beiden Händen ganze Räuchermakrelen zu Munde. Die Hummer und Lachse wurden von der Roten Armee requiriert: Das Offizierskorps war pro Mann mit jeweils drei Tabletts voller erlesener Räucherwaren in den Soldatenfäusten und mindestens je zwei Wodkaflaschen in Rock- und Hosentaschen angetreten und erkämpfte sich in keilförmiger Formation den Rückzug über die verstopften Fahrstühle. Das Personal ergriff mit schreckensgeweiteten Augen samt und sonders die Flucht und führte dabei so viele Gläser und Sektkübel mit sich, wie jeder nur tragen konnte.

Nur die Musiker erwiesen sich als die letzten Garanten von Disziplin und Ordnung: Sie hielten an Rhythmus, Takt und Noten fest. Analogien zur legendären Tanzkapelle auf der »Titanic« drängten sich auf. Frank und Claudia waren sich einig, bei künftigen Katastrophen sollte man sich eher an Musiker als an Militärs halten. Während der West-Berliner Fleischermeister Manske (»Wurst und wieder Wurst«) für seinen Vorgarten in Berlin-Frohnau ein Stück Mauer für viertausend Mark ersteigerte, tanzte nebenan eine gesamtdeutsch bekannte Fernsehansagerin Striptease. Mit der Nacktheit kam die Ohnmacht. Die gesamtdeutsche Duse der Nachrichtenverlese krachte besinnungslos der Länge nach auf den Tanzboden.

»Hier würde selbst Harald Juhnke im Delirium nicht auffallen«, meinte Claudia mehr oder weniger trocken. Eine Antwort fiel Frank nicht ein, denn auf Schulterhöhe hatte er gerade die blauesten Augen entdeckt, die er je gesehen hatte und darunter einen Mund wie von der Garbo. Als der Krankenwagen für die Fernsehansagerin kam, hatten sie »du« gesagt und sich geküßt. Erste Hilfe!

Zufällig hatte Frank damals am Prenzlauer Berg eine »sturmfreie Bude« an der Hand, von ’nem Kumpel, der im Oktober über Ungarn »in den Westen gemacht« hatte. (Irgendwo auf dem Balkan ist er dann mit dem Wohnwagen einer versoffenen Kanadierin verschütt gegangen, erzählte ein anderer Kumpel, der später über Österreich zurückgekommen ist.) Ob sie denn nicht noch auf einen Schluck mitkommen wolle? Claudia lächelte mokant. Sie fand es »stillos«, gleich mitzukommen, und sagte irgendwas Englisches. »Stillos« hat ihn beeindruckt, hätte ihn aber damals schon hellhörig machen sollen.

Wenn Frauen je Einwände gegen sofortiges Abschleppen erhoben, und das war sehr selten (vorausgesetzt man hielt sich an die Reihenfolge: Kultur, Essen, Alkohol), dann wurden höchstens gefühlige oder gesundheitliche Ausflüchte vorgetragen. Nie kam ihm da eine mit Formfragen! Damals fand er das aber ebenso exotisch wie ihr Parfum und den Schmelz ihrer Haut, der nur durch jahrelanges Benutzen von Luxusprodukten der westlichen Kosmetikindustrie entsteht. Claudia schien ihm zu leuchten wie der Westen selbst. Bis zum »Tränenpalast« am Bahnhof Friedrichstraße hatte er sie gebracht. Langer Abschied. Als sie hinter den Kontrollabsperrungen verschwunden war, wußte er, es hatte ihn erwischt. Schwer!

Stundenlang hat er sich in den nächsten Tagen am Es-Bahnhof Schönhauser Allee die Finger wundgewählt. Hier standen die einzigen Telefonzellen am Prenzlauer Berg, die wirklich funktionierten. Von einer konnte man gelegentlich tatsächlich in den Westen telefonieren, vorausgesetzt man hatte sich vor acht Uhr morgens angestellt und genügend Kleingeld und Geduld. Nach nur einer Stunde Warten und vierzig Minuten Wählscheibe drehen, hatte er endlich das ersehnte Rufzeichen im Hörer. Sein Puls verdoppelte die Frequenz und Schweißperlen rollten ihm wie Glasbucker den Rücken runter.

»Guten Tag!« begrüßte ihre Stimme ihn förmlich. »Hier ist der Anschluß von Claudia Unhoch-Dreisörner. Bitte hinterlassen Sie eine Nachricht nach dem Piepton. Ich rufe umgehend zurück. Danke! Hello, juh rietscht se ansäringmäschin off Claudia

Unhoch-Dreisörner. Pliehs, liew ä mässätch ahfter se biehp. Ei will korl juh bäck imidjätli. Sänk juh for korling änd guhd bai. Piiiieehhhp!«

»Äh, Claudia? Äh, Hier ist Frank, äh, hallo? ... Ja, also ... Hallo? ... Hm! ... Würd' dich gern wiedersehen und ...« – weiter kam er nicht.

»Danke, das Gerät schaltet jetzt ab. Sänk you, se automät iß dißckonneckting se lain nau.« Verwirrt und mit hochrotem Kopf legte er auf. Für den Rest des Tages drückte ihm die Last des Systemunterschieds aufs Gemüt. Wie der tumbeste Hinterwäldler der östlichen Hemisphäre kam er sich vor und hoffte nun auf ein Zeichen, ein Telegramm, auf einen Boten, auf sie selbst. Nichts dergleichen geschah. Nach der dritten Begegnung mit ihrem Anrufbeantworter ist er dann »rüber« gefahren. Claudia war nicht da.

»Frau Unhoch-Dreisörner? Gartenhaus, dritter Stock??« fragte der Schankwirt der Kneipe im Vorderhaus belustigt und spähte mit Röntgenblick über seinen Brillenrand. »Na, *die* hält sich doch ooch für was Besseres. Und zu der wollen *Sie*??« Halb ungläubig, halb mitleidig grinste er Frank an und zapfte bedächtig an seinem Pils herum. »Sie sind wohl von drüben, wa?« Frank nickte. »Denn jeht det Bier uffs Haus, Wohlsein!« Sorgenvoll stierte der Wirt auf seine zwiebelgroße Armbanduhr. »Um diese Zeit ist doch die Unhoch-Dreidings imma in Florida. Vor Ende März ist die nie zurück.« Seine argwöhnischen Budikeraugen schienen Frank bis in die Eingeweide durchleuchten zu wollen, doch dann glimmten sie belustigt auf. »Iss aber trotzdem keen Grund, die Wohnung auszuräumen ... Hahaha! ... Aber Sie sind ooch nich' die *Mutta*! Hahaha!« Offenbar war das ein Witz für Eingeweihte. Die gesamte Kneipenbesatzung röhrte vor Lachen. Krachend schlug der Wirt Frank auf die Schulter und wieherte, bis ihm die Tränen runter liefen.

Es wurde März, Mitte März, Ende März. Nichts! Gerade als Frank auf dem besten Wege war, Claudia mit einer Ines aus Stuttgart zu vergessen, da stand sie plötzlich eines Freitagnachmittags braungebrannt vor der Tür, lächelte so ergreifend wie die Garbo persönlich und wollte mit ihm an die Ostsee fahren, weil sie die noch nicht kannte.

Sie haben Hannes und Lisa in Ahrenshoop besucht. Hannes und Lisa sind ein ständig streitendes Malerehepaar, das wie er Ende der siebziger Jahre nach Mecklenburg »geschickt« wurde. Hannes hatte sich dann aber durch die Erfindung des »Sibirischen Wodka-Festes« sehr um die Deutsch-Sowjetische Freundschaft verdient gemacht und durfte wieder ausstellen, was ihm Lisa allerdings nie verzieh. Es kam, wie es kommen mußte: Gegen Abend fingen Hannes und Lisa sich so heftig an zu streiten, daß sie darüber ihre Gäste vollkommen vergaßen. Claudia schlug deshalb vor, nach Warnemünde ins Hotel Neptun zu gehen. Sie blieben vier Tage und vier Nächte und waren einmal am Strand.

Unten geht die Haustür. Claudias Schritte hört er unter Tausenden heraus. Sie hat eine ganz eigene Art, die Füße aufzusetzen: katzenhaft vorsichtig, aber ohne unsicher zu sein oder zu schleichen, eher so, als ob ihre Füße denken. Frank erhebt sich von der Treppe und beschließt, das Affentheater mit der Strafwarterei heute einfach zu übergehen.

»Ach, wartest du schon lange?« Mit gespielter Überraschung blinzelt Claudia ihn an.

»Wahrscheinlich genauso lange wie du«, erwidert er und küßt sie, weil sie auf Zehenspitzen gereckt darauf wartet.

»Sag mal, ist der Wohlstand ausgebrochen? Du siehst toll aus. Waohh! Und beim Friseur warst du auch ... Euhj!« Sie schnüffelt an ihm herum, und ihr Blick geht fragend zu den Tüten.

»Heute wird gefeiert!« verkündet Frank stolz, legt drei Champagnerflaschen ins Eisfach und zieht triumphierend seinen Arbeitsvertrag aus der Tasche. »So, Schluß mit Porno-Synchron und anderem Elend!«

Erwartungsvoll nimmt Claudia das Schriftstück zur Hand, wird plötzlich kalkweiß und bekommt einen bitteren Zug um den Mund. Als wären es heiße Kohlen, wirft sie die Papiere auf den Tisch. »Es ist nicht zu fassen!« schreit sie empört auf und fuchtelt mit den Armen in der Luft herum. »Um diese Stelle hatte *ich* mich beworben und war schon in der letzten Auswahl! Warum hast du mir verschwiegen, daß *du* dich auch beworben hast? Ja, und überhaupt! Welche Qualifikation für den Posten hast *du* denn dafür eigentlich? Das ist ja wohl ein *Unding*!!! ...« Vor Wut verfärben ihre Augen sich veilchenblau.

Frank schluckt. Siedendheiß fällt ihm ein, daß Claudia ein abgeschlossenes Hochschulstudium über Theaterwissenschaften, Publizistik und Germanistik hat, auch noch auf der Film- und Fernsehakademie war, man ihr sogar schon für einen Kurzfilm einen Preis verliehen hatte und so weiter ... Vor Bestürzung ist es ihm plötzlich ganz taub im Hirn. »Aber Claudia, ich hatte doch nicht die gerinste Ahnung, daß du ... Und beworben habe ich mich überhaupt nicht! Mensch, so'n bißchen Dramaturgie hatten alle Schauspieler auf der Akademie für Unterhaltungskunst im Osten ... Ja, Mensch, was soll ich sagen? Ich stand einfach nur richtig ... zur richtigen Zeit am richtigen Tresen. Also, wenn ich gewußt hätte ...«

Doch plötzlich beruhigt sich Claudia und lächelt hinterhältig, als hätte sie einen besonders guten Einfall.. »Na ja«, verkündet sie und blinzelt ihn verschmitzt an, »es bleibt ja in der Familie.« Frank atmet erleichtert auf. Obgleich er dem plötzlichen Frieden nicht traut. »Und ich meine wirklich *Familie*«, fährt Claudia gutgelaunt fort. »Wenn wir nämlich *heiraten*, Frank, dann hätte ich *keinen* Grund mehr, gegen deine Einstellung wegen erwiesener Diskriminierung zu klagen. *Dann* ist es doch egal, wer von uns beiden den Dschopp hat!«

»Wo du recht hast, hast du recht!« pflichtet er Claudia mit schiefem Wolfslächeln bei und denkt: Kommt Zeit, kommt Rat ...

6. Simon der Weise schickt einen Kurier, denn ein fauler Zahn kann nicht warten

Der Mann, der sich über die Sprechanlage als Anatol vorstellt, ist als der Kurier von »Simon dem Weisen« bekannt. Anatol ist ein Mann, an den man sich nicht erinnert. Er ist so auffällig wie Wandputz und hat die toten Augen eines Tiefdepressiven. Ohne Gruß kommt er, ohne Abschied geht er. Reden ist auch nicht sein Geschäft.

Victor Rabinowitsch, der sonst immer weltumarmende Jovialität verströmt, ist heute ungewöhnlich bleich, in Schweiß gebadet, und seine sonst so lustig blitzenden Augen liegen wie erloschen in tiefen, dunklen Kratern. Wortlos blättert er dem trübsinnigen Kurier braune Geldscheine auf den Tisch.

Nicht nur Victors Einsilbigkeit und ungesunde Gesichtsfarbe sind ungewöhnlich (er gehört eigentlich zu jenen rundlichen, zu Bluthochdruck neigenden Endfünfzigern, die vor Energie und Gesundheit schier platzen), sondern wirklich bemerkenswert ist, daß Anatol an einem *Freitag* kommt. Seit Jahren kassiert der »Läufer« Anatol den wöchentlichen Gewinnanteil aus gemeinsamen Glücksspielgeschäften für seinen Brotherrn immer *montags*. An diesem Freitag aber haben sie ein sensibles Geschäft außer der Reihe abzuwickeln. Dabei geht es um ein akademisch geformtes Leben, einen maroden Zahn und eine gewisse Summe, über die man nicht spricht.

Wenn Victor schweigt, dann leidet er. Und das liegt nicht nur an Anatols außerplanmäßigem Besuch, an der unerwartet hohen Geldausgabe oder an dem quälenden Zahnweh, das ihn jetzt schon seit Tagen martert. Sein Schmerz ist eher seelischer Natur.

Die Unabhängigkeit von den undurchsichtigen Geschäften seines Kompagnons und »Paten« Simon Bornstein rechnete sich Victor bisher immer als moralischen Verdienst an. Victor ist nämlich ein frommer Mann, der gern auf dem Pfad der Tugend wandelt. Regelmäßig geht er in die Synagoge. Maßvoll hält er die Riten und Speisevorschriften ein. In der jüdischen Gemeinde zu Berlin ist er ein geachteter Mann. Nun aber spürt er die strengen Augen des gerechten Gottes im Nacken und fühlt sich beklommen im Gedärm.

Sich in die Hände finsterer Mächte zu begeben, ist außerdem nicht nur moralisch fragwürdig. Es könnte leicht zu dem bekannten Zwangsalphabeth vom »A«-übers »Be«-Sagen führen bis hin zum finalen »Zett«.

Doch was hilfts? Victor braucht Sergej Salnikow, und er braucht ihn schnell! Andere Menschen mögen zu zehntausend anderen Zahnärzten gehen können, er, Victor, hat aber nur den Einen und Einzigen, und ansonsten das Vollbild einer hochgradigen Zahnarzt-Phobie. Der Eine und Einzige jedoch, dem er sein Gebiß anvertrauen mag, sitzt in Abschiebehaft. Und das kann selbst der Allmächtige nicht wollen!

Anatol zählt mit der Fingerfertigkeit eines Bankkassierers das Geld nach und erklärt mit valiumschwerer Zunge, daß Victor damit »einen Koffer mit seltenen Drucken« erworben habe. Victor winkt müde ab, er kennt das Spiel: Simon Bornstein mit dem Beinamen des Weisen ist nun einmal altmodisch und hält auf »Tischsitten«, wie er es nennt. Bei ihm wird nie bestochen oder gar Schutzgeld bezahlt, bei ihm wird immer etwas »erworben«, und sei es nur ein Aktenkoffer voll Luft.

Ungeöffnet schließt Victor die Aktentasche im Schreibtisch ein. Bei seinem Kompagnon ist das Problem seines Freundes und Dentisten Sergej Salnikow in den richtigen Händen. Simon Bornstein, den Berlins Ganoven und Staatsanwälte gleichermaßen »weise« finden, weil man ihm seit dreißig Jahren auch nicht das Geringste nachweisen konnte, fingert alles über die Anwaltskanzlei Helferding & Preußger, in der ein ehemaliger Innensenator Sozius ist. Preußger *persönlich* wird sich des Falles Salnikow annehmen, nach bewährtem Muster über den Ex-Senator und dessen »kleinen Dienstweg«.

Über den »kleinen Dienstweg« hatte sich Simon in den siebziger und achtziger Jahren die unliebsame libanesische Konkurrenz vom Hals geschafft und ist damit in die Annalen der Berliner Unterwelt eingegangen. Die Libanesen hatten sich im »Milljöh« breitgemacht und wurden keck. Dem mußte man einen Riegel vorschieben, fanden die alteingesessenen Gängster. Es fehlte ihnen aber ein kluger Kopf und ein Mann, dem alle vertrauten. Nur weil Simon Bornstein *kein* Ganove war, sondern ein Kaufmann, der mit Glückspielautomaten handelte, wurde er von der Berliner Unterwelt akzeptiert und zum Paten gekürt.

Natürlich gab es Leute, die lieber Bernie aus Chicago geholt hätten. (Bernie hatte sich seinerzeit des einzigen männlichen Nachkommens der Gebrüder Naß angenommen, die zur Schränkeraristokratie der alten Reichshauptstadt gehörten. Sowas verbindet.) Andererseits steckte den Berliner Ganoven damals immer noch die große verlorene Schlacht der sechziger Jahre in den Knochen: die »Bleistreustraße«! (Dabei waren die damals herumballernden Perser, von Ausnahmen abgesehen, meist nur mäßig begabte Amateure.) Doch der Chicagoer Ziehsohn war kein »Boss«, sondern nur 'ne Lusche mit lauter Krawatte.

Die Libanesen hingegen waren eisenharte Profis: schlachtgeprüfte Krieger, Guerilleros aus Selbstmord-Kommandos. Darum mußte das Problem mit den Libanesen »kalt« gelöst werden, politisch. Dafür war Bernie einfach nicht der richtige Mann ... Simon nahm sich der Sache auf seine Weise an, vollkommen geräuschlos. Ein Libanese nach dem anderen verschwand aus der Stadt. Erst als eine Hausfrau namens Schmitt mit einem gewissen Abu Hassan telefonierte, weil ihr Mann was mit 'ner Stripperin hatte, bekamen die Libanesen spitz, warum der Oberamtmann Schmitt bei der Fremdenpolizei so eifrig und gezielt ihre härtesten Haudegen von Berlin nach Beirut »heimführte«.

Die Levantiner waren sauer wie nie, und in Simons neuem Restaurant »Haifa« explodierte eine Bombe ... Daraufhin gab es noch mehr Feuerwerk: Der »Turn-Tower«, das libanesische Hauptquartier und der größte Berliner Verschiebebahnhof für Drogen (im neunten Stock in der mauernahen, finsteren Stresemannstraße gelegen und nur über einen gläsernen Außenfahrstuhl erreichbar), sank in Schutt und Asche. Die Libanesen waren weg vom Fenster und keiner wußte von was. Seither mahnt von weitem die verkohlte Ruine des Turn-Tower die Unterwelt vor den Folgen von Kriegen, ähnlich wie die Gedächtniskirche die Berliner Oberwelt, nur wirksamer.

Von der Presse wurde der Anschlag auf Simons Lokal als antijüdischer Terrorakt aufgebauscht, und Simon schwieg dazu beharrlich – aus Angst, wie er sagte. Und das war genial. Die Ermittlungen verliefen wie erwartet im Sande.

Danach war Simon der Weise der Kaiser unter den Königen der Nacht, die zusammen mit der »Berliner Heimliga«, jenem typischen Berliner Filz aus Lokalmatadoren und Strippenziehern in den Hinterzimmern der Parteien und Puffs, mit mächtigen Bürokraten, Baulöwen und Medienhaien, mit den Box-Promotern und ihren Boxschulen, den Bier-, Spirituosen- und Zigaretten-Schiebern, den Geldwäschern in ihren gähnend leeren Sonnenstudios und Spielhallen; mit den Gebrauchtwagen-, Schrott- und Öl- und Kohlenhändlern, Inkasso-, Entmietungs- und Abriß-Unternehmern aus den Reihen der bläßlichen Nachfahren eines Franz Biberkopf das Berliner Milljöh bilden.

Nun aber fürchtet Victor Rabinowitsch, der immer so vorsichtig und umsichtig durchs Leben schritt wie ein Gärtner durchs Tulpenbeet, daß er dem Milljöh wegen der Befreiung seines Leibdentisten irgendwann einmal eine Gegengefälligkeit erweisen muß, die er sich nicht aussuchen kann, auch wenn Simon der Weise an vier seiner vierzehn Spielhallen beteiligt ist und einen hochachtbaren Ehrenmann wie Victor als Partner braucht.

Als Victor seinerzeit mittellos aus Odessa nach Berlin kam,

war Simon Bornstein der einzige, der ihm Kredit gab. Victor hat mit Simon trotz der saftigen Zinsen gute Geschäfte gemacht. Beide sind immer gut miteinander gefahren. Aus Dankbarkeit rechnet Victor auch heute noch immer etwas großzügiger als erforderlich ab. Simon weiß so viel Redlichkeit zu schätzen. »Denn wem kann man heute noch trauen?« fragt Simon der Weise Victor den Gerechten an jedem Neujahrsmorgen zur Jahresbilanz.

Alle Jahre wieder, sobald sich ihre Buchhalter mit den Büchern zurückziehen, nehmen sie am Neujahrsmorgen um genau neun Uhr ächzend in alten englischen Leder-Fauteuils Platz und zünden sich mit barocker Umständlichkeit Zigarren an. Simon, ein zierlicher, weißhaariger Mann mit den freundlichen Augen eines Vogelkundlers, erkundigt sich nach dem Wohlergehen der Rabinowitschs. Nachdem es den Rabinowitschs wie jedes Jahr gleichbleibend gut geht, hören sie Brahms und spielen schweigend eine Partie Schach. Es ist das Schweigen alter Männer, mit dem sie einander ihre Wertschätzung ausdrücken. Dabei lassen sie ihre Seelen wie Schwalben am Himmel schweben und setzen einander mit Vergnügen matt. Nach dem Spiel, das meist Remis ausgeht, erkundigt sich Victor nach dem Befinden der Bornsteins, denen es ebenfalls immer ganz ausgezeichnet geht. Sobald die beiden Buchhalter ihre Arbeit verrichtet haben, wünschen sie einander »Masel Tov« und verabschieden sich bis zum nächsten Jahr.

Inzwischen hat Victors Zahnweh proportional zu seinem Mißtrauen gegen andere Dentisten einen neuen Gipfel erreicht. Es ist genau der Grad von Folter erreicht, bei dem der Schmerz alle sittlichen Grundsätze und Bedenken außer Kraft setzt. Jetzt schaut Victor nur noch auf die Uhr und beobachtet, wie die Zeiger mit aufreizender Langsamkeit ihren Spott mit ihm treiben. Fünfundvierzig Minuten nach Anatols Abgang hat er »Consigliere« Preußger persönlich am Händie.

Preußger hat die Stimme einer übellaunigen Krähe. Victor könne Sergej in etwa zwei Stunden abholen. »Das ist die gute

Nachricht«, krächzt er durch den Äther. Die schlechte ist, daß der Aufenthalt nur um sechs Monate verlängert worden sei. Bis Mai muß Sergej seinen Status geklärt haben. Victor seufzt erleichtert auf und bedankt sich überschwenglich, was Preußger irritiert und irgendwie lästig scheint. Danach wählt Victor eine Moskauer Nummer an.

Larissa ist dran. Sie nimmt die gute Neuigkeit von der Freilassung ihres Sergej recht kühl auf und äußert sich zur Scheidungsangelegenheit ziemlich ausweichend. Angeblich brauche sie fünfhundert Dollar zur »Stimulanz« irgendwelcher Bürokraten.

Die Sorte kenn' ich, denkt sich Victor, wenn man der die Hand gibt, sollte man sogleich die Finger nachzählen. Aber sie soll ihre Scheinchen bekommen. Aus seiner Meinung über Larissa – egal ob sie nun Judenhasserin sein mag oder nicht –, hat er nie einen Hehl gemacht: Eine solche Frau kann man sich vielleicht als Geliebte halten, aber doch niemals als Ehefrau!

Bei dem Gedanken, daß sie nun nicht mehr lange die Ehefrau seines Freundes Sergej sein wird, muß er trotz Zahnschmerz unwillkürlich lächeln. Irgendwann wird Sergej dafür dankbar sein.

Larissas bohrende Nachfragen nach Garantien pariert er mit ein paar bedeutungsvoll klingenden Belanglosigkeiten über Liebe, Vertrauen und glänzende Aussichten. Unvermittelt erklärt sie ihm, daß die Scheidung mit Hilfe der »Stimulanz« in zwei Wochen rechtskräftig sein könnte.

Na, also! Die Schose läuft doch! Zufrieden zündet sich Victor eine Havanna an. Mit der Zigarre in der Hand tritt er ans Fenster seines Büros und zieht die Gardine beiseite. Draußen zerrt der Wind zornig an den Gerippen der Bäume. Auf dem Gehweg kämpfen sich frierend zwei junge Frauen gegen den Wind vorwärts. Weiße Wolken jagen wie Gespenster den düsteren Himmel entlang und verlieren sich am Horizont.

Victor denkt an Gott und an die Wohltaten, die er in seinem Leben empfangen hat. Er hat seinen Platz in der Welt gefunden. Apollonia ist die beste Frau, die sich ein Mann wünschen kann:

loyal, klug, umsichtig, verschwiegen und von königlicher Würde. Sie ist ihm treu ergeben, aus Einvernehmen und Zuneigung, nicht aus Unterwürfigkeit. Nie hat sie ihm gesagt, daß sie ihn liebe, fällt ihm plötzlich ein. Aber ist das wichtig? Ohne sie wäre er nichts, das weiß er. Darum hatte er Apollonia immer die Achtung und Aufmerksamkeit erwiesen, die ihr zukam, es immer vermieden, sie zu kränken.

Nein, die große Liebe war Polly auch für ihn nicht. Trotzdem ist sie die beste Ehefrau der Welt! Jede Anerkennung und Freundlichkeit hat sie ihm zehnfach vergolten, und so hat er doppelte Freude daran, sie glücklich zu sehen. Ihre fast dreißigjährige Ehe verlief wie ein friedlich dahinfließender breiter Strom. Es verstand sich fast alles von selbst. Über die Jahre sind sie zu einer Einheit geworden. Das ist ein seltenes Glück. Victor ist seinem Herrgott dankbar dafür. Die Kinder Aaron und Mirjam studieren in Princeton und Yale. Die fünfzigtausend Dollar jährlich für das Studium der Kinder belasten ihn nicht sonderlich. Er ist ein Mann mit Vermögen. Er ist ein glücklicher Mann. Sein Erwerbsgegenstand ist das Glück und das Spiel mit dem Glück.

Das Glück aber muß man hüten und pflegen wie ein hinfälliges, launisches Kind. Um sich täglich an die Zerbrechlichkeit des Glücks zu erinnern, hat er dieses Büro gemietet. Er steht da am Fenster, raucht eine Havanna, und seine Augen gleiten vom weißgrau gescheckten Himmel hinunter zum graubraunen Haus gegenüber, auf die andere Straßenseite der Kurfürstenstraße, in Eichmanns Büro. Nach der Zahnbehandlung wird er beten gehen.

7. Berliner Büffet-Ratten brauchen einen robusten Magen und Sinn für Höheres

Die Einzige, die immer an Beate geglaubt hat, und an ihr sogar »Starqualitäten« entdeckt haben will, ist Beates beste Freundin Simone. Leider gilt Simone als gemäßigt Verrückte und hat selbst für die Schöneberger Goltzstraße einen legendären Ruf. »Expertin für alternative Überlebenstechniken« hat sie sich auf Visitenkarten drucken lassen. Diese alternativen Techniken haben aber nichts mit Körnermühlen, Sonnenkollektoren oder gar mit Windrädern zu tun, es geht hier ums Überleben an sich.

Es gibt allerdings Menschen, die auf der Stelle einen Zug verlassen, panisch eine andere Wegstrecke wählen oder aus einem startklaren Flugzeug fliehen, sobald sie erfahren, daß Simone Schröder an Bord ist. Keiner hat etwas gegen Simone persönlich, außer vielleicht, daß sie das Unheil geradezu magisch anzuziehen scheint. Simone gehört zu jener Spezies hektischer, kettenrauchender Berlinerinnen, die eigentlich für ihr Mundwerk einen Waffenschein führen sollten. Über ihre Männerbeziehungen weiß man nur, daß sie zweimal geschieden ist, mindestens einer ihrer früheren Liebhaber heute Mönch ist, und Simone darum auf »Kerle«im allgemeinen schlecht zu sprechen ist. Sie begründet das schlicht damit, daß sie sich nie wieder den Kühlschrank leerfressen lassen will, daß sie gegen Käsesocken allergisch sei und wahrscheinlich gegen Männer überhaupt. Sie bereiten ihr Atemnot, sagt sie.

Simone Schröder mißt einen Meter, sechsundfünfzig Zentimeter, ist streßdürr, hat das Blond eines Berliner Straßenköters und hält es seit einiger Zeit mit Buddha. Schon vor langer Zeit hat Simone sämtliche Zahlungen eingestellt. Für eine Weile stand sie auf vertrautestem Fuße mit allen Berliner Gerichtsvollziehern, bis sie sich um ihres Seelenfriedens und besseren Nachtschlafes willen administrativ einfach in Luft auflöste.

Schuld an alledem war das Arbeitsamt. Simone war nämlich einst eine begnadete und vielbeschäftigte Casting-Frau und besetzte für alle Regisseure von Rang und Namen Filme. Zur kulturellen Besonderheit der Bundesrepublik Deutschland gehörte es aber, daß diese Tätigkeit bis vor kurzem nur dem Arbeitsamt erlaubt war und niemandem sonst. Jeder, der in Deutschland die anderswo hochgeschätzte Tätigkeit des Casting betrieb und gleich nach dem Regisseur im Abspann genannt wurde, operierte hierzulande unter Strafandrohung, war ein Krimineller, der auf einer Stufe mit Mädchenhändlern, Asylantenschleppern und Sklaventreibern stand.

Beates beste Freundin Simone gehörte leider zu den naiven Naturen, die an Vernunft und Ordnung glaubten. Arglos und voller Vertrauen in Behörden und Rechtsstaat stellte sie einen Antrag auf Zulassung zur Vermittlung für Filmbesetzungen, nichtsahnend, daß sie damit ihr Schicksal besiegeln sollte. Denn kein Beamter wollte sich zur »Unzeit« die Finger an diesem Antrag verbrennen, wenngleich zu Sauregurkenzeiten liberale und christlichdemokratische Minister markig von einer Privatisierung der Vermittlung von Arbeit herumschwadronierten, die dann zehn Jahre lang auf sich warten ließ.

Die Behörde jedoch ließ die Minister reden und beharrte weiterhin eifersüchtig auf ihrem Monopol. Politische »Großwetterlagen« und behördeninterne »personelle Konstellationen«, von denen Simone nichts ahnen konnte, ließen den unbequemen Schröderschen Antrag in den tiefen Verliesen der Ablagen schmoren. Ansonsten betrieb man die übliche Bürokraten-Kryptik und war im übrigen ungnädig. Die lästige Antragstellerin schickte man auf die Pirsch nach Papieren, Urkunden und Bescheinigungen.

Geduldig wartete Simone auf behördliche Zeichen und Wunder, die aber nicht eintreten wollten. Warum? Ihre Anrufe gingen ins Leere. Die Verantwortlichen waren entweder im Urlaub, zur Kur, zur Weiterbildung, auf Dienstreise, oder litten an geheimnisvollen, langwierigen Krankheiten. Aus Gründen des Datenschutzes wollte man am Telefon außer »Guten Tag« gar nichts sagen, und der Rest war dann auch keine dreiundzwanzig Pfennig wert. Wann immer Simone persönlich »vorsprach«, tat man entweder so, als hörte man von dem Vorgang zum ersten Mal, oder behandelte sie, als habe man sie soeben mit dem Tafelsilber der Anstalt beim Überklettern der Hofmauer gestellt.

Nach zwei Jahren vergeblichen Wartens wurde Simone die Sache zu blöd, und sie rief einen Anwalt zu Hilfe. Das wäre besser unterblieben. Wie von Nattern gebissen erwachte plötzlich der Ehrgeiz der Behörde, jetzt galt es, »einen Präzedenzfall« zu verhindern. Einem besonders scharfsinnigen Beamten mit Sinn für juristische Feinheiten fiel ein, daß Simone ja ohne Bewilligung des Antrags eigentlich *illegal* Arbeitskräfte vermittle, selbst wenn sie das im Auftrag des Regisseurs und der Filmproduktion täte.

Dieser Beamte ist dafür sehr von seinem Chef gelobt worden. Es traf sich nämlich ausgezeichnet, denn dem Chef der Abteilung zur »Verfolgung von illegaler Arbeitsvermittlung« fehlten für die Erfolgsstatistik noch einige Punkte für den nächsten Streifen am Ärmel. Arbeiterfäuste wie auf Baustellen waren auch nicht zu befürchten. Simone war also dran.

Die Bundesanstalt für Arbeit bewies nun Bürgernähe: Mit zehn Polizisten wurde Simones Drei-Zimmer-Wohnung gestürmt und jedes Stück Papier, einschließlich der Schulhefte ihrer Kinder beschlagnahmt. Die Entschuldigungen, die die Schröderschen Kinder am nächsten Tag für nichterbrachte Hausaufgaben vortrugen, klangen selbst für Schöneberg-Nord reichlich wild: »Die Polizei und das Arbeitsamt haben unsere Hefte beschlagnahmt!«

Das Schulamt und die Jugendfürsorge wurden tätig, aber vergeblich, denn der Kindesvater riß sich nicht um das Sorgerecht, sondern nahm vielmehr Reißaus. Das war Simones Glück.

Schwerwiegender war, daß sie ohne Belege keine Steuererklärung machen konnte und auf ihren schwäbischen Steuerberater vertrauen mußte. Für seine Untätigkeit stellte der eine Rechnung und pfändete als erster gleich selber. Jetzt hatte Simone auch ein Verfahren wegen Steuerhinterziehung am Hals. Ihre Anwälte verlangten dreitausend Mark Vorschuß. So viel Geld war inzwischen nicht mehr da, und so gingen die Dinge ihren geordneten bürokratisch-kapitalistischen Gang.

Man bezifferte den Schaden, den Simone mit ihrer Tätigkeit dem deutschen Volk zugefügt hatte, auf dreißigtausend Mark und verhängte ein Bußgeld in gleicher Höhe. Damit gilt Simone nun als vorbestraft. Sie mußte den Offenbarungseid leisten.

Weil Simone aber nicht gleich zum Sozialamt rannte, vermutete die sadistische Behörde, daß sie einige Millionen Schwarzgeld auf geheimen Schweizer Konten gehortet haben müßte. Morgens um sechs standen wieder Freunde und Helfer vor der Tür und nahmen Simone in Beugehaft, um das Geld aus ihr herauszupressen. Die schröderschen Kinder mußten diesmal in der Schule nicht nach Entschuldigungen suchen, denn sie kamen für die vier Wochen ins Heim.

Das Finanzamt verhängte wegen Steuerhinterziehung noch eine empfindliche Geldstrafe und etliche Zinsen und Versäumniszuschläge. Ehe Simone sich versah, hatte sie über zweihunderttausend Mark Schulden, war vorbestraft und hatte Gewerbeverbot. Sie hätte weder eine Würstchenbude betreiben noch den Fußboden eines Krankenhauses wischen dürfen, doch gleichwohl sollte sie zahlen.

Allein Hanna, Simones zweitbeste Freundin, eine gefürchtete Beamtengeißel und begnadete Sozialamt-Strategin, hätte hier helfen können. Nur half sie damals gerade den revolutionären Massen in Nicaragua. Früher, als »Revoluuhschen« auch in Deutschland hip war, kam Hanna – eine Amazone von einsachtzig und fünfundneunzig Kilo Lebendgewicht – aus Nienburg nach Berlin, mauserte sich in Rekordzeit zur härtesten Maoistin der Stadt, verteilte jahrelang im Morgengrauen tonnenweise Flugblätter vor Werkstoren und wartete mit Mao und Ho Chi Min auf die »revolutionäre Verschärfung der Widersprüche«. Später, als sich ihre »Massenlinie« selbst in »progressivsten« West-Berliner WeeGee-Wohnküchen nicht mehr umsetzen ließ, sattelte Hanna auf Sozialpädagogik um. Sie hatte aber ab und zu noch linke Rückfälle. Nicaragua war der letzte.

Natürlich ist das alles Schnee von gestern. Heute hält Hanna es mit Engeln und mit der Rückführung in vergangene Leben gegen Vorkasse. Das Diesseits deutscher Behörden betritt die antikapitalistisch-spirituelle Hanna heute nur noch für »wirklich gute Freunde«, dann allerdings wie feindliches, vermintes Gelände. Zur Abwehr vom bösen Bürokraten-Blick führt sie außer einer Alraunewurzel immer ein zerlesenes Sozialgesetzbuch nebst allen Ausführungsvorschriften und Grundsatzurteilen mit sich.

Wenn Hanna für einen ihrer Schützlinge ein Anliegen vertritt, hat die Gesprächseröffnung immer etwas von einem Fachdisput unter Ärzten. Danach wird es ernst. Sobald die wehrhafte Hanna auf Widerstand stößt, veranstaltet sie »Mau-Mau im Sozialamt« und hat deshalb im»Sozi« Schöneberg Hausverbot. Darum konnte sie auch ihre Freundin Simone nur »mental« unterstützen. Wie auf ein krankes Pferd hat sie auf Simone eingeredet: Was ihr nach dem Gesetz doch alles zustünde, daß sie so wenigstens krankenversichert wäre und vor den Gläubigern »sicher in der Laube« und so weiter und so fort ...

Es half nichts. Simone blieb störrisch und war in keine Amtsstube mehr zu bewegen, selbst wenn die rauflustige Hanna zum hundertsten Male aufkreischte: »Mensch, Selbstachtung hin oder her! Das steht dir doch alles zu! Mit den Kindern und Wohngeld hast du zweitausendzweihundert Mark zu kriegen, zweitausendzweihundertneununddreißig Mark rechtlich verbrieften Anspruch, du Träne du!«

Nichts zu machen! Simone war einfach fertig mit der Welt,

und ging in den Untergrund. Sie wechselte mehrfach die Wohnung, meldete sich dann ganz aus Deutschland ab und war bürgerlich damit tot. Kein niedergelegtes Schriftstück erreichte sie mehr, kein Gerichtsvollzieher, keine Polizei. Formal übertrug sie ihrer Freundin Hanna das Sorgerecht für die Kinder, so könnte man ihr wenigstens nicht über die Kinder »dummkommen«, oder gar ihren Wohnsitz ermitteln und so weiter. Piez!

Seither pflegt Simone Schröder den soliden Verfolgungswahn einer »Individual-Guerilla« mit nervösem Gesichtszucken und dem Tick, alle paar Sekunden über die Schulter zu schauen. An ihrer Wohnungstür steht kein Name. Das Telefon läuft über den Second-Hand-Laden unten im Haus und wird konsequent durch einen Anrufbeantworter gefiltert. An die Tür geht sie nur, wenn das konspirative Klingelzeichen ertönt.

Die Not kam erst in kleinen Schritten. Kaputte Haushaltsgeräte konnten nicht mehr repariert werden. Eine defekte Automatik am Geschirrspüler mußte sie jeden Tag neu überlisten. Die Waschmaschine setzte ständig das Bad unter Wasser. Plötzlich war das Auto weg. Für viertausend Mark auf die Hand hatte sie es sich stehlen lassen, gerade noch rechtzeitig vor Versicherungsablauf und Pfändung. Nach drei Monaten war auch das Auto aufgegessen. Der Strom wurde gesperrt, das Gas abgedreht. Davon geht die Welt nicht unter, tröstete sie sich und sann auf Abhilfe.

Jetzt macht Simone Kämping zu Hause: Warmwasser, Kühlschrank und Herd laufen auf Butangas, den Strom hat ihr ein alternativer Bastler von der Hausleitung hinter einer Scheuerliste im Treppenhaus abgeklemmt. Wenn Simone krank wird, fährt sie siebzig Kilometer nach Stettin, denn deutsche Krankenversicherungen von mindestens vierhundert Mark im Monat kann sie sich nicht leisten. Im nahen Polen ist sie für fünfhundertfünfzig DeeMark im *Jahr* Privatpatientin.

Im Bad und auf dem Balkon züchtet Simone Glücksklee. Die kleinen »Berliner Pflänzchen« verkauft sie in putzigen Blumentöpfchen mit Berlin-Motiv für fünf Mark am Brandenburger Tor an Touristen. An guten Wochenenden verkauft sie an die hundert Stück, die Woche über noch einmal hundert. Sie hat ihr Auskommen, illegal und schwarz natürlich. An bestimmten Gewohnheiten hält sie aber fest. Das gilt nicht nur für Butangas und geklauten Strom. Zum Frühstück ist sie beispielsweise recht gern im Hotel Intercontinental zu Gast.

»Eier mit Speck«, sagt Simone, als ihr Beate an einem Freitagmorgen gesteht, daß ihr der Gang zum Supermarkt mangels »Masse« verwehrt ist. »Eier mit Speck, was anderes ist nicht drin«, wiederholt Simone nach einem Blick in den Kühlschrank, in dem sich vier steinalte Eier, rosa angelaufener fetter Speck, Uraltmagarine und trocken aufgewölbte Brotscheiben fürchten.

Ihr sei schon ganz schwindlig, sagt Beate, und sie müsse heute unbedingt was Ordentliches *beißen*. Aber »Eier mit Speck« niemals. »Irgendwas *Kalorienarmes*« müsse es sein, »sonst sind die drei Tage Hungern auch umsonst gewesen«.

»Ooch noch kiesetig, wa?!« meckert Simone und japst zwischen zwei Trockenhustenanfällen: »Willkommen im Club der Abesser.« Ein Leitfaden scheint ihr unerläßlich. Das »Esplanade« sei zum Frühstück nicht zu verachten. Für mittags könne man mal bei den Kongreßzentren vorbeischauen. Auch unübersichtliche Hochzeitsgesellschaften, das heißt, mit mehr als fünfzig Gästen, seien gut, vorausgesetzt der Kleiderschrank gibt die angemessene Garderobe noch her. Vernissagen, für den kleinen Hunger des Magens und größeren des Geistes. Senatsempfänge seien nicht übel, vorausgesetzt beim Anblick von Bürokraten wird einem nicht schlecht, referiert Simone und hustet sich fast blau. »Is' für mich also off limitz ...« ringt sie sich gequetscht ab. Sehr zu empfehlen hingegen: Presseempfänge von Restaurantketten, Essen ohne Ende und bestes Material! Ein Treffer seien immer »Bergfeste« bei Filmproduktionen. »Man ißt da immer sehr gut, und beruflich kommt auch was rüber ... Bei den Premieren hingegen wird schon gespart, kannste dir also schenken! Außerdem werden da die Gäste handverlesen. Und nichts ist so entwürdigend wie ein Abeßtermin, bei dem man mit leerem Magen nach Hause geschickt wird! Fernseh-Ausstellung: eine tierische Schlemmveranstaltung. »Ick persönlich steh' auf Wie-Ai-Pi-Launsch von Satt Eins, absolut supper, sar' ick dir! Grüne Woche kannste vergessen, alles nur noch Kaufware ...«

»Ja, und was essen wir heute?« Von all der aufgezählten Vielfalt kulinarischer Genüsse wird aus Beates schlafendem Hunger ein brüllender.

»Wie spät isses denn?« Simone guckt aus dem Fenster rüber zum Uhrmacher, wo eine große Normaluhr mit eingeschlagenem Zifferblatt hängt, so daß man sich die Zeit eher denken denn ablesen kann. Nach kurz-vor-elf sieht es aus. »Hmh, Pressekonferenz mit kleinem Imbiß, also.« Simone wühlt in einem Stoß Einladungen. »Ach, ja! Du mußt sehen, daß du so nach und nach in sämtliche Einladungsverteiler kommst. Dann laden sie dich nämlich sogar noch schriftlich ein. Geil, wa'?« Einen Moment später hat sie etwas Geeignetes gefunden. »Kannste eigentlich mit Stäbchen umgehen?« Beate nickt. »Okay, denn is' heute das Japanische Wirtschaftszentrum dran.« Ein Klippbord und einen Fotoapparat nötigt sie Beate auf, sowie einen Ansteckausweis »Presse«. »So muß man sich wenigstens nicht noch ufftrullern!«

Von der Goltzstraße zum Tiergarten ist es nicht weit. Sie gehen zu Fuß. Ab Kurfürstenstraße müssen sie gegen den Wind laufen. Unvermittelt deutet Simone auf ein Fenster im zweiten Stock, wo ein rundlicher Endfünfziger mit Halbglatze zigarrerauchend am Fenster steht und in Meditation versunken scheint.

»Woran denkt der wohl, was meinste?« will Simone wissen.

Was irgendein alter Knacker an irgendeinem Fenster denken mag, ist Beate wirklich herzlich schnuppe, aber sie will Simone bei Laune halten. »An Aktienkurse vielleicht«, meint sie ohne Schwung.

»Nee, ick wette, der spricht mit Gott.«

»Ach du grüne Neune!« Inständig hofft Beate, daß Simone

nicht wieder von Budda, Karma, Shakrah, Nirvana und ähnlichem Scheiß anfängt. Außerdem stinkt es aus der Kanalisation zum Himmel, und der Wind bläst ihnen aus Osten kalten Straßendreck ins Gesicht. Beate ist schlecht, weil sie sieben Kilo abnehmen will, und sie fühlt sich mies, weil sie es wieder nicht schaffen wird. Mit offenen Augen träumt sie davon, eine Schneise durchs Büffet zu fressen und die Freßorgie aus zarten Hühnchen in Melisse, Sushis, Bamubssprossen, Fisch in zartem grünem Curry am Ende mit Muus o Schokola zu krönen oder mit einem Apfelstrudel ganz leicht angebräunt, in heißer goldgelber Vanillensoße schwimmend und ganz leicht mit Puderzucker bestäubt …

In der Manteltasche tastet sie nach ihrem leeren Portemonnaie. Daß sie es immer noch mit sich führt, ist nur noch reine Gewohnheit. Ihr Konto ist leer, die Kreditkarten gesperrt, alle zu erwartenden Geldanweisungen gehören schon anderen Leuten. Ihre EC-Karte hat der Automat auf Nimmerwiedersehen geschluckt. Wenn man sich daran gewöhnt hat, fühlt man sich ohne Geld ganz leicht, denkt sie erstaunt. Sonst fehlt es hier und dort, reicht vorn und hinten nicht, und man grämt sich. Nun ist der Gegenstand der Sorge einfach weggefallen, und man fühlt sich geradezu *frei*. So müssen Bettelmönche sich fühlen, geht es ihr durch den Kopf. In Simones Gesellschaft findet sie das ganz normal. Sobald sie aber nach Wilmersdorf kommt, oder gar all diese entsetzlich erfolgreichen Serienfutzies trifft, ist die totale Pleite ein Gebrechen, das man schamhaft verbergen muß.

In Berlin-Mahagonny, denkt sie, reicht man eher dem Mörder und Kinderschänder zur Resozialisierung gnädig das Händchen als dem Bankrotteur. Auf Zahlungsunfähigkeit steht der Tod, der gesellschaftliche zumindest.

Brecht hat sie früher immer angekotzt. Dieses kulturell wertvolle, auf Askese getrimmte Salon-Revoluzzertum, das in synthetischem Elend herumsudelt, ging ihr auf die Nerven. Das konnte man natürlich nicht zugeben. Als Schauspielerin schon gar nicht … Es besteht ja geradezu ein Zwang, Brecht genial zu finden, und bis heute lag er ihr total quer. Durch den Workshop des leeren Magens denkt sie über einen neuen Zugang zum proletarisierenden Dichter nach. Sie wird sich Brecht noch einmal vornehmen, beschließt sie, egal ob der nun alle seine Frauen ausgebeutet und beklaut hat oder nicht.

Von weitem schon sichtbar: die üblichen Übertragungswagen und die üblichen kräftigen Kerle mit den üblichen strähnigen Haaren, den üblichen fortgeschrittenen Bierschwangerschaften und fußballgroßen Schlüsselbünden an den üblichen am Arsch hängenden Dschiens. Ohne sichtbare Tätigkeiten, nach einer geheimen Choreographie kreuzen sie vor dem Eingang wichtigtuerisch im schwer rollenden Gang von Ackerbauern. In ihren Gesichtern steht das verächtliche »Auch-das-noch!«

Langsam tröpfeln die geladenen Gäste ins Vestibül, wo sie von zwei sich ständig verneigenden Japanerinnen mit immer-frischem Lächeln begrüßt werden. Wie machen die das nur? Vor dem Konferenzraum lockt ein üppiges, kunstvoll arrangiertes Büffet. Beate macht Stielaugen, und ihr läuft so heftig das Wasser im Mund zusammen, daß die Speicheldrüsen schmerzen. »Wird das noch lange dauern?« fragt sie sehnsüchtig. Ihre schlankheitswahnsinnige andere Seelenhälfte verachtet sie dafür: Arschloch! Versagerin! Memme! Willenlose Qualle!

»So 'ne Stunde wird's schon werden ...«

»Bis dahin bin ich umgefallen«, stöhnt sie, und ihr Magen knurrt so laut, daß sich die beiden Kimonos umdrehen.

»Ick dachte, du machst *Diät*?!« blafft Simone sie an.

»Ich hab seit drei Tagen nichts gegessen. Ich kann nicht mehr ...«, quäkt Beate kläglich.

»Großer Gott!« Simone verdreht die Augen und segelt auf die beiden Geishas zu, verbeugt sich und sagt etwas zu ihnen – offenbar in deren *Muttersprache,* auf japanisch! Beate macht große Augen. Aufgeregt schwatzend tippeln die beiden Japanerinnen davon. Kurz darauf huscht eine der beiden zurück, verbeugt sich abermals und zwitschert Simone etwas zu.

Simone sagt nur kurz »Hai« und macht Beate ein Zeichen:

Los, mitkommen! Die Töchter aus dem Land der aufgehenden Sonne führen sie in einen Saal, in dem auch der Tenno standesgemäß thronen könnte. Neben einem künstlichen Wasserfall ist, umgeben von Tatami-Matten, eine Tafel aufgebaut, um die sich jeder Fotograf für Gourmetzeitschriften in Stücke reißen lassen würde. Simone und Beate sind baff.

Die beiden fernöstlichen Blumen kichern, als sei ihnen ein guter Scherz gelungen. Sie bedeuten Simone und Beate, sich die Schuhe auszuziehen. Beate ziert sich. Aus gutem Grund: Vom großen Zeh bis zum Hackenrand trägt sie rechts eine geradezu stigmatisierende Laufmasche. Es bleibt ihr aber nichts anderes übrig, als so zu tun, als wüßte sie nichts von dieser Schlampenplage. Ein Rest von Scham bleibt, denn ein Nagellack-Tupfer, der die Laufmasche am Hacken zum Halten bringen sollte, leuchtet so rot wie ein Bremslicht.

Die japanischen Ladys starren fasziniert auf Beates Bastelarbeit. »Wenn Sie sich ein wenig frischmachen wollen ...« Die jüngere der beiden zeigt ihnen das Bad: eine Wucht aus weißem Marmor, Spiegeln und goldenen Armaturen. Entweder Michael Schanze von »Vorsicht Kamera« kommt gleich aus der Kulisse, oder ich habe eine Hunger-Hallu, denkt Beate, während sie sich mit den heißen Frottee-Tüchern Gesicht und Hände abreibt.

»Was, um Himmels willen, hast du den beiden denn nur eingeredet? Daß wir die Schwestern von Läidi Dai sind, oder was?«

»Ich hab' nur gesagt, daß du heute noch gar nichts gegessen hast, und wir vor Büffee-Eröffnung schon wieder los müssen.«

Die ältere Japanerin kommt strahlend auf sie zu getippelt und jubelt nach einer Verbeugung auf Deutsch: »Wir freuen uns, Herrn Sakamoto in fünfzehn Minuten begrüßen zu können.«

»Sollen wir etwa so lange warten?« sorgt sich Beate.

»Nee, dis ist japanische Höflichkeit und heißt im Klartext: ›Haut rein Mädels, in fünfzehn Minuten müßt ihr fertig sein!‹« Simone entgegnet etwas und verbeugt sich, worauf die Japanerinnen kichernd davonhuschen.

»Mensch, woher kannst du denn *japanisch*?« will Beate wissen, während sie sich einen Berg Reis auf den Teller schaufelt und dann gierig wie eine Dogge ihre Zähne in ein Hühnerbein schlägt. Zwei feine Perlen Soja-Soße laufen ihr dabei am Kinn runter.

»Ich ging mal mit 'nem Japaner«, brabbelt Simone mit einem Mund voller Sushi.

Das ist Beate neu. Wenn sie nicht soeben mit eigenen Ohren gehört hätte, wie mühelos Simone japanisch gesprochen hat, sie hätte es nie geglaubt. Nur ist jetzt nicht der rechte Zeitpunkt, sich über das geheime Leben bester Freundinnen zu wundern. Einträchtig malmen ihre Kinnladen im Akkord.

Gleich vier Sushis aus rohem Lachs mit Meerrettich lädt Beate nach. Die Schärfe treibt ihr den Schweiß auf die Stirn. Simone schaufelt sich direkt aus der Schüssel ein köstlich duftendes Gericht mit Krabben und Seetang in den Schlund. Mit Sake spült sie nach. In einem wilden Freßanfall stürzt sich Beate auf einen Fisch mit Zitronengras. Simone kontert mit einer Fuhre Gemüse und Reis.

Gerade will sich Beate über ein Fleischgericht hermachen, da kommen schon die Japanerinnen zurück. »Herr Sakamoto ist soeben eingetroffen.«

Beate kippt sich noch die halbe Schale des heißen Gerichts in den Rachen und verbrüht sich dabei den Schlund. Aus!

Die freundlichen Damen aus Fernost reichen ihnen dienstfertig heiße Tücher. Mit Mühe kommt Beate wieder auf die Beine. Ihre Füße sind eingeschlafen, und ihr Magen ist auf die Größe eines Gasbetonblockes angeschwollen. Anstatt eines Dankes entfährt ihr ein donnernder Rülpser. Widerstrebend greift sie zu ihrer Tarnung, dem Klippbord und dem Fotoapparat.

Beate kann nicht sagen, ob ihr nun so schlecht ist, weil sich ihr Magen nach der qualvollen Leere nun unter einer Lawine von zusammengeschlungenen Nahrungsmassen aufbäumt, weil sie nette, hilfsbereite Japanerinnen so schamlos betrügt oder weil sie nun gut und gerne zweitausend Kilokalorien intus hat, womit die elende Hungerei der letzten Tage völlig sinnlos geworden ist. Der Kaloriengedanke deprimiert sie da am meisten, keine Frage.

Im Konferenzsaal verziehen sich Simone und Beate ganz nach hinten. Herr Sakamoto hält eine endlose Rede auf Japanisch, die eine Japanerin mit Artikulationsschwierigkeiten simultan übersetzt. Die Augenlider der Pressemenschen sind auf halbmast gegangen. Sakamoto scheint von einer Versammlung träumender Krokodile zu sprechen.

Beate flüstert Simone zu, daß ihr schlecht ist.

»Also, ein bißchen muß man schon vertragen können als amtlicher Abesser«, entgegnet Simone pikiert. »Aber, sag mal«, fährt sie mit unverwandtem Blick aufs Podium fort, »was machste denn Freitag in acht Wochen, um zehn Uhr fünfzehn?«

»Erzähl jetzt bloß nischt von Essen!« Beate sieht grünlich aus.

Simone entgeht das, denn sie hängt scheinbar interessiert an Sakamotos Lippen. »Ich brauch' ne Trauzeugin«, flüstert sie weiter.

»Für wen?« wispert Beate zurück.

»Für mich! Ich heirate!«

Die geflüsterte Heiratsabsicht fällt in einen Moment absoluter Stille im Saal und einige träumende Krokodile drehen sich um. Inzwischen ist Beate gefährlich weißgrün.

»Mach kein' Scheiß!« japst sie. »Haste denn nicht schon genug Probleme? ... Oh, oh ...« Krampfhaft preßt Beate eine Hand vor den Mund.

Simone hypnotisiert Sakamoto weiter und zischelt träumerisch: »Nee, dann nicht mehr, Bea. Zehntausend Mäuse zum Aufgebot, zehntausend Mäuse zur Trauung auf die Hand!«

Beate springt auf und hastet den Gang runter. Inzwischen preßt sie beide Hände auf den Mund und kämpft für das gesamte Auditorium unüberhörbar mit einem heftig würgenden Brechreiz. Mit weichen Knien zur Tür, zu den hilfreichen Japanerinnen schafft sie es noch gerade, dann aber kotzt sie im hohen Bogen gegen die verschlossene Flügeltür aus poliertem Kirschholz. Auch zwei prächtige Kimonos kriegen was ab.

Auf der Stelle tot umfallen wär schön! jault Beates wunde Seele, korrigiert sich aber gleich wieder: Nie geboren wär' noch besser! Nur der schlankheitswahnsinnige Teil ihres Gemüts jubelt, weil der Kampf gegen die zweitausend Kalorien jetzt ausfällt.

»Sach mal, biste schwanger, oder wat?« hört sie Simone von ganz fernher fragen. Kann aber auch nur 'ne »Hallu« gewesen sein.

8. Nur ein freier Dentist ist ein guter Dentist

Mit der Freiheit ist es wie mit Müttern. Von beiden weiß man erst, was sie taugen, wenn man sie nicht mehr hat.

Gerührt begrüßt Sergej jede ihm bekannte Berliner Straße, den Nollendorfplatz, das Treppenhaus zur Praxis in der Motzstraße, die Praxis selbst. Seinen Schreibtisch streichelt er sogar. Liebevoll wiegt er jedes Instrument in der Hand. Er hat Glück. Er hat Victor Rabinowitsch zum Freund.

Vadim, Sascha und Igor sind Sergejs beste Freunde. Sie sind etwa gleichaltrig, und sie teilen die gleichen Interessen. Doch wenn Not am Mann ist, können sie wenig ausrichten: ohnmächtig fluchen, trösten, Briefe schreiben, Petitionen verfassen vielleicht. Das ist alles. Mehr kann man von ihnen nicht erwarten. Sie sind, wie sie sind – sie sind wie er: gutherzig, wohlerzogen und völlig bedeutungslos.

Ein junger Mensch ohne Beziehungen und Geld braucht Beistand, einen Gönner und Ratgeber, wenn er es zu etwas bringen will. Und Sergej will es in »Europa« zu etwas bringen. Daß die »Eingeborenen« hier tatsächlich an Chancengleichheit und das gleiche Recht für alle und solchen Humbug glauben, hält er für westliche Dekadenz. Das wäre genauso absurd wie die Erwartung, daß jeder, der sich Christ nennt, sich auch tatsächlich auf die linke Wange schlagen ließe, wenn man ihm vorher schon die rechte blaugehauen hat, denkt er belustigt. Die Idee ist zwar erbaulich, doch wer daran glaubt, ist ein Idiot.

Sergej Salnikow ist aber kein Idiot, er ist Russe und glaubt nur an das, was er kennt: die Willkür. Der Willkür kann man sich nur durch Einfluß, Beziehungen, Gewalt oder Geld erwehren.

Doch daran denkt er im Moment nicht.

Mit flinker Geschicklichkeit bearbeitet er Victors leidenden Zahn. Weisheitszahn mit Zahndurchbruch. Normalerweise ein Fall für die Zahnklinik, die Kieferchirurgie. Victor liegt bewußtlos im Stuhl, und es ist gut, daß er nicht weiß, daß er ihm den Kiefer aufschneidet und aufsägt. Victor muß gewaltige Schmerzen ertragen haben. In der Klinik hätten sie mindestens zu dritt an ihm herumgedoktert. Sergej arbeitet lieber allein. Die Arbeit geht ihm schnell und präzise von der Hand. Das Übel hat er restlos entfernt. Nur noch tamponieren und zunähen, fertig!

Sergej nimmt sich seufzend die OP-Maske vom Gesicht und denkt beim Ablegen der Gummihandschuhe unwillkürlich daran, was Victor über seine »goldenen Hände« gesagt hat. Seine absolut ruhige Hand mit Feingefühl und Präzision zeichnet ihn für seinen Beruf aus. Schon in Moskau hat er sich in Fachkreisen den Ruf des besten Inlay-Spezialisten erworben.

So hatte er Victor kennengelernt. Victor kam mit einer geradezu klassischen Zahnarzt-Phobie und einem Gebiß, zu dessen Zustand ihm nur »Blut, Schweiß und Tränen« einfiel. Von Victor erfuhr er auch von den guten Verdienstmöglichkeiten in Deutschland und in der Schweiz, wo es noch schlechtere Zähne, dafür aber immens höhere Abrechnungssätze gebe. Er nannte das eine gesunde Geschäftsgrundlage und hatte wie fast immer recht.

Es ist nicht so, daß Sergej in Moskau Not gelitten hätte. Er hatte sein Auskommen. Aber die zahlungsfähige Kundschaft ist noch ziemlich rar, und jedes Jahr gibt es mehr Zahnärzte, was wiederum keine gesunde Geschäftsgrundlage ist. Außerdem ist Moskau kein guter Platz, um in Ruhe und Frieden zu leben, findet Sergej.

Victor lebt seit über zwanzig Jahren in Berlin. Er hat Sergej damals die Arbeit in Jurijs Praxis verschafft. Nicht unbedingt aus reiner Menschenliebe, sondern weil er Sergej nun immer in der Nähe wissen wollte, in Berlin. So wurden sie Freunde.

In etwa fünfzehn Minuten wird Victor aufwachen. Zeit genug, schnell Larissa anzurufen. Doch plötzlich hält Sergej inne. Seit Tagen fühlt sich sein Gesicht lausig an. Es juckt und spannt, als hätte er Krätze. Im Gefängnis konnte man sich aus Sicherheitsgründen nur trockenrasieren. Mit Zeigefinger und Daumen reibt er sich das stoppelige Kinn und beugt sich zum Spiegel. Ungesund sieht er aus, teigige Haut, umschattete Augen. Nachdenklich verteilt er den Rasierschaum im Gesicht und schabt sich routiniert die Wangen.

Die Männer im Gefängnis fallen ihm plötzlich ein, die alle keinen Naßrasierer und keinen Freund wie Victor haben ... Schon jetzt kann er sich kaum mehr an ihre Gesichter erinnern. Es sind verlorene Seelen. Man kann nichts für sie tun! Das Thema der »Rhapsody in Blue« pfeift er vor sich hin. Mit dem Handtuch um den Hals tupft er sich flott das Gesicht trocken und läuft durch die Praxis. »Wegen Krankheit geschlossen«, steht draußen noch dran. In zwei Jahren wird er seine eigene Praxis haben. Er hat schon alles mit Larissa durchgerechnet. Victor wird ihm Kredit geben, hat er gesagt. Nur vorher muß er heiraten, dann ...

Am Empfangstresen brütet neben einem Adventsgesteck mit Tanne, viel Gold und Rot und einer brennenden roten Kerze Schwester Dagmar über einem Kreuzworträtsel. Schwester Dagmar Wolter ist kreuzworträtselsüchtig und läßt sich nur widerwillig stören. Auf Russisch teilt Sergej ihr mit, daß der Patient Rabinowitsch in etwa fünfzehn Minuten aufwacht, aber noch mindestens eine Stunde liegen soll. In einer Dreiviertelstunde, also in genau fünfundvierzig Minuten, soll sie ihm noch eine Spritze gegen die Schmerzen geben.

Murrend macht sich Schwester Dagmar Notizen. Sie hat nicht nur den Charme einer ehemaligen EsEhDeh-Parteisekretärin, sie ist auch eine gewesen. Die Art ist Sergej geläufig, sie erinnert ihn an Moskau. Auch die russischen Patienten nehmen am Wesen der neuen Sprechstundenhilfe keinen Anstoß. Nur die neuen deutschen Patienten verbitten sich ständig irgendwelche »Töne« und machen ein Geschrei, was eine »Art« sei und was nicht.

»Diese Westler sind verzärtelt und heikel«, hat er ihr erklärt. *Er* brauche *ihr* keine Wessis zu erklären, fauchte Schwester Dagmar zurück. Aber wenn er unbedingt wolle, werde sie von nun an schöntun wie die Waschmitteltanten im Werbefernsehen. Seitdem gibt sie sich wirklich Mühe und versucht sogar zu lächeln. Es sieht zwar immer so mißglückt aus, als würde man eine beißwütige Bulldogge unter Androhungen von Elektroschocks zum Grinsen zwingen, aber immerhin. An ihren merkwürdigen Akzent hat er sich gewöhnen müssen. »Schwester« Dagmar kommt aus Leipzig und war früher auf der Parteihochschule Russischlehrerin und noch einiges mehr ... Doch hier in West-Berlin unter Russen interessiert niemanden ihre Vergangenheit, und das ist auch gut so, findet sie, irgendwann muß ja auch mal Schluß sein!

Dagmar Wolter ist pünktlich, »geht in die Spur« und ist zuverlässig. Lästig sind nur ihre neuen Allergien gegen alles mögliche, insbesondere aber gegen Parfum. Jedes unvorhergesehene Ereignis in der Praxis wirft sie aus der Bahn. Dann ist sie noch allergischer als sonst. Am besten man bereitet sie auf alle denkbaren Möglichkeiten vor, dann funktioniert sie wie ein munteres Uhrwerk. Sergej hat sich an sie gewöhnt. Aber leider ist Schwester Dagmar schon verheiratet, unglücklich, was sonst.

»Sagen Sie dem Patienten bitte, daß ich nur ein Medikament besorge und gleich wieder da bin. Aber er muß unbedingt eine Stunde liegen, ja?!« Dagmar nickt und brubbelt vor sich hin.

Sergej wirft den Kittel in die Ecke und schlüpft in seinen Trensch. Mit großen Sätzen springt er die Treppe hinunter. Das erste Mal seit Wochen scheint die Sonne – zwar etwas bleichsüchtig, aber genug, um den Grunewald anzusteuern. Aus dem Kofferraum klaubt Sergej einen Jogginganzug und seine Laufschuhe. Freiheit ist weit laufen!

Die Gewissensbisse, Larissa nun doch nicht gleich angerufen

zu haben, wischt er beiseite. Abends ist Telefonieren sowieso billiger... In Wahrheit hat Sergej aber einen ziemlichen Bammel. Die Hölle wird Larissa ihm heiß machen, wegen der Scheidungsklage. Aber was hätte er tun sollen? So etwas verstehen Frauen grundsätzlich falsch.

Larissa wohnt in Moskau bei seinem Bruder Boris. Boris ist eingeweiht in seine Pläne und soll sie den Eltern irgendwie nahebringen. Boris ist auch der einzige aus seiner Familie, der mit Larissa auskommt. Sein Bruder hätte Diplomat werden können. Sergej setzt seine ganze Hoffnung auf Boris' Geschicklichkeit in diesen Dingen. Er kennt die Einstellung seiner Eltern. In Familienangelegenheiten und Fragen der Moral ist mit ihnen nicht zu spaßen. Es wird schon werden!

Nun läuft Sergej gegen das letzte Haftweh an, das sich hartnäckig im Brustkasten festgesetzt hat. Er läuft gegen sich. Er peitscht sich die sandigen Hügel hoch, spürt den Puls im Schädel hämmern und wartet auf das Feuerwerk der Endorphine. Der Fläsch kommt auf der Anhöhe, wo die Havel silbrig in der westlichen Sonne glänzt. Nichts kann ihm mehr etwas anhaben. Er lächelt einem entgegenkommenden Läufer zu. Der Unbekannte – es ist Frank Zaunig – lächelt zurück. Sie wissen Bescheid. Die Welt ist wieder in Ordnung. Das Leben kann weitergehen.

9. Der Blues auf dem west-östlichen Divan

Claudia liebt Frank wie ihr Leben, nur liebt sie ihr Leben zur Zeit nicht sonderlich. Wie ein alter Jeep in tiefem Morast hat es sich festgefahren. Egal welchen Gang sie einlegt, um sich aus der Malaise herauszumanövrieren, die Räder ihres Lebensvehikels drehen nur noch heulend durch, ohne einen Zentimeter voranzukommen. Nun gibt es Lieben, die beflügeln, beseelen, ja scheinbar unverwundbar machen, und wiederum solche, bei denen sich der Liebende wie ein getretener Wurm fühlt, dem Tode näher als dem Leben. Claudias Liebe zu Frank gehört zur Sorte mit Wurm. Wurmstichige Liebe aber zerfrißt Seele und nagt Nerven blank.

Seit kurzem bringen Claudia deshalb selbst Kleinigkeiten aus der Fassung. Dabei hatte sie früher ein gesundes Selbstbewußtsein und ein gediegen hanseatisches Nervenkostüm, das einiges aushält. Jetzt aber, seit etwa drei Wochen bricht sie grundlos in Tränen aus, meistens nachmittags um drei.

Sicherlich besteht um drei Uhr nachmittags genauso viel oder genauso wenig Grund zum Weinen wie etwa um zehn, um zwölf oder abends um sieben. Vielleicht aber werden um diese nachmittägliche, blaue Stunde nur die Dämme der Seele porös und die Flut des allgemeinen Jammers tritt über die Ufer. Wer weiß? Sie hat dafür keine Erklärung.

Das seien die Wechseljahre, hat Frank gesagt, ohne sich dabei groß was zu denken. *Wechseljahre* mit *achtunddreißig!* Was will er mir damit eigentlich sagen? Daß ich *alt* bin, oder was? Trotz allen Grolls nimmt Claudia sich heute ausnahmsweise Franks Satz nicht zu Herzen. Darum fällt die übliche Replik mit der scharfzüngigen Bosheit über *Osten*, oder womit sie Frank sonst zu treffen meint, aus. Sie hat Wichtigeres zu tun. Denn ohne es zu ahnen, hat Frank sie an eine Tatsache erinnert: Ihre biologische Uhr tickt! Ihrem Ziel aber, eine Familie zu gründen und ein Kind zu haben, ist sie ferner denn je.

Claudias Gemütszustand ist auf »Alarmstufe rot!«, und folglich schaltet ihr Kreislauf runter. Mit eiskalten Händen umklammert sie seit zehn Minuten einen Pott mit brühend heißem Tee. Die Heizung steht auf fünfundzwanzig Grad und trotz ihrer drei Pullover, die sie übereinander trägt, und der wollenen Strumpfhose unter der Jogginghose zittert sie vor Kälte. Es fehlt nicht viel und ihre Zähne klappern wie ein Paar nervöse Kastagnetten. Es ist eine Kälte, die von innen kommt. So stellt sich Claudia den Tod vor: Man friert sich das Leben aus dem Leib.

Früher mit Hubert Dreisörner war das Leben ein reißender Strom voller Tücken, Untiefen, hohen Wogen, jähen Wellentälern, Kaskaden und Strudeln, eine ständige Herausforderung, ein permanentes Drama. Die normale Form des Gesprächs war hysterisches Schreien, wegen der lauten Musik oder aus Verzweiflung. Die Schreierei endete entweder in Heiserkeit oder im Exzeß, diesem oder jenem. Es war der helle Wahn, der zu Amoklauf oder zu Heldentaten verleitet, verklärt sie den Horror vergangener Zeiten. Nicht dieses dumpfe Verrotten der Tage in bösem Schweigen, an dem man ratenweise stirbt.

Frank spreizt sich gerade wieder mit irgendeinem seiner vergangenen Erfolge auf der Bühne oder bei Frauen. Claudia hört schon gar nicht mehr hin. Sie hat das alles schon mindestens zehnmal gehört. Er bläst sich auf, und sie hat es satt.

Hubert Dreisörner, Claudias Ex-Mann, war im Hauptberuf Kokser mit einer Nebentätigkeit als Saxophonist. Hubert jazzte immer so »frieh«, daß ihm außer Irene, Claudias Mutter, auch der gutwilligste Hörer nicht mehr folgen konnte, es sei denn, man stand auf partielle Taubheit mit rasendem Kopfweh. An besseren Tagen aber war Hubert so gut wie Julian »Cannonball« Adderley. So kuhl, so fankieh! Aber vielleicht lag's auch nur am

Stoff. Bei Süchtigen weiß man ja nie, wo der Mensch aufhört und die Droge anfängt, oder umgekehrt.

Hubert war intellektuell wenigstens nicht so ein Dünnbrettbohrer wie Frank, räsoniert Claudia gehässig. Natürlich mußte »Ski und Rodeln« gut sein, sonst war er total daneben. Aber immerhin konnte sie sich mit Hubert stundenlang etwa über psychologischen Filmschnitt, die Speerschen Lichtdome als Vorwegnahme der Rocknrollshow und die Chaostheorie auseinandersetzen, oder darüber, ob im gekrümmten Raum Gott wieder möglich ist . . .

Solche Gespräche fehlen ihr seit langem. Die letzte Post hat sie von ihrem »Ex« aus Montevideo erhalten. Da ihr dieser Ort für Huberts Hauptberuf günstig scheint, nimmt sie an, daß er guter Dinge ist. Sie hatte Hubert verlassen, als er keine klaren Bilder mehr sah und sich gegen einen Entzug sträubte. Zuzuschauen, wie er sich den Rest seiner Erbschaft durch die Nase zieht, darauf war sie nun wirklich nicht scharf gewesen. Außerdem hatte er nicht selten auch in ihr Portemonnaie gegriffen, auch mal zu ihrer Kreditkarte.

Egal, ob sie nun das »Traumpaar der Sziehn« waren und nirgends sonst als bei ihnen der Berliner »Andergraund« am tiefsten war, die Sache mit der Kreditkarte ging doch entschieden zu weit. Claudia hatte Hubert mit Bedauern, aber ohne Groll verlassen. Sie wünschte ihm eine Entziehungskur und alles Gute.

Aber Claudia hatte alle ihre Männer verlassen, schon aus Prinzip. Der Demütigung des Verlassenwerdens wußte sie sich dadurch zu entziehen, daß sie den entscheidenden Satz oder die Geste, die ein Verhältnis aufkündigte, oft nur einen Augenblick eher von sich gab. »So schwer es auch gefallen ist«, seufzt Claudia dann mit einem tragischen kornblumenblauen Augenaufschlag. Darauf hält sie sich etwas zugute; vor allem aber auf ihr gutes Gefühl fürs Taiming.

Demzufolge rast jetzt das Alarmprogramm für den existenziellen Ausnahmezustand im Datenabgleich zum Frank-Zaunig-Dilemma durch Claudias Schädel. Wie zu erwarten, ist die

Frank-Zaunig-Prognose ziemlich mies. Sowohl ihr Gefühl für den richtigen Zeitpunkt als auch ihr praktischer Alltagsverstand sagen ihr jetzt in rot aufzuckenden Neonlettern: »Fertigmachen zum Absprung!« Erstens steht die Menopause *wirklich* schon bald vor der Tür – daran gibt es nichts zu deuteln, zweitens hat Frank es schlichtweg *abgelehnt* zu heiraten, und drittens will er auf keinen Fall ein Kind!

Nicht sein »Nein« erbittert sie, sondern daß sie wieder vier wertvolle Jahre vertan hat. Dabei wußte Frank von Anfang an, daß sie auf Ehe und Kind aus war. Seit Jahren hat er den Eindruck erweckt, daß alles in diese Richtung ginge. Und nach seinem Arbeitsantritt bei der »Pallas« hat er so getan, als gelte es nur noch, den richtigen Termin für die Hochzeit zu finden. »Weihnachten« hatte sich zunächst wirklich gut angehört.

Aber jetzt steht Weihnachten fast vor der Tür, da sagt er: »April, April!« Vor einem Jahr hätte sie das noch glatt für einen Terminwunsch gehalten.

Vor drei Wochen hat er ihr eröffnet, daß er nie die Absicht zu heiraten gehabt hätte, und er denke auch gar nicht daran! »Jetzt mach' bloß keinen Streß!« Damit waren alle weiteren Beziehungsgespräche vom Spielplan gestrichen. Ihre Einspruchsfrist gegen seine Einstellung bei der »Pallas« ist vergangenen Monat abgelaufen ... Er hat sie verladen! Nach Strich und Faden.

Der Typ hat mich so ernst genommen wie eine Stubenfliege! brütet sie grimmig. Er dachte wohl, er könnte mich auf kinderlose Liebschaft runterhandeln, wenn ich erst so richtig an ihm hänge! So eine ist Claudia Unhoch-Dreisörner nicht! Stumm klagt sie vor Gott auf vorsätzliche Täuschung und Betrug um die vier wertvollsten Jahre ihres Lebens. Ein, zwei Tage hat sie sogar über Racheaktionen nachgegrübelt, kam aber zu dem Schluß, daß Rache erstens ziemlich »unkuhl« ist und zweitens nicht zu ihrem Typ paßt. Eine Hamburger Kaufmannstochter weiß einfach, daß Forderungen im Schuldbuch der Liebe als uneinbringlich auszubuchen sind; genauso wie man durch Betrug verlorenem Geld nicht noch weiter gutes Geld nachwirft, wenn eine Sache aussichtslos ist. In beiden Fällen ist Gott nicht zuständig. Das ist nur ein Fall von höherer Dummheit.

Ein nachdenklich klingendes »Hhm« reicht Claudia Frank rüber, wie es ihr vom Tonfall her zu passen scheint. Seit längerem hat sie es aufgegeben, Frank klar zu machen, daß ihr gewisse Redebeiträge über seine wundervolle Person Gähnanfälle bereiten. Er schert sich sowieso den Teufel drum. »Hhm.« Frank spielt vor leeren Rängen. Er hat es nur noch nicht gemerkt.

»Ich glaube, ich krieg' ne Grippe. Ich laß mir mal ein Bad ein.« Claudia verzieht sich und fühlt sich hundert Jahre alt.

Franks neues Gesülze über seine letzte Grippe, die er natürlich heldenmütig mit vierzig Grad Fieber auf der *Bühne* überstanden hat, selbstredend ohne heiße Bäder, wie sie »verzärtelte« Wessis brauchen ... und so weiter und so weiter, entgeht Claudia ebenso wie das Gelaber davor.

Es ist Sonntag nachmittag um drei. Claudia sitzt in ihrem Bad auf dem Klodeckel und schaut zu, wie die Wanne voll läuft und ihr Wacholder-Schaumbad blaßblaue Blasen schlägt. Heute keine Tränen. Ihr Leben liegt wieder einmal in Scherben. Für Rumgeheule ist da keine Zeit. Auf der Stelle muß sie ihr Leben von Grund auf ändern, *radikal*, sonst ist alles zu spät. Mit einem langgezogenen Spurt muß sie nun gegen die Zeit laufen, die sie nicht mehr hat. Und das Ziel ist schon fast lächerlich utopisch: Innerhalb eines Jahres – dann ist sie neununddreißig (!) – muß sie schwanger sein, verheiratet mit einem einigermaßen erträglichen Ehemann mit guten Vaterqualitäten. Nur ... Prinzen auf weißen Pferden reiten schon lange nicht mehr durch meine Wohngegend, und Frank war noch nicht mal 'n Typ mit 'nem Fahrrad! Die Frage lautet jetzt nur noch: Wie entsorge ich elegant und schmerzlos einen emotionalen Flachwichser?

Frank klopft an die Badezimmertür. »Deine Mutter ist am Telefon.«

»Ich bin nicht da!«

»Ich hab' aber schon gesagt, daß du im Bad steckst.«

Widerwillig reckt sich Claudia zur Tür und öffnet.

»Hast du zugenommen?« Frank glotzt an ihrem Körper entlang, als sei er zum Leib eines fremden Tieres mutiert.

»Jaaah, du weißt doch: Ich bin eine verzärtelte *Westbraut* in den Wechseljahren und werde von Tag zu Tag immer fetter und fetter! Ist es *das*, was du mir sagen wolltest?!«

Beleidigt reicht ihr Frank das Telefon und macht ein Gesicht, als hätte sie ihm eine runtergehauen. Irene, Claudias Mutter, scheint für die Partnerkrisen ihrer Tochter einen sechsten Sinn zu haben und hängt dann am Telefon wie Leim. »Hallo, Kleines, was ist los? Was macht die *Liebe*?«

»Gar nichts!« antwortet Claudia finster, denn ein Gespräch mit ihrer Mutter empfindet sie fast so tröstlich wie den Dialog mit einer Kreissäge. Allein schon von der Frage »Was macht die *Liebe*?« könnte sie Herpes kriegen.

»Ihr wolltet doch zu Weihnachten *heiraten* ...« (genüßliche Pause!) »... ich wollte nur mal fragen, wegen irgendwelcher Vorbereitungen ... und ein Kleid müßte ich mir noch kaufen und ein bißchen planen auch ... na, du weißt schon ...«, nachdem Irene diese Worte wie Sahne auf der Zunge zerfließen läßt, kläfft sie bissig: »*Was* ist also los?«

»Ich wollte, er nicht!«

»Ich hab's gewußt! Hab' ich's dir nicht gleich gesagt!? Du hast also mal wieder Perlen vor die Säue geschmissen! Aber hab' *ich* es dir nicht *gleich* gesagt?!«

»Ja, Mutter. Das hast du!«

»Und was macht dieser andere Verehrer, dieser ... na, Steuerberater? ... Wie hieß der denn noch gleich ...?«

»Ralf ... Hat voriges Jahr eine Stewardess geheiratet.«

»Na, ist ja fabelhaft! Das hast du ja wieder wunderbar hingekriegt! Alle heiraten. Sogar Dietlinde Mönckebeck! Stell dir vor: Selbst *Dietlinde* hat einen abgekriegt! ... Einen Architekten!«

»Ja, Mutter.«

»Nenn mich nicht immer *Mutter*!« kreischt Irene ins Telefon.

»Nein, Irene«, säuselt Claudia therapeutisch. Irene war seit

Claudias dreizehntem Geburtstag von der Idee besessen, für die *Schwester* ihrer Tochter gehalten zu werden.

»Ja, und nu? Hast du irgendwelche Pläne?«

»Ich arbeite dran.«

»Dann rat ich dir: Halt dich ran und vertrödele deine Zeit nicht mit Koksern, Ostlern und ähnlichen Sozialfällen. ... sonst endest du noch mal im Leichenschauhaus!«

Nun ist Irene Ponzig, geborene Brachvogel, geschiedene Unhoch, geschiedene Parsons, geschiedene Ballhaus, die letzte, die Claudia wegen Mißgriffen bei der Partnerwahl und wegen verworrener Affären Vorhaltungen machen sollte. Mit Hubert, Claudias Ex-Mann, hat sie selbst gern »eine Nase gezogen« und war drauf und dran, ihn in ihr Bett zu zerren. Hergefallen ist sie über Hubert! Nachts im Négligé! erinnert sich Claudia und könnte sich heute darüber beömmeln bis zum Geht-nicht-mehr. Damals fand sie das allerdings überhaupt nicht komisch. An fast jeden ihrer Freunde hatte sich ihre Mutter herangemacht. Mit dem schönen Rudolf, Claudias Schwarm von der Uni, ist sie dann »durchgebrannt« und hat Claudia und Claudias Vater, den biederen Kaufmann Siegfried Unhoch, einfach sitzengelassen. Zwei Jahre später hatte sie Claudia nur lapidar erklärt: »Du kannst von Glück sagen, daß ich dich vor diesem Versager *gerettet* habe.« Damit war für sie der Fall erledigt. Der schöne Rudolf verbringt nun seine Tage in der Nervenheilanstalt, erzählt man sich. »Aber der hatte schon immer einen an der Waffel«, verteidigt sich Irene. »Das *alles* spricht doch für sich!« Damit hat sie zweifellos recht.

»Ich glaube, ich sollte dir, was Männer angeht, *wirklich* ein bißchen auf die Sprünge helfen«, verkündet Irene entschlossen und läßt ihre Golddollar am Handgelenk klimpern.

»Nein, bloß das nicht«, wehrt Claudia erschrocken ab. Mit Grausen denkt sie an die von ihrer Mutter arrangierten, peinlichen Treffen mit seltsamen Rechtsanwälten, die Schmetterlinge aufspießen; versponnenen Wissenschaftlern, die vergessen hatten, wofür sie einen Körper mit sich herumschleppen müssen;

oder Börsenbrokern mit schlechten Zähnen, die ihre nicht vorhandene Zeit mit Laubsägearbeiten und Modellflugzeugbau vertun oder auf den West-Hebriden Eisenten beim Brüten zugucken.

»Nein«, sagt Claudia und greift zum letzten Mittel, zur Pose des Singels aus Überzeugung: »Ich finde das Leben allein viel schöner! Man ist sein eigener Herr, keiner nörgelt, keiner zieht einem die Decke weg, keiner riecht nach Schweißsocken, und vor allem: Keiner *schnarcht*!« Damit hat sie Irenes wunden Punkt getroffen. Harald Ponzig gilt als der grauenhafteste Schnarchsack nördlich der Mainlinie.

»Das ist doch alles nicht dein Ernst!« blafft Irene beleidigt zurück. Nach einer Gedankenpause lenkt Irene das Gespräch auf einen anderen Krisenherd. »Du kommst doch *Weihnachten* nach Hause?«

Claudia verdreht die Augen. Oh, mein Gott! Bei Irene und ihrem vierten Mann Harald Ponzig ist Weihnachten lediglich ein Vorwand für eine hochprozentige Party für entwurzelte, wildfremde Leute aus ihrem Tanzclub, die offenbar alle auf Sonnenbänken leben, spätestens nach dem zehnten Quickstep oder Pasodoble zwanghaft auf den Teppich kotzen, im Bad wildfremde Frauen rammeln, an psychodelische Weihnachtstannen pissen oder sich ohne jede Vorwarnung plötzlich über den Küchentisch werfen und hemmungslos losheulen.

Bei den Unhochs, das sind Vater Siegfried, seine zweite Frau Renate und Claudias Halbgeschwister Berthold und Bettina in Hamburg an der Elbchaussee, lauscht man nach dem Kirchgang unter einer echten Blautanne mit echten Bienenwachskerzen selbstgemachter Weihnachtsmusik mit Renate (brüchiger Sopran und holpriges Piano), Bettina (zittrige Querflöte), Berthold (sägendes Cello) und Siegfried (knödelnder Bariton) und kaut nach der Bescherung dann freudlos an einer ökologisch korrekten Gans mit Rotkraut und Dinkelknödeln herum, während die Halbgeschwister Claudia anstarren wie eine Außerirdische.

Um den alljährlichen Ärger zur elterlichen Konkurrenz um

das Weihnachtsfest kleinzuhalten, antwortet Claudia ausweichend wie immer: »Ich weiß noch nicht. Wahrscheinlich fahre ich weg.«

»Ich mach' mir *wirklich* Sorgen um dich, Kleines.« Irene klingt echt besorgt.

Claudia heuchelt noch ein paar Lobpreisungen auf das Singel-Dasein und legt auf. In Wirklichkeit ist Claudia der Meinung: Ein Singel über fünfunddreißig erregt Mitleid und verbreitet um sich die muffige Trostlosigkeit eines Ladenhüters. Ein Restposten Mensch, der sich eines groben Defektes verdächtig macht. Eine verheiratete Frau stellt etwas dar; zumindest, daß es ihr gelungen ist, einen Mann an sich zu binden, der im Zweifelsfall für sie sorgen muß. Nicht daß sie auf ein Dasein als Hausfrau erpicht ist, aber immerhin ... Es ist doch ein handfesteres Votum als das völlig belanglose »Ich liebe dich«. Die Antwort darauf sollte nicht ein blödes »Ich auch!« sein, sondern ein entschiedenes »Na und?!«

Natürlich hatte Claudia nicht immer so gedacht, darum ist sie ja heute in dieser fatalen Lage. Claudia ist wie alle Frauen ihrer Generation auch auf den progressiven Schmus von Emanzipation, »Selbstverwirklichung«, Karriere, freier Liebe und der selbstlosen Gefühligkeit bei getrennter Kasse hereingefallen. Zum Glück ist sie aber wach genug gewesen, den Lebensplan einer alleinerziehenden Mutter etwa so erstrebenswert zu finden wie die Karriere eines Rikscha-Kulis.

Claudia taucht ihren schampunierten Kopf unter Wasser und zählt ihre vertanen Chancen nach: Michael, Robert, Udo, Friedemann und Ralf ... Plötzlich beschleicht sie ein Gefühl, das wohl ein Mittelstürmer nach dem dritten Eigentor haben muß: töricht, fehlgeleitet, vollkommen lächerlich und vor allem müde. Ihr graust davor, eine dieser alleinstehenden Frauen zu werden, die verloren im Foyer der Oper herumstehen wie vergessene Regenschirme, oder tragisch allein den Strand mit einem Buch oder einem Hund entlangwandern und an ihren einsamen Ecktischen tapfer lächeln.

Die Unterwasserbilanz ihres Berufslebens sieht auch ziemlich lausig aus. In ihrem Alter muß man es entweder zu einem Posten oder zu Ruhm gebracht haben. Sie war so naiv zu glauben, daß nur die Leistung zähle, und hatte es nie drauf, irgend jemandem einen roten Teppich auszurollen. Irgendwann hatte sie sich dann den fatalen Ruf einer »Schwierigen« erworben. Einen Mann macht so etwas interessant, eine Frau unmöglich. Die Lektüre mit den Stellenangeboten schlägt ihr schon seit Jahren auf den Magen. Man darf Menschen zwar nicht mehr wegen ihres Geschlechts, Religion oder ihrer Rasse diskriminieren, wohl aber wegen ihres Alters. Da ist durchweg von »jungen Teams« die Rede und von Kandidaten/innen bis fünfunddreißig, oft sogar nur bis *dreißig* … Folglich unterschlägt sie bei Bewerbungen vier Jahre und fragt sich: Und wo bitte dürfen sich die Überfünfunddreißigjährigen um ein Harakiri bewerben? Man könnte es live senden mit Margarethe Schreinemakers, die dann den Puls des freiwilligen Selbstmörders fühlt und mit betroffen brüchiger Stimme fragt: »Und wie sind Sie auf die Idee mit dem Holzschwert gekommen?«

Neulich hatte sie Hannelore am Blusenständer bei »Ha-und-Em« getroffen. Hannelore ist Personalchefin in einem mittelgroßen Unternehmen und sagte ihr, daß man in ihrem Laden für einen Dschopp entweder einen Doktortitel oder ein Adelsprädikat haben müßte, wenn man älter als fünfunddreißig ist. Am nächsten Wochenende rief sie Hannelore an, um ihr freudig mitzuteilen, daß sie ihr den wichtigsten Tip des Jahres gegeben hatte. Hannelore kaute ihr krachend eine Mohrrübe in den Hörer und stand völlig auf der Strippe: »Wieso? Willst du dir einen Adelstitel kaufen?«

»Quatsch! Ich schreibe jetzt meine Doktorarbeit!« trompetete Claudia ihr entgegen.

»Aber du bist doch schon fast *vierzig*! Meinst du, das bringt noch was, in *deinem* Alter?«

Selbst Hannelores bescheuerte Antwort hat Claudia nicht mehr runter bringen können. Jetzt nicht mehr!

Die Frage ist nur noch: Greift sie noch einmal ihre Examensarbeit über »Afroamerikanisches Theater« auf und erweitert sie zur Doktorarbeit, oder sucht sie sich ein neues Thema. Das »Afroamerikanische Theater« liegt für sie schon Lichtjahre weit weg ... Andererseits: ethnische gehen Themen immer. Zwei Jahre wird's dauern, dann ist sie *vierzig*, und wenn sie mit *neununddreißig* schwanger wird, hat sie die Doktorarbeit fertig, wenn das Kind kommt! Wenn ... Bisweilen zweifelt sie ehrlich, ob sie wirklich noch alle Tassen im Schrank hat.

Zur Inspiration für die Doktorarbeit liest sie seit Wochen alles kreuz und quer, sogar die Drehbücher, die Frank eigentlich lesen sollte. Frank bleibt aber regelmäßig zwischen Seite fünfundzwanzig und dreißig stecken, wenn die Hauptrolle nicht in sein Fach fällt. Die ganzen Kommissarinnen, die neuerdings so durch die Drehbücher geistern, gehen ihm sowieso »auf den Sack«. Auch sein Freund Antek aus alten DeeDeeErr-Tagen in Anklam, der heute sein Chef ist, glaubt nicht an Kommissare »ohne Eier«. »Das ist nur so ein vorübergehender Trend. Trösteware für die Mädels.«

Frank hatte Antek vorige Woche zum Essen eingeladen, und Claudia stand deshalb drei Stunden in der Küche. »Die einen haben sich nach der Wende ein West-Auto zugelegt und ich mir eine *West-Braut*, ha, ha, ha!« So hatte Frank sie Antek vorgestellt und kam sich wahnsinnig originell vor. Ausgeschüttet vor Lachen hatten sie sich darüber und einander auf die Schultern gehauen wie Bergmänner bei Schichtwechsel.

»Daß Neandertal im Osten liegt, ist *kein* Zufall«, konterte Claudia, wohlwissend, daß der Ort bei Düsseldorf liegt und nicht bei Dresden. Antek guckte Claudia perplex an, grinste und konstatierte den »kastrierenden Blick der West-Emanze«. Leichthin lachend entgegnete Claudia, daß sie sich diese Fähigkeit im Moment dringend herbeiwünschte, und starrte Antek auf die Hose. Die Stimmung war dann irgendwie im Eimer.

Frank hudelte wie ein Pausenclown um Anteks gute Laune.

Er hätte sich auch eine Sahnetorte ins Gesicht gedrückt, wenn's was gebracht hätte. Antek blieb aber demonstrativ verdrießlich. Wortlos schaufelte er sich Claudias Essen ein und ruinierte ihre liebevolle Tischdekoration, indem er ein Sixpäck Becksbier auf den Tisch knallte. Erst als er mit öligem Blick, Nase schniefend vom Klo kam, war er wieder »saugut« drauf und quasselte, als hätte er Logorrhoe.

Was hier abging, mußte Claudia keiner mehr erklären. Das kannte sie von Hubert zur Genüge. Scheinheilig bot sie an, noch Bier zu holen, ging dann aber liebers ins Kino. Der neue Woody Allen in Originalfassung war einfach besser für den Kopf als ihre Szenen einer Nichtehe mit ein bis zwei Kotzbrocken daheim.

Frank hatte ihr später eine Riesenszene gemacht: Immerhin sei Antek doch sein Chef und sie solle sich gefälligst seinem Chef gegenüber »scharmanter« verhalten. »Scharmant«, dieses Wort hat sie seit den Sechzigern nicht mehr gehört ... Wichtiger war aber: Franks ganze »Ich-bin-der-große-Wilde-aus-dem-Osten-und-mir-kann-keiner-Nummer« taugte noch nicht einmal als Lachschlager. Schiß vorm Chef hat der doch nur! Und damit war er bei Claudia nun endgültig unten durch.

Man kann nicht sagen, daß Claudia nicht versucht hätte, sich anzupassen. Darin hat sie eigentlich Übung. Claudia hatte sich dem Ost-Milieu mit der gleichen Wißbegierde und Offenheit genähert, die sie auch dem New York der Schwarzen oder der Hispanos entgegenbringt. Nur hat Frank es ihr gründlich verleidet. Diese ganzen Suff- und Bumsgeschichten, mit denen er ihr das »trotzdem« ach-so-freie, wunderbare Leben in der DeeDee-Err beweisen wollte, haben sie angeödet und verstört. Schlimmer noch, sie war entsetzt über die dargestellte Rohheit und Wahllosigkeit der Geschlechterbeziehungen, und begann an Frank zu zweifeln: In Berlin-Prenzlauer Berg scheinen nur rauchende, saufende Schlunzen in versifften Klitschen zu hausen, die von Sozialhilfe leben, alle fünf Minuten mit einem anderen Trinker vögeln und Kinder haben, deren Väter sie nicht kennen!

Warum macht Frank die Frauen drüben so runter? Das muß doch einen Grund haben? Haß auf die Mutter? Denn über seine Mutter spricht er nie ... Andererseits, fiel ihr ein, und damit schob sie das Thema »Küchenpsychologie« beiseite, hatte man schon vor der Wende im Westen von geradezu morgenländischen Zuständen unter Ost-Intellektuellen und -Künstlern vernommen, die selbst brasilianische Playboys verlegen machen würden.

Wie dem auch sei, diese Verhältnisse waren Claudia zu grob, zu trübe, zu provinziell, zu grau und zu versoffen! Das lehnt sie ab, basta!

ÄiEffEn, Frolick ät Faiv, Woodstock, Nouvelle Vague, Chandler, Sartre, Bloch, Beauvoir, Neue Wilde, Postmoderne, B-Pictures, The B-52s, Rocky-Horror-Picture-Show »änd oll sat Dschäzz«, das ist ihre Welt; nicht City, nicht Kreis, nicht die schwerblütigen Puhdys, nicht die Mokka-Milch-Eisbar in der Stalinallee – die zwar anders heißt, aber trotzdem dieselbe geblieben ist – und schon gar nicht Udo Lindenberg, der sich wegen der PeeErr mit seiner bekloppten Lederjacke selbst an Honecker heranschmeißen wollte! Das alles langweilt Claudia bis zum Hirntod.

Seit sie mit Frank zusammenlebt, weiß sie, daß es eine verbindende westeuropäische Identität wirklich gibt. Sie hatte von einer Symbiose von Ihm und Ihr geträumt, von Ost und West, im Rahmen ihrer kreuzberger Dreizimmer-Wohnung. Nun weiß sie, daß sie mit einem Italiener, einem Franzosen, einem Spanier oder Belgier viel mehr verbindet als mit Frank aus Königs Wusterhausen. Sie sind sich fremd geblieben, ihre Gespräche sind mühselig geworden, vorsichtig tastend, als ob überall Tretminen auslägen. Frank sitzt in *ihrem* Wohnzimmer, trinkt *sein* Bier und glotzt in *ihren* Fernseher. Inzwischen nimmt sie ihm allein das schon übel.

Das Fax klingelt und schiebt eine lange Thermopapierfahne auf ihren Schreibtisch. Im Bademantel läuft Claudia rüber, bindet sich ein Handtuch über ihr nasses Haar zu einem Turban und liest. Ihr Brotjob hat sich gemeldet. Ihre Freundin Freya, die als Werbefilmregisseurin schwer im Geschäft ist, hat sie für eine Reihe von Spots als »dramaturgische Beraterin« untergebracht.

Freyas Jobs halten sie seit Jahren einigermaßen über Wasser. Freyas Assi, Bine, faxt ihr »mit der Bitte um Stellungnahme« das neue Schtoriebord von Bessermanns »Schneewittchen I.«-Schpott zu. Die erste Version war nur üblich werbebekloppt, die zweite grenzt schon an Dadaismus. Logischerweise kam die Darstellerin mit dem Text nicht klar. Die Agentur hat noch einmal alles umgearbeitet. Morgen ab zehn wird gedreht: »Innen – Studio«. Freya läßt Claudia über Bine ausrichten, daß sie entgegen der Dispo von gestern, morgen nicht erst um zehn, sondern bitte schon um neun Uhr mit ihrem »Schlepp-Top« am Set sein sollte, um sich mit der Werbetexterin vor Drehbeginn noch einmal »kurzzuschließen«.

Claudia »schließt sich« aber sofort »kurz«, denn für ihr Honorar will sie ehrlicherweise auch was tun. Claudia geigt der Texterin die Meinung. Die Texterin tut erst zugeknöpft, ist dann aber dankbar, daß Claudia sie zuerst angerufen hat und nicht gleich »Susänn«, die Chefin. Die Sportschau im Fernsehen überschreiend, erklärt Claudia der Textfrau, warum der Schpott jetzt nicht mehr funktioniert. Auf dem Papier lese sich das zwar ganz nett, aber im Schpott ginge die Mässätsch für das Produkt unter.

»Bilder sind immer stärker als Worte, insbesondere von so einer schwachen Darstellerin«, belehrt sie die Texterin. »Das Apfelkraut kommt einfach nicht rüber!« Frau Text wird kleinlaut und gibt zu, bisher nur für Print gearbeitet zu haben. Sie einigen sich auf Claudias dritten Vorschlag. Im Fernsehen jaulen Zuschauermassen auf und Frank brüllt: *»Ecke!«*

Claudia soll das alles faxen, meint Frau Text. Sie werde die Version gleich bei sich in der Chefetage »ventilieren«. Claudia setzt sich an ihren Computer und drischt in die Tasten. »Na, am Sonntag würd' ich mir das aber verbitten«, meckert Frank vom Sofa rüber.

»Ich bin Freiberuflerin. *Ich* arbeite immer!«

Claudia setzt eine Aktennotiz an Freya und Susänn ab und fügt die letzte Version bei. Sie verweist noch einmal auf die Pleite von »Nestlé«-Schokolade mit Carmina Burana, ein Musik- und Bilderrausch, über den alle das Produkt vergaßen. Etceteraetceteraetcetera. Dazu zitiert sie noch zwei Werbepäpste. Die halbe Seite ächzt vor Kompetenz, Claudia ist froh, ihre Gedanken endlich von ihrer privaten Misere abzulenken, und sehnt sich nach der Doktorarbeit.

Bessermanns Schneewittchen hat bei der siebenunddreißigsten Klappe einen Nervenzusammenbruch und die Schnauze voll. Bei Ewa, der Maske aus Krakau, heult sie sich aus. Das Tiehm macht solange Pause, beim Italiener, wie immer. Freya meditiert unter einer Thermodecke in der Abstellkammer, was immerhin besser ist, als Schneewittchen vor dem Tiehm eigenhändig zu erwürgen. Claudia will Ewa aus Schneewittchens Umklammerung befreien. Aber Ewa will gar nicht essen gehen. Bei Pizzerien kriegt sie sofort Brechreiz. Berufsschaden, weil beim Dreh *immer* nur eine Pizzeria in der Nähe ist. Sie macht lieber für Schneewittchens verheulte Augen Eiskompressen aus Teebeuteln mit schwarzem Tee.

Falls die Augenschwellungen nicht weggehen, sollen sie laut Freyas Anweisung »das klassische Profil mit dem französischen Namen« anrufen. Alles auf ihre Verantwortung. Die soll sofort herkommen, »auf schtänd bai«, fünfhundert Mark sind geboten. Ende der Durchsage. Wenn »das Profil« nicht sofort äwäiläbäl ist, dann wäre mit dem »Profil« erst *nächste* Woche Dreh, weil der Kameramann dann erst wieder frei wäre. Ewa kann aber nächste Woche nicht. Sie muß zurück zu ihrer »Pickel-Serie«, wie sie die Teenie-Seifenoper nennt. Bine schreit durch den Flur: »Das französische Profil mit dem klassischen Namen is kamming!« Bessermann juniors Favoritin hat noch eine allerletzte, winzige Chance. Wenn sie dieses Mal patzt, heißt Schneewittchen ab sofort Beate Landé.

Ewa war auch die Maskenbildnerin in Claudias Filmen. Sie

haben sich über die Zeit lose angefreundet. Claudia erzählt Ewa, daß sie mit Frank jetzt *endgültig* und *wirklich* Schluß machen will und ihre Doktorarbeit schreiben möchte. Am liebsten würde sie jedoch für eine Weile aus Deutschland weggehen.

»Dann brauchst du aber *Geld*«, meint Ewa nachdenklich. Claudia muß das schärfstens bejahen. »Würdest du für Geld einen *Russen* heiraten?« Claudia starrt Ewa perplex an.

»Warum eigentlich nicht?« denkt sie laut.

»Sind alles seriöse Leute, alles notariell geregelt und so. Mußt nur sagen, daß ich dich schicke. Russen sind nämlich fürchterlich mißtrauisch ...« Ewa reicht ihr den Zettel mit der Adresse.

Krachend fliegt die Tür auf und ein athletischer Riese, Horst Dretzke, schiebt sich zur Küche rein.

»Hallöchen! Ich bin einer der sieben Zwerge und bringe euch Schneewittchen! Ha, ha, ha!«

Da lachen wir ja bis übermorgen!

10. Auch beim Umrubelkönig vom Bahnhof Zoo wächst der Hanf nicht in den Himmel

Horst Dretzkes Erfolgsrezept ist die Geschäftsanbahnung in der Kneipe. Drei Stammkneipen hat er: das »Fiasko«, eine ganz normale Kneipe am Olivaer Platz, das »Chez Alex«, den momentan hipsten Transen-Schuppen in Berlin, den Tutu und Zonda Angebot diktatorisch führen und der am Alexanderplatz, im Osten, liegt; sowie das »Bolshoy« im piekfeinen Westend. Das »Bolshoy« ist das einzige wirkliche »Pauer-Restaurant« der Möchtegern-Hauptstadt, ein russischer Laden, in den man vielleicht ohnmächtig hingeht, um dann mit Borschtsch, Kaviar oder Blinis im Bauch mächtiger von dannen zu ziehen, oder aber umgekehrt ...

Vor knapp zwei Wochen war es umgekehrt. Drei Russen verließen das Lokal ohne zu zahlen. Zum Nachtisch gab es Blaue Bohnen an heißer Feige mit Eis. Auf der Karte stand das nicht, gab's aber trotzdem. In jeder anderen Stadt müßte ein Lokal, in dem man Gefahr liefe, so »jäh aus der Blüte des Lebens gerissen« zu werden, schließen. In Berlin hingegen löffelt man mit besonderem Behagen sein Süppchen dort, »wo die Luft brennt«. Das gilt um so mehr, wenn man in *echte* Einschlußlöcher im Putz schauen kann und die Schtorie dazu gerade in handbreiten Lettern in der BeeZett stand. Seit jenem »Zwischenfall« stehen vor dem »Bolshoy« zwei kolossale Türhüter mit Russenmützen auf kahl rasierten Schädeln und untersuchen die Gäste wie an Flugsteigen mit Sonden nach Waffen und Händies. Der Unterhaltungswert auf der Gruselskala weist dabei steil nach oben, und deshalb drängt Halb-Berlin an die winzigen Tischchen.

Die Reservierungen reichen bis weit ins nächste Jahrtausend, meldet der Mätre in aller Bescheidenheit.

Horst Dretzke aber genießt den Vorzug, jederzeit und vor allem *unkontrolliert* am Stammtisch von Wladimir Egorow Platz nehmen zu dürfen. Beate hätte er zwar gern mitgenommen, nur ist sie leider wieder mal auf Null-Diät. Und den ganzen Abend im »Bolshoy« Perrier zu schlürfen, kommt mies rüber, dachte sich Horst. Außerdem findet Beate den Laden »krass« und hat schon seit Tagen eine Saulaune. Eine hämische Linienrichterin an den Grenzen für Benimmse oder eine übelwollende Feinabwiegerin von Worten und Gesten, die jeden Ansatz von Heiterkeit gefriertrocknet, ist das letzte, was Horst sich hier wünscht. Das riskiert er nicht, denn sorgfältig wie ein zartes Pflänzchen im Winterbeet hatte Horst die Konnäcktschen zu Wladimir gehegt und gepflegt. Irgendwann wird der mal wichtig. Sowas hat er im Urin.

Damals, als Horst sich noch nicht »Warenterminhändler« nannte und »in Schweinebäuche oder Cacaobutter machte«, sondern sich noch als popliger Versicherungsvertreter die Hacken wund lief, hatte Horst Wladimir Egorow mal eine Versicherungsdoppelkarte ins Haus gebracht. »Als Sörviss« hat er dann Wladimirs nagelneuen Jaguar bei der Zulassungsstelle in Kreuzberg angemeldet. »Das war der Beginn einer langen Freundschaft«, wollte er Beate später à la »Casablanca« weismachen. Die zeigte ihm bloß einen Vogel. Beate hatte er damals nämlich noch nicht gekannt.

Horst ging zu dieser Zeit mit Moni, die davon lebte, daß sie auf verräucherten Nachtklubbühnen in transparenten Kleidern Saxophon spielte und ihre Auftraggeber dafür sadistisch verachtete. Das war völlig okäi, denn für Moni bestand die Welt sowieso nur aus »Kniewichsern« und »Hartgeldschluhsen«. Moni hat Horst zur Maueröffnung, als er eines Abends ohne Bananen heimkam, weil er selbst unter den absoluten Geheimtips keinen Supermarkt mehr fand, der nicht von Ossis leer gekauft worden war, auch einen »Kniewichser« genannt. Dann hat sie einfach ihr Saxophon eingepackt und ist mit Heinz Hammer abgezogen, der seit fünfzehn Jahren nur für seinen Sommerhit »Baden gehen« lebt und nebenbei Bäder schwarz mit weißen Kacheln fliest. Heinz Hammer hat wahrscheinlich seinen Hit »Baden gehen« einmal zu oft aufgelegt. Eines Tages jedenfalls lag er plötzlich ohne Gesicht im Krankenhaus und Moni war in ElÄih. Alles gesicherte Gerüchte, natürlich.

Unbestreitbar aber ist, daß Wladimir seit der Sache mit der Doppelkarte eine Vorliebe für Horst Dretzke hegt und ihn als seinen persönlichen Hofnarren an seinem Tisch sitzen läßt. Wladimir Egorow könnte glatt als der verfettete Zwillingsbruder von Wladimir Iljitsch Uljanow, alias Lenin, durchgehen. Allerdings ist er im Gegensatz zum Schneewittchen vom Roten Platz ein sehr lachlustiger Mensch, wenngleich er auch sehr ernsten Geschäften nachgeht. Über schlechten Geschäftsgang kann Wladimir dabei nicht klagen. Seine Geschäfte gehen wie geschmiert, denn er ist der russische Bestatter von Berlin. Es heißt sogar, er sei oft schneller als der Tod. Kommentieren will das natürlich keiner.

Heute abend ist das »Bolshoy« schon um neun gerammelt voll. Am Tresen hängen weibliche Immo-Haie vom Wannsee, die hysterisch rauchen und so schneidig tun wie Kerle. Ansonsten haben sich etliche sibirische Eisenten in Lamettakleider gepreßt, und ein Dutzend Moskowiter Spätblondinen drohen unter der Last ihrer Juwelen in die Suppe zu stürzen, wie jeden Abend. Alles ist also beinahe wie immer, und deshalb möchte Wladimir, daß Horst seine Lieblingsgeschichte erzählt: Horst Dretzke, und wer der wahre »Mahster of sie Junivörs« ist!

Horst ziert sich. »Was findet Ihr nur alle an den ollen Schtories?!« Wladimir hört ihm lächelnd zu, wobei seine Augen unter kleinen Fettsäckchen amüsiert hervorleuchten.

Vor Horst steht eine waschtroggroße Schüssel voll mit Grünzeug und daneben lappt ein enormes »Tiebouhnstäick à la Bolshoy« über den Teller. Seinem Latissimus hat Horst es im Fitneß heute ordentlich gegeben, läßt er Wladimir und Gäste wissen.

Wladimir nickt leutselig. Horst erklärt allen laut den muskelbildenden Vorgang in der lebenden Zelle, so wie er es bei Arnold Schwarzenegger gelesen hat. Frisch sauniert und vor Gesundheit krachend läßt er gnadenlos gute Laune heraushängen. Da kann kommen, was will.

Über Horst Dretzke kann man sonst noch sagen, daß er zu der Sorte Mensch gehört, die sich ständig an wirklichen Möglichkeiten zu möglichen Wirklichkeiten versucht und dabei dauernd irgendwelche »Marktlücken« entdeckt. Kurz: Der Typ steckt immer voller Pläne, die meisten davon sind zwar ziemlich irre, haben aber trotzdem manchmal Hand und Fuß. Sein Pech ist nur: Träumen allein reicht ihm nicht ... Fatalerweise versteht sich Horst Dretzke nämlich als »Macher«.

Seine Abenteuer als »Macher« erzählt er dann gern als »Schoten« wieder. Dabei fällt auf, daß der gesundheitssüchtige Horst aber stets prinzipienfest ist, was Tabak, Alkohol, häufig wechselnden Geschlechtsverkehr und den Vormarsch von »totem Gewebe« angeht. »Totes Gewebe«, d. h. *Fett*, steht dabei auf seinem Index an erster Stelle, darum mault er auch ständig an Beates Figur herum, denn über den weiblichen Körper hat er bis auf den Mikromillimeter festgelegte Vorstellungen.

Aufmerksam ist man auf Horst Dretzke in der West-Berliner Sziehn erst geworden, als er sich aus dem grauen Heer der Klinkenputzer und Versicherungsvertreter zum »Versicherer von Berlins Schwuchteln« aufgeschwungen hatte. René Eggebrecht, wie Zonda Angebot vor ihrer Geschlechtsumwandlung einmal hieß, war mal auf Horst mächtig scharf. Irgendwann war Zonda dann aufs Ganze gegangen und hatte Horst auf der Herrentoilette im »Pipapo« in den Schritt gefaßt. Blitzartig drehte Horst der verdatterten Zonda den Arm schmerzhaft auf den Rücken und schnauzte: »Hände-weg-von-den-Glocken-oder-du-hast-keine-Griffel-mehr! Isditklar?!« Zonda Angebot war ziemlich sauer, und Tutu, ihre beste Freundin, mußte ihr noch lange die Schulter massieren.

Nur Alfons, Zondas Schuggadäddie, hat Horst die grobe Abfuhr hoch angerechnet. Als Zeichen seiner Gunst hat er ihn als Versicherungsvertreter in der ganzen Schwulenszene weiterempfohlen und damit den Grundstein zum kleinen Wirtschaftswunder des Horst Dretzke gelegt. Alfons ist in der Schwulenszene als Besitzer von zwei Transvestiten-Nachtklubs, einer Schwulenbar und den Gay-Saunaclubs Adonis I und Adonis II eine der ersten Adressen, und Horst wurde mit seinen Policen und Doppelkarten schnell zum Renner der Saison. An den Wohnungstüren gab es bei seinem Anblick nicht selten jubelnde Aufschreie, den Ruf nach Riechsalz und den Griff ans Herz. Bei seinen »netten Schwuletten«, wie Horst die neue Kundschaft nannte, war Versicherungsschutz nun der »totale Brüller« geworden.

Und weil Horst auch sonst nicht doof ist, brachte er nicht nur gute Laune und Policen mit. »Haftpflicht« stand bald für Haschisch, »Krankenhauszusatzversicherung« stand für Koks und »Unfallversicherung« für Ecstasy. Nur gegen Äitsch war er prinzipiell. Die kleinen Nebengeschäfte waren bald einträglicher als das Hauptgeschäft geworden, doch davon redet Horst recht selten.

Wladimir hat gerade einen Bonner Richter am Tisch sitzen und dazu einen echten ehemaligen DeeDeeErr-Kombinationsleiter, den alle »Ost-Heinzi« nennen, und um den Wladimir wahnsinnig viel Gewese macht. Wieso weiß kein Mensch ... Wladimir will heute uff-Deibel-komm-raus Eindruck schinden, deftiges Berliner Lokalkolorit auftischen, und darum bettelt er um seine Lieblingsgeschichte: Horst als der »Mahster off sie Junivörs«.

Legenden um die glücklich genutzten Umstände beim Zusammenwachsen beider deutschen Staaten sind zwar haufenweise im Umlauf, aber wenngleich zigtausende Berliner davon wohl so manches Lied zu singen wüßten, wenn sie sich nur erinnern wollten, so wollen die meisten es eben *nicht*. Viele hätten da zwar viel zu erzählen, aber noch mehr zu verschweigen. Außerdem: Nostalgie ist in Berlin schon immer verpönt gewesen. Für den Berliner hat »Retro« den Beigeschmack von schalem

Kindl Pils mit 'ner Neige abgestandenem Mampe Halb und Halb, und dagegen können noch nicht einmal die Puzsta-Zwiebeln der einschlägigen Drei-Sterne-Currywurst-Buden anstinken. Nachdem Wladimir Horst wie eine Diva um ihre Glanzarie angefleht hat, rückt Horst unter viel Getue endlich raus ...

Horsts Einsatz waren tausend »Blaue Fliesen«, oder hunderttausend »Buntes«, mühselig Abgespartes aus jahrelanger Klein-Diehlerei einerseits, und eine große, weitverzweigte Familie im Osten andererseits. Die Dretzkes sind urpreußischer Landsknechts- und Portjeesadel und seit Menschengedenken zwar sehr kinderreich, aber arm. Das war zur Wende für einen West-Dretzke ein Geschenk des Himmels.

Kurz nach dem Fall der Mauer gab es nämlich einen neuen Volkssport in Berlin. Diese Disziplin wurde überwiegend als Freiluftübung ausgetragen, Hauptaustragungsort war der Parkplatz am Bahnhof Zoo. Man nannte es »Umrubeln«. Je mehr die staatlichen Unterhändler den Einigungsvertrag unterhandelten, desto heftiger wurde »umgerubelt«, bis letztlich den Bahnhof Zoo ein Meer aus Untergangshysterie, Spekulationswahn und kühlem Kaufmannssinn umbrandete. Irgendwann im Frühling 1990 verbreitete sich das Gerücht im Osten wie ein Steppenbrand im Orkan: Die Währungsunion solle so ablaufen wie die Währungsreform im Westen 1948! Die gespenstische Vorstellung, daß nun jeder Ex-DeeDeeErrler wie einst die westlichen Brüder nach dem Kriege mit nur vierzig Westmark anfangen sollte, ließ die Ost-Berliner das erste Mal an ihrem Helmut und dem nationalen Taumel irre werden. Sie liefen Amok! Eine Million Ost-Berliner wurden vom Umrubelvirus erfaßt wie vom Schüttelfieber.

»So waret früher uffm Schwarzmarkt am Potsdamer Platz«, erinnerten sich da die Alt-Berliner an Nachkriegszeiten und wußten gleich, was die Stunde geschlagen hatte.

»Das ist die Stunde des Kleinen Mannes, sich auch mal eine Scheibe vom großen Kuchen abzuschneiden. Das gibt's nur alle Jubeljahre einmal, und auch dann nur aus Versehen.«

Da mußte man sich ranhalten, sich schnell auf die westlichen Socken machen, östlich »in die Hufe« oder »aus dem Knick« kommen, um »in die Spur zu gehen« und »sich einzutakten« ...

Westliche Sozialhilfeempfänger versilberten ihre Stütze. Taschengelder wurden zu reinem Spielmaterial. Ganze Renten wurden hin und her getauscht. Haushaltsgeld mutierte zu bloßer Spekulationsmasse. Arbeitslose, Handwerker, Schulkinder, Polen, Türken, brave Hausfrauen – Ossis und Wessis wurden ein einig Volk von Zockern, sofern man nur geradestehen und einen Geldschein halten konnte. Die Ostmark, die vorher mehr oder weniger verläßlich zwischen 1:4 und 1:5 herumdümpelte, war im freien Fall: 1:6, 1:7, 1:8, 1:9, 1:10 ... Auf den Wogen der Spekulation trieben in Tränen schwimmende Ost-Berlinerinnen vorbei, rangen die Hände und flehten: »Bitte, bitte, wer tauscht noch 1:6? Bitte 1:7, bitte, bitte!« Ihnen antwortete nur das berüchtigte Berliner Hohnlachen, denn unter 1:8 ging selbst bei ausgemachten Menschenfreunden und härtesten oppositionellen Teetrinkern gar nichts mehr. Der »Alu-Chip« fiel ins Bodenlose.

Es folgte, was schmallippige Wirtschaftskommentatoren »die Flucht in die Sachwerte« nennen. Im Osten stürmte man die Geschäfte und kaufte unbesehen Pelze, Gläser, Kristallwaren, Porzellan, Schmuck, Antiquitäten, Teppiche, Tafelsilber in Zehntausendereinheiten. »Das Ost-Geld muß weg!« Am liebsten kauften Ost-Berliner allerdings Schrott-Autos, weil die einer östlichen Logik zufolge mehr wert waren als Neuwagen. Dieses Phänomen konnte man keinem »Wessi« richtig plausibel machen. Wahrscheinlich haben sie das bis heute nicht verstanden. Ist ja auch egal.

Als der »Alu-Chip« dann auf 1:15 stand, dachte Horst Dretzke antizyklisch und schlug zu. Und Whamm! Für seine Hunderttausend »West«- kaufte er eineinhalb Millionen »Ost«-Mark!

»Bei diesem Diehl hatte ich für alle Fälle immer eine ›Auspuste‹ dabei«, erklärt Horst den Gästen mit Augen wie blaue Glasbucker und deutet den Griff ins Schulterhalfter an.

Er mußte aber nur in die große Villa eines zierlichen Komponisten nach Kleinmachnow, der ihm dann noch stundenlang Filmmusiken vorklimperte und sich als echter Friedensfreund erwies. Hunderttausend DeeMark für Ost-Schnipsel rauszurücken? »Waaahhhnsinn!«

Alle hatten Horst damals für komplett durchgeknallt oder zumindest doch für haschblöde gehalten. Nur lebt Horst »total gesund«, wie man weiß, und hat höchstens mal einen im Tee, und das auch nur selten.

Drei Tage später war der Alu-Chip überraschend wieder auf 1:10, abends sogar schon auf 1:8 geklettert. Irgendwas war im Busch: »einigungsvertragsmäßig, währungsunionsmäßig«, wurde geraunt. Man sichtete ungewöhnlich viele schwarze Luxuslimousinen mit Frankfurter Kennzeichen (!) im Osten und Privatmaschinen von Bänkern in Schönefeld (!!!) ... Und alle waren ausgesprochen scheu und wortkarg.

Einige wollten von Druckern aus der Bundesdruckerei in Kreuzberg gehört haben, *warum* massenhaft neue DeeMark-Geldscheine gedruckt werden: Die Stasi hatte nämlich jeden Tag seit 1981 in Berlin-Hohenschönhausen zweiundvierzig Quadratmeter DeeMark-Scheine in Hundertern und Tausendern gefälscht, die von den echten nicht zu unterscheiden sind ... Alle Vakuum-Präzisionsdruckmaschinen und die Papiermaschinenanlage zur Herstellung des Geldpapiers am Weißenseer Orankesee sollen gleich nach der Wende nach Lybien verkauft worden und der BeeEnnDee gleich mit einer Kolonne Wiesbadener Autos am Orankesee eingefallen sein, um alle Spuren zu beseitigen.

»Wat die Anwohner dort bestätigen. Und so viel Druckspezialisten wie in Hohenschönhausen haben noch nie auf einen Haufen zusammengelebt!«

Die Gäste am Tisch des russischen Bestatters sind tief beeindruckt und machen runde Augen.

»Wenn die Devisenmärkte davon Wind bekommen hätten ...«, trumpft Horst auf. »Es bleiben immer ein paar

Drucker übrig, die quatschen.« Die meisten aber schweigen fein still, denn Geldfälschen verjährt angeblich nie. Der Richter nickt.

Ganz Berlin hatte aber damals vor Gerüchten gesummt wie eine Frühlingswiese in der Maisonne, und die Ostmark hatte plötzlich auf 1:6 angezogen und kletterte nach drei weiteren Tagen später sogar auf 1:5.

»Mit drei Plastiktüten mit jeweils 'ner halben Million Ostmark in Tausendern gebündelt ist er dann drei Tage am Bahnhof Zoo auf- und abgegangen«, souffliert Wladimir und lacht kreischend auf, so daß die Fettpölsterchen bibbern.

»Genau!« Horst läßt krachend die Faust neben sein Steak sausen. Bestecke und Gläser machen einen Satz. »Die Nerven mußte erst mal haben: Trotz ständig steigender Kurse *nicht* zu verkaufen und auf den richtigen Moment zu warten! Aber wat is der richtige Moment? So viel Valium jibt et auf der ganzen Welt nich', Mensch! Da zeigt sich eben, ob du der ›Mahster off sie Junivörs‹ bist oder nur 'ne nervöse Knalltüte!« Horst blickt sich dabei um wie ein Bundestagsabgeordneter nach seinen applaudierenden Parteifreunden.

»Und was haben Sie dann bloß mit dem ganzen Ost-Geld gemacht?« fragt der Richter aus Bonn ergriffen und hängt atemlos an Horsts Lippen. Auf diese Frage hat Horst nur gewartet. Ihn irritiert nur, daß »Ost-Heinzi«, der ehemalige DeeDeeErr-Kombinationsleiter, so fad lächelt wie ein Klassenprimus, der die richtige Antwort schon längst weiß ...

»Zur Familie jebracht in den Osten!«

»Was denn? Eineinhalb Millionen zu ...?« fragt der rheinländische Jurist mit aufgerissenen Augen.

Horst nickt. »Ja! ... zu wildfremden Leuten! Wir waren zwar verwandt, aber ich kannte die natürlich überhaupt nicht!«

Das unverhohlene Grauen seines westdeutschen Landsmannes schmeckt er noch einmal nach. Wladimir freut sich.

»Doch, doch!« Horst macht den überlegenen Mann von Welt. »Inzwischen war ja die Meldung durch, wie die Währungsunion wirklich ablaufen sollte: 1:1 bis viertausend Mark je Konto und der Rest zu dann 1:2, aber nur für Ossis!«

Wie nie zuvor begann man sich damals in Deutschland an fast vergessene Familienbande zu erinnern: Wie hieß der zweite Mann der toten Tante Luise in Dresden? Wo wohnt der Großneffe zweiten Grades aus Erfurt heute? Und hieß der nun Sandro oder Silvio? Und die Cousine, hieß die wirklich Mändy? Wohin zog die geschiedene Schwippschwägerin Herta in Thüringen? Wie viele Cousins und Neffen haben wir eigentlich in der »Zone«? Hoffentlich hat die Halbschwester mit ihren fünf Kindern nicht in den Westen gemacht... Das verfünf-, veracht-, verzehnfachte oder wie bei Horst verfünfzehnfachte Geld suchte die verwandtschaftliche Nähe, wo es entweder auf den 1:1-Konten so phantastisch vermehrt blieb, oder auf den unbegrenzten 1:2-Konten halbiert wurde und immerhin noch das Siebenfache ergab.

»So viel Rendite war nie wieder!« doziert Horst mit einem Blick, den er sich vom Grafen Lambsdorff abgeguckt haben muß und der bei ihm nur blöd aussieht. Trotzdem: Alle nicken betroffen, und Trauer über verpaßte Gelegenheiten steigt wie eine Rauchsäule auf.

Die Ost-Dretzkes jedenfalls zählten mit den Angeheirateten damals zweihundertachtundachtzig Köpfe und hatten fast keine müde Ost-Mark auf den Konten. Ja, die meisten hatten noch nicht einmal Konten. Das war erstaunlich, denn die DeeDeeErr-Sparrate war legendär. Für Horst war aber die notorische Armut der Dretzkes ein gefundenes Fressen. Aus seinen eins Komma fünf Millionen Ostmark wurden am Ersten Juli 1990 über Nacht eins Komma zwei Millionen Westmark. Horst hatte gewonnen!

Nur einige seiner vielen Ost-Verwandten wollten sich nach der Währungsunion und der Wiedervereinigung trotz Schuldscheinen plötzlich gar nicht mehr daran erinnern, daß »ihr« Geld auf der Bank dem »West-Verwandten« Horst gehörte. Doch das gehört auch nicht hierher, findet Horst. Wie paßt das zum »Mahster off sie Junivörs«?

Beate ist die einzige, die weiß, daß Horst durch die krumme Ost-Verwandtschaft an die dreihunderttausend Mark verloren und so seinen Traum vom Millionär um genau einhunderttausend Mark verfehlt hatte. Wochenlang hing Horst mit Voll-Depri auf seinem lachsroten italienischen Leder-Sofa herum und nahm es tierisch übel. »Andere sind doch auch keine Millionäre«, versucht Beate Horst im nachhinein zu trösten, wann immer er wieder damit anfängt. »Die Hunderttausend mehr oder weniger ...« Doch darüber war Horst einfach nicht hinweggekommen. Darum kennt er auch keine Verwandten mehr und hegt einen so abgrundtiefen Groll gegen alle »Zonies«.

Den zweiten Teil seiner Ost-Unternehmungen erzählt Horst auch nicht jedem. Jetzt ist er aber gerade so in Schwung und die Gegenwart eines Richters stachelt ihn an wie Pflaumenkuchen die Wespen im Ausflugslokal.

Schon im Winter 1990 hatte Horst seine Liebe fürs Landleben entdeckt. »Bäck tuh se ruhts«, hatte er sich gesagt und beschlossen Bauer zu werden. Er holte sich Saatgut, Literatur und 'nen Öko-Guru mit echt kuhlen Tips ... Das Frühjahr 1991 fiel hochsommerlich über das Land. Die Bäume waren im Blütentaumel und die Tulpen schossen wie Torpedos aus dem Boden. Nur die LPGs brachen zusammen. Das Vieh wurde notgeschlachtet und vom Moksel und anderen stramm nationalen Patrioten lebend oder tot nach Ägypten verschachert. Angeblich hatten alle Ost-Kühe plötzlich Teebeezee. Brach lagen die Äcker und leer die Gewächshäuser. Die Eigentumsverhältnisse waren ungeklärt, die Zukunft düster, und die Ratlosigkeit allseitig. Was sollte werden? Horst Dretzke hatte die Antwort: »Nonfuhd!«

Mit seinem Mercedes Cabrio war er offen vor dem staunenden Landvolk vorgefahren, hatte lachend mit Geld um sich geworfen und kurzfristige Pachtverträge geschlossen. Die LPG-Vorsitzenden hofierten ihn wie den Erlöser persönlich. Horst versprach Arbeit für alle und vertickte schrottfreie Westautos zu abenteuerlichen Preisen, als handele er mit Bouletten. Mit seiner »schnellen Truppe« Berliner Jungs brachte er Saatgut und Setzlinge für Bambus und Faserpflanzen in die leeren Gewächshäuser und im Sommer raus auf die Felder. Der Sommer war heiß wie selten und die Pflanzen schossen über zwei Meter in die Höhe. Den märkischen Bauern fehlte einfach das »Nouh Hau«, sagten sie selber, und so ließen sie sich von Horst belehren, daß zur ökologischen Schädlingsbekämpfung an den Feldrändern immer der Bambus oder die großen Sonnenblumen stehen müßten, zum Schutz der wertvollen Faserpflanzen im Feldesinneren.

Doch der Legende nach ist es dann gegen Ende August passiert: Fünf Schafe, drei Schweine und zwei Kühe vom Bauern Schulte sind in Schwanenfinow in Horsts Felder eingefallen. Man fand sie am frühen Nachmittag mitten auf dem Feld, in das sie sich hineingefressen hatten. Sie lagen auf dem Rücken und machten Männchen wie zum Gebet. Träumend blickte das Vieh in den Himmel, als sähe es dort das Paradies, und Bauer Schulte grämte sich. Der Viechsdoktor stellte fest, daß dem Viehzeug gar nichts fehlte. Einen tüchtigen Rausch hätte es nur. Er wunderte sich nur über die seltsame Hanfsorte, von der das Vieh gefressen hatte ...

Der Dr. vet. hatte Nouh Hau und rief die Polizei. Der LPG-Vorsitzende rief Horst, Horst trommelte über Händie seine schnelle Truppe zusammen. Die West-Berliner »Jungs« waren schneller als die östliche Polizei, und nachdem Horst noch einige »Blaue Fliesen« auf den Tisch geworfen hatte, fanden sich genügend flinke Bauernhände, die mit der schnellen Truppe im Akkord das Feld aberntete. Zur Sicherheit blockierten die LPG-Traktoren sämtliche Zufahrtswege. Doch das war völlig überflüssig, denn erst zehn Stunden später war die Polizei in der »Renn-Pappe« erschienen. Um diese Zeit war Horst schon mit sieben vollbeladenen LKWs voll Marihuana auf dem Berliner Ring.

Man munkelte, daß beinahe alles doch noch schief gegangen wäre. Durch die starken Ausdünstungen der Cannabispflanzen sollen Fahrer und Mannschaften so hai gewesen sein, daß sie jedes Orientierungsvermögen und Zeitgefühl verloren hätten. Stundenlang wären sie auf dem Berliner Ring herumgeirrt, ohne die Abfahrt nach Berlin-Zehlendorf zu finden. »Das war der längste Trip, den es je gab!«

Bis hierhin läßt Horst die Zuhörer gutmütig mitlachen.

Den Rest kennt auch wieder nur Beate … Mit seinen über sechzig Tonnen »Brandenburg-Hohm-groun« hatte Horst dann den gesamten Berliner und Hamburger Markt aufgerollt. Einigen Leuten war das gar nicht recht. Die Geschäfte wurden recht ungemütlich und Horst wurde paranoid. Die Ära der West-Berliner Kiffer-Idylle war endgültig vorbei. Jetzt waren ganz harte Jungs von auswärts am Drücker. Horst wollte das nicht wahrhaben. Es gab einen Zwischenfall mit Personenschaden, der eindeutig auf Horsts Kung Fu Technik »Lou Mankey« hinwies, und eine anschließende Hausdurchsuchung im Hause Dretzke. Horsts Mutter, eine angeheiratete Dretzke und Richterin am Berliner Kammergericht, bekam einen Wink vom Kollegen und konnte gerade noch ein Verfahren gegen ihren Sohn wegen eines Verstoßes gegen BeeTeeEmm abbiegen. Dafür hatte sie Horst tüchtig die Leviten gelesen. Horst versprach Besserung, und ab sofort ein anständiger Geschäftsmann zu werden. Seitdem hat er Probleme.

Die Häuser und Grundstücke, in die er sein Geld gesteckt hat, liegen wie Blei auf dem Markt und haben inzwischen über ein Drittel ihres Wertes verloren. Genaugenommen ist der »Mahster off sie Junivörs« total pleite. Doch eher gäbe Horst eine akute HIV-Infektion mit Foto in ganzseitigen Zeitungsanzeigen bekannt. Horst tut darum, was er immer tut: Er verläßt sich auf sein Glück und wartet auf ein Wunder.

11. Strafanzeige oder Aufgebot, das ist hier die Frage

Auf der Wetterkarte zieht das Tief »Vera« über Irland nach Polen ab. Von Island fließt das Tief »Wendy« nach und bringt »vorübergehend« kalte Meeresluft nach Mitteleuropa, Scheißwetter. Apollonia Rabinowitsch kümmert das nicht, denn sie durchquert bereits ihr eigenes Morgentief. Das liegt am Ende des Kurfürstendamms und hat sein Zentrum im Verkaufsraum ihrer Boutique genau auf dem falschen Rokoko-Sofa, auf dem sie sitzt. Einen Wetterbericht oder gar einen Kalender braucht Apollonia nicht. Sie hat Depressionen, und darum ist Neumond. Basta. Früher hatten die Frauen bei Neumond geschwiegen. Das wünschte sich Apollonia jetzt auch. Nur, daraus wird heute nichts. Heute kommen »Bräute«, und »Bräute« hängen Apollonia zum Hals raus. Den Tag heute kann man sich sowieso schenken: Was an einem Schwarzen Mond beginnt, kann gar nicht gutgehen. Aber das ist nicht das Problem.

Apollonias Problem sind die Kandidatinnen. Mit Groll denkt sie an Frau Wagner, eine fünffache Mutter im Alter von dreiundfünfzig Jahren, die sich ernsthaft für die Vorzeigefrau eines zweiunddreißigjährigen Zahnarztes gehalten hat. Was geht im Hirn einer solchen Frau vor? Noch mehr erbittert Apollonia eine Frau Büttner, die ihr erst ganz passabel erschien, bis Victor ihr gesagt hat, daß sie eine stadtbekannte Spielsüchtige sei, die in allen Casinos Deutschlands Hausverbot habe.

Und dann all die Nutten! Einige sind gleich mit ihrem Zuhälter vorbeigekommen, andere wollten ein Gegengeschäft vorschlagen, in der Art: »Ich halt' Ihrem Ivan die Bullen vom Hals, dafür hält er mir den Loddel von der Pelle. Denn 'ne Zahnarztfrau geht doch nicht anschaffen, oder?!«

Mißmutig guckt Apollonia auf die Uhr. Es ist jetzt neun Uhr dreißig. Weder Sonja noch der Friseur ist in Sicht, und keiner hat angerufen. Typisch! ärgert sie sich und stellt mit bösem Vergnügen fest, daß heute nicht nur Neumond ist, sondern obendrein auch noch *Dienstag*! An Dienstagen geht ihr sowieso alles daneben. Das liege an ihrer Marsverletzung, sagt Mascha. Die Marsgeschichte wäre ihr schnurz, aber Tatsache ist, daß sie dienstags ihr Portemonnaie verliert, krank wird, einen Unfall hat und auch ihre Mutter gestorben ist. Heute, an diesem *Dienstag* läßt sie Sonja im Stich. Schlimmer ist aber, daß Lothar nicht kommt.

Lothar ist der Mann, ohne den Apollonia nicht leben kann. Lothar ist ihr Friseur. Der Kult, den Apollonia um ihr Haar macht, ist grotesk. Sie läßt ihr Haar nur von Lothar frisieren, einhundertmal mit Nerzöl und einer Biberbürste kämmen, sie wäscht es, wie es heißt, nur mit *französischem* Volvic-Mineralwasser, und angeblich verreisen Victor und Apollonia nur deshalb nie, weil Victor sich weigert, den Friseur mitzunehmen. Auch das ist nur eines der üblichen gesicherten Gerüchte, die einigen Leuten in Berlin anhaften wie Hundeköttel an Profilsohlen.

»Soll ich heute die Leute hier vielleicht wie eine Puffmutter mit einem Seidenturban auf dem Kopf empfangen?« grantelt Apollonia vor sich hin und reckt den Hals zum Schaufenster, wo seit etwa fünf Minuten eine blonde Frau mit Baskenmütze und einer riesigen Sonnenbrille trotz schwarzgrauem Himmel in die Auslagen starrt. »Was will die denn?! Für eine Kundin sieht die viel zu intellektuell aus.« Apollonia verzieht sich in ihre »Nebenräume« und beginnt sich dort umständlich ächzend das Haar zu frisieren.

Die Ladentür geht mit »Bei-mir-biste-scheen-plies-let-mi-ixpläin ...«.

»Polly, wo steckst du?« kräht eine Altfrauenstimme auf russisch. Mascha.

»Ich komm' ja schon«, blökt Apollonia aggressiv zurück. »Die hat mir heute noch gefehlt!« meckert sie in sich hinein. Mit ihrem Spiegelbild will sich Apollonia gar nicht erst befassen. Gezielt schaut sie an ihrem Gesicht vorbei. Sie weiß, daß sie heute völlig verquollen aussieht und ihre sonst immer noch recht jugendlich glänzenden bernsteinfarbenen Augen matt sind, ihre Wangen wie bei einem Hamster hängen und das Kinn schlaff herumbeutelt. Irgendwann wird sie dagegen etwas unternehmen, chirurgisch, aber gewiß nicht an einem Dienstag!

Die Tür geht schon wieder. Eine deutsche Frauenstimme begrüßt Mascha. Bräute oder Kundschaft? Im Laden steht die Frau mit der Baskenmütze. Apollonia spürt jene Art von Unmut in sich aufsteigen, die sich als Berufsschaden bei Verkaufspersonal früher oder später einstellt: der aggressive Kundenhaß. Die kauft doch nie! denkt sie und lächelt wie Falschgeld in die nachtschwarzen Brillengläser unter der Baskenkappe.

»Guten Tag! Was darf ich Ihnen zeigen?«

»Umgucken« will sie sich! Wenn ich das schon höre! Aber solange die Frau ihr nicht die Zeit stiehlt, soll es ihr recht sein, denn deutsche Kundschaft ist das schlimmste, was Europa zu bieten hat. Nur Inder, Araber und Russen, genau in der Reihenfolge, sind schlimmer. Apollonia kennt sich da aus: Der deutsche Kunde steckt voller Komplexe und ist kontaktscheu. Spricht man eine deutsche Kundin den Bruchteil einer Sekunde zu früh an, zuckt sie zusammen und flieht wie verstörtes Wild. Durch Verkäufer sieht sie grußlos hindurch wie durch Fensterglas, oder sie behandelt das Verkaufspersonal wie lästige Fliegen.

Dann gibt es die Kunden, die eigentlich nur unterhalten werden wollen, und die Einsamen. Sie enervieren durch die Suche nach dem Unmöglichen: »Ich suche etwas Rosa-Seidenes-linksrum-mit-grünen-Pünktchen-und-gelben-Streifen. Leider haben Sie nichts, was ich suche, denn das hier ist zwar Rosa-seidenlinksrum-mit-grünen-Pünktchen, aber es hat *lila* Streifen und das paßt weder zur Farbe meiner Kücheneinrichtung noch zu den Autopolstern meiner Tochter. Die ist nämlich Steuerberaterin, in Wiesbaden verheiratet und macht Seidenmalerei, wissen

Sie ... Wir sind nämlich alle so musisch bei uns in der Familie ... Blah, blah, blah, blah! Tja, schade, daß Sie nichts haben, was ich suche.« Im Klartext heißt das: Es tut mir leid, ich habe gar kein Geld, aber umso mehr Langeweile. Kein Mensch kümmert sich um mich, aber Sie *müssen* sich um mich kümmern, denn ich bin ja eine ganz schwierige Kundin!

Ganze Opern werden aufgeführt: Selbst wenn der unerfahreneifrige Verkäufer Kunden überlistet und doch das Unmögliche gefunden hat, todsicher kommt dann der Satz: »Aber-ich-habe-gerade-meine-Kreditkarte-nicht-dabei-und-komme-gleich-wieder-und-bitte-legen-Sie-mir-das-Stück-zwei-Stunden-zurück.-Ich-zahle-nie-etwas-an!-Also-bis-in-zwei-Stunden!« Alles Quatsch, die kommt nie! Man kann es sofort vergessen! Wie oft hatte Apollonia schon auf der Zunge gebrannt: »Warum gehen Sie eigentlich nicht gleich und machen hier so ein Theater?« Allerdings rennen diese Nervensägen sofort zur Innung und sonstwohin, um sich zu beschweren. Also hält man den Mund oder beschäftigt Personal.

Grimmig mustert Apollonia Claudia von der Seite und beschließt diese Pseudo-Kundin vollends zu ignorieren. Mascha hat den Tee fertig und reicht ihr lächelnd eine Tasse. Sie kennt die Dienstag-Neumond-Macke ihrer Freundin seit Jahren und weiß, daß heute eine mittlere Krise ins Haus steht.

Um halb elf trudeln zwei pubertär gackernde Anfangszwanzigerinnen durch die Tür. Apollonia taxiert sofort mißmutig, ihr Aufzug ist zu extravagant und zu teuer für ihren Laden. Bräute? Den aufgedrehten Hühnern folgt zögerlich eine aparte dunkelhaarige Frau. Apollonia tippt auf eine Nichtjüdin, Italienerin oder so ... Sie trägt ziemlich abgewetzte Garderobe mit einigen besseren Stücken dazu, die aber die Schäbigkeit der anderen Kleidung eher unterstreichen anstatt sie zu dämpfen. In ausgelatschten Schuhen schlurft sie durch die Regalreihen und bleibt vor der Baskenmütze mit Sonnenbrille nachdenklich stehen. Die Baskenmütze, Claudia Unhoch-Dreisörner, stürzt darauf panisch aus dem Laden.

Die lachlustigen Pretenziösen drehen sich erstaunt um und bauen sich dann dreist vor Apollonia auf: »Sie suchen 'ne Braut, haben wir gehört?! Also, wir können *sofort* liefern!«

Beim Wort »liefern« kreischen sie wie Lachmöwen auf und können sich kaum beruhigen. Bei genauerer Musterung entgehen Apollonia nicht die feinen androgynen Signale von »kesser Vater mit Frau«. Nur die aufmerksam lauschende Dunkelhaarige irritiert Apollonia, und der schnelle Abgang der Baskenmütze ... Baskenmütze?! Polizei! Ablösung?!

»Sag mal, werden wir überwacht?« fragt sie Mascha schnell auf russisch.

»Ich glaube nicht, aber man sollte kein Risiko eingehen.«

Apollonia reißt sich zusammen und wendet sich den anmaßenden Lesben zu. »Ich habe gar keine Ahnung, wovon Sie sprechen.« Sie sieht die beiden Androgynen völlig verständnislos an.

»Na, sagen Se mal?!« protestiert der kesse Vater.

»Wir kommen schließlich von *Natalja*!«

»Wer bitte ist Natalja? Ich kenne keine Natalja. Es scheint hier offensichtlich ein Irrtum vorzuliegen, oder jemand hat sich mit Ihnen einen ganz geschmacklosen Scherz erlaubt.«

Das lesbische Pärchen ist unsicher und kleinlaut geworden. »Im Ernst?!«

Apollonia nickt mit der Würde von Queen Mum.

»Los, machen wa' die Hacken scharf!« befiehlt die Männlichere.

»Momähnt!«Die Femininere der beiden will sich aber erst noch ein wenig umsehen. Sie greift hier ein Stück, hält es sich kichernd an, doch der Maskulinen ist die Enttäuschung offenbar auf die Stimmung geschlagen. Sie hat keinen Nerv mehr für Albernheiten. Die Liebliche murrt und trottet verdrossen hinter ihrer Freundin in Richtung Ausgang her. Die Herbe knufft sie grimmig auf den Oberarm, so daß ihre Lieblichkeit mit einem »Aua!« zur Seite springt. Dabei rempelt sie Beate an, die sich gerade unauffällig aus dem Laden verdrücken wollte. Beate fallen vor Schreck sämtliche Einkaufstüten aus der Hand. Unter dem

Inhalt, der sich auf dem Fußboden verteilt, befinden sich verräterische Kleidungsstücke des »Belle de Jour« ...

»Oh, oh! Da braucht aber jemand einen Schnaps und einen guten Anwalt«, flötet die Feminine im Hinausgehen. Beate hockt auf dem Boden und starrt auf die Tür, die hinter den beiden mit »Bei-mir-biste-scheen-plies-let-mi-ixpläin« schließt.

Was jetzt droht, hat Beate schon hundertmal geträumt oder im Fernsehen gesehen: Die Funkstreife fährt vor. Die Geschäftsführerin erstattet Anzeige. Man fährt sie zur Wache und läßt sie in einer Gemeinschaftszelle schmoren, wo eine Besoffene randaliert und eine Heroinstricherin ins Klo kotzt, oder umgekehrt. Man nimmt mit dem berühmten Einfingersuchsystem ein Protokoll auf. Vielleicht veranstaltet man sogar zu Hause eine kleine Hausdurchsuchung. Beate weiß nicht, ob Horst feixen oder schäumen wird.

Apollonia hat sich inzwischen der gestohlenen Kleidungsstücke bemächtigt und blafft über die Schulter: »Folgen Sie mir bitte ins Büro.« Wegrennen? Vor dem Laden ist die Müllabfuhr vorgefahren, und mit Müllkutschern will Beate nicht unbedingt um die Wette laufen, schon gar nicht in den Schuhen. Mit hängenden Schultern folgt sie Apollonia. Um Gnade winseln ist bei *der* zwecklos, denkt sie sich, aber vielleicht kann man mit der irgendwie verhandeln?

In Apollonias »Büro«, das eigentlich nur ein Kabuff ist, in das man mit Gewalt einen Tisch und zwei Stühle hineingequetscht hat, soll sich Beate setzen. Die beschlagnahmten Sachen wirft Apollonia über den chaotisch überladenen Schreibtisch, auf dem nach der Häufel-Methode mehrere Halden von Belegen in verschiedenen Segmentschichten ablagern. Ächzend zwängt sich Apollonia in einen wackligen Sessel hinter dem Schreibtisch, wobei einige Papierstöße zu Boden gehen.

»Ihre Personalien, bitte.«

Beate reicht ihr eingeschüchtert ihren »Perso« rüber. Umständlich wühlt Apollonia unter den Papierbergen einen Zettel hervor und schreibt mit bedächtiger Genauigkeit alle Daten von Beates

Ausweis ab. In das vor Bedrohlichkeit dröhnende Schweigen tastet sich Beate langsam vor.

»Ich werde das natürlich alles bezahlen ...« Mit gesenktem Kopf linst sie zu Apollonia rüber, die ihr aber nur ein ironisches »Ach, ja?!« schenkt. Doch Beate gibt so leicht nicht auf. »Bezahlen muß man immer, auf die eine oder andere Weise ... Vielleicht können wir ja einen Weg finden, wie man sich *ohne* Polizei einigen kann?«

Apollonia hat mit der Schreiberei aufgehört und mustert Beate mit undurchdringlicher Miene. Ohne den Blick von Beate zu wenden, greift sie in eine Schublade und zieht ein Foto hervor. Ihre Augen wandern für Minuten zwischen dem Foto und Beate hin und her. Beate rutscht ungemütlich auf ihrem Stuhl herum: Was geht hier ab? Auf Apollonias Gesicht zeigt sich ein Lächeln, und sie blickt Beate so zufrieden an wie eine Katze, die zärtlich eine Maus zwischen den Pfoten hält.

»Ja, möglicherweise kann man das«, murmelt sie und fügt verächtlich hinzu: »*Polizei* ... Also, wer hätte davon schon was?«

Beate fällt ein Stein vom Herzen. »Sag ich ja auch immer ...«

Apollonia zieht die Stirn kraus. »Sind Sie eigentlich verheiratet?«

Beate wittert Morgenluft. Eine persönliche Wendung des Gespräches kann nur Gutes heißen. Sie weiß zwar nicht, worauf Apollonia hinaus will, aber sie setzt auf Intuition, indem sie ins Blaue redet und hofft, dabei ins Schwarze zu treffen.

»Nö, also nicht so direkt, aber mein Freund, der könnte, äh, der würde sicher ...«

Apollonia fällt ihr ungeduldig ins Wort: »Ledig oder geschieden?«

»Nö, verheiratet war ich noch nicht, aber mein Freund und ich, wir ...«

»Sie wollen also *bald* heiraten«, ergänzt Apollonia in gereiztem Ton.

Irgendwie war das nicht der richtige Code. Krampfhaft sucht Beate nach Worten, die leicht und unverfänglich genug sind, um über die hauchdünne Eisdecke zwischen ihr und Apollonia zu gleiten, ohne dabei wieder einzubrechen. »Äh, so direkt würde ich es nicht ausdrücken ...«

»Also nicht?!« entgegnet Apollonia scharf.

Aus dem zweiten Stock ruft es zwölf mal »Kuckuck«. Beate schüttelt den Kopf und prüft verlegen ihre abgebrochenen Fingernägel. Worauf will die hinaus?

»Dann heiraten Sie doch *diesen* jungen Mann hier, und der Vorfall ist vergessen! Ein bißchen Geld gibt es noch dazu, vielleicht ...« Apollonia reicht Beate das Foto rüber. Beate glotzt erst Apollonia an, als wäre sie gaga, dann betrachtet sie das Bild. Das Foto zeigt einen Mittdreißiger von aggressiver Unauffälligkeit, der vor dem Moskauer Flughafen posiert und neben sich einmal eine bessere Hälfte hatte, die man weggeschnitten hat.

»Ja, schön und gut, aber den kenn' ich doch gar nicht ...«

Das erste Mal lacht Apollonia an diesem Neumond-Dienstag. »Aber das macht nichts! Fünftausend zum Aufgebot auf die Hand und fünftausend zur Hochzeit. Und natürlich machen wir einen ordentlichen notariellen Ehevertrag.«

Aha, so läuft der Hase, hier! Beate strafft sich mit neuem Selbstbewußtsein und lacht Apollonia breit ins Gesicht.

»Ich heirate doch nicht für läppische zehntausend Mark! Halten Sie mich für blöd, oder was?«

Apollonia runzelt die Stirn. Widerstand ist sie nicht gewohnt. »Sie vergessen Ihre Situation!«

Jetzt hat Beate Oberwasser. »Meine *Situation*? ... Hach, Jottchen, Ladendiebstahl!« mokiert sie sich. »Das gibt noch nicht mal 'n Verfahren. Erstens: bin ich straffrei; und zweitens: hab' ich meine Tage! Aber davon mal abgesehen, zufällig kenne ich die Kurse für falsche Bräute von 'ner Freundin ... Zwanzigtausend, oder Sie können es vergessen und die Polizei rufen!«

Was für eine Chuzpe! denkt Apollonia amüsiert, selbst in aussichtsloser Lage auftrumpfen und die Welt herausfordern. Ich war früher auch so ... Sie lächelt plötzlich ganz weich, so daß Beate beinahe erschrickt. »Ich denke, wir werden uns schon einig.«

12. Der Blues auf dem ost-westlichen Divan

Claudias Abreiseaktivitäten hatten auf Frank wie italienische Oper gewirkt. Allein schon dieses wochenlange Getue, »daß sie nun ginge, weil er es ja nicht anders wolle!« Claudia tat ja gerade so, als ob *er* sie zur Heimatvertriebenen mache! Dabei hat er immer wieder betont, daß sie doch *völlig frei* sei zu tun, was sie wolle. *Er* würde ihr doch nie im Wege stehen. Daraufhin bekam Claudia einen hysterischen Schreianfall. Wenn Frauen einem aber so kommen, stellt man sich am besten tot. Mehr fällt ihm dazu nicht ein.

Bald darauf mehrten sich Hinweise, die sich wie steigende Pegelstände zu Wasserstandsmeldungen bei drohender Flut anhörten: »Abflug in zehn Tagen!« Na, wenn schon?! Das Ticket nach New York lag unübersehbar auf dem Küchentisch: »Rückflug offen.« Ach! »Die Wohnung muß in *einer Woche* geräumt sein, weil dann der *Nachmieter* einzieht.« So, so!

Das Katastrophenszenario krönte der Besuch von Claudias Mutter, die mit einem frisch gebügelten Gesicht direkt von einer Schönheitsfarm einflog, ihre zehn Zentimeter hohen Pfennigabsätze in die Eichendielen hackte und permanent über Händie mit ihrer Schneiderin telefonierte, die ihr eine Tanzrobe für lateinamerikanische Tänze in grün-rot-schwarzen Pailletten mit schwarz-rotem Tüll nähen sollte und ihrerseits um Irenes Anprobe flehte.

»Wir sind schließlich für die Norddeutschen Meisterschaften gemeldet!«

»Senioren, C-Klasse«, ließ sie weg. Wenn Irene Ponzig nicht

gerade in ihr Händie schrie oder sich darüber sorgte, ob grün-rot-schwarz vielleicht doch zu alt mache, starrte sie Frank wie Atilla den Hunnen eisblau nieder und ließ ihn dabei im Untertitel wissen: »Dich putz' ich von der Platte!«

Endlich verluden die Spediteure all die Kisten und Kästen mit Claudias persönlichen Sachen, und Irene kommandierte die Ziehleute herum, als hätte sie sich immer nach einem Leben als Feldwebel gesehnt. Genau an dieser Stelle hatte es Frank endlich kapiert: *Abserviert*!

Wie fast alle Einsichten kam auch diese zu spät. »Gut«, konnte er nur noch essigsauer knurren, stolz das Kinn recken und seine Sachen zusammenraffen, die in der Schlafzimmerecke zwischen Staubmäusen anklagend vor sich hin gammelten.

Aus alter Gewohnheit hatte er erwartet, daß Claudia ihn wie früher unter Tränen mit der Stimme einer zum Tode Verurteilten bäte: »Bleib doch!« Sie schob sich aber nur eine Zigarette der Marke »Eve« zwischen die dunkelroten, kußecht geschminkten Lippen und funkelte ihn böse an. Seit ungefähr vier Wochen raucht Claudia nämlich wieder, zwei volle Schachteln am Tag. Und selbstverständlich ist *er* schuld daran!

In ihrem überlangen blauen Mohairpullover, der ihr fast bis zu den Knien reicht, hatte sie mit verschränkten Armen in der Tür gestanden, triumphierend aus der Wäsche geguckt und ihm den Rauch ins Gesicht geblasen. Kein »So-können-wir-doch-nicht-auseinandergehen«, kein »Geh-nicht!« Kein weher Blick! Nischt! Sie kam ihm auf die überlegene Hanseaten-Tour, kühl lächelnd mit hochgezogener linker Augenbraue und leicht spöttisch abgesenkten Mundwinkeln.

Diese Frau hat kein Herz, dachte Frank. Seines jedoch krampfte sich zusammen und schrie: »Küß sie! Dann wird alles wieder gut!« Aber er tat es natürlich nicht. Es wurde ein mieser Abgang.

»Nimm's leicht und mach's gut!« blaffte Claudia ihm noch fies nach. Dann fiel hinter ihm die Wohnungstür hart ins Schloß. Zur Krönung des Ganzen war unten auch noch die Haustür abgeschlossen. Also mußte er noch einmal die drei Treppen zu ihr hochdackeln und um Aufschluß bitten.

Irgendwie hatte er da immer noch gehofft, daß sie nun doch ... eine letzte Chance vielleicht ... ein vernünftiges Gespräch ... und so weiter ... Iwo! Eine hysterisch rauchende Eiskönigin drückte ihm nur unwillig ein Schlüsselbund in die Hand und schloß grimmig die Tür hinter ihm, für immer. Die Schlüssel hat er ihr dann im Hausflur in den Briefkasten geworfen. Der übliche Berliner Abschied ...

Seitdem versucht er das Gefühl von ausgesetztem Hund loszuwerden und hadert morgens und abends bei zwei Stunden Es-Bahnfahrt zwischen KaWe und Babelsberg darüber, *was* eigentlich so verdammt schief gelaufen ist. Claudia macht Pauerpläi, das ist schiefgelaufen! *Das* verstehen Westfrauen unter Emanzipation, so isses! Nee, nee, da fahre ich lieber zwei Stunden Es-Bahn mit Glatzen, wohne in 'ner verschimmelten, feuchten Datsche, die sich kaum heizen läßt und wo das Bad ein Gartenschlauch mit kaltem Wasser in 'nem bröckligen Zementwinkel mit glitzernden Eisblumen ist. Schließlich hat man ja früher, ohne Westen, ooch gelebt!

Im Büro hat sie weder angerufen noch eine Nachricht hinterlassen. Jetzt um halb neun abends ist er der einzige, der noch in seinem Büro hockt. Er weiß nicht, wohin. Den vierten Gin gießt er ein. Hundert Gramm. Kein Bier, kein Wein, keine Schnäpse, kein Kognak. Er ist Klartrinker. Klarer, Wodka, Korn und Gin.

Der Suff ist ein guter Vorwand, um noch einmal Claudias Nummer anzuwählen. Es meldet sich noch nicht einmal der Anrufbeantworter, den er inzwischen haßt wie die Pest. Nach einer Ewigkeit: ein *Mann* am Apparat! Doch statt sich mit »Bei Unhoch-Dreisörner« zu melden, bellt der Kerl: »Scheller hier!« Der Nachmieter! Frank legt auf.

Claudia!

Das hat er nicht verdient, jault seine wunde Seele. Er hat ihr doch nichts getan! Sie hatten sich noch nicht einmal gestritten. Noch nicht einmal mit anderen Frauen hat er herumgemacht. So lange war er bisher keiner treu! Er drückt noch einmal die Wahlwiederholung. Wieder der *Kerl*! Der *Nachmieter*?!

Von wegen Heiraten! Wegen einer *Wohnung* hat man in der DeeDeeErr geheiratet, wenn überhaupt! Heute heiraten die Leute wegen der *Kinder*, oder weil sie etwas *vererben* wollen. Dieser ganze konventionelle Müll von vorgestern ist seit der Wende plötzlich wieder da und nennt sich *Fortschritt*. Selbst *Nacktbaden* ist plötzlich anstößig! Da habe ich nun 'ne Braut, die sich im Westen für irre emanzipiert und progressiv hält, und die kommt mir da mit so 'nem Quatsch! Und Quatsch macht Frank Zaunig nicht mit. *Niemals!*

Außerdem hat er es satt, daß ihn ständig irgendwer zu irgendwas drängen will, was er nicht will. Früher wollte man ihn in die »Jungen Pioniere« stecken, dann in die FDJ, dann sollte er in die Partei, oder doch wenigstens in die DSF. Heute nun soll er in die EHE! Kein Stück!

Sieglinde, seine erste große Liebe, war Parteigenossin und ein hundertfünfzigprozentiges »Linienschiff«. Trotzdem waren sie drauf und dran zu heiraten. Eines Tages ließ sie aus heiterem Himmel durch eine Annonce in der »Jungen Welt« die linientreue Öffentlichkeit wissen, daß sich die Parteigenossin Sieglinde Klante »öffentlich« vom »subversiven Lebensstil« und den »reaktionären Äußerungen« des Schauspielers Frank Zaunig nicht nur distanziere, sondern diese obendrein noch »scharf verurteile«. Sieglindes Vater war ein Oberbonze in Partei und Regierung und wollte sichergehen, daß auf seiner Tochter, für die er hohe Pläne im Diplomatischen Dienst der DeeDeeErr hegte, auch nicht der Hauch eines politischen Makels nach dem »Fehltritt« mit dem »reaktionären Element«, Frank Zaunig, zurückbliebe. Frank hatte damals zum Entsetzen der beinaheschwiegerväterlichen Klante-Familie in einem offenen Brief an den Kulturminister eine Solidaritätserklärung mit dem Sänger Wolf Biermann abgegeben, ungebeten.

Heute steht Frank schon wieder am Pranger. Diesmal brandmarkt ihn Claudia mit ausgestrecktem Zeigefinger als Chauvinisten, Nationalisten und Rassisten, nur weil er Frauen nicht automatisch als bessere Menschen mit höheren Fähigkeiten betrachtet und Ausländer, insbesondere Kurden, nicht unbedingt als besondere Gutmenschen ansieht, denen man gleich an der Grenze mit Begrüßungsgeld um den Hals fallen sollte.

In den letzten Monaten war wirklich kaum ein Tag vergangen, an dem sie sich nicht über Frauen, Ausländer oder über Politik in der Wolle hatten. Es gebe eben weder eine Gemeinsamkeit zwischen ihnen, noch eine Grundlage für Vertrauen, hat ihm Claudia fast täglich vorgeworfen. Folglich, hatte sie dann mit skalpellscharfer Logik weiter plädiert, folglich ist so auch keine Grundlage für eine Fortsetzung ihrer Beziehung und eines Zusammenlebens zwischen ihnen gegeben. Peng!

»Gefühle spielen wohl gar keine Rolle?« hat er ihr vorgehalten.

»Gefühle?!« hatte sie verächtlich aufgelacht. »*Du* redest von Gefühlen? Damit meinst du wohl die zwischen uns bestehende Sentimentalität aus Gewohnheit zur bequemen Triebabwicklung, oder was?«

Dafür hätte er ihr eine runterhauen können. Vielleicht hätte er es sogar wirklich tun sollen, denn Antek ist der Meinung, daß manche Frauen so lange provozieren, bis man sie schlägt. Es ginge ihnen dabei um die Heftigkeit des Gefühls, meinte Antek, so oder so ... Aber dafür ist er nicht der Mann. Warum tut die mir das an?

Wie auf einer Rettungsinsel in einem Ozean aus schwankender Einsamkeit hockt Frank zusammengesunken in seinem Bürosessel und hält das Glas schon bedenklich schräg. Langsam legt sich tröstend der Alkoholnebel aufs Hirn, und er überlegt, ob er sich vom euphorischen Stadium gleich ins schläfrige durchtrinken soll, ohne an den üblichen Stationen von Jammer, Herzeleid und »So-schlecht-ist-die-Welt« Halt zu machen. Nur hätte er dazu schneller trinken müssen.

Der erste mittelschwere »Moralische« hat ihn bereits erwischt –

mein Leben ist ein Witz, wabert ihm da schon die tragische Ouvertüre durch die benebelte Birne und leitet über zum tiefsinnig-berauschten Brüten: Wenn es einen Gott gäbe ... vorausgesetzt daß ... und der nähme wirklich an jedem einzelnen der Milliarden von Wesen auf der Erde Anteil, was an sich schon Quatsch ist ... aber gesetzt den Fall ... dann hat sich *Gott* mit Frank Zaunig einen besonders makaberen Witz erlaubt. Hat Er eigentlich Sinn für Humor? Gott hat sicher besseres zu tun, und die Frage ist nicht neu. Doch ein göttlicher Hans Wurst schmeckt mit einem Schlückchen Gin besonders zartbitter ...

Makaber ist dabei nur: Frank Zaunig fühlt sich nun in der Freiheit des Westens unfreier als ein gemaßregelter Dissident im Osten! Früher ... früher ... war nichts in Ordnung, aber alles klar! An allem war der Sozialismus schuld, das ZettKa, die Partei, die Bonzen, die Planwirtschaft, die Russen und die Polen und die Ungarn, die alles in der DeeDeeErr wegkauften. Ansonsten war die DeeDeeErr übersichtlich wie ein Schrebergarten. Man wußte immer, wo der Feind steht. Die Antworten waren so einfach wie die Fragen. Jetzt hat das Böse tausend Gesichter: die Sachfragen, der Markt, die Konjunktur, »die Konsequenzen von der Sache her«, die Arbeitslosigkeit, die Marktprofile, die Steuern, der Soli, die Sozialabgaben, der »Wildwuchs«, die Einschaltquoten, der Kostendruck, die Parolen aus den Flüsterecken der Medien-Kneipen, der vorgezogene Ruhestand und die ständige Drohung des »Liehn Mänätschmänt«. Arbeit ist auch bloß Performänz.

Frank Zaunig trägt jetzt Sakkos in der Art, wie sein Boß sie trägt. Das tun alle hier. Eine Brille mit rotem Rand, wie der Chef sie trägt, hat er auch auf der Nase. Das tun alle hier. Selbst der Haarschnitt ist der gleiche. Das nennt man »Korporät Eidäntitie«. So ist der Konzern auch an seinen Mitarbeitern zu erkennen. Sie tragen eine unsichtbare Uniform wie eine Kollektion Sommerkleider aus dem gleichen Modehaus. Über solche Typen hätte er sich doch früher nur kaputtgelacht. Nun ist er selbst so einer.

Was ist nur aus mir geworden seit der Wende? Frank verachtet sich und gießt darum noch einen Kanten Gin drauf.

Er ist hier der Quoten-Ossi von Anteks Gnaden und in dem Dschopp eigentlich völlig fehl am Platze. Na, und?! Man wird ja auch nicht Schauspieler, um in einem Büro zu hocken und sturzblöde Drehbücher von Amerikanern zu lesen, die deutsche Realität, wenn überhaupt, nur vom Raumschiff aus zu kennen scheinen und dafür dreifache Gagen über ihre Agenten abgreifen. Das geht ihm doch am Arsch vorbei! Daß sich ehemalige Staatspreisträger vor ihm im Staub wälzen, um ihm einen Krimi anzudienen, macht ihm auch keinen Harten. Aber dankbar muß er sein.

Aus Dankbarkeit träumt er nachts davon, daß ihn Antek nach irgendeinem Drehbuchtitel fragt, von dem er die ganze Schtorie aus dem Eff-Eff wissen müßte, er aber nicht einmal den Titel kennt – wie in der Schule bei den Russisch-Vokabeln druckst er dann doof herum, worauf Claudia in schallendes Gelächter ausbricht und blökt: »Frank Zaunig, du hast versagt, du *Flachzange*!« Dann wacht er schweißgebadet auf. Dieser Traum verfolgt ihn schon seit Monaten. Er wechselt sich nur mit einem anderen Alptraum ab, dem Fahrstuhl-Traum: Er stürzt mit der Fahrstuhlkabine den Schacht hinunter und sieht sich sowohl in der Kabine eingeschlossen als auch von außen den Schacht eines Hochhauses hinunterfallen. Claudia hatte dazu gemeint, er solle »gefälligst« nicht den selbstmitleidigen Ossi mimen. Sie würde *gern* seine Sorgen haben.

»Claudia«, seufzt er und kippt einen tüchtigen Schluck runter. Er denkt an den ersten Urlaub mit ihr zurück.

Claudia gehört zu den Leuten, die, egal wo immer auch die Reise hingeht, dort entweder Verwandte haben oder »gute« Freunde. Im Westen scheint es ein ungeschriebenes Gesetz zu geben, das befiehlt, daß man sich überall auf der Welt bestens auskennt und über Insider-Wissen verfügt, auf jeden Fall aber so tun muß. Frank war früher immer an der Ostsee, in Ungarn oder in der CSSR und kannte außer Lisa und Hannes aus Ahrenshoop niemanden anderswo, mit Ausnahme von Milena, der Sängerin aus Bratislava, mit der er sich ein nettes Fickverhältnis in Fortsetzungen gedacht hatte. Milena zog es aber vor, einen reichen Schweizer zu heiraten und für immer unerreichbar nach Genf *auszureisen*. Ganz unerwartet fühlte er sich damals gekränkt.

Wenn er genau nachdenkt, war Milena der Wendepunkt. Die Frauen gehen ihm seit 1987 nach kurzer Zeit verloren, meist an Ehemänner oder »Westscheichs«, wenn sie nicht – wie seinerzeit Marianne aus München – angeblich bei einem Unfall im »KaAh«, im kapitalistischen Ausland, plötzlich versterben; aber vielleicht war die ja von der Stasi, wer weiß? Kürzlich hat er sie auf dem Flughafen Tegel gesehen, jede Wette: einen Zentner Bockwurst und ein Kasten Rotkäppchen-Sekt!

Nach der Wende sind fast alle seine Freunde und Bekannten wie ein Schwarm aufgescheuchter Zugvögel in westliche Länder gereist – je weiter und je exotischer desto besser: Bali! Tasmanien! Oster-Inseln! Polynesien! Mit dem Trabi nach Feuerland und dergleichen ... Ossis mit großen Augen im Wunderland, der großen weiten Welt. Na, wie komisch! Frank hingegen blieb sich treu. Aus Gewohnheit schwamm er demonstrativ nun auch gegen diesen Strom. Er reiste überhaupt nicht und machte daraus eine Weltanschauung: »Bleibe im Lande, Deutschland und der Umwelt zuliebe!«

Als er diesen Satz auf Claudia losließ, hielt sie das für einen »ganz hinterfotzigen Gäck«. Er war nun vorgewarnt. Wenn er das progressive, kosmopolitische Gemüt seiner Angebeteten nicht verstören wollte, dann mußte er pfundweise Kreide fressen und seine rechte Schlagseite tarnen. Das war klar. So kam es dann, daß er seine Ansichten immer vieldeutig drapierte, so daß Claudia diese als »Posse« verstand und herzhaft lachte. Ganz vorsichtig wagte er sich immer weiter aus der Deckung hervor und erhöhte allmählich die Dosis, bis sie die Stirn runzelte und meinte: »Das finde ich jetzt aber gar nicht mehr komisch«, oder gar mit der Faust auf den Tisch schlug und sich irgendetwas verbat, was er natürlich »so« nie gemeint hatte. Er blinzelte ihr dann wieder mokant-vieldeutig zu, bis sich ihre Stirn glättete, weil das alles ja nur ein Witz sein konnte.

Da genau lag der Hund begraben: Claudia konnte sich offenbar nicht vorstellen, daß »in ihren Kreisen« jemand »ernsthaft« Ansichten vertrat, für die konservativ noch zu liberal wäre. Aber mal ehrlich, welcher Mann erzählt seiner Angehimmelten nicht, was sie hören will? Das ist doch völlig zulässig, oder?

Später hat sich Claudia darüber bitter beklagt und behauptet, daß man auf diese miese »Ost-Tour« auch loyale Bonner Sekretärinnen aufs Kreuz gelegt hätte. Das »Romeo-Prinzip« nannte die Stasi das. »Liebe ist nicht fair«, hielt er ihr entgegen. Wenn er gesächselt hätte, ihr mit Mundgeruch oder gar als vaterländischer Dampfredner dahergekommen wäre, hätte sie ihn doch sofort abblitzen lassen. »Oder?« Da mußte sie ihm recht geben. »Keine Frage!«

Liebe wäre ein mildernder Umstand, machte Frank geltend, doch Claudia bestritt, daß der Nachweis der Liebe erbracht worden sei, und sprach von Heimtücke und arglistiger Täuschung. Nach der Entdeckung, daß er *keine* Witze machte, sondern *wirklich* ein *Rechter* war, hatte sie zwei Wochen kein Wort mehr mit ihm gesprochen. Damals fing Claudia wieder an, exzessiv zu rauchen.

»Was habe ich mir da bloß eingetreten?« klagte sie am Telefon einer Freundin und war ratlos. Daraufhin verlegte sich Claudia auf pädagogische Maßnahmen, »weil Dummheit immer gesellschaftliche Vernachlässigung« sei.

In seiner Datsche in KaWe tauchte sie plötzlich auf, anstatt zu rauchen, aß sie Schokolade, so wie man von belegten Broten abbeißt, und fragte: »Was hältst du davon, wenn wir gemeinsam nach Italien reisen?«

In Mailand hätte sie eine uralte Großtante und auf Sardinien eine Cousine, die einen sardischen Gastwirt geheiratet hatte. Seiner Parole vom Imlandebleiben fehlte es am überzeugenden Schwung. »Nee, nu mal im Ernst!« schob sie seinen Spruch beiseite und zerknüllte das leere Schokoladenpapier in der Manteltasche. Da diese Reise einen persönlichen und keinen touristischen Charakter zu haben schien und der kulturelle Aspekt sehr schwer wog, hatte er sich dann widerwillig breitschlagen lassen. Ausschlaggebend war, daß Claudia Englisch, Französisch und Spanisch sprach und sich im KaAh bestens auskannte.

Heidi Maleuda, Franks Verflossene aus Marzahn, sprach außer Thüringisch gar nichts und hatte ihm zur Wende die Ohren vollgeheult, doch nun endlich zu verreisen, wenigstens nach Paris: »Jetzt, wo wir doch endlich reisen dürfen und können.« Mit dem Pathos des Standhaften hielt er Heidi seine »prinzipielle Grundhaltung« vor. Heidi fragte nie wieder, sondern maulte nur noch kleinlaut herum, wenn andere ihre Urlaubsfotos herumreichten. Heute kann er es zugeben: Er zog damals die Kaspar-Hauser-Nummer ab! Er hatte ganz einfach Schiß. In der Fremde plötzlich wie Karl Napp dazustehen und nicht wie der überlegene, schneidige Kerl, darum muß man sich ja nicht noch reißen, oder? Heidi Maleuda-Schimmelpfennig glaubt an Frank Zaunig, das schneidige Mannsbild, bis auf den heutigen Tag und foltert damit ihren neuen »Westscheich«, den Oberverwaltungsrat Richard Schimmelpfennig aus Hagen.

Für Claudia schien ins Ausland zu reisen so selbstverständlich zu sein wie Haarekämmen und Zähneputzen. Früher lagen vor jeder Reise bei Frank und Heidi in der Marzahner Allee der Kosmonauten eine Woche lang zwei aufgeklappte Reisekoffer im Schlafzimmer herum, in die Heidi nach einer präzisen Liste alles einpackte und Frank ständig irgend etwas besorgen mußte. Reisevorbereitungen hatten, so lange er denken konnte, immer hysterische Obertöne und schlugen ihm auf die Verdauung. Drei Tage vor dem Abflug nach Mailand geschah aber im Hause Unhoch-Dreisörner gar nichts, außer daß sein Magen schon planmäßig streikte. Daß ihn nun wieder eine Frau bei der Hand nehmen müßte, um ihm die Welt zu zeigen, daran war Honecker schuld, aber Claudia bewunderte und haßte er dafür.

Dann war etwas ganz Außerordentliches geschehen: Er, Frank

Zaunig, bekam keinen hoch! Claudia gab sich mit heruntergeschlucktem Groll verständnisvoll. Er spielte den Unpäßlichen, den Grippalen, in Reiselektüre Versunkenen. Vorbeugend legte er ihr aber dar, daß er vor Reisen immer »so« sei.

»Wie?« fragte sie zurück.

»Daneben«, erklärte er, weil er nämlich ein bodenständiger Mensch sei und »Wurzeln« habe.

»Daneben« ließ Claudia gelten. Aber: *»Wurzeln?«* Ein Baum habe Wurzeln, erklärte sie, ein Mensch hingegen sei ein anpassungsfähiger Nomade und wandere mal hier, mal dort hin, wo immer er Nahrung und Schutz fände, oder wo es ihm einfach gefällt. Alles andere sei verblasener »Blubo«.

Nur seine Potenzprobleme waren ihr wirklich nahegegangen und hatten sie beunruhigt, auch wenn sie es nicht zeigte. Claudia litt nämlich unter der Zwangsvorstellung, daß alle Männer bei ihr impotent würden. Einigermaßen getröstet hat sie später, daß auch fast alle Männer ihrer Freundinnen Potenzprobleme haben und sie mit »diesem Problem« kein Randgruppenschicksal darstellt, sondern voll im »Mäinstriem« liegt. Ob das nun an Weichspülern, an Hormonrückständen in europäischen Trinkgewässern oder an Vogelspinnen in Yuccapalmen läge, weiß keiner zu sagen. Damals hatte Claudia jedenfalls zähneknirschend auf die segensreiche Wirkung der südlichen Sonne gehofft.

Wie eine routinierte Reiseleiterin organisierte sie günstige Flüge und die Hotels. Genau drei Stunden vor Abfahrt zum Flughafen fing sie in aller Seelenruhe mit dem Kofferpacken an. Auch seinen Koffer packte sie und schaffte es auch noch irgendwie, für Frank passende Garderobe zu kaufen, obwohl er sich dagegen sträubte. »Wir kampieren ja schließlich nicht in einem FDGB-Heim!«

Am Vorabend hatte Frank plötzlich »überhaupt keine Böcke« mehr auf die Reise und wollte entweder einen Streit vom Zaun brechen oder wirklich krank werden. Merkwürdigerweise glitten selbst todsichere Streitattacken, die für gewöhnlich mindestens mittelschwere Krisen und Zerwürfnisse mit wochenlangen

Auszeiten nach sich ziehen, diesmal ab wie Schneebälle an heißen Kachelöfen. Und krank wurde er auch nicht.

Da fiel ihm sein DeeDeeErr-Ausweis ein.

»Ich kann doch nicht ins Ausland reisen mit einem Personalausweis eines Landes, das es gar nicht mehr gibt«, lamentierte er scheinheilig.

Claudia lächelte ihn milde an. »Schengener Abkommen, mein Schnurzel! Dich kontrolliert doch keine Sau mehr! Aber wenn du unbedingt willst und es dich beruhigt, können wir ja morgen um halb acht zur Meldestelle gehen und dir einen provisorischen Ausweis ausstellen lassen.«

»So viel Freiheit, das kann ja gar nicht gutgehen!« entgegnete er finster und hielt ein Plädoyer über die Vorzüge des autoritären Nationalstaates, das darin gipfelte, daß mit Europa Deutschland zum Teufel ginge und so weiter. Claudia stöhnte auf und flehte die Zimmerdecke um Beistand an.

Hellhörig für alle Schrecken, Katastrophen und Pannen der Welt lauerte Frank auf dräuendes Unglück, um mit gutem Grund und ohne Gesichtsverlust daheimbleiben zu dürfen. Aber keines der erhofften Desaster trat ein. Kein Erdbeben, keine Wirbelstürme, Erdrutsche, Umwelt-Katastrophen, Seebeben, Lawinen, Algenplagen, politische Unruhen, selbst die italienische Streiklust und die Mafia ließen ihn im Stich. Das Reisen war ein komfortables Dahingleiten über pünktlich ausgerollte Teppiche. Alles schien so unbegreiflich leicht und selbstverständlich wie in Hollywoodfilmen aus den fünfziger Jahren: überall glückliche, gutgekleidete Menschen, die Heiterkeit und Schönheit verbreiten und denen livirierte Portiers diensteifrig die Türen aufreißen und Boys das elegante Gepäck auf Wägelchen hinterdrein schieben. Alles diffus verdächtig, aber auch höchst angenehm. Allmählich erlahmte Frank in der Rolle des ständigen Bedenkenträgers und begann milde dreinzuschauen.

Das Hotel Lombardi, das Claudia ausgesucht hatte, war ein intimes Haus von nur zwanzig Zimmern mit Blick auf einen weitläufigen Park unweit des Mailänder Zentrums. Offenbar war es ein bevorzugtes Hotel von Flitterwöchnern und Liebespaaren, denn trotz der soliden Bauweise waren die Geräusche der Liebe zu jeder Tageszeit unüberhörbar. Das Gestöhn der Paare und Betten drang aus den Fenstern, über Korridore, ja selbst aus den Abflußrohren. Das Zimmer, das Claudia reserviert hatte, lag im ersten Stock, war sehr geräumig und mit schönen antiken Möbeln ausgestattet. Palmen und Zitronenbäumchen standen in Kübeln auf der großen Terrasse, auf die das Zimmer führte. Frank stellte zwei Korbsessel zusammen und genoß die Sonne. Claudia drückte ihm einen Campari aus der Minibar in die Hand, rawakte im Zimmer herum und telefonierte endlos in allen möglichen Sprachen.

»Daran kann man sich wirklich gewöhnen«, ließ er sie wissen, und Claudia freute sich, daß er sich freute.

Die Küsserei begann auf der Terrasse, setzte sich leidenschaftlicher drinnen fort und endete damit, daß sie die Kleider hinter sich auf dem Zimmerboden verstreuten.

Während Frank so richtig in Fahrt kam, stand Claudia noch verkrampft auf der Bremse: »Bitte, bitte, laß mich diesmal nicht hängen! Noch mal so ein Potenzproblem und ich dreh' durch! Ehrlich!« Ihre Panik war unnötig. Nach dem vierten geglückten Verkehr in Folge waren sie erschöpft, ineinander verknäult eingeschlafen.

Als sie erwachten, war es bereits Nacht. Die Zikaden zirpten und von ferne grollte der Verkehrslärm der großen Stadt Milano, wo Telefone klingeln wie in Fellini-Filmen. Umständlich trennten sie ihre Leiber voneinander. Mit einem tauben Bein hinkte Claudia zum Telefon. Die Mailänder Großtante lud nächsten Abend zum Essen.

Claudias Großtante hieß Elsa Marquetti und residierte in einer baufälligen alten Villa, in der fast alle Zimmer abgesperrt waren.

»Dort wohnen nur die Geister und der Schwamm«, erklärte ihnen Laurentina, die eine Funktion zwischen Haushund und Verwalterin auszuüben schien. Man solle sich nicht wundern, wenn Donna Elsa im Nebenzimmer Selbstgespräche führe, radebrechte Laurentina in italienisch überlagertem k. u. k.-Singsang. Donna Elsa erzähle dann Ettore, ihrem vor fünfundzwanzig Jahren verstorbenen Mann, wer zu Besuch gekommen sei und welche Neuigkeiten es gäbe. Sonst sei die Tante aber in ausgezeichneter Verfassung und werde uns alle überleben.

Vor dem Besuch hatte Claudia Frank vergattert, ihren Beziehungsstatus *nicht* zur Sprache zu bringen, und falls er gefragt werde, sich seiner »ossi-mäßigen« Ausweichtechnik zu bedienen, die er so meisterhaft beherrsche (!). Man nehme selbstverständlich an, daß sie ein *Ehepaar* seien. Dabei sollte man es bewenden lassen, denn man sei schließlich in Italien. Auch Irene, ihre Mutter, sei kein geeignetes Gesprächsthema. Nur konnte sich Claudia nicht mehr entsinnen, warum Tante Elsa mit Irene über Kreuz lag. Aber ihre Mutter hatte das Talent, sich mit jedem zu zerstreiten, der älter als drei Jahre war und nicht tot. Ebenso sollte er sich aller extremen Meinungsäußerungen zu Politik und der jüngeren europäischen Geschichte enthalten. Kurz: Es wurde von ihm erwartet, den hirnlosen, dauer-lächelnden Ehemann zu geben. Frank machte sich auf einen sturzlangweiligen Abend gefaßt und beschloß sich vollaufen zu lassen. Es kam aber ganz anders.

Tante Elsa hieß früher Elsbeth Konitzer, stellte sich heraus, und flüchtete 1936 von Berlin nach Wien und später von Wien nach Mailand. In Mailand beschloß sie, nicht länger zu fliehen. Statt dessen heiratete sie und schloß sich mit ihrem Mann Ettore in den Bergen den Partisanen an. Tante Elsa war Sportschützin, freie Pistole und leichtes Sportgewehr, Berliner Meisterin des Jahres 1932. Aus rassischen Gründen durfte sie als Halbjüdin in Berlin diese Sportart nicht mehr ausüben. Bei den italienischen Partisanen hingegen war eine Scharfschützin hochwillkommen. Da sie auch mutig, schnell und listig war, wurde sie recht bald in den Bergen zu einer lebenden Legende. Elsa machte keinen Hehl daraus, daß das Partisanenleben mehr nach ihrem Geschmack war als das einer braven italienischen Hausfrau. Später sehnte sie sich oft nach dem gefährlichen, harten, aber freien Leben in den Bergen zurück. Ettore nannte das ihre »romantische deutsche Ader«. Man dichtete Elsa Marquetti die »Abschüsse« von einem deutschen General, zwei deutschen Kommandanten, von mehr als fünf SS-Offizieren sowie sechs der wichtigsten faschistischen Funktionäre an, die allesamt aus dem Hinterhalt erschossen wurden.

»Mit Heldentaten soll man so bescheiden sein wie mit der Sünde«, sagte Elsbeth-Elsa und wies mit ihren von Arthritis verformten Händen auf ihre fast vollständig erblindeten Augen. »Der Herr hat's gegeben, der Herr hat's genommen. Ich büße bereits«, sagte sie heiter. Katholisch wurde Elsbeth Konitzer Ettore zuliebe.

Plötzlich hatte Elsa den Kopf zur Seite geneigt, als ob jemand zu ihr spräche. Entschuldigungen murmelnd war sie ins Nebenzimmer geschlurft. Durch den Türspalt konnte Frank sehen, wie sie zärtlich zu einem Bilderrahmen sprach, der nur noch eine geisterhafte Fläche enthielt.

Mailand beunruhigte Frank durch seine Schönheit, Kultur, Modernität, heitere Dynamik und Eleganz. Weder Berlin noch sonst eine deutsche Stadt konnten sich damit messen, fand er. Dagegen wirkten sie allesamt piefig, plump und irgendwie zurückgeblieben. Nur in der allgemeinen Verwahrlosung und der allgegenwärtigen Gewaltbereitschaft schien Berlin noch führend zu sein. Unwillkürlich mußte er an die Propagandalüge der DeeDeeErr vom »Weltniveau« denken. Ist es möglich, daß uns der Westen und Deutschland ebenso schöngeredet wird? Beunruhigt verfiel Frank in Schweigen.

Die verliebte Claudia aber hatte dieses Schweigen als feindselig empfunden, zumal nun auch sein Körper wieder hartnäckig schwieg. Das paßte nicht so recht zum Honigmond einer jungen Liebe. Erst war es nur muffig, dann wurde es schrecklich!

Auch Sardinien und das blaue Meer wurden schrecklich. Das kleine Zimmer, das sie für zwei Wochen auf der Mittelmeerinsel bewohnen sollten, mutierte vom Liebesnest zur Gefängniszelle, die sie sich wie zwei aneinander gekettete Sträflinge teilen mußten. Die Liebe, schien es, hatte sich davongemacht wie eine einst treue Vertraute, die plötzlich mit der Kasse durchgeht. Alle Schönheit der Welt wirkt da nur wie grausamer Hohn, denn schlimmer als alle Einsamkeit allein ist das Verlassensein zu zweit und der Zwang, normalen Alltag und das »Es-ist-wirklich-nichts« vor der Welt zu simulieren.

Frank las seit vier Tagen immer die gleiche Zeitung und schien sie wohl auswendig lernen zu wollen. Die Gespräche bei Tisch verdorrten zu staubigen Monologen, Franks ewigen Vergleichen mit früheren Reisen, die Claudia alle schon hinreichend bekannt waren. Ihn störte ihre Nachttischlampe und das Rascheln ihrer Buchseiten. In der Nacht überlegte Claudia, wie viele Frauen wohl schon ihre Männer wegen Schnarchens im Bett erschlagen hätten. Kurz: Dieser Honigmond war die reine Hölle! Und ein zusätzliches Zimmer war nicht aufzutreiben.

Claudia war sterbensunglücklich. Weit schwamm sie aufs Meer hinaus und schluchzte in die lauen Wellen. Sie sehnte sich geradezu danach, in den blauen Fluten des Mittelmeers zu ertrinken, schon damit ihre gemarterte Seele nie mehr was vom »Standort Deutschland« und den endlosen Vergleichen zwischen dem Darß und Sardinien mitanhören mußte. Nur mit Rücksicht auf Cousine June nahm Claudia Abstand vom Absaufen im südlichen Sonnenuntergang und ließ sich vom sardischen Clan das Herz erwärmen und quer über die Insel durchreichen. Frank überließ sie seiner Stieseligkeit mitsamt seiner Sorge um Deutschland, die nun ohne Claudia in ostdeutschem Mißmut vor sich hinwesen sollte.

Doch für gewisse Familientreffen, insbesondere die »Barbiquiuhs«, galt Pärchen- und Familienzwang. Über vierzig italienisch und englisch schwatzende Familienmitglieder, die Männer grazil mit goldenen Ketten, die Frauen alle kunstvoll onduliert, mit noch mehr Gold und matronenhaft großgeblümt, tummelten sich an provisorisch aufgebauten Tischen mit einer endlosen Reihe von Schüsseln und Terrinen, während sich die Familienoberhäupter des ernsten Geschäfts des Feuermachens und Fleischröstens annahmen. Die Jungen ließen hinter einem Hügel einen Stromgenerator an, um die Getränke und das Eis für den Nachtisch in einer im Kleinlaster mitgeführten Gefriertruhe kalt zu halten, das Fußballspiel Inter-Mailand gegen Lazio Rom im Fernsehen zu verfolgen oder wahlweise die ländliche Stille mit »Volare oho! Cantare ohohoho!« zu beschallen.

Über Franks Schädel schwebte eine Kummerwolke wie ein heroischer Kopfschmuck, denn er trug autistische Verdrießlichkeit zur Schau. Claudia verfolgte er mit bösen Blicken, als ob er ihr für irgend etwas die Schuld geben wollte. Dabei hatte sich schon am Morgen der Wind gedreht, beziehungsmäßig: Claudia ignorierte ihn und seine Laune konsequent und gutgelaunt. Er war für sie Luft, und es schien sie glücklich zu machen. Franks Witterung meldete: Gefahr im Verzug.

Aus Höflichkeit ging er auf June und Aurelio, der als Kellner einige Jahre in Deutschland gearbeitet hatte, ein, und ließ sich widerwillig in den allgemeinen Familienfrohsinn der Unhoch-Underwood-Barsini-Piccolini-Portevins integrieren.

Nichts schien an Claudias Familie normal zu sein wie in seiner Familie. Normal war es, daß sich Väter, Onkel, Großväter in Kriegen, die sie nie wollten, brav erschießen ließen und auf ihrer Scholle warteten, bis sie das Schicksal ereilte. Anormal fand er eine Großtante, die so lieb und harmlos aussah, als hätte sie sich zeitlebens nur um Konfitürenrezepte und Petit-Point-Stickerei gekümmert, und dabei deutsche Landsleute auf eigene Rechnung abgeknallt hatte. Terroristin würde man heute sagen. Dafür hat man ihr sogar eine Reihe von italienischen Orden verliehen.

Aurelio führte Frank Junes Vater zu, einen hochgewachsenen rüstigen Mittsiebziger mit eisengrauem Bürstenhaarschnitt, stahlblauen Augen, ein Bergsteigertyp wie Luis Trenker. »Sag Friedrich zu mir«, begrüßte er ihn und quetschte Frank die Hand zusammen, als wollte er sie pulverisieren.

Claudias Großonkel, erfuhr er, dieser Friedrich Unhoch, alias Frederick Underwood, Junes Vater, kämpfte im Spanischen Bürgerkrieg auf seiten der Republikaner. Das taten viele. Normal wäre gewesen, daß er danach dem faschistischen Deutschland oder dem stalinistischen Arbeiter-und-Bauern-Paradies Sowjetunion anheimgefallen wäre, wie alle anderen auch. Aber der Kerl dachte nicht daran, gehorchte seinem Überlebensinstinkt und schlug sich mit gefälschten Papieren auf einem portugiesischen Fischkutter über Irland nach England durch. Dort wurde aus Friedrich Unhoch Frederick Underwood, der Victorine Portevins aus La Rochelle, Junes Mutter, heiratete. Trotzdem kannte ihn jeder im »Reich«, denn Onkel Friedrich lieh seine sonore Stimme der BBC.

1945 kam er als britischer Leutnant ins ausgebombte Hamburg zurück. Ob die ebenso unterernährten wie arroganten Unhochs ihn nun als Verräter betrachteten oder nicht, interessierte ihn nicht weiter. Er sorgte dafür, daß sie zu essen hatten. Nur nach Deutschland zurückkehren wollte Friedrich Unhoch alias Frederick Underwood nicht mehr. Seine Heimat ist »zwischen den Zeiten« das Vereinigte Königreich, im Sommer Sardinien und im Winter Andalusien. Die Vereinigten Staaten von Europa will er noch erleben und dann sterben, erzählt er dem verwunderten Frank.

»Und was ist mit *Vaterland*?«

Friedrich lächelt ihn milde an: »Mutterländer ja, aber Vorsicht mit Vaterländern, junger Mann!«

Claudia war dann am Nachmittag mit einem englisch-italienischen Cousin verschwunden. Angeblich waren sie auf Berge in der Umgebung gestiegen.

Am nächsten Tag auf dem Flug von Sardinien nach Mailand hatte sie Frank lapidar mitgeteilt, daß sie beide einfach nicht zusammen passen und sich nicht länger gegenseitig quälen sollten.

»Quälen? Wieso? Wer denn, wen denn?!«

Mit einem verächtlichen »Ach!« wandte sich Claudia von ihm ab und den Wolken zu.

13. Horst, die »Roten Socken« und ein »Japaner« aus dem Kaukasus

Mit seinem schwermütigen Bernhardinerblick und dem starken Bartwuchs, der blauschwarz durch die scharfrasierte helle Gesichtshaut schimmert, würde man Ismail Achmetow für einen rührseligen Teppichhändler halten, der heimlich Pavarotti hört. Doch rührselig ist er nicht und Teppichhändler schon gar nicht, nur Pavarotti mag er wirklich.

Ismail ist Tschetschene. Man nennt ihn aber den »Japaner«. Und einen solchen Beinamen erwirbt man sich in Rußland nicht für Ikebana, Zen oder besonders zierliches Teetrinken ... Gefährlich wirkt Ismail Achmetow erst, wenn er lacht. Dann entblößen seine fleischigen, sehr roten Lippen die Zähne und legen vier gefährlich blitzende goldene Reißzähne bloß. Seinem Gegenüber gefriert bei diesem Anblick gewöhnlich das Blut in den Adern.

Der »Japaner« lacht aber genauso gern wie sein bester Freund Wladimir, der allrussische Bestatter, der verschmitzt an diesem Freitag dem dreizehnten um zehn Uhr fünfzehn neben Beate im Trauzimmer des Standesamtes Berlin-Schmargendorf auf seinen Einsatz als Trauzeuge wartet.

Alle außer Beate sind in bester Laune und führen mit Vergnügen die Farce des Tages auf: »Die gelernte, einkommenslose Elektrofachverkäuferin und Expertin für alternative Überlebenstechniken Simone Schröder reicht dem in Lettland und Russland in Abwesenheit zu zehn und fünfundzwanzig Jahren Haft und Straflager verurteilten Waffenhändler und Ausrüster der tschetschenischen ›Patriotischen Armee‹ Ismail Achmetow, den man den ›Japaner‹ nennt, die Hand fürs Leben.« Zur Feier des Tages hat sie sich für ihren »Bräutigam« sogar wieder polizeilich angemeldet. Na, dann viel Glück!

Die einzigen Ahnungslosen weit und breit sind der Fotograf, der Standesbeamte und Horst. Auf dem Flur schäkert Horst mit einer gewissen Galina herum, die sich als eine »Bekannte« des Japaners ausgibt, aber offensichtlich mehr als nur eine flüchtige Damenbekanntschaft ist. Die russische Dame trägt zwei Fünfkaräter an den Ohren, »Top-Wesselton Bluhwait«, und die gibt's nicht bei Aldi.

Am liebsten wäre Beate sofort vor Entsetzen davongelaufen, nur wollte sie Simone nicht im Stich lassen. Auf jeden Fall ist Ismail Achmetow alles andere als irgendein Drei-Groschen-Ganove aus irgendeinem Rap-Video, der mit Pudelmütze um ein Benzinfaß tanzt. Bestimmt fehlt dem Mann dazu der »Gruhf«. Doch ein Duzfreund von einem Dutzend Präsidenten, Ministern und Generälen gruhft nicht selbst, der läßt die Puppen tanzen. Beate kann den kaukasischen Finsterling nicht ab, und darum ist sie aus Sorge um ihre beste Freundin so bleich wie Magermilch. Vielleicht liegt's auch an der neuen Fastendiät? Ein neuer indischer Guru, der im Moment in Amerika hip ist, predigt Morgenurin auf nüchternem Magen.

»Eine gute Ehe ist, wo er nicht befiehlt und sie nicht gebeugt«, seihert der Beamte salbungsvoll, als wollte er ernsthaft der Zunft von Pfaffen und Priestern Konkurrenz machen. Dabei guckt er so, als hätte er sich wirklich etwas dabei gedacht. Der Japaner und Simone wechseln endlich die Ringe und hauchen sich keusche Küsse auf die Wange.

Der bestellte Fotograf weiß nicht, was hier nicht stimmt, nur daß hier etwas nicht so ist, wie es sein sollte. Aber was ist in Berlin schon so, wie es sein sollte? Nur heraushalten muß man sich, denkt der Mann.

Zwischen den Brautleuten ist die Stimmung recht herzlich. Das kommt den Fotos zwar zugute, nur sieht die Kamera ebenso scharf, daß die Braut ihre Handtasche so krampfhaft an sich preßt, daß sie davon schon weiße Fingerknöchel hat. In der Tasche trägt die Braut ihr »Restkaufgeld«.

Ismail schaut Simone mit dem Wohlwollen an, mit dem man ein nützliches, possierliches Tier betrachtet, das auch noch mit putzigen Kunststücken zu überraschen weiß. Über solche Wesen läßt der Japaner die Sonne seiner Gunst scheinen. Zum Beispiel, vorige Woche, da wollte Simone Ismail um zweihundert Mark Vorschuß »anhauen«. Lukas, Simones Großer, hatte Geburtstag, und Simone befand sich in dem bekannten Dilemma: entweder ein Geschenk oder eine Feier. Für beides zusammen reicht es bei ihr nie. Der sechzehnte Geburtstag ist doch aber der letzte »Kindergeburtstag« erklärte Simone, und darum ein besonderer, den man feiern müsse.

Bei Achmetows meldete sich nur Galina. Madame Achmetow langweilte sich gerade so maßlos, wie sich nur Russinnen langweilen können, und bat Simone, doch wenigstens zum Tee vorbeizukommen, um sie von der Öde zu erlösen.

Zwei Tage darauf hatte Beate ihre beste Freundin am Telefon: »Du glaubst es nicht!« grölte Simone, »halt dich fest!«

»Na, was is' denn?!« muffelte Beate ins Telefon, denn sie sah gerade rote und weiße Sterne und fluchte auf ihren Piss-Guru.

»Mein Gängstero, Ismail – na, du weißt schon – der stand gestern mit einem riesigen Rosenstrauß vor der Tür, alles zu Lukas Geburtstag, weil zum Geburtstag in Rußland immer die Mütter gefeiert werden, is' doch doll wa?! Und dann kam sein Chauffeur hoch, erst mit 'nem Riesenstofftier und dann kam der Überhammer: ein *Kompjuter* mit allem Drum und Dran ... vom Lastwagen gefallen ... nah, du weißt schon ... Dann legte der Kerl einfach 'n Tausender auf den Küchentisch und sagte: ›Alles Geschenk, nix Vorschuß! Ich nix geizig sein wie Russen.‹ Wie finnst'n ditte?!« johlte Simone völlig aus dem Häuschen. »Der kennt den Jungen noch nicht mal!« kreischte sie begeistert in den Hörer.

»Hhm!« brummte Beate lahm. »Ächt stark!« und entschied: Der Kerl ist ja ganz gerissen.

Während sich Simone noch darüber ausließ, daß sich im Gegensatz dazu der Kindsvater noch nicht mal mit einem Anruf gemeldet hätte – wahrscheinlich, weil er schon wieder mit sechs Monaten mit den Alimenten im Rückstand ist und so weiter – ging Beate durch den Kopf, was jeder in ganz Schöneberg Nord wußte: Wer Simones Kindern Gutes tut, hat automatisch eine Lebensversicherung erworben, die immer und jederzeit bis ans Lebensende einlösbar ist. Aus mütterlicher Dankbarkeit würde Simone den Japaner nun selbst bei einem Banküberfall mit einem brennenden Fluchtauto voll Dynamit durch jeden Kugelhagel kutschieren.

Horst weiß von alledem natürlich gar nichts. Diskretion unter wahren Freundinnen. Beate nuschelte nur was davon, daß sie heute für Simone Trauzeugin sein soll und ob er sie nicht mal eben zum Standesamt Schmargendorf rumfahren könnte. Lust hatte er nicht. Wo er die Mäuse für die nächste Tankfüllung hernehmen sollte, ohne einer Bank einen unfreundlichen Besuch abstatten zu müssen, wußte er auch nicht. Andererseits kann man mit einer dauergefrusteten, arbeitslosen Schauspielerin auf Heilfasten-Diät, die auf nüchternen Magen Pipi trinken muß, darüber nicht diskutieren, also fuhr er Beate lieber, als sich ihr Gezeter anzuhören.

Vor dem Standesamt wollte er Beate nur schnell absetzen. Doch unübersehbar protzig parkte da Wladimirs Jaguar und Nicolai, sein Chauffeur, lungerte in vollem Wichs vor dem Eingang herum. Sofort wurde Horst glockenwach. Noch neugieriger wurde er, als sich herausstellte, daß Wladimir, der russische Bestatter, zur Hochzeitsgesellschaft der mit Abstand schrillsten Tante von ganz Schöneberg, Simone Schröder, gehört. Das muß man ableuchten!

Wladimir tat ganz entzückt und nahm Horst gleich verschwörerisch zur Seite.

»Der Japaner, Ismail, was ist mein bestes Freund, wird der kommende Mann hier in Berlin. Du verstehst? ... Interessante

Geschäfte, aber nur ganz *legale*, sucht der hier. Am besten Immobilien und Bau«, raunte der Bestatter geheimnisvoll. Und wenn er nun schon mal da sei, sollte Horst doch einfach zum anschließenden kleinen Imbiß mitkommen, aber nur, wenn er wolle und Zeit hätte.

Zeit hat Horst im Überfluß und darüber, ob er will, muß er auch nicht groß nachdenken. Hier geht was ab. Das hab' ich im Urin. Nur grübelt er, was am »Japaner« eigentlich japanisch sei.

Allein Beate war die Einladung zum »Imbiß« überhaupt nicht recht. Nächste Woche zum Vorsprechen beim großen Sergio Pino aus Bologna will sie unbedingt fünf Kilo von der Hüfte haben. Alles andere ist unwichtig. Mit diesem Ziel vor Augen konnte sie selbst Horsts Schwarzwälder Schinken im Kühlschrank widerstehen.

»Ich will aber nicht mitfahren«, motzt Beate im Auto herum. »Dann bring' mich lieber nach Hause. Mit diesen ganzen Gängstern will *ich* jedenfalls nicht auf Tuchfühlung gehen.«

»Nu hab dich nicht so! Dissis jeschäftlich unjeheuer wichtig.«

»Wenn du mit *solchen* Leuten Geschäfte machst, na dann ›Gut Nacht‹! Hör einmal auf 'nen guten Rat von mir: Laß die Pfoten von dem Gesocks, denen bist du nicht gewachsen, Horst!«

»Na, hör mal!« bläst Horst sich auf und winkt grinsend Wladimir zu, der ihm gestikulierend zu verstehen gibt, seinem Jaguar zu folgen. »Also, da hab' ich mit den ›Drogisten‹ schon janz andere Dinger abgezogen. Ich sage nur: *Bilbao*, Herri Batasuna, ETA, Kokain aus Kolumbien und ick mit den Kerlen allein und hunderttausend Mark am Leib auf 'nem Fischerkahn bei Sturmstärke sieben.«

»Ja, ja, ja! Du hast halt Schwein gehabt und 'ne baskische Freundin! Inzwischen hat sich die Welt aber weitergedreht, Mann. Ich hab' da jedenfalls 'n ganz mieses Fiehling, mies Unterkante ...«

»Das ist nur deine verfluchte Diät!« Horst konzentriert sich auf den Verkehr, denn vor den hauptberuflichen Fahrern in den drei Limousinen vor ihm, dem Japaner mit Galina und Simone sowie Chauffeur Alja, die Leibwächter des Japaners, Wladimir mit Chauffeur Nicolai, will er sich keine Blöße geben, gleichzeitig muß er aber auch noch auf sparsamen Benzinverbrauch achten.

»Haste vergessen, was du deiner Mutter versprochen hast?« stänkert Beate weiter.

Nun verliert Horst den Rest seiner ohnehin schon ziemlich flügellahmen guten Laune und schnauzt zurück: »Nee, dit habick nich'! Aber, wenn ick jeahnt hätte, wie absturzöde und lausig Anständigsein is', dann hätte ick mir eher die Zunge abjebissen, als sowas zu versprechen. Dit kannste mir glauben!«

Mann, der ist ja richtig sauer, staunt Beate. Das kann nur heißen, daß es schon wieder Stunk mit der Scholle im Osten gibt. »Mußte beim Monopoly wieder 'ne Runde aussetzen, oder warum biste so finster drauf?«

Trübsinnig starrt Horst auf die zwei verchromten Auspuffrohre vom Bestatter-Jaguar, der auf »Grün« wartet. »Ich sage nur eins: Drogengeschäfte sind gegen Immo-Geschäfte im Osten so regulär und sicher wie die Bundespost und Kommunalobligationen.«

Unerwartet früh, nämlich schon um neun Uhr, hatte der Briefträger bei Dretzke geklingelt und ein Einschreiben mit Rückkarte und ein niedergelegtes Schriftstück gebracht. »Von der Sache her« schon alles höchst ungut. Zusätzlich mußte der Mann noch über das Datum, Freitag, den dreizehnten, die üblichen Sprüche loslassen. Ha ha ha!

Der eingeschriebene Brief vom Landratsamt Seelow beziehungsweise vom Amt für Umweltschutz und dessen Amtsleiterin Manuela Gröhnke, Vorsitzende der »Nachfolgepartei« im Landkreis, las sich zuerst recht harmlos. Da das Gebiet, in dem Horsts Gewerbegelände von zehn Hektar liegt, mit Beschluß der letzten DeeDeeErr-Regierung zum Naturschutzgebiet und Wasserschutzgebiet erklärt worden ist, sollen alle Böden des Schutzgebietes analysiert und gegebenenfalls saniert werden.

Alle Grundeigentümer sind aufgefordert, bis zum Jahresende eine Unbedenklichkeitsbescheinigung ihrer Abwasseranlagen, Heiztanks und *Böden* vorzulegen.

Den Pferdefuß zeigt das Amt auf der Rückseite des Schreibens unter dem Vermerk »Rechtsmittelbelehrung«: Wenn die Bescheinigung nicht bis zur gesetzten Frist vorliege, behält sich das Umweltamt vor, Geldstrafen von bis zu dreihunderttausend DeeMark zu verhängen. Dem Schreiben lag eine Liste von Organisationen und Unternehmen bei, an die sich die betroffenen Eigentümer zur Bodenanalyse und Bodensanierung wenden sollten. Mindestens die Hälfte davon sind bekannte »Nachfolgepartei«-nahe Betriebe oder eindeutige Stasi-Nachfolgeunternehmen. Horst weiß nur, daß auf seinen zehn Hektar zu DeeDeeErr-Zeiten junge Russen das Schießen lernten ...

Horsts Anwalt Dr. Hans-Joachim Fröhlich meint, daß er unbedingt den Acker losschlagen solle und daß er Horst auch keine günstige Prognose zum niedergelegten Schriftstück mit der einstweiligen Verfügung der New Yorker Anwälte Schapiro & Schapiro machen könne. Die renommierte amerikanische Anwaltsfirma vertritt die Interessen der Erben des Ehepaares Lublinski, das 1937 in die USA emigrieren mußte. Nun macht man Rückübertragungsansprüche auf das Mietwohnhaus, Wassermühlenstr. 73 in Leipzig geltend. Das Haus hatte Horst im vorigen Jahr erworben. Seine letzten Reserven und einen Kredit hat er in die Immobilie gesteckt, um die Wohnungen zu sanieren und als Eigentumswohnungen zu verkaufen. Das kann er sich jetzt alles abschminken. Das Ding ist geplatzt. Nur auf den Kosten von 2,3 Millionen wird er sitzenbleiben.

»Die Verluste können Sie doch voll steuerlich abschreiben«, hat ihn Dr. Fröhlich getröstet.

Früher hätte man sich dafür glatt erschossen, brütet Horst niedergeschlagen vor sich hin, während Beate noch an ihrem Pickel auf der Stirn herumfummelt.

Das jetzt immer häufigere Gefühl von Niedergeschlagenheit und Hilflosigkeit hat Horst früher nicht gekannt. Er war immer das Sonntagskind gewesen, der Strahlemann, dem die Herzen zuflogen und mit den Herzen die Geschäfte und die Frauen. Dort, wo sich andere mit Fleiß, Intelligenz, List oder gar Gewalt abrackern mußten, da brauchte Horst Dretzke nur strahlend in den Raum zu kommen und er hatte gewonnen. Er weiß, daß er Witz hat und die Leute begeistern kann. Nur, was hat er jetzt davon? Früher war Charisma alles. Heute sind die »Blaumiesen« dran.

Früher bei den »Drogisten« und »Gifties« war er zwar nie der große »weiße Hai«, doch im netten Karpfenteich der Sziehn von West-Berlin konnte er sich zumindest als geachteter Hecht behaupten. Die Regeln waren einfach: hier die Ware, da das Geld! Auf »Faxen« stand Eins-in-die-Fresse mit Krankenhausaufenthalt. Horst macht seit fünfzehn Jahren Kungfu, hat den schwarzen Gürtel. Seine Spezialität ist der Lou Mankie. Im Ernstfall heißt das zertrümmerte Kniescheiben und Schienbeine. Sowas spricht sich herum. Dem Ahnvater, Johann-Wilhelm Dretzke, der einst bei den Langen Kerls des Soldatenkönigs diente, dankt Horst Dretzke die Statur, die immer für ein gewisses Maß an Friedfertigkeit gut ist, auch bei Kerlen, die sonst ausgesprochen auf Krawall aus sind.

Früher, vor dem Fall der Mauer, war Horsts Leben eine permanente Party. Von Kneipe zu Kneipe tummelte er sich mit dem Daimler, als es noch Parkplätze gab und man noch billig in der zweiten Spur parken konnte. Später fuhr er mit der Harley auf dem Bürgersteig direkt vor die Tür. In der Sziehn hatte Horst als erster ein Funktelefon und daher viel Gesicht, wenn er lässig im geliesten Cabrio den Ku-Damm runterrollte und an der Kreuzung nur »Kaufen« oder »Verkaufen« ins Funktelefon sprach. Der Gäck kam immer gut. Mit den Türken- oder Araber-Gangs stand man freundschaftlich, und das Maximum an Aggression lief nachts auf dem Stadtring bei den Privatrennen, wenn man mit Farbpatronen aufeinander schoß.

Kürzlich ist da an einer Kreuzung so'n dreizehnjähriger türkischer Stippie mit Spielzeugpistole angekommen und meinte:

»Hey, Mann, willste was auf Schnauze oder jibste Kohle gleich?« Horst ist seelenruhig ausgestiegen: »Ja, eyh, jib mir wat auf Schnauze, aber mach schnell, wennde rankommst!« So schnell hatte er noch keinen rennen sehen.

Auf der Straße ist Horst einfach der King, egal ob in Lichtenberg oder Neukölln. Er versteht die Jungs, die Jungs verstehn ihn. »Höllenrespekt« haben die schon wegen Kungfu, Lou Mankie, und wegen der Haschplantagen-Nummer, seinerzeit der absolute »Brüller« auf der Sziehn ... Ob Glatzen oder Türken, alle Straßenjungs sind gleich, findet Horst.

Nur die bürgerliche Welt ist nicht seine »Gewichtsklasse«. Das Biedergetue verursacht ihm Übelkeit vor Langeweile. Schon diese Teiggesichter, die auf Leibern aus achtzig Prozent »totem Gewebe« stecken, bereiten ihm Ekel. Strafverschärfend kommt noch hinzu, daß die meisten seiner Gesprächspartner *Nikotin*-Raucher sind. Außerdem: Die Entscheidungsträger im Osten verkleiden sich recht gern als ihre Urgroßväter und tragen dann Rauschebärte zu Anzügen, die wie aus Sperrholz gepreßt scheinen und nach Staub und kaltem Rauch riechen. Bei dem Gedanken schüttelt sich Horst. Doch die Antipathie ist wechselseitig: Der westliche Strahlemann, der einem Werbefilm entstiegen scheint, läuft ostwärts auch auf Grundeis. Haßanfälle kann er da kriegen.

»Ossi-Haß« ist aber nicht nur absolut unkuhl, sondern steht auch im Widerspruch zu den Weisheiten von Doktor Murphy. Der amerikanische Briefkastenphilosoph ist seit zwei Jahren Horsts Guru. Aber was weiß ein Ami wie Doktor Murphy schon von Ossis? Wenn Horst sich nicht morgens seinen Fitneßdrink aus »Red Bull«, Johanniskraut-Extrakt, Eisen, Kawakawa und reiner Ascorbinsäure »reindreht«, ist er einfach nicht mehr kuhl wie sonst. Und positives Denken und Kuhlsein gehören nach Meinung des amerikanischen Erfolgbeschwörers Doktor Murphy zur seelischen Grundausstattung fürs Gelingen wie der manierliche Umgang mit Messer und Gabel zu mitteleuropäischen Tischsitten.

An positiv ist heute aber nicht zu denken. Nicht, wenn man sich schon vor dem Frühstück klar darüber wird, daß alles aus ist. Nicht nur, daß das mühsam zusammenverdiente Milliönchen den Bach runter ist, er hat jetzt so über den Daumen gepeilt eineinhalb Millionen Schulden am Hacken!

»Ich glaube, ich muß wieder die Versicherungsmasche abziehen«, platzt er mitten in Beates Pickelprobleme hinein.

»Is' ja krass!« versetzt Beate erschrocken.

Wenn Horst vom Verkauf von *Versicherungen* redet, dann ist für ihn der absolute Tiefpunkt des Daseins erreicht. Sie schaut ihn erwartungsvoll an, weil er für gewöhnlich gleich mit irgendeiner neuen Idee herausrückt, wie er das Ding wieder »reißen« wird. Heute macht Horst aber nur müde Ruderbewegungen.

»Na dann, gut' Nacht, Marie!«

Der Konvoi der Nobelkarossen fährt durch ein Waldstück zur Havel runter. Horsts Benzinuhr fängt an hektisch zu blinken. Ein Königreich für 'ne Tankfüllung! Durch ein mit Kameras und elektronischem Schnickschnack gesichertes Tor in einer zweimannhohen Mauer, die ein herrschaftliches Anwesen einfriedet, fahren sie in einen Park. Hinter ihnen schließt sich das Tor automatisch.

»Sag, mal ... wohnen die hier?« Horst glotzt beeindruckt herum.

Die vier Wagen halten vor einer efeuumrankten, schloßähnlichen Villa, der Art, die man in Zeitschriften abbildet, wenn von Staatsbesuchen und historischen Vertragswerken die Rede ist. Das ist also Simones neuer erster Wohnsitz! Ob sie das gut, oder schlecht finden soll, ist noch unentschieden.

Wladimir schält sich aus seinem »Dschäi« und kommt quietschvergnügt winkend auf sie zugeeiert. »Wir haben einen kleinen Imbiß auf dem Boot vorbereitet.«

Beate und Horst schauen sich verwundert um: *»Boot?«*

Wladimir weist den Weg an der Villa vorbei, den sich bereits Galina, der Japaner und Simone lachend hinuntertrollen. Die Bodyguards aus dem ersten Auto sind auf Handzeichen vom Dienst befreit und verziehen sich in Richtung »Gärtnerhaus«.

Frühlingsheiß knallt die Märzsonne auf die scheintote Landschaft und die schwarzen Baumskelette. Heimattreue Drosseln oder Stare schlagen bereits. Noch auffälliger aber ist: Auf der Havel schwimmt eine mittelgroße Motoryacht. Maiämie Scheiß, denkt sich Horst und, bloß nicht nachdenken, warum die alles haben und ich nichts. Solche Gedanken bringen runter, aber er muß jetzt sofort ganz positiv werden. Hier liegt Gold in der Luft, auch wenn die Havel fäkalbraun ist.

Galina drückt Beate und Horst ein Glas Schampanski halbtrocken in die Hand. Dann beginnt der Japaner eine ziemlich verworrene russisch-englische Ansprache auf die Familie, die recht weitschweifig und mit rollenden Untertönen auf die Rechte und Pflichten der Familienmitglieder, die ja nun alle seien, anspielt. Alle blicken ein bißchen verständnislos oder peinlich berührt drein. Nur Galinas Augen hängen vor Bewunderung leuchtend am Mund des kaukasischen Japaners. Ismail aber nagelt Horst mit Blicken fest. Das ist ein gutes Zeichen, denkt Horst. Galina läßt nachschenken.

Schweres Soldbrennen quält Beate bereits. Warum nur müssen immer dann so gute Sachen direkt vor ihrer Nase stehen, wenn ich faste, verdammt? Bei Null-Diät bekommt ganz Berlin eine ganz spezielle Topographie von Essensgerüchen. Vielleicht bin ich für ein Leben als Büffet-Ratte doch nicht gebaut? Na, zum Glück heirate ich ja bald. Plötzlich wird es Nacht um sie herum, dabei scheint noch immer die Sonne.

Beate erwacht, weil ihr Galina ins Ohr pustet und Simone im Schlaf mit den Zähnen knirscht. Bei Russen ist ein Nickerchen auf Parties und Freßgelagen das normalste von der Welt. Panik, Entschuldigungen und Peinlichkeiten entfallen also. Draußen grölen mehrere Männer das Lied vom »Röslein auf der Heide«. Das alles ist doch nicht wahr. Beate hört Horst mitsingen. Horst besoffen? Das gibt's doch nicht!

Neben der zähneknirschenden Simone steht auf dem Nachttisch eine Anstaltspackung Alka Seltzer, Wasser, Gläser und ein Eiskübel voll Eiswürfel, ein Karton Kleenex, ein Stapel Stoffservietten und Gästehandtücher. Beate greift in die Eiswürfel, reibt sich die Stirn und tappert zur Tür.

Vier Männer stehen umarmt schwankend im Kreis und grölen das Lied vom Heideröslein. Der vierte neben dem Japaner, dem Bestatter und Horst muß der »Samurai« Leonid, die rechte Hand des Japaners, sein. Er ist der einzige, der noch nüchtern ist. Horst hat Beate wahrgenommen und schwankt strahlend auf sie zu.

»Alles rotscha in Kambotscha!«

14. Gold gibt man für Keramik

Sergej hat einen »goldenen Morgen«, einen Vormittag voller Goldzähne. Eintönig ist das, aber einträglich. Sicher: Eine interessante Gebißfehlstellung oder ein echtes Inlay-Problem wäre eine willkommene Abwechslung, aber statt dessen gibt es Goldzähne.

Kein Mensch westlich der Oder käme auf die in Rußland und Asien populäre Idee, sich makellose Frontzähne *extra* zu vergolden oder gar ziehen zu lassen und sie dann durch goldene Zähne zu ersetzen, um damit ganz unschuldig zu protzen. Wer in Europa Goldzähne an sichtbarer Stelle trägt und kein Greis ist, macht sich sofort als »Zigeunerbaron« oder morgenländischer Kamelhändler verdächtig.

Das wäre nicht weiter tragisch, denn jeder Mensch liebt die Heimat und die Seinen. Etwas anderes ist es aber, wenn etwa ein sibirischer Goldschürfer, Goldschieber oder ein ehemaliger Sowjetmensch mit dicker Marie von arroganten Westmenschen wie ein Buschmann mit Nasenring belächelt und wie ein Halbwilder behandelt wird. Das ist nicht nur kränkend, es ist vor allem schlecht fürs Geschäft. Gold gibt man deshalb für Keramik. Die verräterischen Goldbeißerchen müssen bei feineren Leuten weiter westwärts nun schnellstens raus, und darum Sergej hat alle Hände voll zu tun.

Schwester Dagmar hat fürs Wartezimmer extra ein Schild in kyrillischer Schönschrift gemalt, auf dem es heißt: »Das Gewicht von Goldzähnen kann *nicht* gegen die Behandlung und den neuen Zahnersatz verrechnet werden! Ihr Zahnarzt.«

Anstatt über den fränkischen Hausflur oder die Erhebung bei Braunschweig mit drei Buchstaben in Ruhe meditieren zu können, wurde Schwester Dagmar ständig mit wilden Handelsgesprächen über die Unze Feingold und Zahngold in Relation zum Honorar ihres Chefs belästigt. Natürlich hatte sie das sehr schnell satt.

Nun kann jeder Patient die entfernten Goldzähne im »Plaste-Tütchen« mitnehmen, oder auch nicht. Auf dem Tresen liegt eine Werbeschrift der Goldschmiedin von nebenan, die zum »Super-Sonderpreis« Anhängerösen an die Goldzähne lötet, damit man sie als Andenken oder als Talisman am Halskettchen oder am Armband tragen kann. Auf dem Umschlag des Werbe-Faltblattes trägt eine russische Schönheit goldene Schneidezähne am Busen, während auf der Rückseite ein zähnebleckender Kaukasier mit massiven Backenzähnen am Goldarmband posiert. »Ein Schmuck für Männer!« steht darunter auf russisch.

Die meisten Patienten aber möchten ihre Goldzähne und ihre »asiatische Vergangenheit« lieber sofort entsorgen lassen. Denn diesen »kostenlosen Service« bietet die Praxis zusätzlich an. Es ist zehn Uhr dreißig, und Sergej hat auf diese Art heute bereits über zweitausendfünfhundert DeeMark Schmu extra gemacht. Er verkauft das Zahngold nämlich an Dentallabors.

Heute muß sich Sergej ziemlich ranhalten. Bis um zwölf müssen noch vier Goldzähne raus und Zahnblenden oder neue Keramikzähne rein, denn um zwölf Uhr dreißig hat Sergej einen Termin beim Notar.

Es geht um den Ehevertrag. Beim Gedanken an die bevorstehende Scheinehe ist ihm gar nicht wohl. Nicht die Ehe zum Schein macht ihm zu schaffen, das Problem sind seine Eltern. Die Sache mit der schnellen Scheidung war schon heikel genug. Nur weil sie Larissa von Anfang nicht ausstehen konnten, zumal Larissa keinen Zweifel darüber ließ, daß von ihr keine Enkel zu erwarten seien, nahmen die Salnikows keinen größeren Anstoß daran. Nur die Eile fanden sie etwas ungewöhnlich. Boris, Sergejs Bruder, sollte die Wege ebnen, mal eben vorfühlen und »gut

Wetter« machen ... Gestern rief Boris an, und sein Bericht war nicht gerade ermutigend. »Man muß sich was einfallen lassen!«

Es geht bereits auf zwölf Uhr und Sergej ist immer noch ratlos. Einerseits muß er ... andererseits weiß er nicht wie ... Bei Ratlosigkeit läßt Sergej für gewöhnlich die Dinge auf sich zukommen und hofft, daß »das Schicksal« oder »die Situation« ihm die Entscheidung abnähme. An seine falsche Braut hat er bisher keinen Gedanken verschwendet. Wozu? Über die Seelenlage einer Mietsache denkt man auch nicht nach, insbesondere dann nicht, wenn der Gebrauch noch völlig in der Schwebe ist.

Es gibt eine Vornehmheit, die ist gediegen, und es gibt eine Vornehmheit, die beeindrucken und blenden will, weil sie etwas zu verbergen sucht. Die Notarskanzlei Dr. Esswein & Partner in der Fasanenstraße gehört zur zweiten Sorte.

Schon vom einschüchternden Pomp des Vestibüls und des Marmortreppenhauses mit Kristall-Lüstern, Facettenspiegeln und echten Teppichen erschlagen gelangt der Besucher in die palastgleiche Kanzlei und fühlt sich auf der Stelle wie ein nichtswürdiges Insekt, sofern er nicht bei einem Londoner Schneider arbeiten läßt oder Stammkundin auf dem »Riehw Goosch« in Paris ist. Der normale Mensch denkt, bevor er den hochgolden glänzenden Klingelzug aus Messing betätigt, darüber noch einmal gründlich nach, ob er hier wirklich richtig ist und sich einen solchen Beistand tatsächlich leisten kann.

Sergej ist für solche Einschüchterungen allerdings unempfänglich und folgt einer fast zwei Meter hohen Sekretärin, der eine Brille am Goldkettchen vor dem hohen Busen baumelt. Wenn sie sich umdrehen würde, bammelte Busen mit Brille genau auf Sergejs Augenhöhe. Sie dreht sich aber nicht um. Mit dem verständnisvollen Blick, den betuchte Mandanten erwarten dürfen, geleitet sie Sergej in die Kanzlei des Seniorchefs.

Der spiegelbanke Mahagoni-Tisch ist so riesig, daß Victor, Apollonia und die italienisch anmutende attraktive junge Frau, die bei ihnen sitzt, sich so verloren daran ausnehmen wie Problemkinder an der Konferenztafel eines Schuldirektors. Die junge Frau erinnert Sergei an die junge Anna Magnani. Aber für mein Geld kann ich schließlich auch etwas verlangen, urteilt er.

Beate blickt mit abweisenden Augen durch ihn durch, als sei er eine blankgeputzte Fensterscheibe. Der Notar, Dr. Esswein senior, ein dauergolfender Mittsechziger, kommt leichtfüßig hinter seinem antiken Schreibtisch hervorgeschwebt. Er erinnert Sergej an einen semmelblonden Kanarienvogel in der Mauser. Altväterlich stellt er die Anwesenden einander vor. Das ist zwar völlig überflüssig, gehört aber zum Ritual. Er endet dann mit einem süffisanten »Und das Fräulein Braut brauche ich Ihnen ja wohl nicht vorzustellen: Fräulein Beate Lande. Hahaha!«

Das »Fräulein Braut« reicht Sergei nachlässig die Hand mit Handrücken nach oben, als erwarte sie einen Handkuß. Arrogante Ziege! denkt sich Sergej und versucht noch einmal all das zusammenzuklauben, was ihm Apollonia von seiner Kaufbraut zugeraunt hatte. Er kann sich lediglich dunkel daran erinnern, daß seine Zukünftige irgendwie Künstlerin sein soll, Sängerin oder so ähnlich.

Die Kanzleisekretärin, Heidelinde Prausewinkel, sammelt mechanisch die auf dem Tisch liegenden Personaldokumente ein. Sergej reicht ihr seinen Paß nach und übt sich in mitteleuropäischer Lächelkultur. Kein Echo. Die gesammelten Personalpapiere legt Frau Prausewinkel ihrem Chef zurecht und entschwindet lautlos wie eine zu lang geratene Fee.

Über den Rand seiner goldgefaßten Halbbrille zwinkert der Notar alle Anwesenden mit heringsgrauen Augen an und strahlt, als wäre Kindergeburtstag. »Dann können wir also, meine Herrschaften?«

Victor nickt bedeutungsvoll. Fahrig blättert Dr. Esswein senior durch einige Papiere und Personalausweise und spricht dann in sein Diktiergerät: »Es sind heute erschienen zu eins die Schauspielerin Beate Lande . . .«

»*Landeee*, ›e‹, mit Accent aigu!« korrigiert Beate etwas unwirsch.

Der Notar blickt scharf über seine Brille.

»Landeee, ›e‹, mit Accent aigu!« Er schaltet das Gerät aus und wendet sich Beate zu. »Sind Sie eigentlich deutsche Staatsbürgerin?«

Diese Frage kann Beate seit der Wende nicht mehr ohne Gereiztheit beantworten. »Seit vierhundert Jahren, wennses genau wissen wollen!« entgegnet sie patzig.

Dr. Esswein mustert Beate belustigt.

»Also dafür haben Sie sich aber hervorragend gehalten.« Außer ihm lacht keiner. Seufzend schaltet er wieder das Gerät ein und diktiert nun freudlos, leiernd und schnell.

»... deutsche Staatsbürgerin, geboren, wohnhaft, etcetera pepe siehe Dokumente ... sowie ... sowie der Erschienene zu zwei ... der Zahnarzt Sergej Salnikow, russischer Staatsbürger, aus Moskau, geboren und so weiter siehe Paß und in Deutschland wohnhaft ..., wohnhaft ...« Dr. Esswein senior schaltet ab.

Er wendet sich mit anzüglichem Lächeln wieder an Beate.

»... bei der Braut nehme ich doch an, Fräulein Landé.« Das »e« ihres Nachnamens spricht er übertrieben betont.

Zwei Stichflammen stieben aus Beates Augen: »*Frau*, wenn ich bitten darf, ja?! Ich sag' ja auch nicht ›Herrchen‹ zu Ihnen!«

»Bedauerlicherweise!«

Sergej reicht ein Anmeldeformular rüber und will etwas sagen, doch der Notar hat hastig, ohne aufzublicken das Papier ergriffen und diktiert: »Berlin-Schöneberg, Gotenstraße 30a ... sind erschienen zur Beurkundung eines Ehevertrages, Urkundenrolle und pipapo etcetera, etcetera, zur Hinterlegung beim Amtsgericht Berlin-Charlottenburg, daß für die Ehe, geschlossen am ... äh ... Gibt es schon einen Termin?«

Victor schaut fragend Apollonia an.

»Noch nicht.« antwortet Apollonia würdevoll. »Wir müssen den Termin nachreichen, denn wir gehen erst anschließend zum

Standesamt und bestellen das Aufgebot. Das hat sich von den Terminen her so ergeben.«

Sergej meldet sich mit Handzeichen zu Wort. Victor winkt unwirsch ab und deutet auf die Uhr. Doch der Notar nickt Sergej aufmunternd zu wie ein Lehrer seinem Musterschüler. Die Tischplatte beidhändig umklammernd, als suche er Halt, räuspert sich Sergej verlegen, aber blickt entschlossen in die Runde.

»Es tut mir leid, ich nicht kann heiraten ...«

»*Was?*«

Dem Fragechor antwortet er mit hilflos erhobenen Armen. »Ich kann nicht heiraten! Nicht in Berlin! Mir tut sehr leid ...«

Beate lacht bitter auf. »Ist ja toll, daß ihm das *jetzt* schon einfällt!«

Victor, Apollonia und Sergej beginnen dramatisch auf russisch zu tuscheln und werden nach jedem Satzwechsel lauter. Dr. Esswein senior und Beate schauen einander fragend an. Dann gleitet der Blick des Juristen zentimeterweise über Beates Hände, Gesicht, Hals und ruht verträumt auf ihrem Busen, um dann müde und traurig wieder zu ihren Augen zurückzuwandern. Beate wird vor Ärger rot.

Ungeduldig schaut der Notar auf die Uhr. In dem Moment klingelt sein antikes Telefon auf seinem Schreibtisch. Wortlos hebt er ab, hört zu und und legt mit einem »Danke« wieder auf.

»Sie scheinen ja offenbar noch größeren Klärungsbedarf zu haben«, meint er lächelnd zu Victor, der ihm aber nicht zuhört, weil sich zwischen Victor, Sergej und Apollonia ein heftiger russischer Disput entwickelt hat. Verbindlich aber schon etwas belustigt wendet sich Dr. Esswein senior abermals den Streitenden zu. »Ich bedauere, meine Herrschaften, Immobilien an sich sind zwar geduldig, nicht aber die alten und neuen Eigentümer, Sie verstehen ... Wenn Sie sich einig sind, sagen Sie doch bitte im Sekretariat Bescheid, ja? Dann machen wir sofort weiter ...« In seinem Schreibtisch sucht Dr. Esswein murmelnd nach einer Handakte.

Beate wird die Sache jetzt zu dumm. »Kann mir mal einer freundlicherweise verraten, was hier los ist? Ist ihm die Knete ausgegangen, oder hat er kalte Füße gekriegt?«

»Ach, es ist wegen der *Familie*!« platzt Apollonia verärgert heraus. »Er kann plötzlich nur mit seiner Familie in Moskau Hochzeit feiern! Also, wir hatten ja keine Ahnung ... Glauben Sie mir!«

Der Notar sucht offenbar seinen Füllfederhalter, erst auf seinem Schreibtisch, dann klopft er alle seine Taschen ab, bis er schließlich sein Schreibgerät auf dem Konferenztisch entdeckt und um den Tisch herumwieselt.

»Na was gibt's denn bei 'ner *Scheinehe* zu feiern?« fragt Beate pampig.

»Also, von *Scheinehe* habe ich als *Notar* nichts gehört!« schreit Dr. Esswein hysterisch auf und wirft Beate Blicke zu, die normalerweise Narben hinterlassen. Fuchtig stürmt er aus dem Raum.

Beate ist inzwischen noch zappliger und mißgelaunter geworden, denn der russische Debattierclub behandelt sie wie Luft.

»Hallo, da drüben!« pflaumt sie die Streit-Troika an. »Auch ohne Russisch verstehe ich, daß hier was *oberfaul* ist. Ich möchte jetzt auf der Stelle wissen, warum mit der *Familie* in *Moskau* gefeiert werden muß, wenn's doch bloß ne, äh ... *Formalehe* ist? Das muß mir doch einer beantworten können!«

Beate funkelt Sergej feindselig an. Sergej schlägt schuldbewußt die Augen nieder und wird rot. Auch Victor läuft rot an, zornrot.

»Wie man jetzt vor dem Notar dasteht!«

»Und vor allem vor *mir*!« versetzt Beate bissig.

Dafür erntet sie von Victor und Apollonia nur abschätzige Blicke.

Weil er nicht weiß, was und wie Sergej *es* erklären soll, schwafelt er einfach aufs Geratewohl los: »Meine Familie darf nix wissen von ›Schein-Ehe‹. Die können das nix verstehen, weil es ist unanständig und Betrug.«

»Na, sieh mal an!« höhnt Beate.

»Ich aber *muß* heiraten«, fährt Sergej ungerührt fort. »Darum wäre am besten, daß alles ist wie *echtes* Hochzeit, mit *echte* Braut mit Familie in Moskau. Sonst Familie sein mit mir böse und alles geht aus und vorbei. Aber ich liebe Familie. Das ist Problem!« Erschöpft sinkt Sergej zurück zur Stuhllehne und ist selbst von seinem Vortrag überrascht.

»Na bravo!« Beate überlegt angestrengt, ob man sie tierisch verschaukeln will, oder wie die zwanzigtausend Mäuse sonst noch zu retten sind. Vielleicht haben die inzwischen 'ne billigere Braut gefunden und wollen mich jetzt auf die ganz elegante Art loswerden, wer weiß?

Victor ist so wütend, daß er mit dunkelroter Birne vor dem Fenster auf und ab läuft und ein noch finstereres Gesicht zieht.

»Frau Landé«, meint Apollonia geschraubt und neigt den Kopf zur Seite, »wenn Sie unter den gegebenen Umständen Abstand nehmen wollen ...«

Aha! denkt Beate, Also doch! »Momäääänt mal, ja?!«

Beate lächelt Sergej zuckersüß an. Erleichtert lächelt Sergej zurück. Kokett fährt sich Beate durchs Haar, greift eine Locke und ringelt diese unentwegt um ihren rechten Zeigefinger, während sie tief nachzudenken scheint.

»Wenn ich das also richtig verstehe: Das Geld ist da, und heiraten wollen Sie mich auch immer noch, ja oder nein?!«

»Ja!« Sergej lächelt verlegen. »Ich *muß*!«

»Dann kann man doch sagen: Im Grunde bleibt alles wie gehabt, nur an einem *anderen* Ort, eben nicht Berlin, sondern Moskau. Ist das richtig oder falsch?!«

Sergej nickt eifrig. Beate hat jetzt mit der Haarfummelei aufgehört und wie eine Diakonisse die Hände zum Gebet auf der Tischplatte verschränkt. Endlich bekommt sie Oberwasser.

»Und wenn ich weiter richtig verstanden habe, kommt es in Moskau darauf an, daß die Familie denkt, bei uns läuft die ganz große Romanze, stimmt's oder hab' ich recht?«

Sergej grinst verlegen und nickt. Apollonia zischt vor Unmut auf: »Eine Zumutung!«

»Wieso denn?« fragt Beate unschuldig und lehnt sich mit triumphierender Miene zurück. »*Ihr* habt Glück!«

Apollonia und Victor sehen einander an, als trauten sie ihren Ohren nicht. »Glück???«

»Na, daß ich *Schauspielerin* bin!!!«

15. Claudia will in der Neuen Welt eine alte Liebe vergessen und trifft einen alten Freund von neuem

Hielten nicht überall in den USA Anrufbeantworter wie Schutzengel Wache, wäre es um den Nachtschlaf von Europäern in Übersee ziemlich schlecht bestellt. Die Kernarbeitszeiten der Alten Welt fallen naturgemäß gerade in die tiefen REM-Traumphasen der Neuen Welt, und irgendein unbedarfter Büromensch mit dem Privileg der ungehinderten Durchwahl vergißt den Zeitunterschied garantiert, oder mag nicht bis nachmittags um drei warten, wenn es an der amerikanischen Ostküste gerade »nain oklock« schlägt. Doch wenn das Telefon bei Claudia in Manhattan zwischen sechs und sieben Uhr abends klingelt, dann ist es in Berlin zwischen zwölf und eins, also bereits tiefe Nacht, und es meldet sich Frank Zaunig mit schwerer Zunge.

Einen »Absacker« braucht er dann, entweder den finalen Drink, oder mindestens fünfzehn Minuten guten Zuspruch von Claudia. Warum? Wozu? Was soll das? Aus dem Mann wird Claudia nicht schlau: Erst will er sich nicht binden; läßt sie mirnichts-dir-nichts von dannen ziehen, als wäre sie ihm piep-egal; macht dann noch einen rüden Abgang ohne Abschied; dann sucht er sie über die Auslandsauskunft heim, denn Irene, ihre Mutter, hätte selbst unter der Folter nie ihre Nummer rausgerückt.

Auf jeden Fall hat sie nun Frank ständig an der Strippe. Und das war nicht Sinn der Sache! Sich Frank Zaunig aus dem Herzen zu reißen, aus dem Kopf zu schlagen, mit schwarzem Filzer aus dem Bewußtsein zu streichen, oder: to get rid of him, das war angesagt. Sowas ging früher auch leichter, stellt sie resignierend fest, schürzt verbittert die Lippen und läßt ihr Lieblingsgespenst, den »Zeitgeist«, mit dem sie längst nicht mehr auf gutem Fuße steht, ein paar Gruselrunden umgehen. Für gebrochenes Herz ist Erlösung nicht vorgesehen. Darauf steht nur Einzelhaft, sinniert sie weiter, und die Lust am Schmerz, wahlweise auf einen tiefen Lungenzug, fällt sie plötzlich wieder an wie ein wildes Tier.

Nein! Nie wieder Rauchen! befiehlt sie sich. Sonst lieber Akupunktur und drei Wochen mit feststehenden Nadeln im Ohr wie gepierst herumrennen! Daß sie überhaupt wieder angefangen hat, regt sie auf. Über zwei Jahre hatte sie nicht geraucht – doch dann kam Frank …

Hier ist sie die ersten Wochen im April herumgeschlichen, als hätte man ihr die Seele herausgeschraubt. Der Magen krampfte sich jedesmal zusammen und die Knie schlotterten ihr, wenn sie irgendwo einen Typ sah, der Frank auch nur entfernt ähnlich sah. Wer kann schon ahnen, daß New York voll von Frank-Zaunig-Doppelgängern ist? »Bloß drei Züge …«

Ihr Seelenzustand hat sich seit ihrer Ankunft soweit stabilisiert, daß sie nun wie ein reisender Indianer darauf wartet, daß ihre Seele nachkommt. Doch die läßt diesmal verdammt lange auf sich warten.

»Nu steck' dir doch endlich eine Kippe an!« flüstert das Kippengespenst.

Ich hab ja noch nicht mal Feuer, jault sie innerlich auf.

»Als ob dich das früher gehindert hätte, ha, ha, ha!« kichert der böse Rauchgeist. »Es gibt Glühbirnen, Herdplatten, Brennscheren, Brenngläser und den *Toaster*!«

In solchen Momenten des partiellen Wahnsinns wünscht sich Claudia aus kristalliner Vernunft zu bestehen: geradlinig, gelassen und klar. Ihr Verstand hat sich doch längst mit der »Affäre Frank« ausgesöhnt, meint sie. Warum hat sie eigentlich seine Äußerung zu Ehe und Familie nie genau als das genommen, was sie im Grunde immer war: ausweichend, vage und nicht ernst zu nehmen?! Nein, ihre Zweifel hat sie damals wie unzufriedene

Mandanten im Vorzimmer des Anwalts herumsitzen lassen. Natürlich haben sie alles von Anfang an so kommen sehen, geben sie nun zu Protokoll und trösten sich mit der Frustration ohnmächtiger Besserwisser.

Es ist neunzehn Uhr zehn. Das Telefon läutet und sie weiß, es ist Frank. »Das muß ein Ende haben!« Sie läßt ihn hängen.

Frank erklärt ihrem Anrufbeantworter, daß er sie *»ganz dringend«* sprechen müsse.

Nein! Erst wenn meine Hände nicht mehr zittern, wenn ich deine Stimme höre. Erst wenn ich mich nicht mehr aufführe wie eine Süchtige auf Entzug. Erst wenn ich nicht wie eine blöde Kuh jedes Wort, das du sagst, aufschlürfe und dabei mein Hirn auf Urlaub schicke! Erst dann, und keine Sekunde eher!

Eine nichtausgestandene Liebe ist doch wie eine nicht ausgeheilte Infektionskrankheit. Zu früher und zu häufiger Kontakt mit dem Erreger re-infiziert, das weiß doch jeder, und darum wird sie sich morgen sofort von der Telefongesellschaft eine *secret number* geben lassen.

Als sie vor sechs Wochen in New York gelandet ist, hatte sie das Gefühl, einem Unheil entronnen zu sein. Mit Frank hatte das zwar auch zu tun, aber nicht nur. Berlin war ihr fremd geworden. Fast alle Freunde und Bekannte sind ebenfalls weiter westwärts gezogen, nach Köln, nach München, nach Hamburg, nach Düsseldorf, ja sogar nach Baden-Baden und *Mainz*! Berlin als »Hauptstadt« einer piefige Ehrbarkeit heuchelnden Bescheißer-Republik, in der die hemdsärmelige Dummdreistheit der Schieber, Ganoven, Bau- und Immobilienhaie von Groszer Widerwärtigkeit, das zulagenverwöhnte Spießertum zuziehender Bonner Beamter nun den Ton angeben; die niederdrückende Schwerblütigkeit des Ostens mit seiner selbstvergiftenden Neidkultur und Fremdenhaß – das alles war auf die Größe eines Stecknadelkopfes zusammengeschrumpft und hatte plötzlich keine Bedeutung mehr. Abgehakt!

Die amerikanischen Paßmodalitäten nahm sie fast mit Heiterkeit hin. Ein neues Kapitel! Fünfzig Quadratmeter New York gehören jetzt zeitweilig ihr. Da sich in der Häuserfront gegenüber eine Schneise befindet, ist ihre kleine Wohnung sogar hell und sonnig. Ja, man hat es gut mit ihr gemeint. Alle wichtigen Theater sind in Laufnähe, nur zu einigen Theatern im Village und in SoHo muß sie fahren.

Würde irgendwer hier im Apart-Hotel ahnen, daß sie jeden Tag zu Fuß (!) nach Harlem (!!) ins Institute of Afro-American Culture geht, so würde man sie sofort auf ihren Geisteszustand hin untersuchen. Keinem normalen Amerikaner fiele so etwas ein. Allein die Sicherheitshinweise für die Apartmentmieter umfassen sechs engbeschriebene Seiten mit vielen Ausrufezeichen und lesen sich, als befände man sich entweder unter hochgradig Paranoiden oder in einer Bürgerkriegszone, wo der Haus-um-Haus-Kampf unmittelbar bevorsteht. Es gibt aber nur den ewigen Krieg zwischen Arm und Reich, mit Querschlägern von Crack & Co. Die Heftigkeit der wechselseitigen Übergriffe ist konjunkturabhängig.

Das alles ist Claudia nicht neu und das weltweit gültige Gesetz der Wildnis auch nicht: »Nie nach Beute aussehen, kein Schmuck, keine Handtaschen, keine auffällig ›europäische‹ teure Kleidung, sich unsichtbar machen können, nie zu dicht an Hauswänden oder am Straßenrand entlanggehen, riskante Situationen erkennen, bevor sie sich aufbauen können, und ausweichen, Ansammlungen von Männern weiträumig umgehen, sofortiger Rückzug bei zerschlagenen Flaschen und querliegenden Müllsäcken auf der Straße, nie einen Stadtplan in den Händen halten oder mit Schafsblick umherstarren, nie Unsicherheit zeigen, lieber bewußt und eilig falsch gehen als herumsuchen, zielgerichtete Eile vortäuschen, im Rhythmus bleiben, Blickkontakt vermeiden, dann passiert dir auch nichts, und daran mußt du einfach glauben!« Nicht Harlem ist gefährlich, sondern der Weg dorthin, die Überquerung der Frontline, der unsichtbaren Mauer von New York.

Sicherlich ist eine Kreuzbergerin darauf besser vorbereitet als eine Oldesloherin, und sie ist nicht das erste Mal hier. In New

York zu wohnen war nun nicht gerade ihr Wunschtraum, denn eigentlich ist es ihr »tuh matsch«. Doch was soll's? Jetzt leuchtet ihr die Freiheitsstatue heim, warum auch nicht? Liebeskummer und eine Doktorarbeit sind auch gute Gründe.

Sie hat ein Jahr Zeit, solange läuft ihr Auslandsstipendium für Doktoranden. Unter Umständen könnte sie verlängern. Nur will sie es darauf nicht ankommen lassen, denn sie mußte ein bißchen mogeln. Wieder einmal Probleme mit dem Alter... Eigentlich ist sie schon wieder drei Jahre zu alt.

Lange hat Claudia über das Thema ihrer Arbeit gebrütet: »Eigenständige ethnische Formen des Theaters in der Neuen Welt, vergleichende Studien des afro-amerikanischen Theaters mit den Theaterformen Lateinamerikas«. Claudias Doktorvater, Professor Dr. Moebius-Dahlfeldt fand die Fragestellung ihres Projektes zwar »hochinteressant«, konnte sich aber um ihre Probleme mit dem Thema genauso wenig kümmem wie um die seiner Studenten.

Schuld daran ist das verworrene Privatleben des Professors: Um das Erbe seiner an Krebs verstorbenen ersten Frau führt er gegen seine Kinder aus erster Ehe aufwendige Prozesse; betreibt die Scheidung von seiner zweiten Frau, die wegen des Sorgerechts behauptet, daß er nicht der Vater seines Lieblingssohnes Karl sei, gleichwohl erhebt sie aber Anspruch auf sein Haus und die Hälfte seiner Habe. Außerdem hat er eine dreiundzwanzigjährige Braut, eine plötzlich schwanger gewordene Studentin im vierten Semester und sechsten Monat, die noch vor der Geburt des Kindes unbedingt Frau Professor Moebius-Dahlfeldt werden will und ihn erpreßt. Diese Probleme und zwei aufeinanderfolgende Bypass-Operationen des Professors haben den Wissenschaftsbetrieb des Instituts weitgehend lahmgelegt.

Trotzdem hat Claudias angeschlagener Doktorvater in einem seiner kurzen lichten Momente befunden, daß man mit der Fragestellung, sofern man die richtige Auswahl träfe, »international Lorbeeren sammeln könnte«. Zum Inhaltlichen, der so wichtigen, richtigen Auswahl, sind sie dann nicht mehr vorgedrungen. Der Professor mußte mit seiner jungen Braut zur Schwangerschaftsgymnastik.

Nichts möbelt eine Frau, die sich alt fühlt und im Trennungsschmerz herumwatet, so auf wie New York. Die Luft enthält reines Adrenalin, findet Claudia. Nach New York kommt man, um sich zu verlieren oder zu finden, denkt Claudia und geht darum zum Friseur. Ein baumlanger Transvestit, ein Afro-Asiat mit tizianroten Haaren, fönt sie trocken und schreit alle paar Minuten »Whot kaind of hähr iss sis?!« Morgens wird sie im Central Park auch *joggen* gehen und sich die *Fitness-Fäsillities daun taun* ansehen, erzählt sie dem Hairdresser aus Langerweile und Verdruß. Am besten sei das Studio oben in der Uno, meint er und murmelt augenzwinkernd etwas vom besten Jagdgelände der Stadt, »for man-eaters«, dabei läßt er seine erstaunlich karmesinrote Zunge zwischen den großen weißen Zähnen vibrieren. Claudia wird fast schlecht. Einen Bekannten hätte er dort, über den man da reinkäme, er *könnte* ein Date arrangieren. Sie soll ihn anrufen.

Claudia verspricht es und weiß, daß sie diese Übeltype nie im Leben anrufen würde, auch wenn er der einzig Überlebende einer globalen Katastrophe wäre. Wie Lady Di, die *Ältere*, hat er sie gestylt! Ihr neues Immätsch, ein Schwuchteltraum! Jetzt bloß nicht heulen!

Wie von Furien gescheucht rennt sie um die Ecke zu Vidal-Sassoon. Einen Termin in zwei Wochen bei Rojé stellt man ihr gnädig in Aussicht. Rojé, der so tut als sei er Franzose, aber nur aus Quebec kommt, hat Mitleid mit Claudia, die mit den Tränen kämpft und schreit, daß sie doch so unmöglich herumlaufen könne. Alle gucken mitleidig auf Lady Di, die Ältere. Rojé findet auch, daß sie *grauenvoll* aussieht und zitiert sie nach einigem hin und her auf den Frisierstuhl wie zu einer Notoperation. Für läppische achtzig Dollar verpaßt er Claudia einen höchst extravaganten harten Schnitt, so als wäre ein Fallbeil um Haaresbreite kurz vor der Querspaltung ihres Schädels stecken geblieben. Den Nacken rasiert er den halben Schädel hoch und so lange, bis er feuerrot und kahl ist. Eine Frisur zwischen Frauenkazett und Invasion von der Vega!

Hätte Claudia eine Feuerwaffe, würde sie Rojé dafür bedenkenlos abknallen. GERMAN LADY SHOT NEW YORK HAIRDRESSER AT VIDAL SASSOON'S, und sie in der Mitte von zwei Cops, in Handschellen abgeführt, die gefesselten Hände erhoben, um das Blitzlicht der Fotografen abzuwehren.

In der nächsten Bar, in die sie tränenblind und fast besinnungslos hineintappt, wickelt sie sich ihren Seidenschal um den Kopf. Das Glas Tonic mit den Lippenstiftspuren einer anderen faßt sie nicht einmal an. »Nörwis Bräikdaun und Herpes ist ein Problem zuviel!« Mit diesem Kopf braucht sie jetzt Mützen, Kappen, kleine Hütchen, Tücher, zur Not auch Zeitungspapier oder einfach Einkaufstüten, um sie sich über den Kopf zu stülpen. Jeden Abend ist sie eingeladen ...

Das beste Gegengift gegen das Frank-Zaunig-Syndrom ist ein anderer Mann! Außerdem ist Frühling! Nur macht sie sich nichts vor: New York, das weiß jeder, ist von jungen, schönen, intelligenten und erfolgreichen Frauen, die alle einen Mann suchen, überbevölkert. Sie scheinen nachts aus den Mauerritzen zu quellen, denn jeden Tag werden es mehr. Bei solch überwältigender Konkurrenz ist sie chancenlos und bleibt darum am besten ganz kuhl. Was bleibt, ist das nagende Sex-Problem. Viertklassige Oannaitständs? Impotenz? Aids? Kondome? Die drei Schwestern, von denen die gefährlichste Syphi heißt? Trichos? Clamys? Pilze? Herpes? Feigwarzen? Harnleiterinfektionen? Einmal bumsen, vier Wochen zum Arzt rennen und Antibiotika schlucken? Guter Koarlbeu hundert Dollar?

»Ach, nee!« sagt sich Claudia, »das steht nicht dafür!«

Nach den Kopfbedeckungen inspiziert sie die Sexshops: interessante Vibratoren, HiTec-Dildos, abenteuerliche Schwänze in allen Größen mit Ejakulations-Reservoir im Sonderangebot, der aufblasbare Mann an der entscheidenden Stelle sehr steil und naturecht verstärkt, garantiert strapazierfähig: attraktiv, preiswert, hygienisch, riecht nicht, quatscht nicht und funktioniert immer. Man kann ihn auch neben sich ins Auto setzen oder an den einsamen Frühstückstisch. Oder vielleicht doch lieber einen Koarlbeu? Andererseits, der Aufblasmann kostet nur hundertfünfzig und den hab ich für immer. Die Sexartikel erinnern Claudia schmerzlich daran, endlich etwas wirklich Konkretes in Sachen Ehe und Mutterschaft zu unternehmen. Ein Jahr ist verdammt kurz!

Wenig später steht sie in einer Versammlung von Verklemmten und Mauerblümchen am Schreibpult einer Anzeigenagentur und formuliert mit Druckbuchstaben in kleine Kästchen: ODYSSEA AUS BERLIN, DRAMATURGIN, Z.Z. NYC, 173, SCHLANK, BLOND UND BLAUÄUGIG, NR, SUCHT MÄNNLICHE PENELOPE ZWECKS EHE UND FAMILIENGRÜNDUNG MIT LIEBE ZUR LITERATUR, ZU JAZZ UND KLASSIK, TANZ, SPORT, NATUR. RAUCHER UNERWÜNSCHT. Diese Heiratsannonce veröffentlicht sie englisch in der New York Times und in der Muttersprache im deutschen Zentralorgan für eierköpfige Ehen. Die Auswertung der Zuschriften wird Farbe in ihren einsamen Alltag bringen. Zweihundertdreiundachtzig Amerikaner haben ihr geantwortet und einhundertsiebenundsechzig intellektuelle heiratswillige Landsmänner mit Kinderwunsch und Liebe zur Kultur, die gern Sport treiben, nicht rauchen, aber dafür gern tanzen!

Also bitte, Frank Zaunig! Denk' bloß nicht, ich bin auf dich angewiesen, du Mistkerl! Claudia hat jetzt zwei Telefone, die *secret number* und das »Männertelefon«, das fast nur noch vom Anrufbeantworter bedient wird, sofern sie nicht gerade Däits macht. Ab und zu gerät aus Versehen Frank auf ihr »Männertelefon«. Zwar fährt ihr dann immer noch ein Schlag in den Magen, aber der Pantsch wird von mal zu mal schwächer, denn eigentlich wartet sie auf den Rückruf von Marvin, Kenny, David, Alister, Hank, Robert oder Morris.

Das tröstet ein bißchen, aber – und das entgeht ihr nicht – sie betritt damit ein neues, höchst unübersichtliches Terrain: das

Labyrinth der Blaind Däits. Als deutsche Akademikerin orientiert sie sich da erst einmal durch das Studium der einschlägigen Literatur, gliedert dann das Sachgebiet, erstellt einen Kriterienkatalog, setzt Prioritäten und macht einen Zeitplan. Das Ziel ist klar: Einen zweiten Frank-Zaunig-Reinfall darf es nicht mehr geben!

»Die Partnersuche per Inserat ist wie Schach«, belehrt sie das Fachbuch einer Autorin. »Beim ›blind date‹ haben Sie als Inserent weiß und den ersten Zug. Das will gekonnt sein ...« Wie die Ratgeber durchweg empfehlen, teilt sie die Bewerber in drei Häufchen ein: die »Guddies«, das »Mittelfeld« und die »Spinner«.

Unter »Spinner« fallen bei Claudia alle, die sich gleich mit einem Nacktfoto bewerben und auch schon mal eine Erektion vorführen. Das ist zwar vom sexuellen Standpunkt hochinteressant, aber unseriös für einen Ehemann und Kindesvater. Sie legt sie aber für Notfälle beiseite, bis auf einen, der wirklich wie ein Serienkiller aussieht. Typen, die mehr als zwei Seiten über sich schreiben, sind ebenfalls eindeutige »Spinner«. Schlimmer als tratschende Weiber sind geschwätzige, ich-verliebte Kerle, findet sie. Die amerikanische Spinnerabteilung in Claudias Ordner blähen außerdem die »Gott-bless-juh«- und »Dschieses-laves-juh«-Typen; die paar Fundamentalisten, die sich hier verflogen haben; die abgedrifteten Esoteriker, die sich gleich mit ihrem Horoskop vorstellen, ihr Wolken schicken und feinstofflich nachempfinden, daß sie entweder ein Fisch, oder im indianischen Horoskop, ein Biber sein muß. »Nein, ich bin ein Huhn«, hat sie geantwortet.

Unangenehme Handschriften sind ein Fall für »Spinner«, aber vor allem die »Säuseler«, die besonders häufig unter den Zuschriften aus der Heimat anzutreffen sind, deren Romantikphantasien schwere Erbschäden durch Gelsenkirchener Anbaubarock und Veranden mit Glasbausteinen davongetragen haben. Die faseln von »Kändellaitdinner im Mondenschein«, wollen »Händehalten beim Sonnenuntergang«, weil es ihnen wohl sonst nie einfiele. Die finden es toll, »miteinander zu lachen und weinen« (!), wahrscheinlich gleichzeitig. Die wollen »Rotwein am Kamin« schlürfen, bestimmt unter dem Wagenrad an der Decke; und wollen so aufregende Dinge unternehmen wie »barfuß im Park« herumlaufen. Dazu soll sie »gute Figur in Jeans *und* im Abendkleid machen«, als wäre sie Barbie ... Für all die, die »zwei Spuren im Schnee« oder wahlweise im »Sand eines Südseestrandes« hinterlassen wollen, oder auf »Pferde stehlen« abfahren, wäre sie sicher selbst bald das beste Pferd im Stall. Wer soll darauf scharf sein?

An das Mittelfeld, die »Vielleicht-Nochs«, die alle einen »Webfehler« haben und darum die größte Guppe bilden, verteilt sie Startnummern für einen »Hoffnungslauf«, oder auch nicht. Unter ihnen befinden sich recht passable Männer, die in nicht-passablen Gegenden wohnen, Alaska, Montana oder Alberta (?); Männer mit mehr als zwei Scheidungen (??); unverheiratete Fünfziger, die im Haus der Eltern wohnen (???); annehmbare Männer mit mehr als zwei Kindern (?), sympathische Offiziere (?); weltliche Theologen (?), astrologische Unternehmensberater, die auch computergestützte Jenseitskontakte anbieten, das können eigentlich nur Spaßvögel sein (??); Computer-Monomanen (??), sympathische Raucher mit Abgewöhnungswillen (?), und so weiter.

Im Ordner der »Guddies« empfehlen sich auf den vorderen Plätzen ein Flugkapitän mit der Sehnsucht nach der Heimatbasis; der Börsenmakler mit dem Sinn für das Schöne und Gute; der Bauunternehmer aus Florida, der europäische Kultur in seine zwölfzimmrige Villa am Atlantik implantieren will; der Literaturprofessor aus Cincinatti, der angeblich Theaterstücke schreibt, der jüdische Lehrer aus Wisconsin, der gleich mit einem Rilke-Gedicht antwortet; der verwitwete Geschäftsmann mit dem vierjährigen Sohn; der Theaterdirektor aus Boston, der deutsche Filialleiter eines deutschen Konzerns, dem mit dem UhEs-Engagement seiner Firma die Ehe den Bach runterging.

Um wenigstens die »Guddies« alle persönlich zu sichten, muß sich Claudia zwei Monate lang täglich mit zwei Kandidaten, zum Lunch und zum Dinner treffen. Einerseits entlastet das die

Haushaltskasse, denn amerikanische Männer würden nie wie ihre deutschen Geschlechtsgenossen auf »getrennte Rechnungen« spekulieren. »Doch, Vorsicht, der Nerventot geht um!« warnen die Ratgeber.

Daher verabredet sich Claudia, strikt nach dem Leitfaden ihrer bevorzugten Ratgeberin Cynthia Green, Verfasserin des Kompendiums »The Management of Happy Ending«, grundsätzlich so, daß sie den bewußten Kandidaten als erste erkennen kann. Senkt sich schon auf den ersten Blick der Daumen, so muß sie keine Zeit verlieren. Sie kann an ihm blicklos vorbeigehen und ihm über den Kellner eine Notiz zukommen lassen, daß sie leider unvorhergesehen aus familiären Gründen nach Europa fliegen mußte oder eine ähnliche offensichtliche Lüge.

Sofern sie aber den Bewerber ansprechend findet, geht sie auf ihn zu und verkündet mit höchst besorgter Miene, daß sie leider nur wenig Zeit hätte, weil sie jemanden vom Flughafen abholen müsse, oder auf ihrem Händie einen ganz, ganz wichtigen geschäftlichen Anruf erwarte, der leider das Gespräch stören und erheblich abkürzen könnte. Der Auftragsdienst ruft sie dann zur verabredeten Zeit an, und es steht ihr frei, sich über den vorbereiteten Fluchtweg abzuseilen, oder aber zu verweilen. Doch trotz all dieser Sicherheitsmaßnahmen ist sie nicht gegen Überraschungen gefeit.

Der nette Geschäftsmann, der gleich sein herziges, zweijähriges, nicht vierjähriges (!), Söhnchen zum Däit mitbringt, geht sie noch vor dem Hauptgang um eine »Geschäftsbeteiligung« von nur zweihunderttausend Dollar an und verabschiedet sich recht hastig, als sie ihm mitteilt, daß sie auch einen Mann suche, der ihr auf ihre blauen Augen hin einige hunderttausend UhEs-Dollar gebe. Ha, ha, ha! Auf dieser Rechnung bleibt sie sitzen. Na, Künstlerpech!

Der sympathische Flugkapitän, auf den sich Claudia schon gefreut hatte, kommt gleich zur Sache. Zwei Dinge müßten von vornherein klar sein: Er könne nur mit einer total rasierten Scham. Dem würde Claudia unter Umständen noch entgegenkommen, theoretisch jedenfalls. Die zweite Besonderheit des Mannes ist aber, daß sie ihm beim Geschlechtsakt die Haare schneiden soll, weil ihn das Geräusch der Schere so erregt. »Perücke natürlich!« erläutert er die technische Seite seiner Vorliebe. Mit seiner »etwas ausgefallenen« Obsession suche er Zuflucht bei einer verständnisvollen Frau, denn er hätte bereits Hausverbot in fast allen Frisiersalons zwischen Miami und Seattle. Claudia ist natürlich klar, daß man bei Partnerschaften Kompromisse eingehen müsse. Nur kann sie sich permanentes Haareschneiden an den Perücken ihres Ehemannes beim Liebesspiel nicht als Grundlage für ein harmonisches Familienleben vorstellen.

Der Literaturprofessor faßt ihr gleich ans Knie und entpuppt sich als der »Sex-Abstauber«, vor dem die einschlägige Literatur so eindringlich warnt. Um ihn für das sexuelle »Notprogramm« in Reserve zu halten, ist er ihr nun wieder zu abstoßend. Solche Not kann es gar nicht geben!

Der jüdische Lehrer ist zwar sehr nett, nur macht er mit ihr gleich ein Germanistikseminar über die deutschen Dichter der Romantik von solchem Hochkamm-Niveau, daß sie bereits nach zwanzig Minuten heftige Kopfschmerzen bekommt.

Der Theaterdirektor ist einäugig. Das mache ihr nichts aus, sagt Claudia. Allerdings macht es ihr sehr wohl etwas aus, daß der Mann beim Essen sein Glasauge herausnimmt, mit der Serviette abputzt, dann mit Speichel benetzt und das feuchte Glasauge mit einem dumpfen Blubb-Geräusch wieder in die leere, rote Augenhöhle einsetzt.

Als sie deprimiert genug ist, um mal wieder in den Job-Angeboten zu blättern, liest sie plötzlich: »Die französische Nachrichtenagentur PressFrance sucht Mitarbeiter mit perfekten Französisch- und Deutschkenntnissen, stundenweise und zur Aushilfe.« Da hätte sie gute Karten. Als kleine Aufmerksamkeit legt sie ihrer Bewerbung ein Polaroid vom Fall der Berliner Mauer bei und ein winziges Stück Mauer mit Zertifikat. Die Werbegäcks kennt sie schließlich auch.

Im Vorzimmer zum Allerheiligsten, in dem der New Yorker Büroleiter der »PeeEff« residiert und sein Vize die Einstellungsgespräche abhält, wartet Claudia mit drei konkurrierenden Franzosen. Zwei rauchen! Die werden sowieso nicht eingestellt. Sie wissen es nur noch nicht. Kein Personalchef in den USA stellt wissentlich Raucher ein, tröstet sie sich. Der dritte Mann entpuppt sich als ein Joumalist aus Straßburg, ein zweisprachiger Elsässer, der Öffentlichkeitsarbeit beim Europa-Parlament gemacht hat und Inhaber einer »Green Card« ist, mit der er herumwedelt. Folglich hast du nur noch eine Chance, wenn die mehr als einen Mitarbeiter brauchen, und sie ermahnt sich, nicht den Mut sinken zu lassen.

Zur Ablenkung prüft sie in der spiegelnden Glastür noch einmal ihr Gesamtbild. Das unaufdringliche Käppie auf dem Hinterkopf gibt ihr etwas Französisches, dezentes Perlenkettchen, raffiniert einfaches graues Flanellkleid und elegante graue Strümpfe, halbflache Designerschuhe. Mit Grausen denkt sie noch an die alptraumhaften Vorstellungsgespräche in Berlin. Vorher war sie meist einen halben Tag unterwegs, um sich die Garderobe zusammenzuborgen. In ihren beruflichen Regionen kann man nicht mit nem Zee&Ah-Fummel antanzen. »Entweder Diesainer-Klamotte, oder du brauchst gar nicht erst hingehen!« Zum Glück hatte Freya unmittelbar vor ihrem Abflug in die Staaten eine ihrer berühmten Wühlparties gegeben, ihr sogar einige »Fetzen« für UhSa geschenkt.

Nach einer Ewigkeit öffnet sich die Doppeltür, und ein Glatzkopf wie Yul Brunner mit einem bekannten Gesicht zeigt sich im Türrahmen. Der Glatzkopf und Claudia starren sich verdutzt an und plötzlich brüllen beide wie aus einem Munde: »Ich werd' verrückt, *du*?!«

Sie fallen sich um den Hals und freuen sich wie junge Hunde.

Die drei Franzosen gucken verdattert.

»Du bist Frau *Dreisörner*!? … Mensch, Claudia! Claudia Unhoch, Mittelreihe, erste Bank und kurzsichtig wie ein Maulwurf …«

»Per aspera ad astra!« trompetet Claudia lachend.

»Quod erat demonstrandum!« kontert Holger.

Ihre blöde Pennäler-Parole seit der neunten Klasse. Claudia und Holger waren während ihrer sechs Jahre Gymnasium quasi unzertrennlich.

»Was machst du denn hier?« grölen sie einander im Chor an.

»Arbeiten!« antworten sie wieder wie aus einem Munde und lachen sich schlapp, weil die alte Telepathie-Nummer nach über fünfundzwanzig Jahren immer noch funktioniert. Früher waren sie damit fast auftrittsreif.

Holger findet in seiner Freude gerade noch so viel Geistesgegenwart, die Franzosen auf einen Anruf zu vertrösten. Arm in Arm gehen sie zum Lunch und vergessen dann so ziemlich alles. Irgendwann zwischen Dessert und Kaffee ruft Holger im Büro an. Die Einstellungsentscheidung sei getroffen, und er käme heute nicht mehr rein. In den frühen Abendstunden sind sie bereits vor Lachen heiser. Um drei Uhr nachts versacken sie in Harlem in einem unsagbar schwarzen Jazz-Schuppen, wo sie sich als die einzigen Weißen wie Gespenster vorkommen.

16. Frank, der Suff und sein Stasi-Spitzel

Der Boden dreht sich unter Franks Füßen weg, und dabei hat er noch keinen Tropfen getrunken. Was er da aber liest, schreit geradezu nach hochprozentiger Barmherzigkeit bis zum Rand!

Bis heute morgen, den zweiundzwanzigsten April, um halbacht war er noch unsicher, ob er wirklich in den Orkus von Niedertracht, Denunziantentum, Lüge und Verleumdung, zu den heimlich Schuldigen und ihren Opfern hinabsteigen soll, um in den schriftlichen Ablagerungen der Vergangenheit bei der Gauck-Behörde nach seinen Übeltätern zu graben. Was macht man mit dem Wissen um die Täter? Ihre Schuld haben sie sich abgeschüttelt wie Hunde das Wasser aus dem Fell. Bestraft werden sie nicht, zum Duell fordern kann er sie auch nicht. Und eins aufs Maul wäre Körperverletzung. Dafür könnten die ihn dann anzeigen! Das Wissen über die Schuldigen belastet nur die Opfer. Das kennt man ja! Ein echtes »Linienschiff« auf Büßerkurs hat er auch nirgendwo ausmachen können.

Als Ausnahme fällt ihm nur Sieglinde Klante, seine erste Liebe, die mit der Annonce in der ›Jungen Welt‹ ein. Zuletzt hatte Sieglinde beim Staatsrat der DeeDeeErr gearbeitet. Vor zwei Wochen hatte er sie auf dem Es-Bahnhof Springpfuhl getroffen. Sie heißt jetzt Hoffmann und ist mit einem West-Berliner Internisten verheiratet, Nach-Wende-Ehe, »Sieger-Modell« ... Das kennt man ja! Die Ehe läuft wohl auch nicht besonders, Sieglindes Büßergewand war kein Sack und keine Asche, sondern die typische Vertreterkluft. Sie arbeitet jetzt als Ärztebesucherin für eine poplige Pharmabude in Paderborn. Den Job hat ihr der

Mann besorgt, »damit sie nicht so depressiv zu Hause rumhockt«.

Besonders glücklich hatte Sieglinde trotzdem nicht ausgesehen. Kurz bevor der Zug kam, hatte sie gesagt: »Ich habe einen großen, schlimmen Fehler gemacht ... oder zumindest zugelassen, damals ... Es wäre schön, wenn du mir verzeihen könntest ...« Er hatte ihr verziehen. Dann war der Zug abgefahren. Ihr kleines blaßes Gesicht leuchtete kurz auf und wurde immer kleiner, bis es ganz verschwand.

Vergeben ist eine merkwürdige Sache, hat er dabei festgestellt. Er hatte Sieglinde vergeben, und doch war er es, der sich erleichtert fühlte, sie jedoch beschämt und klein. Eigentlich hatte er sich als Vergebender Vergeben nicht als Glück, sondern eher als Schmerz vorgestellt. Nun war es umgekehrt. Kann man seinen Spitzeln überhaupt vergeben?

Heute früh, als er noch so unschlüssig vor dem Gebäude der Gauck-Behörde stand, flüsterte ihm eine leise Stimme zu: »Tu's nicht! Geh nach Hause!« Fünf Minuten ist er dann vor dem Block auf und abgegangen. Eigentlich wollte er schon kehrtmachen. Angst war es nicht, eher Ratlosigkeit.

»Wenn ma üban Hund kommt, kommt ma ooch üban Schwanz«, murmelte hinter ihm eine Stimme aus den Schlacken einiger Jahrzehnte Caro und Goldbrand. Der einarmige Pförtner trug seinen leeren Ärmel nicht verschämt in der Jackentasche, sondem hatte ihn mit einer Sicherheitsnadel nach außen geklappt auf der Schulter festgesteckt. Wie eine unrasierte Kassandra nickte er Frank aufmunternd zu. Nur weil Frank momentan keine Entgegnung einfiel und er sich vor dem Mann nicht blamieren wollte, ist er dann wirklich reingegangen.

Auf dem hellen Holztisch vor ihm liegen nun fünf Aktenstöße. Vier weitere Personen sitzen an ebensolchen Holztischen auf Holzstühlen und sind in ihre Akten vertieft. Sie blicken noch nicht einmal auf.

Ein bärtiger Mann mit Schiffermütze scheint seine Akte minutiös zu analysieren und erbaut sich an gehabten Feinden.

Heute hat er keine Feinde mehr. Er ist jetzt allen piepegal. Eifrig blättert er hin und her, atmet tief und macht sich hastig Notizen. Weiter hinten hockt eine abgearbeitete Frau um die fünfzig, ein Magen-Galle-Typ. Sie weint still in sich hinein.

Frank weiß nun, daß es ein Fehler war, dieses Mausoleum akribisch aufgezeichneten Unrechts aufzusuchen. Da kommt nichts Gutes bei raus! Hau ab, Mensch! Seine Hand auf dem Aktendeckel ist feucht und hinterläßt sofort einen Schweißabdruck auf der ockergelben Pappe.

Endlich schlägt er den Ordner lustlos auf und blättert fahrig in den Seiten herum. Altbekannte Schweinehunde lassen grüßen. Neue Scheinheilige finden sich, darunter zwei auf ihn angesetzte »Verflossene«, um die es ihm nicht leid tut. Von Karin, die in den Interhotels Wessis aufgerissen hatte, hat er es schon immer gewußt. Daß Regina ihn bespitzelt hat, regt ihn auch nicht sonderlich auf. Geschenkt! Marianne, also doch! Von wegen Autounfall ...

Über einen muß er sogar lachen: Jürgen, mit der Prenzelberger Abschöpf-Disko »Yuba«, in der Diplomaten früher Frauen gegen Strumpfhosen kaufen konnten, bis kurz nach der Wende eine Besoffene in die Spiegelwand stolperte und alle Richtmikrophone und Überwachungskameras herausfielen. Hahaha! Wochenlang bebte das ganze Ost-Berliner Milieu mit bulgarischem Muffensausen nach. Er hatte ja nie an Jürgens Legende von der märchenhaften Westerbschaft geglaubt, von der er sich angeblich das »Yuba« eingerichtet hatte. Yuba-Jürgen ist seitdem spurlos verschwunden. Irgendwer hat herumerzählt, daß er heute auf Gran Canaria in einer Felsenhöhle lebt, nur noch breit ist und den ganzen Tag surft. Einsamen deutschen Touristinnen soll er angeblich Sex-Massagen gegen Peseten anbieten. Zutrauen würde Frank das dem Jürgen schon ... aba nischt jenauet weeß ma nich.

Frank blättert in seiner Akte weiter und fragt sich, ob er vielleicht Masochist ist. Warum war ihm dieser Termin so wichtig? Außer purer Neugierde fällt ihm heute nichts mehr dazu ein.

Nur ganz dunkel kann er sich an irgendwelche hehren Gefühle wie dem Streben nach Gerechtigkeit erinnern, aber nicht mehr an ein konkretes Ziel. Das hat sich alles irgendwie verwischt. Es gibt keine Maßstäbe mehr außer Kohle und Medienwirksamkeit ...

Der bärtige Mann mit der Prinz-Albrecht-Mütze hinter ihm gibt einen schmerzlichen Seufzer von sich, und als Frank zurück in seine Akte starrt, springt ihn plötzlich der Name Antek Nagler an. Antek hat unter dem Decknamen »Gavroche« über ihn berichtet. Sein bester Freund Antek Nagler, ein Verräter, ein Stasi-Spitzel! Sein Freund und heutiger Chef, ein skrupelloser Stasilümmel, der sich seine Ausreise in den Westen durch Verrat erkauft hat! Durch den Verrat an Frank Zaunig! Es gibt keinen Zweifel! Hier steht es schwarz auf weiß! Er hat sogar noch unterschrieben. Es ist nicht zu fassen!

Vor eins wollte Frank nicht mehr trinken. Aber der Schock läßt den Saufdruck vorzeitig von der Kette. Ihm bricht der Schweiß aus, seine Hände zittern. Sofort einen heben!

Hastig fummelt er den Flachmann aus der Brusttasche. Seine Hände sind so fahrig, daß er kaum die Flasche aufschrauben kann. Normalerweise »schüttet« er ja heimlich. Das schafft er jetzt nicht. Den halben Flachmann läßt er runtergurgeln und wird sofort ruhiger.

Er sollte sich Notizen machen, denkt Frank. Ihm fällt aber nicht mehr ein wozu – etwa für die Personlabteilung der »Pallas«? Wen interessiert denn das heute im Westen? Die einen schützt die Berühmtheit, andere die ZeeDeeUh/EssEhDee-Seilschaften, und Antek schützt seine Hausmacht. Der Mann ist unangreifbar. Aber reden müssen wir darüber, nicht so ins Blaue, sondern ganz konkret, wie Männer.

Schon steht Frank auf und geht zum bärtigen Mützenmann, um sich ein Blatt Papier und einen Stift zu leihen. Seine Schrift kann er selbst kaum entziffern. Ihm läuft der Schweiß in Bächen am Körper hinunter und staut sich juckend im Hosenbund. Jetzt ins Büro fahren, als wäre nichts geschehen? Hallo, Antek, alte

Socke! Wie stehen die Konzernaktien heute, hahaha? Unmöglich! Er wird sich krankmelden.

Außerdem ist er wirklich krank. Er ist Alkoholiker. Und das geht schon zu lange so! Er muß sich am Riemen reißen. Seit Tagen nimmt er sich vor, irgendwo anzurufen und sich eine Therapie-Adresse geben zu lassen. Seine tägliche Dosis liegt jetzt bei einem Liter klarem Sprit, Wodka, Gin oder Korn.

Claudia ... Jetzt ist sie auch noch zu einem »Freund« gezogen ... was das heißt, weiß man ja ... Ich hab's vermasselt, ich Hornochse!

Sein Fehler war – wie immer –, daß er einfach nicht begreift, daß anderen etwas wichtig sein kann, was ihm völlig belanglos, ja albern erscheint. Zugegeben, er ist nicht der Empfindsamste. Sich in andere hineinzuversetzen gelingt ihm nur, wenn es eine Rolle vorschreibt, oder wenn es ihm direkte Vorteile verschafft. Das weiß er selbst.

Warum hab' ich sie eigentlich nicht geheiratet, wenn ihr doch so viel daran lag? Was ist denn schon dabei? Wäre ihm da ein Juwel aus der Krone seiner Männlichkeit gefallen? Was hat er eigentlich gegen eine Ehe? Ich will doch keine andere mehr.

Neulich ... Also, seine Wirkung auf Frauen ist immer noch die gleiche, aber *er* hat sich verändert. Früher konnte er doch kaum an einer vorbeigehen, die ihm schöne Augen gemacht hatte. Und die, die abweisend taten, hatte er doch alle rumgekriegt. Er scheint dafür eine Naturbegabung zu haben. Nach spätestens zehn Minuten weiß er bei jeder Frau, wie sie sich ihren Prinzen wünscht. Er setzt seinen Dompteursblick auf und liefert ihr den Mann, von dem sie immer schon geträumt hat, einfach so aus Sport, oder weil Vögeln mehr Spaß gemacht hat als DeeDeeErr-Fernsehen ... Sie hat ihren Spaß, er hat seinen Spaß und fertig.

Nur, Bräute flachlegen ist heute auch nicht mehr das, was es mal war. Heute sucht er nur noch Claudia, und darum ist es langweilig geworden ...

Vor vier Wochen hat ihn Ilka aus Halle nach einer Babelsberg-Fete abgeschleppt. Erst ließ es sich ganz gut an, aber dann sah er die »kleine Frisur« unter ihrem Arm, daß ihre Beine behaart waren und ihre Fußnägel nicht lackiert, und es war aus. Er hätte genauso gut das EnDee lesen können. Nun gut, hatte er sich gedacht, du bist jetzt eben auf westliche Bräute gepolt mit rasierten Achseln, wachsenthaarten Beinen und rotlackierten Fußnägeln.

Sylvia, die Abteilungssekretärin aus Steglitz hatte weder Haare unter dem Arm noch an den Beinen, sogar die rotlackierten Fußnägel hatte sie, aber den falschen Geruch und braune Augen. Hhm! Entweder Claudia kommt zurück, oder ich kann ins Kloster gehen, ist sein Fazit.

Und wenn er sie jetzt anriefe und ihr sagte, daß er sie heiraten will? überlegt er. Dann wäre da immer noch die dämliche Kinder-Frage ... In seinem ganzen Bekanntenkreis kennt er niemanden, der ehrlich zugeben könnte, daß er oder sie mit einem Kind nun *wirklich* glücklicher wäre. Irgendwie haben sich doch alle darunter was anderes vorgestellt: mehr Glück und weniger Nerv... Im Grunde fühlen sich doch alle angeschissen und versuchen dann tapfer, das Beste draus zu machen. Und wenn ich mich einfach sterilisieren lasse, ohne daß Claudia es weiß?

Ich glaube, ich ticke nicht mehr richtig! wirft er sich empört vor und schaut sich wie ertappt um: Die bärtige Schirmmütze schreibt ganze Aufsätze in seine Kladde, und die Abgehärmte starrt nur noch leer vor sich hin.

Da erwische ich meinen besten Freund als Stasi-Spitzel, und mir fällt wirklich nichts besseres ein, als darüber nachzudenken, ob ich noch einen hochkriege bei behaarten Beinen und Achseln! Ick glaub', ick hab'ne Vollmeise!

Laut klappt er seine Akten zusammen und springt eilig auf. Er will von der Vergangenheit nichts mehr wissen. Hastig verstaut er das lästige Papier mit den Notizen und reicht der Schirmmütze den Stift zurück. Ein Königreich für einen Tequila!

Nach Gauck & Co. ist er gleich zum Arzt gegangen. Statt Flaschen stapeln sich jetzt in der feuchten Schimmel-Küche die Psychopharmaka. Zweimal die Woche hat er Therapie.

Antek hat er bis jetzt gut abwimmeln können: Grippe, Ansteckungsgefahr, hat er ihm ausrichten lassen. Antek ist Hypochonder. Wenn er aus dem Schlimmsten heraus ist, wird er sich Antek stellen. Aber wie soll man eine Einstellung zu einem Freund gewinnen, der einen bei der Stasi verpfiffen hat, wenn man gar nicht klar denken kann?

Diese Psychopillen haben aus seinem Hirn einen löchrigen Käse gemacht. Eben hat er von der Telefonzelle aus mit seinem Büro telefoniert, und als er aufgelegt hatte, wußte er schon nicht mehr, was sie besprochen hatten. Er schaltet den Fernseher ein und kann sich außer an eine Flut zusammenhangloser, bunter Bilder an gar nichts mehr erinnern, noch nicht einmal an den Wetterbericht. Sein Geist ist auf Urlaub gegangen, abgetaucht. Wenn er im Oberstübchen anklingelt, macht keiner auf.

Drei Dinge hat er sich vorgenommen: Erstens, die Sache mit Antek klären, irgendwie; zweitens, Claudia zurückgewinnen, irgendwie; drittens, eine Wohnung in Zehlendorf suchen. Wenn er Claudia zurück haben will, kann er ihr nicht mit einer Bude im Osten kommen. Da zieht die nie hin. Sie hat Paranoia vor Glatzen, so wie er Paranoia vor Türkengängs im Westen hat. Aber Türkengängs sind in Zehlendorf nicht zu befürchten, und von Zehlendorf ist es nicht weit nach Babelsberg. Zehlendorf ist ein guter Kompromiß – ein teurer Kompromiß, aber ein Anfang.

Frank reißt sich vom klammen Sofa in seiner Datsche hoch und stellt mit Grausen fest, daß er schon wieder drei Stunden nur vor sich hin gestarrt hat. Therapie und Präparate – Alles West-Humbug! Erst Waldlauf, dann Aussprache in der Art: »Sind sie auch als Kind zu heiß gebadet worden?« Nee, so'n Weich-Ei ist Frank Zaunig noch nicht! Er steht das allein durch. Steifbeinig stakst er in die Küche, greift eine Plastiktüte und fegt mit dem Unterarm alle Psychopillen in die Tüte, stapft hinaus in den frühlingshaften Garten, wirft den Psycho-Müll auf die leeren Flaschen, knallt den Deckel drauf und fühlt sich sofort besser.

An Antek kommt er nicht vorbei. Erstens ist er ein Mann von Anteks Gnaden, und eine neue Arbeitslosigkeit mit 'nem bißchen Porno-Synchron ist keine Alternative; und zweitens, selbst wenn er der absolute Überflieger mit dem Goldenen Schein ums Haupt wäre und drei Serien mit sensationellen Einschaltquoten gelandet hätte, Antek sitzt einfach zu fest im Sattel. Daran ist nichts zu deuteln. Mit seinem Verräter muß er jetzt leben und zwar auf möglichst gutem Fuße. Das müssen Hunderttausende in diesem Land. Da darf man nicht zimperlich sein.

Außerdem muß er endlich aufhören, gegen sich selbst zu leben. Seine Opposition gegen alles und jeden hat inzwischen selbstzerstörerische Züge angenommen ... Das erste Mal hat ihm das Claudia gesagt. Damals hielt er es für eine ihrer typischen West-Bosheiten.

»Moral ist das Wechselgeld der Ohnmächtigen.« Frank hält das für ein Macchiavelli-Zitat, was ein Irrtum ist, denn Macchiavelli gab noch nicht auf große Scheine raus. In diese Richtung lenkt Frank jedenfalls seine Gedanken.

Wenn er ein Kerl ist, dann kann er Anteks Verrat nicht so einfach hinnehmen und zur Tagesordnung übergehen, aber direkt angreifen kann er ihn auch nicht. Alles läuft auf die Frage hinaus: »Wie kriege ich den Kerl bei den Eiern zu packen, ohne wieder nur der Luhser zu sein?«

17. Wenn eine echte Russin stirbt und ein falscher Russe singt, kommen Ex-Spione, Zocker und Kanzlerwitwen

Marja Tschernyschewskaya hat sich am Montagabend ins Bett gelegt, und anstatt am Dienstagmorgen aufzuwachen und Tee zu trinken, ist sie tot. Noch am Montagabend hatte Mascha bei Apollonia angerufen. Es gäbe Wichtiges zur bewußten Eheangelegenheit, was sie in den Karten gesehen hätte. »Die Karten warnen!« unkte sie geheimnisvoll. Sie wollte morgen gleich ins Geschäft kommen. Den ganzen Morgen ist sie aber nicht gekommen, und ab halb zwölf hatte Apollonia so ein Gefühl ...

Am Nachmittag ist sie dann in die Niebuhrstraße gefahren. Mit gebrochenem Blick lächelte ihr die Freundin vom Bett aus schon entgegen. Die Nachricht auf ihrem Anrufbeantworter waren also Maschas letzte Worte, und noch vom Grabesrande wollte sie ein letztes Mal vor drohendem Unheil warnen.

Würde Apollonia nicht ohnehin schon trauern, hätte sie das zu Tränen gerührt. So ruft sie Victor an und dann den Arzt für den Totenschein. Seit Tagen fühlt sich Apollonia schlapp, als hingen an Armen, Beinen, am Kopf und selbst an den Augenlidern Bleigewichte. Es war wohl doch zu viel Aufregung. All die Umstände mit Sergej, der Braut und den Eheverträgen ... Und nun noch die beste Freundin tot.

Müde setzt sie sich an Maschas Kartentisch und greift nach den Karten. Vielleicht kann sie ja den Satz nachkonstruieren und sehen, wovor die Karten warnten. Es kommt aber nur Unsinn heraus, und das bedeutet, Mascha hat die Karten zum Schluß gemischt. Die »Warnung« bleibt also ein Geheimnis, das Mascha mit ins Grab nimmt.

Der Arzt und Victor treffen fast gleichzeitig ein.

»Ein Tod wie ein Lotteriegewinn«, meint der Arzt tröstend und stellt den Totenschein aus: Herzversagen aus Altersschwäche.

Victor ruft Wladimir Egorow, der, wie es der Zufall will, gerade in der Nähe ist.

»Die Fürstin«, wie Wladimir Mascha ehrfurchtsvoll nennt, denn Wladimir ist Erzroyalist, »die Fürstin hatte für den Fall ihres Ablebens nichts dem Zufall überlassen«, läßt er Victor wissen. Mit einem vielsagenden Lächeln führt er ihn ins Eßzimmer, das in Berlin meist ein dunkler Schlauch ist und darum das »Berliner Zimmer« genannt wird. Vor dem Eßtisch bleibt der Bestatter stehen und erklärt: »Es gab nur wenige, die wußten, warum man bei der Tschernyschewskaja bei Tisch nicht die Beine ausstrecken konnte ...«

Victor blickt verständnislos auf die lange Tafel, an der wohl bequem zwölf Personen Platz nehmen könnten. Es stehen aber nur vier Stühle recht verloren herum. »Ja, und warum nicht?« Dieser Wichtigtuer ging Victor schon immer auf die Nerven.

In Wladimirs Miene springt bereits rechts und links der Schalk aus den Augenwinkeln. Wladimir lupft ganz langsam das fast bodenlange Tafeltuch des Tisches und Victor beugt sich hinunter. Zwischen den gebogenen Beinen der Chippendale-Tafel steht ein prunkvoller Sarg aus russischem Kirschholz mit Bronzebeschlägen und dem Familienwappen der Tschernyschewskys in Intarsienarbeit aus Elfenbein, Perlmutt, Gold und Ebenholz. Ein Erdmöbel unter einem Eßmöbel, denkt Victor belustigt. Gemeinsam zerren sie den Sarg hervor.

»So eine feine Arbeit sieht man heutzutage nur noch ganz selten«, meint Wladimir und streicht zärtlich mit der Hand über den Sargdeckel. »Die Fürstin hatte zu Lebzeiten genaueste Anweisungen für ihr Ableben gegeben. Ich zeig dir den Vertrag, wenn du willst ...«

Victor winkt ab.

»Sie hat übrigens schon alles im voraus bezahlt! Nur der *Adel* hat heute noch eine solche vorbildliche, edle und furchtlose Haltung dem Tod gegenüber ... wie überhaupt ...«

An Victors leicht spöttischer Miene sieht Wladimir, daß es Zeit ist, wieder sachlich zu werden. Er räuspert sich.

»Es liegen Anweisungen beim Notar, bei dem sie das Testament hinterlegt hat. Polly ist zur Testamentseröffnung geladen. Der Notar wird ihr noch offiziell schreiben. Hast du eine Ahnung, wer Hans-Peter Moslhuber ist?«

»Da mußt du wirklich Polly fragen, keine Ahnung.«

Sechs vierschrötige junge Kerle der Sorte »Muschik aus dem Kraftsportzentrum« trampeln mit weit aufgerissenen Augen durch die Wohnung. Es sind Wladimirs Helfer, alles Deserteure der ehemaligen Weststreitkräfte der Roten Armee. Sie breiten eine Plastikbahne im Sarg aus, verpacken die Tote in einem Plastikfutteral mit Reißverschluß und hieven sie dann schwungvoll in den Sarg. Wladimir schnauzt den Männern eine Aufforderung zu mehr Ehrfurcht vor den Toten zu. Die fahnenflüchtigen Rotarmisten murren schüchtern. Freundschaftlich wendet sich Wladimir nun wieder Victor zu.

»Am besten gehe ich dann mit Polly noch einmal die Liste der zu benachrichtigenden Persönlichkeiten durch. Alles weitere, die Publikation der Todesanzeigen in den Zeitungen und den Versand der Anzeigekarten wickeln wir über unser Büro ab. Im übrigen ist es mir natürlich eine große Ehre, die Fürstin ...«

»Schon gut!« Victor schneidet ihm ungeduldig das Wort ab, denn was jetzt kommt, kennt das ganze russische Berlin: Die große Ehre, eine Fürstin zu bestatten, endet mit tödlicher Sicherheit mit der Notwendigkeit zur Wiedereinsetzung eines neuen Zaren ... Die Rabinowitschs brauchen einen neuen Zaren so dringend wie ein Loch im Kopf! Das denkt sich Victor nur, denn er ist höflich und hat zu tun.

Er muß sich um seine Polly kümmern, die unter ihrem wie immer vollendet frisierten, kastanienbraunen Haar heute etwas grünstichig aussieht, tapfer mit den Tränen kämpft und einen Satz Karten in der Hand hält ... Wenn das hier alles überstanden ist, schicke ich sie zur Kur nach Bad Pyrmont oder Baden-Baden, beschließt er.

Das Phänomen Hans-Peter Moslhuber beunruhigt Apollonia. Immerhin ist dieser Unbekannte, von dem sie bisher nie etwas gehört hat, mit ihr zusammen zum Haupterben eingesetzt worden. Wer ist der Mann? Ein Arzt? Eine alte Liebe? Ein illegitimer Sohn vielleicht? Ein Seher? Und lebt der überhaupt noch? Bei Durchsicht der Versandliste zeigte sich, daß fast die Hälfte der zu Benachrichtigenden keine Post mehr empfangen kann.

Beim Notar meldet sich drei Tage später ein »Estrada GmbH & Co KG, Musikverlag« mit seinem »Hauptgeschäftsführer« Wilfried Hohlfeld »persönlich am Apparat«.

Es stellt sich heraus, daß der mysteriöse Hans-Peter Moslhuber niemand geringerer ist als Boris Popow, der berühmte Sänger russischer Volksweisen! Hans-Peter Moslhuber alias Boris Popow, der aus Berlin-Spandau stammt, sollte zwar als die Privatperson Moslhuber erben, jedoch als Sänger Boris Popow dem Wunsch der Verstorbenen zufolge das letzte Geleit geben und an ihrem Sarg singen. Letzteres fällt nun in das Ressort des Impresarios Hohlfeld.

Das Geheimnis des Phantoms Moslhuber ist zwar gelüftet, aber ebenfalls völlig neu ist für Apollonia, daß »Boris Popow« eigentlich Maschas Erfindung war. In den fünfziger Jahren suchte ein dicklicher junger Mensch aus Spandau Mascha auf, um sich weissagen zu lassen, denn er war unglücklich und ratlos. Mascha genügte ein Blick, und sie erkannte in dem recht trübsinnigen, jungen Mann die wiedergeborene Seele ihres Bruders Konstantin. Der junge Mann war aber nicht nur unglücklich, er war vor allem ohne Einkommen, zum Ausgleich dafür groß und stattlich und Mascha sehr allein. Das schönste an Hans-Peter Moslhuber war jedoch seine schöne Baßstimme.

Eines Nachts hatte Mascha eine ökumenische Vision: Aus dem Lager der katholischen Heiligen erschien ihr die heilige Cäcilie im Traum und verkündete, daß Hans-Peter Moslhuber russischer Sänger werden müsse. Mascha bezahlte dem jungen

Mann Gesangsstunden, Anzüge, eine Wohnung, ein Goggomobil, und einen Russischlehrer und verpaßte ihm den letzten Schliff.

Als sie einigermaßen mit dem Ergebnis zufrieden war, ging sie mit Hans-Peter in ein Aufnahmestudio und erzählte dem Studiochef eine zu Herzen gehende Geschichte von der abenteuerlichen Flucht eines tapferen Kosaken in die freie Stadt Berlin und so weiter. Hans-Peter wußte zwar immer noch nicht genau, was er sang, aber er tat es mit Herz und Seele. Dem Studiochef wurden davon die Augen feucht, und er küßte Mascha ergriffen die Hände.

Hans-Peters »Kalinka« mit den »Schwarzen Augen« auf der Rückseite verkaufte sich gleich über dreihunderttausendmal. Die Spätheimkehrer aus russischer Gefangenschaft, die selbst in ihrem Leid sentimental blieben, wurden Hans-Peters treueste Hörer und Käufer. Von den Hausfrauen-Kaffeetafeln arbeitete sich Hans-Peter als Boris Popow, von Mascha mit Russenbluse, Stiefeln und Fellmütze in die Manege getrieben, ins Vorprogramm der echten »Donkosaken« hoch. Später wurden die »Donkosaken« sein Vorprogramm, denn der sangesfreudige Spandauer Russe stieg unaufhaltsam in den Olymp der deutschen Samstagabendunterhaltung auf, zu Vico Torriani, Freddy Quinn, Catarina Valente, Silvio Francesco, Rocco Granata, Johannes Heesters, Gitte, Roberto Blanco, Roy Black und Karel Gott.

Apollonia erinnert sich, daß Mascha mal erwähnte, Boris Popow noch von seinen Anfängen her zu kennen. Das war dann schon zwei Ehemänner weiter. Über die »Anfänge« an sich, darüber hatte sich Mascha nie ausgelassen.

Herr Hohlfeldt, der Manager, macht viel Getue, er weiß nicht, wie sein Künstler den Grabgesang von den Terminen her einschieben soll, und fragt tatsächlich, ob man die Beerdigung nicht eine Woche verschieben könnte. Auf den falschen Russen aus Berlin Spandau warten nämlich in Rußland angeblich einige hunderttausend echte Russen in ausverkauften Fußballstadien und im Fernsehen, denn den echten Russen scheint der falsche Russe echter als die echten.

Wladimir und der Notar weisen das Ansinnen des Impresarios zurück: Entweder singe Boris Popow zum festgesetzten Beerdigungstermin oder das Erbe für Hans-Peter Moslhuber sei gefährdet. Das Testament sei in diesem Punkt ganz eindeutig. Nun meldet sich Moslhuber/Popow persönlich und entschuldigt sich wortreich für seinen Impresario. Natürlich werde er für die Tschernyschewskaja, der er alles verdanke, singen, es sei ihm ein Herzenswunsch.

Die Medien bekommen Wind von der Sache. Kamerateams sagen sich an, Journalisten fragen nach. Wladimir weiß, daß unvorhergesehene Ausgaben auf ihn zukommen. Er wird sich aber an den Bildrechten gütlich tun und alle Bildjournalisten aussperren, um die »Würde des Heimgangs der letzten großen Dame des heiligen Rußland zu wahren«.

Normalerweise sind Begräbnisse für Berliner Klatschkolumnisten nicht gerade der Hit. Nun hat aber der »Iwent« Njuswert bekommen. Ein Gimmick wie ein singender Boris Popow, der in Rußland immerhin vier Platin- und sechs Goldene Schallplatten eingespielt hat, auf der Beerdigung der russischen »Pythia von Berlin«, die eine Freundin der letzten Zarentochter Anastasia war (»Sie wissen schon, die mit dem Landwehrkanal!«); das hat nun einen Eigenwert und gehört unter »Buntes«.

Außerdem ist durchgesickert, daß hochkarätige Prominenz aus Politik, Wirtschaft und Kultur zur Beerdigung erwartet wird, darunter die Ikone berlinischen Sprechgesangs, eine berüchtigte Skandalnudel aus der Filmwelt, ein weltberühmter Dirigent sowie ein Vertreter des Hauses Romanow. Die internationale Jellopress hat bereits süßen, gelben Schaum vor dem Mund.

Wladimir läßt von seinen fahnenflüchtigen Rotarmisten in Zusammenarbeit mit der Berliner Polizei das Gelände um die russische Kirche absperren und die Trauergäste handverlesen. Die russische Kathedrale am Hohenzollerndamm erstrahlt im Glanze von tausend Kerzen. Der Chor läßt die flimmernde Luft brausen. Die weißen Lilien verströmen zitternd süßlichen Duft, der sich mit dem Weihrauch vermischt.

Draußen vor dem Gittertor schwirren die Medienmenschen herum wie ein aufgescheuchtes Bienenvolk und stacheln sich mit immer neuen Gerüchten an: »Die tiefverschleierte Frau am Arm des Verlegers W. ist die Kanzlerwitwe R., und man habe sie peinlicherweise neben dem bekannten östlichen Spionagechef Z. plaziert, der zwar alle Schlachten gewonnen hatte und den der nun ›tragische‹ Flor des zu Unrecht Besiegten umweht.« Alle phantasieren über ein solches Foto: ehemaliger Ost-Spionage-Chef mit Kanzlerwitwe und Boris Popow singend mit brennenden Kerzen im Anschnitt!

Die schreibende Zunft aus Jungjournalisten und Volontären ist mit dem Thema zumeist überfordert. Sie telefonieren mit ihren Archiven und kommen zu dem Schluß: Das paßt in kein Format, Jellopress, Kultur, Lokales oder Politik? Und alles Schnee von gestern! »Entweder mit Foto von Kanzlerwitwe mit Meisterspion und Popow, oder ab in die Urne«, befiehlt die Redaktion. Das heißt Fünfzeiler unter Vermischtes.

Die mit erwartungsvollen Mienen an ihnen vorbeiziehenden ehemaligen alliierten Stadtkommandanten im Ruhestand und in Zivil erkennt keiner mehr. Gewollt oder ungewollt bleiben sie tatsächlich inkognito. Der Rest ist sowieso notorisch fotoscheu, Männer, die immer für ihre Unauffälligkeit bezahlt wurden. Es sind die abgehalfterten Spione aller vier bis sechs Seiten, deren Lebenszweck der Eiserne Vorhang war. Mit Mascha tragen sie »das große Spiel« des Kalten Krieges zu Grabe. Sie werden bald folgen, denn der Mantel der Geschichte ist ein Leichentuch.

In der Kapelle nehmen Apollonia, Victor, Wladimir und Hans-Peter Moslhuber die Plätze der trauernden Familienangehörigen ein. Mascha hatte keine Kinder, der Bruder Konstantin ist in den Revolutionswirren verschollen und hinterließ ebenfalls keinen Erben. Mascha ist die letzte der Tschernyschewskijs.

Apollonia brennt das schwarze Samtkostüm wie ein glühender Panzer auf dem Leib, und die Strumpfhosen kleben ihr in den Kniekehlen. Wieder hat sie diesen stechenden Schmerz im Kreuz. Victor ergreift ihre Hand. Er zeigt sich nicht besorgt, denn das würde Apollonia nur dazu verleiten, ihm die Muntere vorzuspielen. Mit dem Kinn deutet er nach rechts hinten.

Dort hinten hat er eine weitere große Gruppe von Trauernden ausgemacht: Spieler, Zocker, Buchmacher und Wettbesessene. Maschas Laster war stadtbekannt. Sie spielte gern und hoch. Im übrigen verstand es sich fast von selbst, daß eine adlige Dame der guten alten Zeit mit einigem guten Willen Pferdeverstand besaß. Auf jeden Fall kannte sie alle Pferde, die zwischen Baden-Baden, Ascot und Deauville liefen, so genau, als lebten sie in ihrem Charlottenburger Hinterhof. Den größten Teil ihres Vermögens hat Mascha verspielt oder verwettet. Um genau zu sein, waren es insgesamt vier Vermögen, von ihren vier steinreichen Ehemännern, die sie alle überlebt und beerbt hatte.

Die Herren, die Victor meint, sind Paul, Hermann, Rudolf und Willi. Sie sind enge Freunde von Mascha. In einschlägigen Kreisen nennt man sie »das Quartett«, aber sie machen keine Hausmusik. »Das Quartett« wartet mit wehmütigem Blick auf den Fortgang der Trauerfeier. Jede Minute ist für sie ein Opfer, aber das ist es ihnen wert.

»Das Quartett« ist eine Spielergemeinschaft, die jeden Morgen pünktlich um zehn, wenn die ersten Spielbanken öffnen, ihren Dienst antritt und gemeinsam mit verteiltem Risiko mal beim »Black Jack«, aber meistens am Roulette-Tisch vier Stunden konzentriert gegen die Bank »arbeitet«. Sie spielen mit dem feierlichen Ernst und der Umsicht von Eisenbahnern. Ihr System ist die Risikovermeidung bei verteiltem Risiko. Der Rest ist Intuition und Erfahrung. Als Berufsspieler verachten sie die Glücksspieler wie Weinkenner die Quartalssäufer. Nur Mascha ließen sie gelten, denn Mascha war ein Monument vergangener Spielherrlichkeit, als man sich noch nach Herzenslust ruinieren und in den Kopf schießen konnte, ohne daß einem staatliche Aufpasser und Bedenkenträger in den Arm fielen und therapieren wollten.

Die Testamentseröffnung findet beim Notar in Maschas

Wohnhaus in der Niebuhrstraße statt, und Apollonia schluckt ein schweres Schmerzmittel, so daß ihr gleich schwindlig wird. Hans-Peter Moslhuber alias Boris Popow, der vielfache Millionär, äußert die Befürchtung, daß man vielleicht nur Schulden erben könnte, und erwägt, ob man nicht besser das Erbe ausschlagen solle. Der Notar kann ihn da beruhigen. Die finanziellen Angelegenheiten seiner Mandantin seien trotz ihrer »kostspieligen Angewohnheiten« geordnet. Das heißt: Eine Erbmasse ist vorhanden. Moslhuber atmet auf. Vorab sei er jedoch beauftragt, Apollonia Rabinowitsch einen Brief zu überreichen, den ihm die Verblichene vor zwei Wochen zugeleitet hätte. Zur Enttäuschung der Anwesenden steckt Apollonia den Brief ungelesen ein.

Der Rest der Angelegenheit ist schnell erledigt. Den Familienschmuck erbt Apollonia, und alle Anrechte auf Rückerstattung von Eigentum und Besitz an Häusern, Gütern und Liegenschaften in Rußland sollen, »sobald alte Rechte dort wieder aufleben«, an Hans-Peter Moslhuber übergehen. Moslhuber-Popow zieht ein langes Gesicht. Der Rest des Vermögens aus dem Erlös ihrer drei Berliner Mietshäuser soll krebskranken Kindern in Weißrußland zugute kommen, ebenso wie mögliche Erlöse aus ihren Memoiren, die dem Verleger W. zugegangen seien.

Erst spät am Abend fällt Apollonia der versiegelte Umschlag von Mascha wieder ein. Sicher ist es wegen dieser vermaledeiten Hochzeit, denkt sie sich und fischt das Papier aus dem Umschlag. Es stehen nur drei Worte drauf:

»Geh zum Arzt!«

18. In Moskau trauen sie sich

In einen glühendblauen Berliner Maihimmel steigt ein weißer Airbus 330 nach Moskau. Noch eine elegante Schleife fliegt er um den Funkturm, dann wendet die Maschine die Nase unwiderruflich gen Osten, und einige Minuten später sieht man bereits die polnische Grenze. Und die ist grün mit Fluß in der Mitte.

Jetzt gibt es kein Zurück! Bestimmt haben bei solchen Gedanken christliche Seefahrer ein Kreuz geschlagen. Beate kreuzt nur den Mittelfinger über den Zeigefinger. Anstatt auf schwankende Planken und Sterne am Himmel vertraut Beate auf ihren bundesdeutschen Paß, ihr Rückflugticket und die fünfhundert DeeMark, die ihr Simone gepumpt hat, und schließt die Augen.

In der »Bisnisklas« sitzen gut abgeschirmt lärmende Zecher mit Rülpsgesichtern. Die Stewardessen gucken gequält und halten ängstlich die Vorhänge geschlossen. In der Touristenklasse versucht man mißbilligend, das Treiben in der »Bisnisklas« zu ignorieren, und schaut ab und zu tadelnd auf, tauscht verurteilende Blicke.

Dicht an dicht hocken in der Touristenklasse die graublauen echten »Bisnismeni« mit scharfen Brillen unter harten Stirnen. Die meisten sind über Vertragswerke und Kalkulationen gebeugt und trinken die »Quien of Täbelwoters«.

Beates Vertrag allerdings ist schon unterschrieben. Sie erfüllt ihn jetzt, Erfüllungsort Moskau, Gerichtsstand Berlin. Genaugenommen muß Beate zwei Verträge erfüllen.

Der Vertrag, der ihr am meisten Sorge bereitet, ist der zweite, der beglaubigte »Darsteller-Vertrag«. Darin heißt es, daß jeder Tag, den sie für ihre »Darstellung im Rahmen eines Familienfestes für Sergej Salnikow in Moskau verbringt«, als »Arbeitstag entsprechend einem Drehtag beim Film im Ausland honoriert« wird. Bemessungsgrundlage ist ihre letzte Tagesgage. Das sind tausendsechshundert Mark am Tag und bei drei Tagen macht das dann viertausendachthundert Mark ohne Abzüge zuzüglich einhundertzweiundvierzig Mark Auslandsspesen bei Kostenübernahme für die Unterbringung in einem Hotel der Vier-Sterne-Kategorie.

Vielleicht sollte ich auf die Spesen verzichten, überlegt Beate. Sergej ist schließlich kein Rockefeller und muß auch für sein Geld arbeiten. Andererseits: Wenn man nicht aufpaßt, schießt man sich selbst ins Bein, weil die Leute einen für doof halten, wenn man großzügig ist.

Im Gepäck führt Beate ihre Requisiten mit sich: Brautkleid, Brautschuhe, Brautschmuck und Schleier. Weder Geld noch Ausstattung bereiten ihr echte Sorge, auch nicht ihr Auftritt, denn die Rolle einer liebenden Braut ist fachlich gesehen »eine leichte Fingerübung«, obgleich es keine Regieanweisungen und keinen festen Text gibt; improvisieren, stegreifspielen, ein Profi kann das mit links.

Die Schwachstelle ist Sergej. Er ist nicht nur ein blutiger Laie, sondern auch noch völlig unbegabt, ohne schauspielerischen Ehrgeiz und zusätzlich durch ein schlechtes Gewissen behindert. In seinem Gesicht muß heute »das Licht angehen«, wenn er sie anschaut. Als kleine Eselsbrücke hat sie ihm einen Schauspieler-Trick empfohlen: Er soll an eine Geburtstagstorte für sich mit ganz vielen Kerzen drauf denken. Das bringt den leuchtenden Augenausdruck ins Gesicht. Das Gegenmittel zur »Geburtstagstorte« ist »Brot«. Wer »Brot« sagt, guckt automatisch sorgenvoll aus der Wäsche. Doch das kommt heute nicht in Frage.

Heute sagt Beate um vier »Ja« oder »Da« und schwimmt im Glück, optisch zumindest. »Brot« denkt sie sich da ganz weit weg. Auch Eselsbrücken braucht Beate nicht. Sie muß nur an die vierzehntausendachthundert Mäuse denken, die sie dann im Täschchen hält. Das macht sie glücklich genug.

Ihre Sitznachbarn erlahmen allmählich über ihren Zahlenkolonnen und versuchen, ihr nun durch die scharfen Brillen unter ihren harten Stirnen fade zuzulächeln, als ob sie sich vage an etwas erinnerten, das sich der Zahl entzieht. Beate schließt aber die Augen wieder, anstatt sich dazu hinreißen zu lassen, die Zunge herauszustrecken. Solche Anfälle hat sie gelegentlich.

Dabei fällt ihr der »Gerupfte« ein, dieser alte, geile Promi-Notar, und dieser aberwitzige Termin zur Festlegung des Ehevertrages: »Die Erschienenen zu eins und zu zwei erklären hiermit vom Zeitpunkt der rechtskräftigen Eheschließung an die Gütertrennung und die Aufhebung aller Versorgungs- und Unterhaltsansprüche gegeneinander. Die Parteien schließen jede gegenseitige Haftung für Rechtsgeschäfte aus.«

»Bin ich hier im Bundestag, oder was?« hatte Beate gehöhnt. Plötzlich ist sie da eine »Partei« und Sergej eine andere »Partei«, die sowas wie einen Koalitionsvertrag schließen. Is' doch zum Piepen!

»Die Parteien vereinbaren ferner eine doppelte Haushaltsführung. Jede Partei behält jeweils das ausschließliche Hausrecht und die Schlüsselgewalt über den eigenen Haushalt sowie die Eigentumsrechte daran, ohne daß die Paragraphen X und Y des Ehe- und Familienrechts berührt werden, oder Verpflichtungen gemäß des Paragraphen Z hergeleitet und in Anwendung gebracht werden können ...«

Dieser Gerupfte hatte ihr erklärt, daß das im Klartext heiße, daß damit alle »Ehepflichten« aufgehoben seien, ohne daß die Ehe an sich deshalb für ungültig erklärt werden kann. »Na, wie beruhigend!« nölte die »Erschienene zu eins« angeödet.

»Die Parteien vereinbaren, daß im Falle der Scheidung der Ehe, Herr Sergej Salnikow, der Erschienene zu zwei, sämtliche durch die Scheidung der Ehe entstehenden Kosten trägt, sofern diese Ehe mit der Erschienenen zu eins mindestens drei Jahre Bestand hat.«

Mit anderen Worten: Nach drei Jahren hat Sergej ein Aufenthalts- und Arbeitsrecht erworben. Sie kann gehen, aber er trägt die Kosten ... Daran ist nichts verkehrt!

»Der Erschienene zu zwei, der Bräutigam, zahlt an die Erschienene zu eins, die Braut, eine sogenannte ›Morgengabe‹ in Höhe von zwanzigtausend DeeMark, die nach Ablauf von drei Ehejahren auch nach einer Scheidung nicht rückzahlbar ist. Die ›Morgengabe‹ ist unmittelbar vor der rechtskräftigen Eheschließung an die Braut in DeeMark bar zahlbar.«

Morgengabe ...

Wie man sieht, ist der Brautkauf eine rechtsübliche Sitte mit uralter Tradition, amüsiert sich Beate. Nur ist sie, Beate, heute besser dran als verkaufte Bräute früher. Sie muß den Kaufpreis, die sogenannte Morgengabe, nicht zurückerstatten, wenn's auseinandergeht. Das ist eben Fortschritt.

Für ihre »Pörformänz«, ihren Auftritt als liebende Braut zur überzeugenden Täuschung der Familienmitglieder, mußte ein gesonderter Darsteller-Vertrag geschlossen werden. Damit wollte aber dieser Mutant von einem deutschen Juristen zum federlosen Harzer Roller nichts zu tun haben. Im Zweifelsfall könnte man ihm so eine Mitwisserschaft an einer unrechtmäßigen Handlung, die Betrug und Irreführung der Behörden sei, nachweisen. »So etwas kann ein Notar zwar tun«, gestand er lachend, »aber er dürfte es nicht wissen, vor allem nicht ›nachweislich‹.«

Simone hat Beate den Notar empfohlen, der ihren Ehevertrag mit dem Japaner ausgeheckt hat. Notar Döhring ist seit zwanzig Jahren auf Schein-Ehen aller Art aus »humanitären Gründen« abnonniert. Simone kennt ihn, wie sie sagte, noch aus ihrer »schlechten Zeit«, als sie als »Spezialistin für alternative Überlebenstechniken« unter anderem auch professionell Türken verheiratet hatte.

Für jede gestiftete deutsch-türkische Ehe hatte Simone damals, Anfang der achtziger Jahre, zweitausend Mark Vermittlungsprovision kassiert. Allerdings war der Markt auch noch nicht so entwickelt. Für sogenannte anständige Frauen – also alle, die nicht auf den Strich gingen, an der Nadel oder an der Flasche hingen – waren die »Tarife« noch uninteressant.

Ach, lieber Gott, mach, daß ich es wenigstens halb so gut treffe, wie Simone mit ihrem Gängstero, betet Beate still hinter ihren geschlossenen Lidern und spürt wie die Maschine absackt. »Hals- und Beinbruch« wünscht sie sich und meditiert ein Weilchen darüber, warum diese Formel in Moskau einen so beängstigend makaberen Beigeschmack bekommt.

Der interessanteste Augenblick beim Betreten eines unbekannten Landes ist der erste Schritt auf die Gangway. Nicht jeder kann wie der Papst ein Land lediglich am Geschmack des Bodens wiedererkennen. Beate kann das aber am Geruch. China riecht nach Mottenkugeln, Räucherstäbchen, Soja und einer Spur Jasmin; Indien riecht nach Mottenkugeln, Fäkalien, Curry und Fraghi-Paghi-Blüten; England riecht nach Chlor, Fish & Chips, schalem Tee; Italien riecht nach Rosmarin, Espresso und Kakerlakengift ... und hier, hier in Moskau riecht es ... das kennt sie ... aber vorher? Es riecht wieder nach »Osten«!

Wie »Osten« riecht, diese sorglose Mischung aus Ofenmief, den blauen Abgasen von Blei-Benzin, hartem Desinfektionsmittel, altem Bratenfett und Verwahrlosung, das hatte sie fast vergessen. Sie schnüffelt noch einmal nach. Da liegen noch ein bis zwei Gerüche drüber: Ambra und Rose. Nein, nicht Rose, korrigiert sie sich. Das ist was anderes ... hm, hm ... hm ... Klettenwurzelöl! Sie ist noch unentschieden, ob sie Osten-DeeDee-Err-pur oder Osten-russisch-süß besser finden soll.

Sie weiß nur, daß der Geruch für sie in der DeeDeeErr oft zur Folter wurde, zur unüberwindlichen Schranke an Eingängen zu DeeDeeErr-Gaststätten etwa. Regelmäßig prallte sie damals an den Eingangstüren der Raststätten ab, weil der Geruch von Ostkippen, wrasigen Essensgerüchen, die in der Hauptsache aus Kohl und altem Bratfett bestanden, dumpfen Bierschwaden, dem Schmuddelgeruch von dahinwesenden alten Wischlappen und abgestandenem Spülicht sie würgte, bis ihr die Knie zitterten.

Horst nannte sie »geruchshysterisch«. Davon wurde es aber auch nicht besser.

Der Geruch ist kein gutes Omen, urteilt Beate, und ihre labile Stimmung sackt ab. Mit Recht, wie sich fünfzehn Minuten später herausstellt: Der Koffer mit dem Brautkleid und allem Hochzeitskrimskrams ist weg! Die Fluggesellschaft garantiert stolz, daß sie den Koffer innerhalb von vierundzwanzig Stunden in ihr Moskauer Hotel schicken wird.

»Und wie soll ich *heute* nachmittag um *vier* ohne Brautkleid heiraten?« fragt sie am Lufthansa-Schalter.

Auf Kosten der Fluggesellschaft könne sie sich ein neues Brautkleid kaufen und die Rechnung einschicken, wird ihr servicefreundlich mitgeteilt.

»Ich hab' aber nur fünfhundert DeeMark dabei.«

»Alle Geschäfte nehmen hier Kreditkarten«, tröstet man sie mit dem »Kann-ich-Ihnen-helfen«-Lächeln, in das sie schon lange mal dreinschlagen wollte.

»Na, da bin ich ja beruhigt!« versetzt Beate schnippisch. *Kreditkarten!*

Weder Sergej noch Victor sind weit und breit in Sicht. Mittlerweile ist sie »tierisch« sauer und gibt ihnen noch genau fünfzehn Minuten. Sonst fliegt sie gleich mit der Gegenmaschine zurück. Da kennt sie nichts!

Gnädigerweise läßt man sie telefonieren, da sieht sie Victor durch die Halle hetzen. Er kommt allein. Aus irgendeinem Grund ist Beate darüber verstimmt. Wenigstens der Form halber hätte Sergej sie abholen müssen, findet sie. Das sind alles keine guten Vorzeichen!

Der Verlust des Brautkleides und des ganzen bräutlichen Zaumzeugs versetzt Victor unverzüglich in einen Telefontaumel noch mitten in der Flughalle. Er fragt nach ihrer Kleidergröße. Beate reagiert pikiert: »Sechsunddreißig, das sieht man doch!« Fünf Wochen hat sie auf dieses Ziel zu gehungert!

Victors Telefonat scheint etwas ausfallend zu werden, jedenfalls regt er sich wahnsinnig auf.

»Sechsundreißig gibt es nicht!«

»Dann nehme ich eben ein Laken, was soll's ? *Meine* Hochzeit ist es ja nicht ...« Ihre Antwort klingt etwas irre, nur kann sie nicht gleich ausmachen, ob Teil eins oder Teil zwei ...

»Schuhgröße?« will Victor wissen.

»Waaas?« Beates Ohren sind noch flugtaub.

»Schuuuhgröße!«

»Sechsunddreißig!«

Victor guckt auf ihre Füße und starrt sie dann vorwurfsvoll an. Eine Mannschaft von Basketballern hat offenbar Angst, ihren Flug zu verpassen, und drei Dutzend Zwei-Meter-Männer in blauweißen Trainingsanzügen rennen Beate und Victor in einer Art Herden-Panik fast über den Haufen.

Victors Gesicht hat sich inzwischen von wachsbleich auf tomatenrot verfärbt und er blafft Beate an: »Schuhgröße sechsunddreißig ist hier sehr unüblich!«

»Ich hab aber keine anderen Füße!«

Nein, er habe *keine* chinesische Braut, brüllt Victor zornig ins Händie. Man solle sich etwas einfallen lassen. Er sei immerhin ein enger Freund von *Alexej*! Das scheint Eindruck zu machen. Aber mehr auch nicht.

Verstimmt zotteln sie Beates Restgepäck zum Auto. Im Auto schiebt Victor Klaviermusik von Debussy in den Recorder und verkündet, daß in etwa zwei Stunden Brautkleider und Zubehör ins Hotel geschickt werden, sie solle sich bereithalten und das entsprechende auswählen. Dann schweigt er verdrossen. Beate ist auch nicht auf Konversation erpicht. Sicher hat Claude Debussy im Moskauer Straßenverkehr nie aufmerksamere Zuhörer gefunden.

Das Hotel sieht aus wie frisch aus der Retorte, eine brandneue gesichtslose Bettenburg, die mit viel Glas, Chrom, genormtem Chichi, nachgemachtem Mahagoni und Marmor und großgemustertem Teppichboden, auf dem man seekrank wird, ebenso in Aachen, Rochester, Kyoto oder Veracruz mittelständischen Gemütern »Große Welt« vorgaukeln könnte. Alles andere ist wie immer und überall, ob in Rio oder Riesa standardisiert, globalisiert. Nur am Briefpapier erkennt man, wo man sich gerade befindet.

Beate hat das Zimmer 3436 im dritten Stock. Das Fenster weist auf einen Platz, dessen Namen sie nicht lesen kann. Sie legt sich aufs Bett, schaltet erst einmal den Fernseher durch. Auf CNN steht Christiane Anampour mal wieder vor den Pyramiden am Nil und Peter Arnett in Bagdad auf dem Dach seines Hotels. Es fliegen Raketen am grünen Abendhimmel herum. Golfkrieg als Wiederholung.

Keine Erdnüßchen, keine Flips, keine Salzstangen, keine Bifis, kein Mars, kein Snickers, kein Raider! befiehlt sie sich beim Durchstöbern der Minibar, aber gestattet sich nach strenger Kalorienkontrolle den Tropentrank mit neunundvierzig Kalorien auf hundert Gramm. Wann hat sie eigentlich das letzte Mal dreiundfünfzig Kilo gewogen? Mit achtzehn? Mit siebzehn?

Endlich melden sich die Brautausstatter. Aus dem Lastenfahrstuhl zerren sie eine Kleiderstange mit Hochzeitsroben hinter sich her und zwei Sackkarren mit Kisten und Kästen. Was 'n Auftrieb! Beate ist beeindruckt.

Die Kleider findet Beate allesamt ätzend. Aber auch das verlorengegangene Brautkleid von Apollonia war ätzend, denn Brautkleider sind grundsätzlich ätzend! findet sie. Es geht hier aber um eine Rolle in einem russischen Stück, ruft sie sich zur Ordnung.

Folgerichtig verkleidet sie sich zu einer Märchenprinzessin, »Schneewittchen foa äwär« ist ihre Standardnummer: weißes Samtbändchen mit rosa Röschen im schwarzen Haar, Rokokokleid mit Rosen und Spitzenmieder. Wer sagt hier zu türkisch?!

Die beiden Näherinnen bauen vor Rührung dicht am Wasser und lassen sich wie in alten russischen Romanen mit Zigaretten und süßem Tee bewirten. Sie raffen hier, sticheln dort, kürzen, säumen.

In die Brautschuhe der Größe siebenunddreißig stopft Beate Seidenpapier, so wie sie es bei den Models auf Modenschauen gesehen hat. Der Rest der Kledasche wird abgefahren. Auf wundersame Weise scheint sich in Rußland das Chaos wechselseitig aufzuheben, denn der »blind« gelieferte Brautstrauß sieht tatsächlich so aus, als hätte man ihn nach dem Kleid angefertigt. Das wiederum ist ein gutes Zeichen, tröstet sie sich.

Pünktlich um drei Uhr dreißig klopft Victor und sagt außer »Sind wir soweit?« gar nichts. Debussy und Schweigen im Auto, auch wenn inzwischen Betrunkene wie Fallobst vor die Räder rollen. Davon bekommt Beate nichts mit, denn sie hat den Blick nach innen gekehrt, wie immer vor einem Auftritt. Erst als Victor eine Auffahrt nimmt und bremst, schaltet sie wieder auf Empfang.

Sie halten vor einem Zuckerbäckerbau aus Größenwahn und Bröselzement, zu dem endlose Freitreppen führen. Wie Myriaden von Kohlweißlingen umflattern Bräute die stalinistische Kleckerburg in allen nur erdenklichen Variationen weißer oder cremefarbener Schleppen, Spitzen, Schleifen, Rüschen, Schleiern aus Seide, Taft, Atlas, Batist, Viskose, Tüll, Kunststoff, Polyester, Acryl und Elastan mit Stretch, bestickt mit Perlen, Blumen, Federn oder Straß. Die Angehörigen der schlohweiß bis cremefarbenen voranwehenden Bräute folgen hinterdrein wie ein Volk seiner Bienenkönigin.

Beate hat ihre Gefolgschaft schon ausfindig gemacht. Inmitten der Seinen ragt Sergej im Cut stocksteif wie ein zum Tode Verurteilter auf, der in Würde auf der Richtstatt abgehen will. Eine unangenehme Vorahnung beschleicht Beate, aber sie legt sie zur Seite. Hin und her gerissen zwischen Neugier und gespreizter Feierlichkeit wogt der Clan der Salnikows um die schwarze Mercedes-Limousine.

Victor wieselt um den Wagen herum, reißt den Schlag auf und ergreift Beates behandschuhte Hand. Mit unschuldig gesenktem Blick tritt sie ihrem Publikum entgegen. Die falsche Wahlverwandtschaft macht erwartungsgemäß »Ahh« und »Ohh«. Aber wirklich hingerissen sind alle, als Beate zu einem bodentiefen Knicks wie eine Märchenprinzessin vor den königlichen Schwiegereltern niedersinkt und von der Schwiegermutter schluchzend ans fettgepolsterte Herz gedrückt wird. Victor muß zugeben, daß Beate ihre Sache wirklich hervorragend macht. Er selbst kann kaum glauben, daß sie nur spielt. Dieses Asphaltgewächs, sieh 'mal einer an!

Der allgegenwärtige Camcorder läuft. Beate ist schockiert: An einen Camcorder hatte sie bei ihren Vorbereitungen gar nicht gedacht, und keiner hat ihr Bescheid gesagt. Zum Glück nicht. Sie wäre in Panik geraten. Die Kamera sieht nämlich alles, jeden falschen Wimpernschlag, jede Unstimmigkeit wird wie mit einer Riesenlupe für alle sichtbar, sorgt sie sich, nur Sergej glotzt weiter teilnahmslos vor sich hin. Da hilft nur eins, beschließt Beate: Sie muß Sergej nun vollkommen gegen die Wand spielen, jede Aufmerksamkeit von ihm ablenken.

Nur mit dem allerengsten Familienkreis von lediglich sechzig Personen hält Beate strahlend wie eine Lichtmeßkönigin an Victors Arm Einzug in den Hochzeitspalast. Selbst Passanten bleiben stehen und applaudieren. Beate fällt ein Stein vom Herzen.

Das Foyer mit dem Treppenhaus ist eine schwindelerregende Mischung aus byzantinischem Repräsentationspomp, kommunistischem Proletkult und Diktatorenwahn aus den frühen fünfziger Jahren. Eine gigantische Leninbüste aus Bronze weist darauf hin, daß das Haus früher zur KPdSU oder zum Komsomol gehört haben muß, vielleicht gar als Gewerkschaftspalast diente, möglicherweise aber auch schon immer ein »Hochzeitspalast« war, wer weiß? Wenn sie kyrillische Buchstaben lesen könnte, wüßte sie mehr, aber keiner erklärt ihr etwas. Irgendwo läuft nun ein leierndes Endlosband mit den drei populärsten Hochzeitsmärschen.

Im Vorraum zum Hochzeitssaal II zupft Beate Victor am Ärmel und erinnert an den substantiellen Teil der Zeremonie, an ihr Geld. Victor gibt irgendeine Erklärung auf russisch ab und führt das Paar mit sich zu einer etwas abgelegenen Ecke, dort wo sich gerade ein Uniformierter unbeobachtet genug fühlt, um sich ganz ungeniert im Schritt zu kratzen und eine Putzfrau mit proletarischer Würde aufreizend langsam einen Müllsack hinter sich her zerrt. Sie macht scheele Augen, denn sie hat ausländisches Geld in Victors Hand gesehen.

Fünfzehntausend Deutsche Mark zählt Victor Beate auf die Hand, während Sergej mit leerem Blick den Brautstrauß hält und schmale Lippen kriegt. Beate quittiert, Sergej zeichnet gegen und Beate merkt erst jetzt und viel zu spät, daß ihr ein wichtiges Requisit fehlt und jetzt wahrscheinlich zwischen Frankfurt und St. Petersburg herumfliegt: das zierliche weiße Beutelchen aus Atlasseide mit großem Fassungsvermögen fürs bräutliche Handgelenk! Denn nicht nur Totenhemden, sondern auch Brautkleider haben keine Taschen.

Am anderen Ende des Flures winkt man ihnen schon heftig zu, sich zu beeilen. Wohin mit dem Geld? Man klappt bereits die Flügeltüren zum Hochzeitszimmer auf. Wohin mit dem Geld? Sie müssen Aufstellung nehmen ... Aber wohin mit der Kohle? Kurzentschlossen stopft sich Beate die Geldscheine hastig in den Kleiderausschnitt. Sergej reicht ihr mit säuerlicher Miene den Arm.

Die Glückseligkeitsmaschine springt bei Beate sofort wieder an, und sie flüstert Sergej noch im Singsang verliebter Tonfolgen durch die Zähne zu: »Denk jetzt immer an die Geburtstagstorte mit ganz, ganz vielen Kerzen ... alle für dich ... ganz, ganz viele *Kerzen* ...«

Als Antwort glaubt sie sowas wie »Quatsch!« zu hören, kann aber auch ein ähnlich lautender russischer Fluch gewesen sein. Wenn nur diese Geldscheine nicht so pieken würden, verdammt! Beate ruckelt an ihrem Mieder herum. Es wird aber nur noch schlimmer.

19. Der wahre »Mahster off sie Junivörs«

Horst ist kein Nachtmensch und normalerweise geht er auch morgens um vier nicht ans Telefon. Nur war der Anrufbeantworter nicht eingeschaltet, und es klingelte dreimal hintereinander durch. Das holt selbst den Nervenstärksten aus dem Tiefschlaf. Schlaftrunken stolpert Horst deshalb quer durch die dämmrige Wohnung, sucht den kabellosen Hörer, der sich zwischen den Sofapolstern versteckt hat, und knurrt grantig in die aufgeklappte Sprechkonsole: »Was'n los?«

Es ist Beate aus Moskau, und es hört sich extrem ungut an. Beate telefoniert aus einem Moskauer Badezimmer. Das klingt nicht nur ziemlich gekachelt, sondem auch recht hysterisch. Außerdem wummert jemand heftig von außen gegen die Badezimmertür und macht ein wüstes Geschrei. Russisch!

»Nach Ruhmsörviß hört sich das auch nicht an«, findet Horst. So etwas ist schon »kraß« und nicht bloß »ungut«! Soweit er ihrem überstürzt sprudelnden Redefluß folgen kann, hat das mit dem Geld wohl alles nichts zu tun. Das sei schon glattgegangen, aber... Nun sitzt dieser Sergej bei ihr im Zimmer fest und kann nicht weg. Unten an der Bar hocken die Reste der Hochzeitsgesellschaft und Sergej, dieser falsche Freier, kann da nicht ungesehen vorbei. Normalerweise würde Horst sich darüber »bepfeifen«, wenn er nicht so müde wäre und Beates Ton nicht so tragisch.

Bei einer *echten* Hochzeit haut ein Ehemann in der Hochzeitsnacht ja schon mal ab, gibt sie zu. Nur bei einer so aufwendig getürkten Ehe wär' sowas ausgesprochen *kontraproduktiv.*

»Wozu hab' ich mich wohl so angestrengt, wenn man die Braut vor aller Augen beim Honigmond allein versauern läßt? Da werden Leute neugierig und stellen sich Fragen ... Und genau das können wir nicht brauchen!« In diesem Punkt waren sich auch Sergej und Beate einig.

»Trotzdem ist dit keen Grund, jemanden in Berlin aus'n Schlaf zu klingeln«, nörgelt Horst verschlafen, worauf Beates Stimme gleich wieder überkippt.

»Biste waahhnsinnig?!?« Aus Sicherheitsgründen sind im Hotel nachts die Garage und der Dienstboteneingang nur mit Code-Karten begehbar, erklärt sie Horst unbeirrbar weiter. Sergej besitzt natürlich nichts dergleichen, also mußte er zurück zu Beate ins Zimmer und abwarten. Warum denn nicht? Irgendwann müssen ja auch mal die letzten feiernden Familienmitglieder müde werden und heimgehen.

»Na, also!« Horst will gerade Anlauf zu Gute-Nacht-Schlafschön nehmen, wird aber gestoppt.

»Aber nu' kommt der *Überhammer*!« kreischt Beate mit überschlagender Stimme in Horsts müdes Ohr. »In meinem Badezimmer hat nämlich stinkwütend Sergejs Olle, diese Larissa, gelauert und macht jetzt tierischen Streß! Die ist vollkommen durchgeknallt, Mann!«

»Und warum schmeißte se nich' raus?« fragt Horst gähnend.

Soweit er dann mitkriegt, ist diese Larissa auf Beates Theater von der verknallten Braut »voll abgefahren« und nun felsenfest davon überzeugt, daß Sergej und Beate »etwas miteinander hätten«, und sie nun »tierisch ablinken« und«abservieren« wollen.

»Aha! » brabbelt Horst matt.

Zu allem Unglück platzte Larissa wohl gerade vom Bad ins Zimmer, als Sergej es sich wegen der Wartezeit etwas auf dem Bett bequem machen wollte: Schuhe aus, Würger ab, Hosenbund auf. Beate stieg gerade aus dem Brautkleid.

Hat die 'n schlimmen Spätfilm gesehen, oder was? fragt sich Horst langsam, denn die Schtorie ähnelt immer stärker einem grellen Streifen mit Meg Ryan und Tom Hanks.

»Das ist längst nicht alles!« schreit Beate so laut, als müsse sie zweitausend Kilometer weit brüllen. »Larissa faselte plötzlich was von *Belastungsmaterial*, die Verträge, Fotos, Quittungen, und nu' erpreßt die Sergej und mich ... daß, wenn ...«

An den Rest kann sich Horst beim besten Willen nicht mehr erinnern. Also entweder hat er nur schlecht geträumt und ist dann aufgewacht, oder aber diese wüste Schtorie ist wirklich passiert? Auf jeden Fall ist er wieder eingeschlafen, mit dem Telefon am Ohr. Das Telefonat muß also wirklich stattgefunden haben.

Um fünf Uhr ist er dann von dem pumpenden Baß eines Auto-HaiFai auf der Straße aufgewacht ... Gestörter Nachtschlaf ist eben mies, Unterkante! Aber wenn er nun schon mal so früh auf ist, dann kann er auch gleich aufstehen und um den Schlachtensee hotten, so drei Runden zum Aufwachen, dann duschen und ab zum Frühstück ins »Larifari«. Wenn er sich dann nicht festquatscht, könnte er gleich die Papiere für die Gesellschaftgründung aus dem Computer laufen lassen.

»It's gohing tuh bih äh wandärfull däi! Jääh!« Horst fühlt es bis in die Zehnägel: Heute ist er knallpositiv drauf! Doktor Murphy, ich komme!

Das morgendliche Berlin ist bereits in Gold getunkt, als Horst vor die Haustür tritt. Die angeschickerten Nachteulen mit den internationalen Schnapsfahnen werden an den Uh-Bahn-Schächten bereits von den ersten geschäftigen Aktentaschenträgern mit nachtschweren Augen und Rasierschaum am Ohr überholt.

Nachtmenschen und Tagmenschen mögen einander nicht besonders. Jeden Morgen begegnen sie sich auf den Bahnsteigen und an den Haltestellen wie zwei feindliche Stämme und belauern sich mit demonstrativ feindseligen, verächtlichen Blicken, immer bereit, sofort eine Runde Verbaldynamit zu tauschen.

Die Es- und Uh-Bahnfahrer mit ihren »negativen, aggressiven Waibräischäns« läßt Horst sowieso links liegen und rast über leere Straßen der Sonne entgegen.

Ob Beate vielleicht Hilfe braucht? fällt ihm ein. Aber wie

kann er ihr schon von *hier aus* helfen? Außerdem ist sie volljährig und hat sich auf die Sache auch ohne seinen Rat eingelassen. Dann muß sie auch sehen, wie sie da wieder rauskommt! Und wenn sie morgen nicht zurück ist? Tja ... Horst schiebt diesen Gedanken zur Seite.

Dann überläßt er seinem Körper auch die Regie im Kopf und lauscht auf seinen hämmernden Puls im Schädel. Wenn man sich auf sonst nichts in der Welt mehr verlassen kann, dann beruhigen die funktionstüchtigen Geräusche eines intakten Körpers die flatternden Nerven und sagen dem Inhaber: »Du bist okäi, Mann!« Sis is se Mässätsch off Fitness!

Horsts Instinkt für Glück hat wieder einmal funktioniert. Heute landet »se inkrädibbil Horst Dretzke« den Hit seines Lebens, yähh!! Er bringt seine maroden Immobilien zum *Nennwert* in eine Gesellschaft mit beschränkter Haftung ein und erwirbt damit fünfzehn Prozent der Geschäftsanteile. Seine Mitgesellschafter Ismail Achmetow und Dr.-Ing. Karlheinz Büssow haben ihn zum Geschäftsführer bestellt. Horst Dretzke ist wieder im Spiel!

Wenn Freude Hände hätte, würden sie sich die jetzt reiben oder Beifall klatschen. Horst macht an der Liegewiese Schattenboxen gegen grünschillernde Schmeißfliegen. Beseelt legt er dann einen höheren Gang ein und zieht für seine Statur erstaunlich leichtfüßig an drei frühen Schlachtensee-Umrundern vorbei. Frustriert glotzen sie ihm nach.

Der Japaner will nur noch in seriöse Geschäfte investieren. Das heißt in alles, was sich unterhalb von Bankraub, Betrug, Fälschung und Erpressung abspielt. Es hat nicht lange gedauert, bis der steckbrieflich gesuchte Ausrüster der tschetschenischen Rebellenarmee geschnallt hat, daß man in Deutschland mehr Geld mit Müll als im Kaukasus oder auf dem Balkan mit Waffen verdienen kann. »In diesem Land ist Scheiße reines Gold!«

In Seelow hat Ismail ein Müllentsorgungs- und Recyclingunternehmen aufgekauft und »Ost-Heinzi«, der zu DeeDeeErr-Zeiten Projektleiter für zwei Kraftwerke war, ist jetzt Ismails

Geschäftsführer und Technischer Leiter. 'n dolles Gespann! Horst kam ihnen wie gerufen, denn zum einen liegt sein Gelände günstig in Autobahnnähe und hat einen Gleisanschluß, zum anderen mußte noch die »Oeko-Transfer GmbH«, die Sonderabfall zu den Vertragsdeponien nach Kasachstan und Usbekistan transportieren soll, gegründet werden und brauchte einen Geschäftsführer. Das ist Horst jetzt.

Ein Heidengeld werden sie verdienen! Der Gäck ist, daß die »Natur-Recycling und Analyse GmbH & Co KG, mit »Ost-Heinzi« als Chef, der Tochtergesellschaft »Oeko-Transfer GmbH« für Horsts eingebrachtes Gewerbegelände die ersehnte Umwelt-Unbedenklichkeitsbescheinigung ausstellen kann, ja sogar ausstellen muß (!), um über das Umweltamt eine Ausnahmegenehmigung zur Verarbeitung von »chemischen Zwischenprodukten« zu erhalten. So können sie jetzt den Giftmüll als »chemisches Zwischenprodukt« völlig legal auf einem aktenmäßig ökologisch »reinem« Gelände »zwischenlagern«.

Dr.-Ing. Karlheinz Büssow, alias »Ost-Heinzi«, hat das mit dem Vater der Umweltamtsleiterin, seinem Sangesbruder Richard Gröhnke vom Männergesangsverein »Liederkranz 1871«, unbürokratisch an der sonntäglichen Kaffeetafel in Büssows Guter Stube ausgeheckt. Gröhnke hält jetzt über einen unverdächtigen Treuhänder fünf Prozent der Gesellschafteranteile, und der Neffe bekommt einen Posten nebst Fünfer BeeEmWee Dienstwagen bei der Oeko-Transfer GmbH. Es hat sich wieder einmal für alle gelohnt. Das sind immer die besten Geschäfte.

Schweißtriefend kehrt Horst zum Wagen zurück und schiebt die mental-so-positive Musik von Andreas Vollenweider in den Pläier. Das sphärische Pling-Pling-Pling hält seine Seele rein wie Domestos pur. In diesem Geisteszustand, ganz rein, entspannt und positiv, will er bis zum Däit mit seinen Mitgesellschaftern bleiben.

In seiner Armani-Klamotte ist Horst am frühen Morgen der schärfste Typ dauntaun. Die bekannten Gesichter nicken anerkennend und pfeifen durch die Zähne.

»Ächt uff Angriff frisiert, der Mann!« staunt der Thekenknecht.

Die Besatzung im »Larifari« ist schon seit fünfe komplett. Nähmaschinen-Günther, Hunde-Müller und Tunnel-Udo würfeln an der Theke eine Endrunde Chicago um fünfhundert Mark. Tunnel-Udo liegt wie immer weit vorn.

Nähmaschinen-Günther heißt seit fünfzehn Jahren so, weil er mal anstatt Bargeld nur einen Posten Nähmaschinen für eine Spielschuld eintreiben konnte. Jahrelang wollte er dann allen Mädels in den Kneipen rund um den Olivaer Platz die Nähmaschinen andrehen, die in seinem Keller vor sich hin rosteten.

Hunde-Müller ist selbstberufener Hundefachmann, erzieht gegen Gage Hunde und betreibt in seiner Wohnlaube in Siemensstadt für werktätige Hundebesitzer eine »Hundetagesstätte«. Seine Töle hört auf den Namen »Ella Fitzgerald«, säuft aus dem Ascher ein halbes Pils und bellt den Kellner nach 'nem zweiten Bier an. »Bring' doch noch mal so 'ne Pfütze für det Tier!« pflaumt Hunde-Müller den Barmann an.

Tunnel-Udo ist wirklich prominent. Er war früher renommierter Fluchthelfer und hat den legendären Fluchttunnel unter der Mauer gebuddelt. War damals der Knaller, stand in allen Zeitungen und war im Fernsehen, früher.

»Das ist jetzt so weit weg, wie ein vergangenes Leben«, sinniert Tunnel-Udo, denn ab fünf Uhr morgens kriegt er immer 'nen Moralischen. Seine Spezialität waren aber mehr die Fluchten mit falschen, geklauten Pässen und im Kofferraum von afrikanischen und nahöstlichen Diplomatenautos. Alles klassische Gegengeschäfte. Heute »verfahren« sich bei ihm nur noch ab-und-zu 'n paar LKWs mit einigen Millionen Zigaretten. Darum saß er unlängst auch für drei Jahre »Innen«, in seinem »Büro«. Damit meint er die Justizvollzugsanstalt-Tegel, den Knast.

Ansonsten schaufeln um diese Zeit im »Larifari« die »Hartgeld-Loddel« und »Diedschäis« aus den »amtlichen« Diskotheken gigantische Bauernfrühstücke und Stramme Mäxe in sich rein, während in den Ahornbäumen auf dem Ku-Damm die Amseln und Mauersegler gegen den aufbrandenden Verkehr anschreien und auf die gelbweißen Sonnenschirme kacken.

Tunnel-Udo, Hunde-Müller und Nähmaschinen-Günther nötigen Horst, sich zu ihnen zu setzen. Ob er noch eine »Spezialversicherung« für'n alten Kumpel hätte, will Nähmaschinen-Günther wissen und winkt mit seinem Koks-Löffel, dem schwarzlackierten, überlangen Fingernagel am linken kleinen Finger. Horst grinst gutmütig und wischt die Frage mit seiner Alles-paletti-haben-wir-doch-nicht-nötig-Geste weg.

»Was weiß man eigentlich über ›Ost-Heinzi‹?« fragt Horst, während er so tut, als ob er mit seinen alten Kumpels einfach nur herumblödelt. Um die ganze Welt soll der Typ mit der Familie gefahren sein und in Florida ein Haus haben, wo er den Winter über ist. »Für'n Ossi 'ne reichlich breite Spur!«

»Kunststück: Der hatte 'ne Tante in Koblenz beerbt, Bauunternehmerswitwe, Bau von Alten- und Pflegeheimen ...« Die müssen Kohle bis zum Abwinken geschaufelt haben, denn immerhin zeichnet »Ost-Heinzi« für die Firma mit fünf Millionen. Wahrscheinlich hat er dann auch auf sein Haus in Petershagen bei Strausberg eine Hypothek aufgenommen ... Da sieht man's mal wieder: Während wir denen fleißig Ostpakete mit Kaffee und Persil geschickt hatten, haben die sich die super-geilen Immobilien für'n Appel und 'n Ei unter den Nagel gerissen ... So sieht's doch aus!

Horst schluckt mit einem Happen Champignon-Omelette seinen alten Ost-Hader hinunter. Dr. Murphy sagt, Ärger macht negativ und erfolglos, und Mißerfolg macht dick. Also Schluß mit negativ!

Pünktlich um neun gründen die drei Gesellschafter Horst, Ismail und Karlheinz beim Notar Dr. Esswein senior die »Oeko-Transfer Gesellschaft mit beschränkter Haftung«, und Horst wird als Geschäftsführer eingesetzt. In acht Wochen soll die Gesellschaft »arbeiten« ...

Damit hatte Horst nicht gerechnet, denn das heißt ja, daß er erst in *zwölf* Wochen das erste Geld sehen würde. Mies, Unterkante! Er hat jetzt schon keine müde Mark mehr auf der Faust. Im Geiste tastet er alle Möglichkeiten einer »Zwischenfinanzierung« ab und findet keine. Um Vorschuß betteln, ist unkuhl. Fällt flach.

Von »Ost-Heinzi« läßt er sich nach Hause einladen. Roswitha Büssow, »Ost-Heinzis« Frau, macht Sauerbraten mit Rotkohl und Klößen, ernährungswissenschaftlich natürlich das reine Gift! Angesichts des Büssowschen Hauses bei Strausberg, das sich vor ähnlichen »Hütten« im Grunewald nicht verstecken muß, kriegt Horst fünf-Mark-große Augen und rechnet im Kopf schon mal nach. Hier wurde nich' uff Sonderangebote geachtet. Nee! Grundstück und Haus über den Daumen gepeilt: zwei Millionen ... Grobe Schätzung, ... eher mehr. Mit Doktor Murphy im Kopf kämpft Horst wieder Bitterkeit nieder, und Roswitha Büssow hilft ihm dabei.

Roswitha Büssow ist das, was man eine »patente Frau« nennt, etwas übergewichtig, zupackend und mit lachenden Augen. Beim VEB-Fortschritt war sie früher Dispatcherin. Sie gehört zu den Ost-Frauen, die ihrer verlorenen Berufstätigkeit keine Träne nachweinen. Mit breitem Grinsen hantiert sie an einer Champagnerflasche herum, bis »Ost-Heinzi« sie ihr entwindet und den Korken knallen läßt.

»Hoch die Tassen!« verkündet Dr.-Ing. Büssow.

Horst will sich dem nicht entziehen, denn sein Anliegen wird durch Alkohol begünstigt, glaubt er. Worin die Gelegenheit, auf die er wartet, bestünde, weiß er noch nicht, aber er wird sie nutzen, das weiß er. Auf jeden Fall muß hier bald ein schneller »Käsch flou« rausschauen. Horst macht den zögerlichen Trinker, was Karlheinz Büssow nicht entgeht.

»Eine kampfstarke Leber war die Voraussetzung zu jedem Abschluß in der EsUh«, belehrt er Horst.

Vor der Wende war Dr.-Ing. Karlheinz Büssow Projektleiter im größten Energiekombinat der DeeDeeErr. Doch mit der

Wende hat offenbar auch die Kampfkraft der Büssowschen Leber nachgelassen, denn recht bald nach der dritten Flasche kommt er in die Phase der törichten Geständnisse.

Möglicherweise war das auch nicht so töricht, wie es vielleicht scheinen sollte. Vielleicht war es ganz einfach Kalkül. Dieser Gedanke kommt Horst aber erst nach Büssows Beichte, als ihm klar wird, daß »Ost-Heinzi« der *wahre* »Mahster off sie Junivörs« ist!

Noch Stunden später auf der Autobahn kann Horst es nicht fassen. Diese »Ost-Birne« ist der ausgekochteste Hund, der ihm je über den Weg gelaufen ist! Nur mal nebenbei bemerkt: Geerbt hat Karlheinz Büssow auch. Allerdings – und das war das wichtigste für ihn – bestand das Erbe aus »verlustvortragsreifen Verbindlichkeiten«.

Als Projektleiter zweier im Bau befindlicher Kraftwerke war Dr. Büssow für das ganze Projekt verantwortlich, auch für die Abwicklung der Geschäfte mit West-Lieferanten. Die Turbinen, die gesamte computergestützte Meß- und Steuerungstechnik und vieles andere mehr wurden aus dem KaAh, dem Westen, geliefert. Anders als mit dem westlichen Normalbürger mußte die DeeDeeErr mit den Westfirmen die Westmark zu ihrem Marktwert zur Ostmark abrechnen. Nur durfte man das nicht so nennen. Man sprach wolkig von einem »Umrechnungskoeffizienten«, und der lag bei vier Komma acht Ostmark zu einer Westmark. Siemens, AEG, BBC und Philipps verschenken schließlich nichts.

Die erforderlichen Westwaren für das Kraftwerk kosteten einhundertzwanzig Millionen DeeEm, Westgeld. Folglich mußten dafür vier Komma acht mal mehr Ostmark, das heißt genau: fünfhundertsechsundsiebzig Millionen Ostmark, bereitgestellt werden. Das Werk hatte absolute Priorität im Plan. Das Geld war darum sofort da.

Dann kam die Wende und die Währungsunion. Zum Kurs von 1:2 wurden aus den fünfhundertsechsundsiebzig Millionen

Ostmark zweihundertachtundachtzig Millionen DeeMark. Die Verbindlichkeiten mit den Westfirmen betrugen jedoch unverändert einhundertzwanzig Millionen DeeMark.

Gerade zu dieser Zeit plagten aber Dr.-Ing. Karlheinz Büssow schwere Existenzsorgen. Inzwischen war es nämlich beschlossene Sache, daß er mit seinen sechsundfünfzig Jahren den Anforderungen der Marktwirtschaft nicht mehr gewachsen sein sollte, denn er gehörte weder zur Seilschaft der ehemaligen EsEhDee-Kader, die sich gegenseitig die Posten zuschoben, noch zu einer Kirche, Gewerkschaft oder Blockflötenpartei, die schützend die Hände über ihn gehalten hätte. Seinen Nachfolger, einen vierunddreißigjährigen Schnösel mit einem abgeschlossenen Betriebswirtschaftsstudium aus Münster mußte er bereits einarbeiten. Der Mann hatte zwar keine Berufserfahrung, aber dafür einen Schwager bei der Treuhand. Und das war fast so gut wie ein Parteibuch.

Nur war Karlheinz nie ein Typ, der sich einfach zur Seite schubsen ließ. Der Projektleiter Büssow mußte sich auch nicht beweisen, daß er manns genug war, die kruden Mysterien des Marktes und der Kapitalwirtschaft verstehen und anwenden zu können. Das tat er schon immer und meistens stand er dabei sogar zwischen zwei Feuern: hier die Ökonomie und Machbarkeit und dort Staat und Partei. Nein, dem Doktor Ing. Karlheinz Büssow ging das Ganze an die Ehre: Das wollen wir doch mal sehen: Wer hier wen?!

Zehn Wochen vor seiner Verabschiedung in den kränkend frühen vorgezogenen Ruhestand schickte Karlheinz Büssow eine Aktennotiz an den VEB-Außenhandel-Technik mit der dreizeiligen Anweisung, die noch offenen Devisenverbindlichkeiten über die »Ost-West-Clearing GmbH« abzurechnen. Diese Firma verfüge über das gesamte neue buchhalterische »Nouhau«, »EehDeeVau« und rechne dann mit allen anderen Partnern auch mit dem Fiskus ab. Belege werden allen Seiten sofort nach Abwicklung zugeleitet.

Ordnungsgemäß hat er dann die zweihundertachtundachtzig

Millionen vom Kombinat an die »Ost-West-Clearing GmbH« überwiesen, die »Ost-West-Clearing GmbH« überwies die tatsächlichen Verbindlichkeiten von nur *einhundertzwanzig* Millionen an die VEB-Anlagenbau, die VEB-Anlagenbau überwies ordnungsgemäß die geschuldete Summe von einhundertzwanzig Millionen über die Außenhandelsbank an die Lieferfirma. Alles hatte für alle seine Ordnung, keine Fragen.

Nur die »Ost-West-Clearing GmbH« wurde drei Tage nach der Transaktion aus dem Handelsregister gelöscht, und Dr.-Ing. Karlheinz Büssow hatte einhundertzwanzig Millionen DeeEm in der Tasche, die niemanden fehlten. Dann hat er noch überall die Aktennotiz entfernt. Selbst in der »Ost-West-Clearing GmbH« tauchte sein Name nicht auf. Aber es hatte nie wieder einer nach dem Vorgang gefragt. Ganze Arbeit, keine Spuren! Alles ging so entsetzlich leicht, daß sich Karlheinz Büssow enttäuscht dachte: Diese Wessis und Treuhand-Lümmel sind ja noch blöder als die Partei-Fritzen, was soll bloß aus diesem Land werden?!

Zum sechsundfünfzigsten Geburtstag wurde der Hauptabteilungsleiter Kraftwerksbau, Dr.-Ing. Karlheinz Büssow, von seinem »Kollektiv«, das jetzt Abteilung hieß, unter großer Anteilnahme aller Kollegen und Kolleginnen in den Vorruhestand verabschiedet. Elfi, seine langjährige Sekretärin, lief tagelang mit verheulten Augen herum. Sein jugendlicher westlicher Nachfolger wurde vom Kollektiv wie ein Vatermörder finster beäugt und schluckte ständig Magenpulver.

Die Gelassenheit, mit der der Kollege Dr. Karlheinz Büssow seinem demütigend frühen Rentnerdasein entgegensah, hielten alle für seelische Größe. Nur Mißgünstige schoben das auf die Koblenzer Erbschaft. Eigentlich haben ihm alle einen goldenen Lebensabend von Herzen gegönnt, ganz besonders sein Nachfolger aus Münster, der so den Frieden seines Gewissens wiederherstellen und auf ein harmonisches Arbeitsklima hoffen konnte.

Horst fährt die Frankfurter Allee in Richtung Westen und

fühlt sich ausgesprochen lausig. Dagegen ist er ein Piffer, sagt er sich, aber damit kann er leben. Doch, wenn einer wie Ost-Heinzi einem sowas erzählt , dann hält der einen entweder für einen Idioten, lügt, oder er führt was im Schilde ... Nur wat?

20. Claudia ist verliebt und weiß nicht in wen

Juni in New York ist wie ein Juckreiz und kitzelt ganz besonders die Nervenenden von einsamen späten Mädchen, die sich noch nicht aufgegeben haben. Dieses Reizklima lädt weibliche Seelen libidostatisch auf, besonders die der unbemannten. Massive Putzattacken, grimmige Schlachten an den weiblichen Problemzonen, schwere Kaufräusche, zwanghaft perlendes Gelächter und eifernde Dauertelefonate mit Freundinnen über Beziehungstheorien oder darüber, welcher Typ wie geguckt hat, sind die unvermeidlichen Folgen.

Von Zeit zu Zeit durchrieselt Claudia darum ein Schauder, und ihre Augen sprühen veilchenblaue Funken. Miss Unhoch-Dreisörner trällert plötzlich: »Lahf, lahf, lahf«, schwenkt übermütig die Hüften und fühlt sich wie Mae West. Ein eindeutiger Befund, normalerweise.

Selbst Holger, dem Wörkoholic, bei dem Claudia nun schon seit einigen Wochen wohnt, ist das aufgefallen. Nur handelt es sich hier bei »Lahf« um eine recht seltsame Art der Verliebtheit. Sie hat kein Ziel, und es ist mehr ein Verliebtsein in die Liebe als in eine reale Person, also ein Verliebtsein aus Prinzip, denn die Auslese der Heiratskandidaten hat Claudia wegen seelischer Erschöpfung und wegen Umzugs einstweilen eingestellt.

Außerdem hat sie eine aufwendige Doktorarbeit am Hals. Ihr Teilzeitdschopp bei der PeeEff ist auch nicht gerade für Rekonvaleszenten von Nervenleiden geeignet. Der Laden ist knallhart. Im wesentlichen läuft ihr Dschopp darauf hinaus, daß sie dort in drei Tagen das Arbeitspensum einer Woche zu leisten hat. Doch harte Arbeitsbedingungen ist sie gewohnt, weil sie ja von »der freien Wildbahn« kommt und weder arbeitszeitordentlich noch zulagenverwöhnt ist.

Holger, bei dem Claudia jetzt lebt, hat vor zwei Jahren ein restauriertes Haus aus rostroten Klinkersteinen in Harlem gekauft, kurz bevor es wieder hip und teuer wurde, in Harlem zu wohnen. Im ersten Stockwerk wohnt Holger, und Claudia oben unter dem Dach. Sie blickt auf den kleinen Nullachtfuffzehngarten von zwanzig Quadatmetern mit Forsythien, einem mickrigen Magnolienbaum unter dem rußigen Newyorkcitydreck und den Wolkenkratzern von Manhattan in der Ferne. Im Erdgeschoß befinden sich die Gemeinschaftsräume: Küche mit Eßzimmer, Esche matt, Chrom, Glas, Leuchter, edel, teuer, und der »Liwingruhm« mit Veranda, Diesainermobiliar und Edelrattan; lavendelfarbene Polstermöbel aus Wildleder, großformatige, neoexpressionistische Gemälde an den Wänden, professionell ausgeleuchtet, und mannshohe Pflanzen, um die man herumlaufen muß.

Die Einrichtung von Claudias eineinhalb Zimmern in der Mansarde weist auf intensive Beziehungen zu den wichtigsten Antiquitätenhändlern der Stadt hin und gibt den Räumen einen »Tatsch von Spitzweg«. Damit meint Holger allerdings mehr das Romantische und weniger die Ärmlichkeit gewisser Darstellungen. Claudia verspürt in der Mansarde das gewisse weibliche Fluidum eines Geschmacks und einer Makellosigkeit, die sie für einen Männerhaushalt sehr ungewöhnlich findet. Bald hat sich herausgestellt: Für die Makellosigkeit ist zweimal die Woche Marifé, Holgers Perle aus Santo Domingo, zuständig.

Kurz: Die neue Behausung atmet die Behaglichkeit, Kultur, Reinlichkeit und den Frieden, zu dem nur ein geregeltes Einkommen verhilft, das man »per annum« mißt. Und so hatte sich Claudia das Leben immer vorgestellt.

Die Gegend gilt als sicher. Die Nachbarschaft ist von radikalem Chic, alles Mode-, Werbe- und Medienmenschen, viele arrivierte Künstler. In den Winzgärten konkurrieren japanische Steingartenarrangements mit Wetterfahnen, Briefkästen von

Künstlerhand und anderen Originalitätsanfällen. Es ist bereits sommerlich und die Straßen Harlems kreischen vor Vergnügen.

Zu Paaren treibt es die Leute aller Einkommensklassen, Rassen und Neurosen auf die Veranden, Dächer, in die Gärten, Parks und Straßen. Nur Claudia treibt es zum Wahnsinn! Der Anblick von sich liebevoll umschlungen haltenden Paaren, die ihr alle ein wenig mitleidig auf sie als Singel herabzusehen scheinen, foltert sie wie ein glühendes Eisen. In den Augen der Glücklichen liest sie, daß man ihr den Einlauf in den Hafen der Ehe mit dem Triumph der Mutterschaft nicht mehr zutraut und ihr eigentlich zurufen will: »Forget it!«

Drei Wochen hat sie »männermäßig« ergebnislos verstreichen lassen, fällt ihr dabei ein. ... Ein Kind ... ein Vater ... ein Kind ... ein Vater ... ein Ehemann ... regelmäßiger Sex und keine Sorgen, bimmelt es hinter ihrer Stirn. Anstatt mit einem Pastrami-Sändwitsch und einem Becher Kaffee, setzt sich Claudia nun mit ihrem Händie auf die Parkbank und trifft mit insgesamt vierzehn »Guddies« aus ihrer Kandidatensammlung Blaind Daits für die nächste Woche.

Der wütende Eifer, mit dem sich Claudia verabredet, ist sehr amerikanisch, meint Holger, außerdem unterhaltsamer als die täglichen Seifenopern im Fernsehen. Claudias tägliche Seifenoper läuft zum Frühstück immer laif in Holgers Küche. Die Ouvertüre ist fast immer, daß sie vorher die Zeitungsteile am Frühstückstisch tauschen und Holger ganz unschuldig fragt: »Na, war gestern was bei?« Nur selten enttäuscht ihn Claudia mit Kopfschütteln und Schweigen. Meistens schildert sie den Vorabend mit der gängigen Einleitung: »Sis schitt riehllieh hits se fän«.

Nach dem Biß in einen Toast wie aus gepreßter Watte beklagt sich Claudia heute heftig über einen greisenhaften Endfünfziger, der sie mit ihren achtunddreißig Jahren zu alt fand. »Und dabei hatte dieser geist- *und* geldlose Typ *gelbe* Zähne, die beim Sprechen quietschten, und er stank aus dem Rachen wie eine *Mülltonne*! Wofür hält sich dieses Monster eigentlich?! Ich hab' ihm nur empfohlen, doch mal in den *Spiegel* zu schauen.«

Holger biegt sich vor Lachen und reicht ihr die Sahne, die sie in ihrem Zorn übersieht und über den Tisch hangelt wie eine blinde Kobra. »Na, ist doch wahr!« grollt Claudia nach und pustet in die Tasse.

Holger und Claudia haben ein Abkommen geschlossen: Eventuelle Liebschaften sind außerhäusig abzuwickeln. Die Hütte bleibt rein, keine fremden Morgengesichter am Frühstückstisch, keine Fremdkörper in den Naßzellen und auf dem häuslichen Telefon. Aus Sicherheitsgründen und zur Nervenschonung. Frank darf nur noch via Händie oder Fax ins Haus!

Brennend gern hätte Claudia Details über Holgers Privatleben erfahren. Doch darüber liegt ein dichter Nebel und das Schweigen im Walde. Lustlos redet er um den heißen Brei, von wenig Glück, belanglosen Affären, und daß er nur mit seiner Arbeit verheiratet sei, dann wechselt er meist rasch das Thema.

Na denn, eben nicht, sagt sich Claudia, ich werde diesen Bereich so weiträumig umgehen wie eine Zimmerflucht, in der sich brennende Jungfrauen und geköpfte Ritter um Mitternacht ein Stelldichein geben.

Holger reicht Claudia wieder die Mordseite. »Na, war denn gestern was bei?«

»Ach hör' doch auf!« schreit Claudia empört auf. Am Vorabend hat sie sich nach langem Hin und Her mit dem steinreichen Bauunternehmer aus Florida getroffen und ist offenbar sauer bis in die Haarwurzeln. »Der Mann hat so viel Geld, daß er sich *goldene* Armaturen fürs Bad anfertigen läßt und mit 'nem Rolls herumkutschiert. Kultur hat der aber wie eine Wildsau! Du hättest die Bilder vom Haus sehen sollen. Alles außer dem Pool müßte man eigentlich sofort aus *kulturpolizeilichen* Gründen sprengen! Im Grunde genommen sucht der Typ doch nur eine *kostenlose* Innenarchitektin, die er dann nachts noch *gratis* bumsen kann, wenn er überhaupt noch kann!« Claudia bebt vor Zorn, stürzt ihren Kaffee hinunter und Holger lacht sich schlapp.

Am nächsten Morgen steht Claudia summend am Herd und versucht sich sogar an original amerikanischen »Pännkäiks«. Holger bekommt zwar nervöses Herzflattern, wenn Claudia in *seiner* Küche herumhantiert, aber er läßt es sich nicht anmerken.

»Na, wie war's?«

»Pssst!« Claudia legt den Zeigefinger auf die Lippen und lächelt geheinmisvoll wie die Sphinx. Holger schwant nichts Gutes.

Am Abend ruft Claudia gegen zehn Uhr an und teilt Holger mit, daß sie heute wahrscheinlich spät und vielleicht *gar nicht* nach Hause käme! »Nur damit du Bescheid weißt«, erklärt sie.

Holger findet es gut, daß sie so rücksichtsvoll ist und er nun Bescheid weiß, mit der Quintessenz, daß er die ganze Nacht wachliegt und lauscht, ob Claudia heimkommt. Dabei zieht vor seinem geistigen Auge ein komplettes Horrorszenario ab: Claudia in den Fängen eines Lustmörders; Claudia gefangen in einer Spukvilla, die von Bluthunden bewacht wird; Claudia wird von ihrer Verabredung vergewaltigt; Claudia kommt nicht, weil sie sich hoffnungslos verirrt hat, barfuß auf dem Haiwäi nach Brooklyn herumirrt und von der Polizei wegen Herumstreunens festgenommen wird; Claudia hat eine Panne; Claudia liegt verletzt und hilflos auf der Straße; ihre Verabredung hat sie unter Rauschgift gesetzt und macht mit ihr obzöne Fotos, die morgens in allen Zeitungen abgebildet sind ... und so weiter ...

Um halb drei hält Holger es nicht länger aus und ruft Claudias Händie an. Es ist abgeschaltet! Das könnte okäi sein. Aber danach ist es noch viel schlimmer ... Erst als er gegen sechs Claudia die Tür schließen hört, schläft Holger beruhigt ein.

Das erste Mal seit sieben Jahren verschläft Holger seinen Dienst im Büro. Um zehn tappt Claudia ahnungslos in die Küche und findet sie unberührt. Weil sie das ungewöhnlich findet, guckt sie nach, ob Holger vielleicht ohne zu frühstücken ins Büro gefahren ist, was allerdings noch ungewöhnlicher wäre. Wie ein Embryo mit zusammengefalteten Beinen unter dem

Bauch liegt Holger selig schnarchend im Bett und sabbert das Kopfkissen voll.

Aus Spaß küßt sie ihm auf die Glatze und säuselt: »Holger-Bäibi, es ist schon *zehn*!«

Holger klappt seine kurzsichtigen graugrünen Augen auf und scheint darüber nachzudenken, ob er tatsächlich noch am Leben ist und der gehörte Satz irgend etwas mit ihm zu tun haben könnte. Dann springt er wie von der Tarantel gestochen auf, rennt zum Telefon, nuschelt eine plausible Lüge über einen dringenden Arztbesuch in den Hörer und legt auf. Wütend starrt er Claudia an. Claudia verzieht sich lieber in die Küche und bereitet schweigend das Frühstück, während sie sich fragt: Was, zum Teufel, ist hier los?

Fünf Minuten später sitzt Holger wie eine gefrorene Leiche am Küchentisch. Claudia ist nervös zapplig. Beinahe denkt sie wieder an Rauchen. Verstört vergraben sie sich in ihre Zeitungsteile. Nach dem Abend fragt Holger sie heute *nicht*. Ebensowenig kann er ihr sagen, daß er sie nachts versucht hat anzurufen(!) und die ganze Nacht nicht schlafen konnte. Das wäre der absolute Gipfel von Unkuhl. *Was* läuft hier eigentlich ab? Darauf fällt ihm nichts ein. Ratlos geht er duschen und kehrt mit einem Handtuch um die Hüfte zurück.

Claudia fummelt einen Eierkuchen vom heißen Pfannenrand. Es ist nicht zu leugnen, daß Holger ein recht gut gebauter Mann ist. Warum ist mir das nicht schon vorher aufgefallen? Irgend etwas fängt in ihren Ohren an zu singen.

»Ich glaube, ich hab' ihn«, labert Claudia so lässig wie möglich vor sich hin.

»*Was*?« Holger hat keine Ahnung, wovon sie spricht und schiebt sich ein Viertel Eierkuchen ein.

»Einen *Mann*, natürlich!«

Für einen Moment hört Holger auf zu kauen und stiert sie kurzsichtig an. »Na dann alles Gute!« sagt er mit vollem Mund und Puderzucker am Kinn und wendet verächtlich den Blick ab. Abrupt steht er auf, daß fast die Tassen umfallen und läuft hastig die Treppe hoch. Ich glaube, auch Männer haben ihre Tage, wundert sich Claudia.

Zwei Tage später sitzt Claudia morgens am Tisch wie ein gefrorener Leichnam und Holger hat vor Empfindlichkeit nervöses Gesichtszucken.

»Is' was?« fragt er besorgt.

Hinter der Mordseite steigen Claudia langsam Tränen in die Augen. »Nich' direkt«, antwortet sie gepreßt und hält das für neutral.

Holger schießt bohrende Blicke wie Lanzen ab, die selbst durch den gesammelten Mord und Totschlag von New York durchschlagen. Resigniert klappt Claudia Mord und Totschlag zusammen. Mit dem gleichmütigsten Gesicht, das sie auftreiben kann, brummt sie düster: »Alles Fehlanzeige!«

»Wieso? Was war denn?«

»Tu mir den Gefallen und lach nicht: Der Mann hat sechs Kinder. Zwei hat er freiwillig zugegeben, die anderen vier habe ich gestern zufällig im Nachbargarten getroffen.«

»Irre!« Holger läßt entgeistert seinen Börsennachrichtenteil sinken und starrt der Freundin ins heute umschattete bläßlich blaue Auge. »Und was machste jetzt?«

»Weitersuchen, was denn sonst!?«

Draußen heulen drei Polizeiautos mit Sirenen und Blaulicht vorbei, als wollten sie eine psychodelische Tagesdisko auf der Straße veranstalten. Mitfühlend ergreift Holger Claudias Hand und streichelt sie zärtlich mit dem Daumen.

»Vielleicht solltest du einfach Pause machen und ich koche uns heute abend was Schönes, ja?«

Claudia betrachtet seinen Streicheldaumen auf ihrem Handrücken so ungläubig, als würde über ihre Hand ein niedliches, unbekanntes Tier kriechen. Erschrocken zieht Holger seine Hand weg.

Den Nachmittag verbringt Claudia mit ergebnisloser Grübelei über ihrer Arbeit. Fünf Stunden Arbeit für den Papierkorb bringen fünf Papierkörbe voll Frust. Auf ihrer Hand brennt die

Streichelstelle weiter. Ab und zu blitzt die undenkbarste Frage aller Fragen auf. Bin ich etwa in *Holger* verliebt? Oder ist *Holger* vielleicht verliebt in mich?

Sowas stört jede Konzentration aufs nachkolumbianische Theatergeschehen in der westlichen Hemisphäre und Claudia hätte wieder einmal zeitweise ihren linken oder rechten Arm dafür gegeben, jetzt nur *eine* zu rauchen, eine echt »hammerstarke«: Pall Mall ohne Filter, Players Navy Cut, Reval oder ähnliches Nervengift, bei dem sich die Bronchien sofort derart zusammenziehen, als inhaliere man Salzsäure pur! Scheiß was auf Nikotingehalt und Kondensatschadstoffe!

Und fast hätte sie die tiefen, schlaflosen Nächte von Frank Zaunig in Berlin vergessen. Er meldet sich gerade auf ihrem Händie, als hätte sie eine telepathische Botschaft ausgesandt.

Frank ist »daun«, aber diesmal *ohne* besoffen zu sein. Das ist ein Fortschritt, erklärt er ihr und walzt die Entdeckung von Antek Nagler als seinen Stasi-Spitzel und seine Ratlosigkeit darüber aus. Es verschlägt Claudia derart die Sprache, daß sie ganz vergißt, darauf hinzuweisen, wie recht sie doch immer hatte und daß sie Antek schon immer für ein Schwein hielt und so weiter. Betroffen hört sie Frank zu, schwankt zwischen Mitleid, Zärtlichkeitsanfällen und einem tauben Gefühl von Unwirklichkeit.

»Freundschaft ja, Liebe nein! Freundschaft ja, Liebe nein! Freundschaft ja, Liebe nein!« betet sie sich vor und ihr Kopf ist ganz leer. Hilflos kramt sie in den Standards von mitfühligen Nettigkeiten herum, reicht ihm hohle Wortsüßigkeiten rüber und fühlt sich dabei wie ein Charakterschwein.

»Essen ist fertig!« brüllt Holger die Treppe rauf.

»Ich-dich-auch«, lügt Claudia mehr geistesabwesend als tröstend ins Funktelefon und trennt die Verbindung. Ai got involft in samsin, und muß schleunigst die Kurve kratzen! Schluß mit dem Ost-Blues! Tuh matsch! Tuh häwieh!

»Claudia, es wird doch alles kalt«, bittet Holger von unten.

»Lahf, lahf, lahf,« trällert ihr Unterbewußtsein schon wieder wie bekloppt und flüstert ihr zu: »Vergiß Frank, die trübe Tasse! Heute knackst du Holger!«

Ihre nachtblaue Reizwäsche hält sie für geeignet und dann ihren nachtblauen Seidenanzug, von dem sie weiß, daß sie darin einfach *unwiderstehlich* ist. Ihre kühle Vernunft hält ihren eher lauen Skrupeln vor, daß die Sache mit Frank zwar sehr traurig, aber schließlich und endlich doch *vorbei* sei und Holger nach Lage der Dinge einfach die ideale Lösung wäre. Außerdem hast du keine Zeit mehr für solche Sentimentalitäten!

Entschlossen steigt sie die Treppe hinab – und stellt trotz festlich gedeckter Tafel mit brennenden Kerzen und Wein nebst Champagner im Eiskübel fest, daß das wesentliche fehlt: Zauber, Magnetismus oder sowas in der Art. Heute früh war es noch da, jetzt ist es weg ...? Mit schüchternem Geräusper schaut Holger nämlich an ihr *vorbei* und erklärt ihr mit ironischer Förmlichkeit das Abendmenü. Das versetzt ihr auf der Stelle einen Stich in der Herzgegend, so daß der Rest ihrer Hochstimmung in sich zusammenfällt wie ein zu früh gelüfteter Hefekuchen.

»Morgen hab' ich's mit 'nem weltlichen Theologen. Und weißt du, was der gesagt hat?« hört sie sich Zuflucht zur ulkigen Nudel nehmen.

»Nö, was denn?« fragt Holger ohne Schwung.

»Tiefgläubige sind meistens flache Denker!«

Holger lächelt ziemlich gezwungen.

»Aber der Spruch ist irgendwoher geklaut. Ich tippe mal auf Musil.« Auch diese Pointe verpufft wirkungslos.

Holger hat ihr aufgetan, beide Gläser mit Wein gefüllt und erhebt feierlich sein Glas.

»Worauf trinken wir?« Claudia mimt weiter die harmlos Doofe.

»Auf die Freundschaft!«

»Aha!« Das geht alles *nicht* in die richtige Richtung, warnt sie ihr Instinkt. »Prost, Holger!« strahlt sie, aber ihr ist flau im Magen. Sie hat verloren. Das weiß sie irgendwie. Artig würgt sie sich seine italienische Vorspeise rein und muß neidlos gelten lassen, daß Holger die bessere Hausfrau von ihnen beiden ist. »Ganz ausgezeichnet, Holger. Wirklich!«

»Claudia?« fragt Holger gedehnt und hält den Blick gesenkt. »Seit Tagen will ich dir schon was sagen ...«

»Ja, den Eindruck hatte ich allerdings auch schon«, blufft Claudia kaltblütig. »Schieß los!«

»Egal wie du dazu stehst, du sollst vorher wissen, daß ich wahnsinnig gern mit dir zusammen bin, und es mein größter Wunsch wäre, daß es so bliebe ... vorausgesetzt natürlich, daß das auch dein Wunsch ist ...« Himmel! Er nimmt einen hastigen Schluck vom Wein, als wollte er sich Mut antrinken, und reckt entschlossen das Kinn.

Claudia faßt neuen Mut: »Meine Güte, Holger, mach's nicht so spannend. Soll das ein Antrag werden, oder was? Ha ha ha!«

»Ein Antrag?« Holger lacht jetzt mit. »Ja und nein.«

»Teurer Freund, der Sinn Eurer Rede bleibt mir dunkel«, flaxt Claudia herum und meint, daß sie jeden Moment einen Knall kriegt.

Holger räumt die Vorspeiseteller ab und beginnt plötzlich im Zimmer mit auf dem Rücken verschränkten Händen auf und ab zu gehen, genauso wie damals in der Schule, wenn sie ihn die ›Kraniche des Ibykus‹ oder ein Referat über die mittelhochdeutsche Lautverschiebung abhören sollte.

»Kannst du dich eigentlich an eine *Freundin* von mir während der Schulzeit erinnern?«

»Aber klar, doch! Sybille und ich, wieso?«

»Nein, ich meine *erotisch* und so ...«

»Aach ...« Claudias Herz geht im freien Fall vom Zwischendeck des sechsten bis siebenten Himmels auf den tiefsten Punkt des japanischen Tiefseegrabens. Angestrengt betrachtet sie dabei ihre Fingernägel, bis sie sich seelisch einigermaßen auf plus/minus Null eingependelt hat. Sie hat sogar noch die Nerven, ihm mit standhaft treuherzigem Blick in die Augen zu schauen, und hört sich dabei sagen: »Ach, weißte Holger, ich hab's doch schon immer gewußt ...«

Perfekt spontan lügen zu können, ist eine Fähigkeit, von der ich bis jetzt nichts wußte, wundert sie sich und hält sich für ein noch größeres Charakterschwein als vorhin nach dem Gespräch am Händie mit Frank. Nur auf ihr Mienenspiel muß sie sich konzentrieren, hämmert sie sich ein. Nie darf Holger erfahren, wie enttäuscht und *unglücklich* ich bin. Holger kauft ihr tatsächlich die faustdicke Stegreiflüge ab.

»Ja, wie bist du denn *darauf* gekommen?« will er staunend wissen.

»Eine Frau hat eine Antenne für sowas«, macht sie ihm weis und wundert sich, daß Holger das alles glaubt.

»Und dir macht das wirklich nichts aus?«

»Nicht die Bohne! Außer du willst mich jetzt als Dräghäg durch sämtliche Schwulenbars New Yorks schleifen!«

Holger beölt sich. Claudia allerdings fühlt sich langsam fit für den Lügendetektor und denkt: Scheiße!

»Und du würdest auch weiter unter diesen Umständen mit mir zusammen leben wollen?«

»Nur wenn ich nicht die goldene Klinke kriege, sobald du dir einen Süßen anlachst.«

»Versprochen, Claudia! Ehrlich!«

Holger ergreift ihre Hand und will ihre Fingerspitzen küssen, da zieht sie ihm fuchtig ihre Hand weg und schreit ihn lauter als beabsichtigt an: »Ich bin weder *lesbisch* noch ein Stück *Holz*! Denk dran und merk es dir gut, rat' ich dir!«

Holgers Lebensbeichte folgt Claudia nur mit halbem Ohr. Sie ist zu sehr mit ihrem eigenen Leid und dem Leid von Frank Zaunig beschäftigt. Fairerweise hätte sie sich mit Kopfschmerz entschuldigen und verziehen sollen. Die Geschichte, die ihr Holger erzählt, nimmt sie sozusagen auf der zweiten Spur wahr wie einen Film im Fernsehen, den man beim Bügeln nebenher sieht.

Holgers Schtorie handelt von dem üblichen Entsetzen über die eigene »Anormalität«, dem Verschweigen, den Heimlichkeiten und der ständigen Angst vor Entdeckung; das alltägliche Doppelleben, das Ausweichen in die Fremde nach Frankreich, die Liebe zu Lucien, mit dem er aus Angst vor Entdeckung seiner Neigung durch seine reisewütigen Eltern von Paris nach New York gegangen ist, die Erkrankung von Lucien an Immunschwäche und sein Tod, Holgers Angst vor dem Alleinsein, seiner Angst vor einer neuen Bindung zu einem Mann, die perfiden Erbstreitigkeiten mit Luciens Familie, denn Lucien hatte ihm die Pariser Wohnung vererbt, die aber seit Ewigkeiten im Familienbesitz war ... und so weiter ... und so fort.

Claudia hat dazu ganz mechanisch weitergegessen und starrt nun völlig chloroformiert auf die Mus o Schokola, denkt dabei an Zigarretten, während ihr eine Frage ins Ohr schleicht: »Übrigens, in sechs Wochen habe ich einen Prozeßtermin in Paris. Willst du nicht mitkommen?« Claudia verspricht darüber nachzudenken.

21. Konsequenzen aus hochzeitsnächtlichen Telefonaten

Manchmal meldet sich das Schicksal sogar telefonisch. Bei Dretzke/Landé ruft aber weder Hollywood noch die deutsche Lottozentrale an. Horst ahnt auch nichts Böses – denn seiner Meinung nach ist alles denkbar Böse bereits eingetreten. Ein Irrtum.

»Guten Tag«, meldet sich eine melodische Frauenstimme mit starkem russischem Akzent am anderen Ende der Leitung. »Ich bin Larissa Karpina Salnikow.«

»Kennichnich! Sie müssen sich verwählt haben.«

Der Mensch ist wohl ein Spaßvogel, denkt Larissa. Allerdings ist sie für diese Sorte groben deutschen Humors heute gar nicht aufgelegt. »Nein, ich habe mich *nicht* verwählt, Herr Dretzke!« erwidert Larissa scharf. »Ich habe mit *Ihnen* wichtige Fragen zu besprechen ...«

Über Horst's Kopf stehen drei rote Fragezeichen. »Tut mir leid. Das muß ein Irrtum sein. *Ich* kenne Sie jedenfalls nicht!«

»Ja, hat Ihnen denn Beate nichts von mir erzählt? Sie sind doch der Mann von Beate? Und Beate ist die Frau meines Mannes Sergej. Sie muß Ihnen doch von mir erzählt haben. Beate ist doch Ihre Frau, oder nicht?«

Diese Frage übersteigt Horsts Denkvermögen, darum hat er das Gefühl, als sei ihm das Gehirn eingetrocknet und klappere nun in seiner Hirnschale herum wie ein Kilo loser Erbsen. Er ruft Beate. Eine Weile wird der Hörer hin- und hergewalkt, als sei er Bestandteil eines Ringkampfes, bei dem beide versuchen, dem anderen gegen seinen Willen ein Telefon aufzudrängen. Schließlich knurrt es gehässig: »Landé!«

»Hier ist Larissa!«

»*Das* weiß ich bereits!« schnauzt Beate zurück. »Wassis?!«

»Ich rufe an wegen die *Hochzeitsformalitäten* ...«

Heiliges Kanonenrohr, denkt Beate und blafft in die Sprechmuschel: »Das müssen Sie schon mit Horst direkt besprechen!«

Wie eine heiße Kartoffel läßt Beate den Hörer fallen und das Hör/Sprechrohr wandert wieder zurück zu Horst. Im vogelzwitschernden Hintergrund hört Larissa Beate zu Horst sagen: »Hier, es ist wegen deiner Hochzeit.«

»*Meine* Hochzeit? Hast du einen an der Waffel, oder wat? *Heiraten*, icke?!« Horst lacht irre auf.

»Wieso?« entrüstet sich Beate. »Das war doch alles abgesprochen! Deshalb habe ich dich doch extra aus Moskau angerufen.«

Horst lacht nun nicht mehr, sondern wird echt sauer. »Ja, wegen *deiner* Hochzeit, haste angerufen, weil es Streß gab und so ...«

Jemand muß auf die Pausentaste gedrückt haben. Es erklingt das provozierend-höhnische Klimper-Muzak ›Für Elise‹ der deutschen Telekom, was die wahre Ursache für die epidemische Zunahme von Vandalismus an deutschen Fernsprechgeräten sein könnte. Doch Larissa hat die robusten Nerven einer Sibiriakin und wartet völlig ungerührt am Hörer in der Gotenstraße.

Auf der anderen Seite, in Wilmersdorf, auf dem italienischen lachsroten Ledersofa, blüht inzwischen eheähnlicher Zoff: »Es geht um zwanzigtausend Mäuse, du Trottel! Die Ex-Frau von meinem Schein-Mann will auch'n Schein-Mann. Und der Diehl mit dir war ausgemacht! Wenn du aber das Geld nicht brauchst ... na bitteschön, dann will es eben ein anderer! ... Aber du hattest es versprochen, und alle haben es gehört!«

Endlich nach fünf Minuten klimpert »Elise« weg. Dafür meldet sich die einschmeichelnde Strahlemann-Stimme eines Doktor-Murphy-besessenen Versicherungsmannes, der direkt von sonnigen Gipfeln des Geschäftserfolges zu rufen scheint: »Hallöööhchen! Es tut mir ja sooo leid. Kleines Mißverständnis unter Freunden, hahaha! Wann kann ich denn mal vorbeikommen? Wann wäre es Ihnen denn recht?«

An eine Zusage, die er angeblich am Telefon für »den Diehl« gegeben haben soll, kann er sich zwar überhaupt nicht mehr erinnern und an den Gedanken, in drei Wochen eine Russin zu heiraten, muß man sich gewöhnen, aber offen gestanden: Die Sache kommt ihm wie gerufen und nährt seine Überzeugung, ein ganz besonderer Günstling des Glücks zu sein. Es läuft mir ja direkt hinterher, denkt er belustigt. Denn, hält er sich selbstbeschwichtigend vor, anstatt für eine Hammerwerferin in superwasserstoffoxyd-blond, muß man sich für diese russische »Braut«, die ihn hier vom Foto anschaut, wahrlich nicht schämen. Das erleichtert ihm die Sache, »vom Immätsch her«.

Beate kann die russische Braut nicht riechen. Darum: Simone soll die ganze Heiraterei mänätschen. Allerdings stellt Simone die Bedingung, daß Horst und Larissa auf *keinen* Fall in den Standesämtern Berlin-Schöneberg, Wedding, Kreuzberg, Reinickendorf oder Neukölln heiraten. Dort ist Simone als Trauzeugin aus vielen gestifteten Türken-Ehen einschlägig bekannt. »Wir wollen doch keine schlafenden Hunde wecken.«

Zu einem Aufgebot im Standesamt Berlin-Wilmersdorf rät sie. Das liegt im Stadtteil Schmargendorf und gehört zu Horsts Einzugsgebiet. Viel wichtiger ist aber, hier kennt man Simone nur als gutbürgerliche Simone Schröder-Achmetow, und das ist gut so.

»Übrigäääähns«, raunt Simone geheimnisvoll, »Beate, du solltest mal deine Unterlagen mit Resümee und neuen Fotos klarmachen und mir zukommen lassen ... möglichst schnell ...«

»Darfst du denn wieder arbeiten?« Beate freut sich mit erheblichen Restzweifeln.

»Ich? Ach, Herzchen, ich doch nicht! Du weißt doch, ich darf gar nichts, aber *Galina* ... Du värstähn??? ... Galina will zum Film!«

Großes Glucksen und Gackern.

»Na, wie denn das?!«

»Übaraschung! Also dann spätestens bis zur Hochzeit von deinem Hotte. Ick hab' ja soooo wahnsinnig viel zu tun ... Tschühüß!« trillert Simone durchs Telefon und »erhängt« sich.

Was soll man denn nu' davon halten? Wahrscheinlich handelt es sich nur wieder um einen regulären Simone-Fünf-Minuten-Flitz, eine grelle, doch in sich schlüssige Phantasie, die aber trotzdem gleich an der nächsten realistischen Ecke wie eine bunte Seifenblase platzt ... »Na, das kennt man ja!« seufzt Beate.

Tags darauf schleift Simone Horst und Larissa zum humanitär gesonnenen Notar Döhring und zum Standesamt Wilmersdorf in Schmargendorf. Im Standesamt verschwinden Sergej und Horst zusammen auf der Herrentoilette. Gemeinsam schließen sie sich in der Klokabine ein, um nicht von Bräutigamen gestört zu werden, die noch einmal vorehelich Wasser lassen, sich den Scheitel nachziehen oder sonstwie dumm gucken. Dem schieben sie einen Riegel vor. Nachdem sich alle Freiersfüße verlaufen haben und alle Klospülungen verrauscht sind, zählt Sergej mit gequälter Miene die »erste Mitgiftsrate« von zehntausend Dee-Mark dem Freier seiner Frau auf die Hand. Geheiratet wird in drei Wochen.

Überhaupt keine Böcke auf ein Wiedersehen mit Larissa hatte Beate. Umso gespannter war sie auf die »Sache«, über die Simone so geheimnisvoll herumgeraunt hatte. Das will sie heute abschecken. Alles andere geht ihr am Ärmel vorbei. Im Ratskeller wartet Beate und gähnt sich schlapp bei Kaffee und furztrockenen Keksen. Horst und Simone ringen sich zwei Stockwerke über das »Geld-her-Ja-Ja-Unterschrift-Unterschrift-Austausch-der-Dokumente-Foto-und-Tschüß« ab.

Hochzeitsfotos finden Horst und Larissa albern. Es muß aber sein. Simone wettert, daß sie hier als sachkundige Trauzeugin das Sagen habe und keine Luschigkeit »beim Ehe-Dschopp« dulde. Außerdem ist der Fotograf ein Freund von ihr und braucht die Kohle dringend. »Also, Sitz! Aus! Platz! Pfui!«

Larissa und Horst lächeln nun auf Befehl in die Kamera. Beiden Paaren rät Simone dringend, die Hochzeitsfotos an gut sichtbarer Stelle in der Wohnung anzubringen. »Man kann nie wissen ...«

Insgeheim amüsiert sich Simone bei dem Gedanken, daß Beate nun täglich ihre Lieblingsfeindin Larissa vor Augen haben wird und Larissa ständig auf die schmachtende Beate in Sergejs Armen glotzen muß. In ihrem Seminar für falsche Ehen wird »für alle Fälle« dazu geraten, daß sich im Hause Dretzke genügend russische Frauenzeitschriften befinden und im Hause Salnikow die letzten Ausgaben von »Theater heute« herumliegen. Es handele sich dabei um reine Sicherheitsmaßnahmen.

»Nicht nur die Kontaktbereichsbeamten der Polizei haben auf Ausländer-Ehen ein Auge«, gibt sie zu bedenken und macht ein wichtiges Gesicht, sondern seit neuestem sollen sogar die *Briefträger* wachsam sein, hört man aus professionellen Verheiraterkreisen ...

»Vom Briefträger wegen Scheinehe verpfiffen ...«, beömmelt sich Horst und kann sich kaum einkriegen. Auch wenn Horst und Sergej sie so mitleidig belächeln wie eine Paranoide mit Bunkermacke, erfüllt Simone unbeirrbar ihre Aufgabe wie eine Musiklehrerin mit notorischen Falschsängern.

»Wenn ihr dis alles beherzigt und euch die wichtigsten Daten eurer Ehepartner merkt, dann kann nischt schiefgehen. Denkt an meine Worte! Es sind nur alle die aufgeflogen, die sich nicht an die Spielregeln halten und die Ausländerpolizei für total blöd halten.«

Sergej weiß nur, daß er sich wegen Larissas »Mitgift« von seinem besten Stück, seinem Mercedes-Benz 240, trennen muß. Und das findet er »Bljatch!«. Horst kann ihm das nachfühlen. Sergej tut ihm leid, irgendwie schon, doch ... Gutmütig gibt er ihm deshalb einen Grundkurs über die derzeitigen Wiederverkaufspreise der verschiedenen Modelle in allen Ausstattungsvarianten. Sergej klebt das Schild »Zu verkaufen« ins Wagenfenster, streicht seinem Mercedes zärtlich übers Lederpolster und poliert mit dem Taschentuch an einem imaginären Fleckchen am Chrom.

»Ist doch nur für kurz«, will Horst ihn trösten. »Nächstes Jahr dann Es-Klasse, wollen wir wetten?!«

Doch Sergej bleibt untröstlich: »Der erste Mercedes nach einem Moskwitsch bleibt unvergeßlich.«

Horst kann ihm das nachfühlen.

»Frauen das nie verstehen!«

Horst klopft ihm auf die Schulter und seufzt beipflichtend.

Sergej denkt weiter an sein geliebtes, wundervolles Auto. Meinen zuverlässigen Kameraden, meinen Trost und mein Refugium soll ich nun dem Gebrauchtwagenmarkt zum Fraße vorwerfen ... Er fühlt sich müde. In der Praxis warten blöde Goldzähne, und zu Hause setzt ihm eine total gefrustete Larissa zu, die sich das Leben »in Europa« viel, viel luxuriöser vorgestellt hatte und ihm nun ständig ihren falschen Ehemann, den großen Bisnismen Horst, vorhält. So oder so, das Leben lastet erdenschwer auf seinen schmalen Schultern und geht einfach weiter.

Wofür lebt man denn? Für Goldzähne und falsche Ehen? Dann sagt ihm die Stimme der Vernunft, daß er doch alles erreicht hätte, was er wollte und die nächsten Ziele schon in Reichweite lägen. Worüber beklagt er sich? Die Wege des Herzens sind eben dunkel.

Beate war inzwischen schon zweimal auf dem Klo und trinkt ihren fünften Kaffee, als endlich Simone mit Horst im Gefolge in den Ratskeller fegt. »Na, wie war's?«

»Alles den Umständen entsprechend«, verkündet Simone wie ein Chirurg nach einem Routine-Eingriff. Dem Kellner macht sie ein Zeichen: ihr auch einen Kaffee.

»Tasse oder Kännchen?!« kläfft der Kellner durch seine gefletschten falschen Zähne, als seien die Gäste seine angeborenen Feinde.

»Tasse!« blökt Simone zurück.

»Und der Herr?! Tasse oder Kännchen?!« quäkt die Weißjacke Horst an. Horst zählt unter dem Tisch das Geld gerade noch einmal nach.

»Der Herr auch Tasse!« schnauzt Horst wütend zurück, denn er hat sich verzählt und muß noch mal von vorne anfangen.

»Manieren ham de Leute heute! Tse, tse, tse!« mosert der Weißbejackte mit dem Vollbild akuten Kundenhasses und der hämischen Freude, sich endlich hemmungslos aufregen zu dürfen. Horst guckt ihn finster an. Schon wieder muß er mit der Zählerei von vorn anfangen. Sergej hat ihm zehntausend Mark in Fünfzigern und Hundertern gegeben, die ganze Ausbeute seines »Goldrauschs«.

»Mensch, nu' red schon«, Beate platzt vor Neugierde und rüttelt an Simones Unterarm herum.

Simone grinst hintergründig, zündet sich unendlich langsam eine unendlich lange Zigarette an und sortiert dann ihre Worte wie Perlen: »Sagt dir *Saura* was?«

Beate reißt die Augen auf wie eine religiös Wahnsinnige vor der erschienenen Jungfrau Maria.

»Ab Ersten mache ich für Sauras neuen Streifen die Beratung für das Casting- und Filmbesetzungsstudio ›Iskra‹ ...«

»Is ja der absolute Wahnsinn ...«, stammelt Beate.

Simone lächelt überlegen und bläst theatralisch den Rauch in die oberen Luftschichten des Lokals. »Der Laden und die Lizenz gehört offiziell natürlich Galina Achmetow...«

»Aber die versteht doch gar nischt davon. Wieso kriegt die denn 'ne Lizenz ?«

»Erstens haben sich jetzt die Gesetze geändert, aber davon hab' ick nischt... und zweitens: Sowas hat heutzutage nischt mit Können und Gerechtigkeit zu tun, sondern ausschließlich, wie Ismail immer sagt: mit der ›Grammatik der Macht‹! Zur Abwechslung ist die Pauer nun mal auf meiner Seite.«

Horst nickt tiefsinnig, guckt kurz in die Speisekarte. Zur Feier des Tages will er einen ausgeben und brüllt zur müffigen Theke rüber: »Hausmarke für alle!«

22. Allah in Anklam

Mit der Linken hält Antek Nagler seine Augen beschattet und stiert auf den Kritzelblock, der neben seiner Telefonanlage liegt. Margeriten hat er da draufgemalt. Seine Hände schwitzen und verschmieren ein anderes Kugelschreibergemälde, das zwei wichtige Rufnummern in Luxemburg rahmt. Wenn ihm etwas gegen den Strich geht, neigt Antek zu unkontrolliertem Kritzelkitsch. Einige Tonnen Schweigen lasten im Raum, so daß man sich dieses Babelsberger Chefbüro auch gut als Luxusabteil der Raumstation »Mir« denken könnte, sofern man ein Kreativer mit »späicigen« Ideen ist. Frieden steht hier aber *nicht* auf dem Programm, im Gegenteil.

Frank Zaunig genießt das lang entbehrte Gefühl, »Chef im Ring« zu sein. Nie mehr katzbuckeln! Nie mehr scharwenzeln vor dem Stasi-Schwein Antek Nagler! Das ist das Mindeste, was hier herausspringen muß!

Auch optisch hat Frank nach seiner Wiederauferstehung vom Alk ringsrum Flagge gezeigt. Er ist hier nicht länger der Futzi, der geduldete Vorzeige-Ossi auf leisen Sohlen, der um Akzeptanz hudelt und unterwürfig lächelt. Er hat die Schnauze voll von der Leisetreterei, egal ob im DeeDeeErr-Gleichschritt oder im geschmeidigen BeeErrDee-Schleichgang, und er zeigt es, *allen.* Einen Dreitagebart trägt er, der eine Woche alt ist, einen Lagerfeld-Stummel am Hinterkopf, der sich mal zum Zopf auswachsen soll, eine absolut lässige Wildlederjacke in der Farbe »Killer-Red«, Dschiens, und anstatt des verhaßten »Würgers« ein ganz legeres Halstuch mit türkischem Muster. Doch am meisten Aufsehen erregen seine taubenblauen Kaubeustiefel auf den Korridoren des Konzerns. Unter lauter herumtaktierenden Schlipsheinis riecht das nach Revolution.

Da muckt einer auf, oder ist der vielleicht ausgerastet? Auf jeden Fall ist *etwas* im Gange. Sowas bleibt nicht ohne Folgen. Das sieht sehr nach »Personalveränderungen« aus ...

Langsam läßt Antek die Hand von der Stirn neben die Kritzel-Margeriten sinken.

»Wer weiß davon?« fragt Antek und starrt Frank mit Augen wie Gewehrmündungen an.

Frank glaubt sich verhört zu haben und lacht böse auf. »Ist das alles, was du dazu zu sagen hast?« Eine üble Mischung aus Schreck und Wut schlägt ihm dabei auf den Magen.

Seelenruhig läßt Antek seine Körperfülle aufreizend in seinem Sessel hin und herschwappen und blickt gelangweilt zur Decke. »Eine Frage ist nicht *alles*, Frank!«

»*Ich* weiß davon, dein Opfer, dein Freund, den du verraten hast, um dich selber abzusetzen, du Ratte! Reicht das nicht?!« Frank muß schwer an sich halten, obwohl er diese Situation schon tausendmal im Geiste durchgespielt hat. Dieser Kerl hat die Moral eines Kannibalen. Frank grinst Antek dreckig an. Auf kaltblütig will er machen. Wer erwartet schon Reue von Schweinehunden?

»Ja, ja, sicherlich ist das schon *schlimm* ...«, nölt Antek provozierend beiläufig.

Da schlägt dröhnend eine rote Woge über Frank zusammen. Er sieht nur noch, wie er, die kleine »Pornoratte« Frank Zaunig, den mediengewaltigen Antek Nagler mit der Linken an der Krawatte packt, über den Schreibtisch zerrt und ihm mit der Rechten eine klatscht. Peng! Einfach so.

Anteks Oberlippe ist aufgeplatzt. Für drei Sekunden fühlt sich Frank besser, ist dann aber sauer auf sich. Nicht nur sein Konzept, sondern auch seine Hand scheint jetzt kaputt zu sein. Antek tupft sich das Blut von der Lippe und betrachtet Frank wie ein erstauntes Krokodil.

»Das nenn' ich ein klares Stäitment, Sportsfreund! Ehrlich, hätte ich dir gar nicht zugetraut.«

»Geschenkt! Aber glaub mal ja nicht, daß du mir so billig, nur mit 'ner Schelle davonkommst! Da biste auf'm Holzweg!« Die ersten Schritte beim aufrechten Gang sind immer die schwersten, macht er sich Mut, denn für Sekundenbruchteile sah er sich wieder im Pornosynchronstudio.

»Billig?!« schnaubt Antek belustigt. »Na, rate mal, warum du den Dschopp hier hast?«

Frank hat sich aber endgültig für die Rolle des Überlegenen entschieden, boxt ein paarmal die linke Faust in die offene rechte Handfläche und sagt mit belegter sanfter Stimme: »Du kannst auch *richtig* eins auf die Fresse kriegen. Nur solltest du vorher wissen: Bei der Armee war ich in der Boxstaffel ...«

»Ohne Handschuhe gibt das nur zwei kaputte Hände, aber vielleicht willste *mir* mal 'ne Sekunde zuhören?!« poltert Antek los.

Erschrocken steckt Sylvia, die Sekretärin, den Kopf zur Tür rein. »Ist was?« wispert sie verschreckt. Antek bietet einen furchterregenden Anblick. Von seiner Oberlippe tropft Blut auf die Kugelschreiber-Margeriten, und er stiert mit blutunterlaufenen Augen zur Tür. »*Raus*!« Sylvia flattert wie ein verschreckter Vogel zurück und schließt die Tür lautlos.

»Also, hör zu! Ich bin nicht der Typ, der herumlamentiert. Soweit kennste mich. Ich bin auch keiner, der sich rausredet. Ich stehe zu dem, was ich getan habe, auch zu den Schweinereien! Sowas machen hierzulande nicht viele, soweit ich informiert bin ... Um 'nen Heiligenschein oder einen posthumen Heldensockel hab ich mich nie gerissen und ooch nicht um den Titel des obersten Moralisten. Einigermaßen durchkommen, das ist was zählt! ...«

»Und was ist mit dem Leid und dem Schaden, den du anderen zugefügt hast? Sollen die das nu' gutfinden, einfach weil Antek Nagler auf ihre Kosten nur mal eben ›durchkommen‹ wollte?«

»Das regel ich nu' auf meine Weise!« Antek wischt sich das Blut von der Lippe, grabbelt im Eisfach seiner Hausbar herum, fummelt Eiswürfel in eine Plastiktüte, mit der er sich dann die Lippe kühlt, und fährt dann fort: »Für einen Moralisten hast du aber ein verdammt kurzes Gedächtnis. Du warst doch total am Arsch, Mann! Und hat dir denn jemals einer von deinen Moralaposteln aus der Scheiße geholfen? Nein?! Ach! Und ich kann dir auch verraten warum: Wenn ich nämlich auch so ein moralisch wertvoller Mensch gewesen wäre wie du und weiter in Anklam versauert wäre, anstatt mich uff-Deibel-komm-raus früh genug aus dem Osten abzusetzen, um es im Westen noch beizeiten nach oben zu schaffen – wie man das als ›ausgereister‹ DeeDeeErrler noch bis Mitte der Achtziger konnte –, wenn ich also nicht mitgespielt hätte und hiergeblieben wäre, dann könnten wir uns jetzt beide ohne alle moralischen Differenzen in der Gosse die Hucke vollsaufen, solange die Stütze reicht! Das sind die Fakten!

Okäi, ich bin ein Schwein! Gebongt! Gebongt! Und es ist auch eine Schweinewelt, in der wir leben. Ich streite nischt ab und will auch nischt rechtfertigen mit 'ner schweren Kindheit, oder weil man mich mit dem Augenlicht meiner Großmutter erpreßt hätte und so'n Stuß ... Aber eins bin ich gewiß nicht: Ich bin kein Zechpreller! Ich stehe wenigstens für meine Sauereien grade und nicht nur mit lauen Sprüchen und Tränchen im Knopfloch, wofür du dir nischt kaufen kannst. Wenn du hier heute also einen kuhlen Dschopp schiebst, mein Lieber, dann ist das meine Art *Wiedergutmachung*! Und solange ich hier in diesem Laden was zu sagen habe, ist dein Dschopp sicher. Das sollteste dir merken! Außerdem, wenn du dir deine Akte mal genau anguckst, dann wird dir auffallen, daß ich der Stasi nur berichtet habe, was die sowieso schon über dich gewußt haben. Du wirst dabei nämlich auch feststellen, daß ich dich sogar *geschützt* habe.«

»Nu werd bloß nich' komisch!« Frank ist wie von der Tarantel gebissen wieder aufgesprungen.

»Da brauchste dich gar nicht so aufblasen! Die wollten dich wegen Vorbereitung von *Republikflucht* drankriegen, du Traumtüte! Mit Bau und allem drum und dran! Ja, da guckste! Alles wegen deiner verfluchten Weibergeschichten! Diese Gerti hat dich nämlich denunziert, als du mit der Karin rumgemacht hast ...«

Frank langt über den Schreibtisch und packt Antek am Revers. »Nu' erfind bloß keine Opern, du Drecksack! Davon stand nichts in den Akten, du guter Mensch von Anklam, du!«

»Nimm die Pfoten weg, dann kann ichs dir auch – *beweisen*«, entgegnet Antek kaltschnäuzig und versucht überlegen zu grinsen. Mit aufgeplatzter Lippe kommt das nur halbgut. Angeekelt stößt Frank Antek in seinen Lederthron zurück.

Aus den Tiefen seiner Hosentasche kramt Antek einen Schlüsselbund und fingert mit einem kleinen Schlüssel an der doppelt gesicherten unteren Lade seines Schreibtisches herum. Ein ockergelbes Aktenbündel wühlt er schließlich heraus, das er quer über den Tisch zu Frank rüber schleudert. »Da! Vielleicht macht dich das hier schlauer. Habe ich in Neubrandenburg gefunden, als ich mit meinem ehemaligen Führungsoffizier Belastungsmaterial beiseite schaffen wollte. Die Ironie des Schicksals wollte, daß ich nur Sachen fand, die mich entlasten, darum hab' ich das mal für alle Fälle aufgehoben ...«

Mit spitzen Fingern greift Frank zu den Akten und schickt Antek einen vernichtenden Blick über den Tisch. Kurz überfliegt er das Dossier, blättert hier, blättert da, und was er liest, bestätigt Anteks Version. Antek hatte ihn danach wirklich aus der Sache »Republikflucht« rausgehauen!

»Und woher weiß ich, daß das nicht getürkt ist?«

Inzwischen hat Antek seine Lieblingspose eingenommen. Seine Füße ruhen auf der ausgezogenen mittleren Schublade. Den Bürosessel hat er wie einen Liegestuhl nach hinten gekippelt und läßt nun gemächlich seinen Bauch hin und her schaukeln. Dabei kühlt er die wunde Lippe andächtig und sucht an der Zimmerdecke nach höheren Eingebungen.

»Vielleicht kommst du auch auf den Trichter, daß es verschiedene Grade von Schuld gibt. Für die Stasi berichtet zu haben, heißt erst einmal gar nischt, außer daß man mit dem Deibel paktiert hat. Ne andere Frage ist wieder, ob man vorm Deibel angstschlotternd auf dem Bauch gelegen und Leute ans Messer geliefert hat, oder ob man versucht hat, den ollen Satansbraten Stasi zu überlisten, um ein eigenes Spiel aufzuziehen.«

»Ich werde dich gleich für'n Bundesverdienstorden vorschlagen«, pflaumt Frank ihn an.

»Laß mich ausreden ... Wenn man also schlau und abgebrüht genug war, konnte man Leute wie dich auch mal *rauspauken.*«

Frank schnauft vor Unmut.

»Aber selbstverständlich mußte man dazu neben Grips gute Nerven haben, auch mal in die Scheiße greifen können und sich nicht zu fein sein, die Hände 'n bißchen schmutzig zu machen. Das mußten übrigens alle Anwälte, die Politischen geholfen haben. Auch wenn das heute keiner mehr wahrhaben will. Diese Leute haben wenigstens was Konkretes bewirkt, während all diese Moralapostel außer Nachtgebete für den Frieden nischt zustande gekriegt haben.«

»Außer 'ne Revolution!« lacht Frank verbittert.

»*Revolution*??? Wo? Is mir nich aufjefallen! Hätte dem Westen auch ganz gut getan ... Vielleicht sind die Westler auch darum auf die Ossis so sauer. Ich habe nur gesehen, daß die DeeDeeErr pleite war und plötzlich Hunderttausende nach Beute geschrien haben, um mit dem Schlachtruf ›Deutschland einig Vaterland!‹ die etwas dämliche alte Tante Bundesrepublik auf die sentimentale Tour auszuplündern. So sieht's doch aus! Und was war mit der sogenannten oppositionellen Elite der DeeDeeErr? Ein Kindergarten! Die war doch gar nicht in der Lage zu führen und hatte von machtpolitischen Realitäten nicht den geringsten Schimmer. Geschämt hat man sich!«

Etwas außer Atem und selbstzufrieden plaziert Antek seine Hacken auf dem Schreibtisch und guckt wie ein aus dem Leim gegangener Volker Rühe.

»Nimm die Füße runter, wenn ick mit dir rede!« fährt Frank ihn an, und zu seinem Erstaunen gehorcht Antek und guckt ganz verdutzt. »Also, 'n Stasi-Spitzel aus Widerstand warste!

Und für die, die wirklich Widerstand geleistet haben und die du verraten hast, willst ausgerechnet *du*, der Stasispitzel ›Gavroche‹, sich *schämen*?!? Also, das ist nu' doch 'n zu dicker Hund!«

Antek schielt auf seine Rolex, wuchtet sich aus seinem Sessel hoch und wischt an seinem Gesicht vor dem spiegelnden Fenster herum. »Sag' mal, was hältst du von Vergangenheitsbewältigung vor Ort? Heute kriegen wir hier doch nischt mehr in Sack und Tüten. Laß uns nach Anklam fahren.«

»Und wozu soll das nu' gut sein?«

»Abwarten!«

Zehn Minuten später sitzen sie in Anteks BeeEmWee und rauschen durch die märkischen Wälder nordostwärts. Früher sind sie die Strecke im Wartburg oder im Zug ständig gefahren. Zweimal die Woche, mindestens.

»Ick weiß gar nicht mehr, wann ich die Strecke das letzte Mal gefahren bin ...«, sinniert Antek.

»Bei mir war's genau am 28. Mai 1990 mit Claudia.«

»Ach, so lange geht das schon mit euch? Wie geht's denn dem alten Mädchen so?«

»Claudia hat geheiratet«, brubbelt Frank düster.

»Die hat ... *wat*?!« Antek kichert amüsiert. »Na, wen denn? *Dich* doch wohl nich'?«

»Nee, 'n alten Schulfreund in Amerika.«

»Und wie kommst du damit klar?«

»Ich weiß noch nich' so recht.«

»Na, so wie wir alle Frank Zaunig kennen, bläst der ja nicht lange Trübsal ...«

»Danke, mir reicht's für die nächste Zeit.«

Draußen fliegen einsame Wälder, stille Seen und menschenleere Felder vorbei. Ab und zu rufen bunte Plakatwände in grauen Dörfern: »Go West!«, »Come together!« oder »Ellis Getränkestützpunkt!« Parabolantennen auf maroden Dächern polken vom Himmel tausend bunte Bilder. Mit schrottreifen »Türkenschleudern«, BeeEmWee-Haifischschnauzen und rostenden Ur-Corollas liefern sich schneidige Brandenburger und Sachsen gnadenlose Rennduelle über verträumte Alleen in Richtung Ostsee.

»Alles Wahnsinnige!« knurrt Antek und fährt den Autobahnzubringer rauf.

Das bekannte »Dadam, dadam, dadam« der Teernähte zwischen den Betonblöcken würde auch einem blinden Beifahrer sagen, daß der Fahrer soeben den Weg über die Autobahn in Richtung Prenzlau/Stettin eingeschlagen hat.

»Kannste mir mal verraten, warum ausgerechnet *du* Ossis so haßt? Meinste durch Beschimpfung und Niedermacherei wird deine Lumperei kleiner?« nimmt Frank die Diskussion wieder auf.

»Wieso? *Ich* hasse doch gar keine Ossis, bin doch selber einer. Ich stelle einfach nur Tatsachen fest. Aber wenn es dich tröstet: Die Wessis sind ja noch schlimmer!«

»Ach du heiliger Bimbam!«

»Die Ossis können sich wenigstens entschuldigen, daß sie wegen Pressezensur und so weiter nischt über die wahren Zustände in ihrem Land wußten. Die Wessis aber, und das ist jetzt nu' mal die Dreiviertelmehrheit der Deutschen, weiß nun schon seit Jahren, daß die Bundesrepublik total in die Pleite abschifft, und wollen das genauso wenig wahrhaben und was dagegen tun wie die Pappnasen vom ZettKa. Die Symptome sind die gleichen wie zur Endzeit der DeeDeeErr: Realitätsverlust! Dagegen sind die Ossis schon wieder heroisch!«

Darauf fällt auch Frank nichts mehr ein. Er stöhnt nur gequält.

Nach Prenzlau scheint fast jede Besiedlung aufzuhören. In der roten, flachen Abendsonne liegen grüne Brachflächen mit Hünengräbern am Horizont, dann nichts und danach überhaupt nichts. Ihr altes »Sibirien«. Fast werden sie sentimental. Seit dreißig Minuten schweigen sie in sich hinein und lauschen einem Ratespiel für Schwachsinnige. Der Moderator im Autoradio steht offensichtlich unter Spied und quasselt, als hätte er Sprechdurchfall. Das Land ist dunkel, die Sterne hell.

Der Bordcomputer prophezeit ihre Ankunft in Anklam in fünf Minuten Universalzeit: »Fahren Sie immer geradeaus nach Nord-Osten«, sagt die sanfte Frauenstimme aus der Dose. Vor dem Dom meldet sich die Dame vom Chip zurück: »Sie haben Ihr Reiseziel erreicht!« Stimmt zentimetergenau.

Anklam ist so trübe wie eh und je. Nur im Zentrum leuchtet die Deutsche Bank an Bürocontainern optimistisch gegen den vorpommerschen Verfall an. Im orangegrellen Bogenlicht auf zwei Hektar Betonplatten, die nun wieder ein Markt und nicht mehr Aufmarschplatz sein sollen, hocken tief angeödete Jugendliche mit drei Kästen Bier und trinken im offenen Rülpswettbewerb, bis sie entweder einschlafen oder die Telefonzelle demolieren.

Vor dem Gasthaus »Zur Post«, ihrem alten Domizil, steigen sie aus. Mit der konfektionierten Rustikalität westdeutscher Gaststättengemütlichkeit der Brauerei XY aus Hamburg hat man hier inzwischen alles aufgebrezelt. Über die ordinären Wirtshausdielen hat man vornehmes Stabparkett verlegt. Auf den Tischen stehen blaue Kerzen mit piefigen Strohblumen. Es ist so leer, als stünde draußen ein Schild mit der Aufschrift »Eintritt polizeilich verboten«.

Selbst ihre alten Zimmer sind frei, denn alle Zimmer sind frei. Anstatt fünfundzwanzig Mark kostet die Übernachtung jetzt hundertfünfzig plus Mehrwertsteuer. Dafür hat man über das abgelatschte rostrote Linoleum aus den dreißiger Jahren einen graublauen Teppichboden verlegt. Der Flausch reibt sich zu kapitalen Staubmäusen ab, die sich statisch aufgeladen hartnäckig an Hosenbeine heften. Neben der Zimmertür steht wie eine irregeleitete Telefonzelle eine Duschkabine, nagelneu, aus letzter DeeDeeErr-Produktion. Unter der Dachschräge blitzt eine jungfräuliche Kloschüssel und ein winziges Waschbecken, das sich verlegen an der Wand festhält. »Hot« und »Cold« steht auf den Wasserhähnen, falsch herum.

Reisende ohne Gepäck erregen Mißtrauen. Der Portier besteht auf Vorkasse. »Seit einigen Monaten ist der moderne

Geldverkehr auch in Anklam eingezogen«, erklärt er stolz. Er meint: Bei der Deutschen Bank am Kontäiner steht ein Geldautomat. Da können sie sich jetzt Geld ziehen, denn mit den Plastikkarten kennt sich nur der Chef aus, der ist aber bei der Treuhand in Berlin wegen offener Eigentumsfragen und kommt erst am Wochenende.

Antek macht mit Frank eine Hausbesichtigung der besonderen Art. Er zeigt ihm, wo einst die Kabel der Abhöreinrichtungen langliefen und wo sie endeten: im Zimmer Eins. Zimmer Eins wurde früher nie vermietet, aber trotzdem schien da immer Licht unter der Tür durch. Warum? »Hier saß das örtliche arme Stasi-Schwein, und hörte dich ab, wie du da oben die Gerti, die Karin, Christel, Veronika oder die Waltraud gevögelt hast. Das Beste hat der Typ dann aufgenommen und nach Berlin geschickt. Waltraud war übrigens seine Frau ...«

»Deshalb hast du mich doch wohl nicht hierher gelotst, oder was?« fragt Frank muffig.

»Geduld, das kommt noch! Aber laß uns erst mal rüber in unsere alte Stammkneipe gehen ...«

»Wie, das ›Scharfe Eck‹ gibt's noch?«

»Heißen tut's jetz' anders.«

Die enge Stiege stampfen sie hinunter und betreten die trüb beleuchtete Straße, auf der sich Anteks BeeEmWee wie ein falsch geparktes Ufo ausnimmt. Die Häuser zeigen erloschene tote Höhlen hinter blinden oder eingeschlagenen Scheiben und warten auf Abriß oder Alteigentümer.

Das »Scharfe Eck« heißt jetzt »Blaue Perlen über Shanghai« und ist der Chinamann von Anklam. Fünfzehn Chinesen – es können auch Vietnamesen sein, man weiß es nicht – glucken in der Ecke und lassen die Steine ihres Majong-Spiels laut klappern. Der Spieleinsatz liegt unter einem Aluteller mit Glückskeksen in der Mitte, und der Teller steht recht hoch ... Alle rauchen, und der Rauch ist blau.

An der Theke ist man schon lange blau. Ein beinamputierter Mann um die vierzig in einem Norwegerpullover und eine dralle

Endfünfzigerin mit großen Pickeln und zerschlissener Dauerwelle trinken sich mit heißem Sake abwechselnd schön und Mut an. Nach einer Ewigkeit taucht ein luftgetrockneter Chinese mit Tränensäcken wie ausgelaugten Teebeuteln unter erloschenen Augen auf und drückt ihnen Speisekarten in die Hand, mit denen man auch Ochsen erschlagen könnte.

»Ässään?!« fistelt der Mann.

»Ja, aber nur mit bereitstehendem Notarztwagen!« frotzelt Antek zurück. Die Größe seiner Oberlippe hat sich inzwischen verdreifacht. Der Chinamann scheint einem Doktor-Fu-Manchu-Film entstiegen und versteht nur Zahlen und »Zahlen!« Er bellt noch einmal heiser »Ässään?!« Antek nickt stumm.

»Du willst mich also umbringen?« Erstmals seit Wochen zeigt Frank wieder so etwas wie Humor.

»An sowas sterben Leute wie wir nicht.«

»Aber warum müssen wir uns unbedingt in Anklam den Magen verrenken, wo wir das doch in Berlin viel bequemer haben könnten?«

Antek fällt das Grinsen schwer, und er hält sich die schmerzende Lippe. »Du hast'n sauguten Pansch. Kam ansatzlos. Das muß man dir lassen ... Aber sag mal, ... glaubst du eigentlich an *Gott*?«

»Nee, wie kommste denn auf *sowas*?« erschrickt Frank.

»Darum sind wir hier.«

»Wegen Gott in Anklam?«

»Wär' übrigens ein Spitzentitel ... Nee, im Ernst, wir geh'n nachher jemanden besuchen, und da kann man wirklich ins Grübeln kommen ... Du wirst schon sehen ...«

Eine Stunde später hat das süßsaure Schweinefleisch mit dem kalten Flaschenbier bei Frank die Mutter aller Sodbrennereien gezündet. Antek führt Frank am Theater vorbei. Ein Gerüst steht um den maroden Fachwerkbau.

»Wird jetzt alles privatisiert.«

»Von wem denn?«

»Das hat was mit dem Grund unserer Reise zu tun.«

Meine Jüte! Was für eine Verlade wird denn das!? Hab' ich nicht mehr alle beisammen, oder was? Beunruhigend ist nur, daß er sich diese Frage in letzter Zeit recht häufig stellt und eindeutige Antworten darauf noch häufiger ausbleiben. Also, was soll's?

Wieder leuchten nur die Sterne, und die Scheinwerfer graben einen Halogentunnel in die vorpommersch»sibirische« Finsternis. Nach etwa fünfzehn Minuten fahren sie über eine Betonschwellenpiste, dann über Sand und halten vor einem einsamen Gehöft. Eine Meute Hunde bellt sich die Seele aus dem Leib, und Frank denkt noch, was das für ein ideales Szenario für einen Mord abgäbe. Komisch kann er das im Moment nicht finden, weil Humor und Sodbrennen sich gegenseitig ausschließen, und der brennende Magen ihn nur noch verrückt macht.

Endlich geht knarrend eine Tür erst am Haus, dann ein Tor quietschend in der Feldsteinmauer, und sie werden vom Kegel einer Taschenlampe gnadenlos geblendet.

»Was denn?« fragt der Taschenlampeninhaber verdattert: »Andi Nagler? Und wen haben wir denn da? Ich werd' verrückt!«

Franks Augen tränen und er hält den Unterarm als Blendschutz hoch. Wo hab' ich nur diese Stimme schon mal gehört? Antek und der unsichtbare Gastgeber boxen sich herzhaft auf die Oberarme, rütteln einander an den Schultern.

»Das nenn' ich 'ne Überraschung!«

Der gnadenlose Blender leuchtet ihnen nun den Weg voran zu einem von rauschenden Kastanien umstellten Fachwerkhaus. Auf dem Weg sitzen zehn Schäferhunde militärisch in Reih' und Glied ausgerichtet. Hier und da ein kurzes Aufknurren, ansonsten hechelndes Schweigen, gekonnter Gehorsam. Das gelbe Lampenlicht setzt dem Hausherrn einen weichen Heiligenschein auf. Das Haus atmet ländlichen Modergeruch und ist mit Gründerzeitmöbeln vollgestellt, die sich in der niedrigen Bauernstube wie tote Walfische ausnehmen.

»Dr. Kordell, wie der Strick mit zwei El.«

Frank schiebt sich eine fette warme Hand entgegen, die zu einem dicklichen, kleinen Mann mit Rauschebart und langen, fettigen Lodden gehört. Dr. Kordell hat eine angenehme warme Stimme und sanftmütige braune Augen, die Frank gutmütig-schalkhaft mustern. Aus dem Spind holt er eine Flasche »Eigenprodukt« und drei Schnapsgläser, aus dem Kühlschrank drei Flaschen Lübzer Bier.

»Ihr trinkt doch noch proletarisch, oder?«

»Klar, keine Gläser fürs Bier!« antwortet Antek.

Lachend gießt Dr. Kordell die Schnapsgläser randvoll.

»Für mich nicht!« wehrt Frank ängstlich ab, aber niemand schert sich darum.

»Was, also führt euch her, mitten in der Nacht, sagt an?« Offenbar deklamiert er einen Bühnentext. Wahrscheinlich aus einem Klassiker, aber bei ihm klingt es nach Schmiere.

»Nacht?« Antek sieht ironisch zur Uhr. »Is' doch erst kurz nach zehn.«

»Hier gehen die Uhren anders, das weißte doch. Aber erst mal Prost!«

Sie kippen Kordells Selbstgebrannten, der »extra gut gegen Sodbrennen« sein soll, auf ex. Plötzlich leuchtet ein Wiedererkennen in den Augen des bärtigen Dicken auf, und er bohrt seinen dicklichen Zeigefinger in Franks Richtung.

»Jetzt weiß ich's wieder! Frank Zaunig, Anklams größte Hoffnung am Theaterhimmel, der vorpommersche Fränkiebeu, vor dem alle Frauen und Mädchen auf die Bäume flüchten mußten, wenn sie nicht in seinem Bett landen wollten. Hahaha! Im Moment weiß ich gar nich', ob dein Ruf als Schauspieler oder als Verführer größer war. Ich glaube eher das letztere ... hahaha!« Antek und Kordell lachen zotig.

Plötzlich setzt Antek ein ernstes Gesicht auf. »Laß mal, Dieter! Der Junge hier hat Liebeskummer.«

Kordell wiehert darauf wieder los.

»Nee, also Spaß beiseite! ... Frank hat seine Akte gelesen.«

Der Satz steht eine Weile wie eine Wand in der Bauernküche.

Dr. Dieter Kordell, ehemaliger hauptamtlicher Mitarbeiter der Unsichtbaren Front, seufzt ein bißchen: »Ja, ja, die Vergangenheit...«

»Ich möchte, daß du Frank die *ganze* Geschichte erklärst, Dieter. Vielleicht erzählst du ihm mal etwas von unserer Arbeitsauffassung.«

Umständlich stopft sich der Ex-Stasimann mit dem sanften Blick eines Cockerspaniels englischen Kirschtabak in seine Pfeife und brummt: »Hm! Kein nettes Thema für den Nachtschlaf... Aber, wenn du meinst, daß es sein muß... Na, ja... Um es gleich zu sagen: Kein Mensch hat mich zu meiner Tätigkeit gezwungen... ich hab' noch nicht mal aus Überzeugung für die Firma gearbeitet. Das heißt, ich war kein Kommunist, denn Idealisten sind sowieso die geborenen Verlierer... stimmt's? Das lehrt schon die Geschichte. Na ja, was soll's!... Doktor der Physik war ich und wollte einfach Zugang zu allen internationalen Publikationen und Kongressen. Für einen alleinstehenden Mann gab's da nur diesen Weg. Und fast alle Reisekader mußten ›Berichte‹ liefern... Aber im Grunde genommen sind alle Geheimdienste der Welt entsetzlich stumpfsinnig und leben eigentlich nur davon, daß alle mitspielen, die einen aus Angst, die anderen aus Niedertracht. Es gab nur wenige, die man zwingen mußte, die meisten haben sogar einen peinlichen Eifer an den Tag gelegt. Meine Erfahrung... die alte Geschichte eben... aber ich war ja nur ein kleines Licht...«

Dieter Kordell zockelt den Rauch genüßlich aus der Pfeife, nimmt sein Pils zur Brust und verbreitet die schummrige Behäbigkeit, zu der man Gespenstergeschichten erzählt.

»Meine Arbeit für die Firma habe ich nach dem Gesichtspunkt des maximalen Wirkungsgrads gemacht: geringster Einsatz bei optimaler Wirkung. Soll heißen: Die meisten Berichte waren reine Erfindungen, die sich zwar gewichtig lasen, aber niemandem besonders schaden konnten. Ich gab Lagebeschreibungen wieder und machte auf Fachkongressen ein bißchen Wissenschafts- und Wirtschaftsspionage. Meistens habe ich das aus englischen Fachzeitschriften einfach nur abgeschrieben. Dann hat sich der Bericht mit anderen Quellen ›gedeckt‹ und prompt war man ein ›zuverlässiger Kundschafter‹. Wichtig war, daß man viele Berichte geschrieben hat... Und da war ich fleißig. Dann hat man mich vom Außenministerium als Journalistenbegleiter für Journalisten aus dem KaAh eingesetzt. Na, wer von denen nicht wußte, wozu ich da bin, war selber schuld! Allerdings – und 'nu kommen wir Anklam näher – hatte ich schon immer eine Schwäche fürs Theater. Ich habe sogar mal an der Humboldt-Uni ein Arbeiter- und Studententheater geleitet. Irgend jemand, der dann meinte, ich wäre für Berlin ›verbrannt‹, kam in der Normannenstraße auf die glorreiche Idee, mich für Kunst und Kultur im Raum Küste einzusetzen, wohin man alle bösen Buben aus Sachsen und Berlin abgeschoben hatte. Denen sollte ich nu auf die Finger gucken. Tja, und in Antek fand ich dann einen Bruder im Geiste. So kamen wir ins Geschäft. Aber eins will ich dir mal sagen, Freundchen, diese Republikflucht-Anzeige damals hat uns ganz schön ins Schwitzen gebracht, du! Gemeinsam sind Antek und ich da nach Berlin gedüst, um die Sache vom Tisch zu kriegen. Antek, weil er dein Freund war, und ich, weil ich deinen Hamlet stark fand. Ja, wirklich! Aber leicht war das nicht, dich da vom Haken zu holen... Du weißt ja, wenn erst mal Blut im Wasser ist...« Der Genosse Dieter schmaucht nachdenklich grinsend an seinem Pfeifchen. »Genaugenommen bist *du* uns was schuldig.«

An dieser Stelle würgt Frank der Brechreiz. Er kotzt eine Ewigkeit in den kordellschen Garten, bis er nur noch blanke Galle spuckt. Bei jeder Bewegung knurren die Hunde scharf. Stocksteif steht Frank an die Wand gepreßt. Die Viecher kommen mit gefletschten Zähnen immer näher. Glücklicherweise hat Kordell ihn schon vermißt und vergattert die Hunde vom Küchenfenster aus.

Als Frank dann bleich in die Küche zurückwankt, ist der Genosse Dieter thematisch dabei, die mecklenburg-vorpommerschen Kultureinrichtungen zu retten. Es geht um seine

Rettungsaktion des Stadttheaters Anklam, wo er jetzt »Intendant« ist, kommissarisch ... Seine Augen leuchten wie bei einem Jungen, der mit der elektrischen Eisenbahn spielt. Hinter dem Küchenschrank kramt er beflissen eine Plakatrolle hervor und entrollt mit feierlichem Stolz das Plakat: ›Viel Lärm um nichts‹. Er lacht das Lachen eines Mannes mit gesundem Magen und starken Zähnen. Die Rechnung des Genossen Kordell ist aufgegangen: »Am Arsch der Welt neu anzufangen.«

In seine Stasi-Arche nahm er die Bluthunde des Regimes gleich mit. Die Köter hatten den gleichen Dienstherren wie Kordell. Die »Kollegen« Kettenhunde taten Dienst im Todesstreifen an der Berliner Mauer. Weil Hunde aber treuer als Menschen sind, wollte man sie töten. Halbverwilderte, scharfe »Mauerhunde« waren selbst für hundenärrische Berliner der reine Horror. »Und tatsächlich hat man mit diesen Hunden ein Problem«, gesteht Dieter, »sie lassen jeden rein, aber niemanden raus!«

Stimmt. Als sie das Haus verlassen wollen, werden sie von den Hunden »gestellt«, dann ruft Kordell: »Rot Front!« Die Hunde machen »Platz«. Die Tiere haben Glück. Kordell hat Anklam lebenslänglich!

Allah ist groß, denkt Frank.

Wenn Frank am nächsten Morgen in Anklam auf seine Gewohnheit, zum Frühstück eine Zeitung durchzuschmökern verzichtet hätte, wäre sein Leben anders verlaufen. Doch so spaziert er unverdrossen zehn vor acht noch ganz in Gedanken über seltsam schweijkhaft menschelnde Stasis, unverbesserlich regimetreue Schäferhunde und höhere Gerechtigkeit zum Zeitungskiosk auf der anderen Straßenseite. Plötzlich steht vor ihm ein etwa zehnjähriger Junge – mit *seinem* Gesicht! Für ein Gespenst hat er zu rote Backen, einen zu schweren Ranzen und zu kurze Hosen.

»Das ist der Sohn von Gerti Scholz«, erklärt ihm auskunftsfreudig die Briefträgerin, die er vor Schreck angerempelt hat. »Tragische Sache! Der Vater soll im Gefängnis gestorben sein, *politisch*«, raunt sie und stutzt, als sie Frank ins entgeisterte Gesicht schaut. »Nee, wat ne Äähnlichkeit. Man könnte denken, daß ...«

Den Rest des Satzes kriegt Frank nicht mehr mit, weil er nur noch »Land gewinnen!« denkt, »Kickstart in den Krebsgang und weg!« Doch wie aus dem Boden geschossen steht Antek dreckig grinsend hinter ihm und schabt die Zeigefinger übereinander: »Dreht euch nicht um, der Plumpssack geht um, und wer sich umsieht oder lacht, kriegt den Buckel vollgemacht! Eins, zwei, drei, ein faules Ei!«

23. Über »Griechen«, die mit Geschenken kommen, und andere jüdische Listen

Zu Sergejs Hochzeit hatte Victor kein Hochzeitsgesicht getragen. Seine Miene paßte eher auf eine Trauerfeier. Allerdings war es nicht die Rückzahlung des Darlehens für Sergejs Scheinehen plus Nebenkosten, die ihm Sorge bereitete. Das erste Mal seit langem trieben Victor schwere Familiensorgen um.

Victor dachte nämlich, er wäre schlau, ja doppelt schlau, wenn er seine Kinder zum Studium nach Amerika schickt. In den USA gibt es nicht nur eine erstklassige Ausbildung, sondern vor allem tausend mal mehr – und an den amerikanischen Elite-Unis zehntausend mal mehr – Juden als an Deutschlands Hochschulen, was beinahe wichtiger ist als die Bildung selbst.

Eine jüdische Tochter oder einen jüdischen Sohn jüdisch und standesgemäß unter die Haube zu bringen, war schon früher im Schtedl in der Ukraine unter lauter Juden eine nervenaufreibende Sache, um wie viel schwerer, wenn nicht sogar unmöglich, ist ein solcher Plan in Deutschland heute? Yale und Princeton schienen Victor daher die sprichwörtlichen zwei Fliegen zu sein, die man mit einer Klappe schlägt.

Vor ungefähr einem Jahr faxte Aaron seiner Mutter Apollonia Rabinowitsch zum Geburtstag neben den üblichen Glückwünschen, daß auch eine gewisse *Sarah* grüße ...

»Aha!« seufzten Apollonia und Victor erleichtert. »Endlich!«

Vor ungefähr sechs Monaten hieß es, daß er sich mit bewußter Sarah verloben wolle. Allen fiel ein Stein vom Herzen. Mazel Tov! Vor acht Wochen flogen Aaron und Sarah von NYC nach Berlin, und beim Dessert stellte sich heraus, daß Sarah mit der jüdischen Tradition und den Bräuchen nicht so recht vertraut schien, ja, und weder wußte, was eine Menora ist, noch was Jom Kippur! Nun gut, trösteten sich Victor und Apollonia, es gibt viele dieser total Assimilierten, die ihre Geschichte und Tradition nicht mehr kennen, oder nicht mehr kennen wollen ... Sowas kommt selbst im jüdischen »Hochadel« vor, bei den Levis und Cohns.

Zum Kaffee wußten es dann aber alle: Diese Sarah trägt zwar einen biblischen Namen, ist aber keine Jüdin, sondern eine echte *Goi.* Das Wort »Schickse« verbietet der Anstand bei den Rabinowitschs. Trotzdem fror Apollonias Lächeln auf der Stelle ein, und Victor brauchte sofort einen starken Cognac, das heißt, einen Grusinjac, auf den Schreck.

Victor ist immer ein toleranter Mann gewesen. Juden und Nichtjuden gelten ihm gleich, wenngleich er gegen gewisse Deutsche, gewisse Russen, gewisse Litauer, gewisse Ukrainer und gegen gewisse Araber eine gewisse Reserve hegt, was auf gewisse Erfahrungen zurückgeht. Doch gegen Mischehen ist er grundsätzlich. Seiner Meinung nach kommt dabei nichts Gutes heraus.

»Das taugt für Romane, aber nicht fürs Leben.« Das ist seine feste Meinung, und meistens kommt dann noch der Hinweis, daß schon bei aller Harmonie und besten Voraussetzungen eine Ehe eine hochriskante Angelegenheit sei, zumal heute alle bei der kleinsten Kleinigkeit auseinanderrennen. Darum wäre es unvernünftig, ja geradezu töricht, eine Ehe noch zusätzlich mit den Spannungen und Mißverständnissen unterschiedlicher Herkunft zu belasten.

Apollonias Ansichten dazu sind ähnlich. Daher ist es vollkommen überflüssig, daß sich Victor am Funktelefon darüber ereifert und ihr ausmalt, was aus Romeo und Julia auf dem realen Eheboden des zwanzigsten Jahrhunderts geworden wäre: »Sie hält's mit dem Reitlehrer, und er nimmt sich eine zwanzig Jahre Jüngere! Die Clans waren sowieso immer dagegen und führen dann Schlammschlachten gegeneinander in den Medien und einen Kampf bis aufs Messer um das Sorgerecht der Kinder und um millionenschwere Abfindungen. Nur weil das *so* ist und nicht anders, ist die Erzählung des Gegenteils so sensationell und rührt die Gemüter! Und wäre die traurige Wirklichkeit nicht anders, würden diese Romanzen das Publikum bis ins Mark langweilen! Warom, Polly, frag ich dich, sind de Leit so unpraktisch? Warom se sich machen mehr Ärger als weniger? Warom?«

So plädiert Victor auf Jiddisch ins Händie vor dem Hohen Gericht seiner parteilichen Gattin, die schweigend im Krankenbett liegt, zuhört und einverständig nickt. »Wir sind *Juden*!« trompetet er dann und erinnert Apollonia unnötigerweise daran, daß Kinder einer nicht-jüdischen Mutter genaugenommen noch nicht einmal zum Volk Israel gehören, und schlägt danach drei Ausrufezeichen. »Sicher«, wendet er dann versöhnlicher ein, »heite is man ja so modern, daß auch diese Kinder sogar in die Gemeinde können aufgenommen werden, aber nur als *Proselyten*! Aber machen wir uns doch nichts vor: Richtig dazu gehören sie doch *nie*!«

Denn es steht geschrieben: Ein Jude muß eine jüdische Mame haben, sonst ist er keiner! Vaterschaft ist immer fraglich, aber Mutterschaft nie. Sicher, es gibt über die Frage der jüdischen Mame, und wer Jude ist, heute keine israelischen Regierungskrisen mehr wie in den siebziger Jahren. Wenn es aber um Kinder geht, insbesondere *seine* Enkelkinder, dann wird Victor Traditionalist: »Ein Halbjude ist und bleibt, wo immer er lebt, ein zerrissener Mensch!«

Sicher will der Allmächtige mich jetzt nur prüfen, geht es ihm durch den Kopf, während er sich in Rage geredet hat. An Tatjana in Odessa muß er denken und an sich.

Tatjana war Russin. Damals hätte er sich lieber den rechten Arm amputieren lassen, als sich von ihr zu trennen. Trotzdem ist er heute froh, daß seine Mutter ihm Apollonia geradezu aufgezwungen hatte, als Tatjana plötzlich wie vom Erdboden verschluckt war. Er dachte, daß man sie in ein Lager verschleppt hätte, und suchte in ganz Sibirien nach ihr. Keiner kannte ihren

Namen, Tatjana blieb spurlos verschwunden. Wahrscheinlich war sie tot, dachte er und trauerte, wie sich das gehört.

Fünfundzwanzig Jahre später hatte er nach der Beerdigung seiner Mutter beim Leichenschmaus von Tante Ruth erfahren, daß seine Mutter Tatjana Geld gegeben hatte, damit sie sich als Wundärztin zur Fischereiflotte nach Wladiwostok versetzen ließ. Tatjana nahm das Geld, und man hat nie wieder von ihr gehört. Damit war der Fall erledigt.

»Warum?« fragt er seinen Gott, »warum mir *das* jetzt?« Also, entweder ist es der Wille des Allmächtigen, dann ist daran nicht zu rütteln, dann soll sein Aaron eben wie ein »Goi« leben, oder aber es ist eine Prüfung. Denn es steht auch geschrieben: Ein Mann muß etwas unternehmen! Was?

Nach Sergejs Hochzeitsfarce ist Victor runter in die Ukraine gefahren und hat das Grab seiner Mutter besucht. Einen Tag und eine Nacht hat er an ihrem Grab gebetet, um einen Rat, eine Idee, ein Zeichen gefleht. Herauskam dabei nur eine schlaflose Nacht und Reißen im Kreuz. So blieb ihm nichts anderes übrig, als einen Kiesel auf den Grabstein zu legen und zurück nach Berlin zu fahren. Victor ist einfach nichts eingefallen. Darum regt er sich auf und schreit in sein Funktelefon.

Doch seine Extratour in die Ukraine erwähnt er mit keinem Wort, aus Zartgefühl ... Apollonia bindet Victor auch nicht alles auf die Nase, aus Rücksicht ...

So telefoniert sie mit ihm nicht von der Kurterrasse des Hotel Esplanade in Baden-Baden, wie er meint, denn sie ist gar nicht zur Kur. Sie ist in Berlin. Das heißt, zur Kur war sie schon, drei Tage, dann verfügte der Kurarzt ihre sofortige Krankenhauseinweisung. Der Befund sei besorgniserregend, aber man weiß noch nichts genaues, wurde ihr gesagt.

Nun kramt Apollonia in ihrem umfangreichen Fundus der mysteriösen Erkrankungen. Denn seit sie zu kränkeln anfing, sammelte sie seltene Krankheiten, so wie andere Menschen Briefmarken, Bierfilze, Würfelzucker, Eierbecher, Streichholzbriefchen oder Fingerhüte sammeln. Für einige hat sie regelrechte Vorlieben entwickelt. Das Leiden, das sie momentan am meisten fasziniert, ist das Pfeiffersche Drüsenfieber.

Apollonias Symptome sind aber andere. Die Rückenschmerzen kommen und gehen, und je häufiger sie die über ganz Berlin verstreuten Fachärzte aufsuchte, desto mehr zerfällt Berlin für sie in »Gegenden« des Doktor Sowienoch, Professor Dingskirchen, des Geistheiler Soundso oder der Kapazität Wiehießernoch. Der Rest waren »Klinik-Viertel« und »Krankenhaus-Ecken«. Nach Orthopäden, Schmerzkliniken Psychotherapeuten, Geist-Heilern, Chiropraktikern hat Apollonia vor Antritt der Kur einen Akupunkteur aus China aufgesucht.

Der heiß empfohlene Akupunkteur heißt Dr. Vinceroy Chang, wohnt in Berlin-Frohnau und kommt aus Hongkong. Er arbeitet »klassisch«, mit langen Silbernadeln. Erst stach er in Apollonias Ohrmuschel herum, um ihr mitzuteilen, daß die Ursache des Schmerzes *nicht* die Wirbelsäule sei. Er tippte auf die Gebärmutter, die er unter sorgenvoll langgezogenen Tönen in ihren Ohren untersuchte.

Wie sich nun herausstellte, sollte ausgerechnet der chinesische Arzt recht behalten: Morgen, um acht Uhr dreißig, wird Apollonia operiert. Davon sagt sie Victor nichts. Er soll sich nicht unnötig sorgen. Es ist ja nur so ein Frauenleiden.

»Ich finde, wir sollten Aaron und seiner Sarah zur Verlobung eine Weltreise schenken«, schlägt Apollonia vor, während ihr die Nachtschwester Medikamente zur Nacht auf den Nachttisch legt.

»Und warum sollten wir dieser *Goi* eine Vergnügungsreise um die Welt schenken?« schreit Victor empört in sein Mobilfon.

»Ich denke nicht unbedingt an eine romantische Vergnügungsreise, also nicht so sehr an Bali, Paris, die Karibik oder Venedig, sondern eher an Riwer Räfting auf dem Colorado, Kanufahren auf dem Amazonas, mit dem Fahrrad durch China oder zu Fuß durch die Sahara und dergleichen.«

Victor schweigt verdutzt, dann muß er lachen. »Polly, du bist genial!«

Mit traurigem Lächeln legt Apollonia auf. Bevor ihr wieder die bleierne Stille des Krankenzimmers aufs Gemüt schlagen kann, wählt sie die Nummer ihres Sohnes an.

»Man hüte sich vor Griechen, die mit Geschenken kommen!« lästert er, weil er natürlich den Pferdefuß unter dem Engelskleid der Hochherzigkeit hervorlugen sieht. Der bewiesene Scharfsinn ihres Sohnes erfüllt Apollonia wie immer mit dem törichten Stolz einer Glucke. Er findet die Idee und das Geschenk sogar ganz »superb« und »excellent«.

»Sarah wird begeistert sein!«

»Na, wie schön!« sagt Apollonia und denkt: Wir werden sehen, wie lange. Dann erkundigt sie sich eingehend, wie denn Sarahs Familie auf einen künftigen jüdischen Schwiegersohn reagiert.

Auch das sei nicht leicht, bekennt Aaron freimütig. Sarahs Familie sind typische WASPs, White Anglo-Saxon Protestants, die schon mit der Mayflower oder zwei, drei Schiffe später nach Amerika kamen und sich darauf wunder was einbilden.

»Ihr Vater hat mir das kürzlich sehr penetrant unter die Nase gehalten ... Ich konnte es mir dann auch nicht verkneifen, ihn zu fragen, was er vom Genozid an den Indianern hält und ob seine Familie da nicht auch kräftig mitgemischt hätte ...«

Apollonia lächelt. »Tja, es ist immer und überall das gleiche, mein Junge! Schon deshalb sollte man *wirklich* nichts übers Knie brechen.«

Was er daraufhin genau geantwortet hat, weiß sie nicht mehr so genau, weil die Wirkung des Medikaments einsetzte. Aber es war ein gutes Gespräch, das sie beruhigt hat.

Nachdem das Medikament abzuflauen begann, rief sie noch die Tochter an. Mirjam hat keine Nerven für die geheimdiplomatischen Winkelzüge ihrer Eltern, denn sie ist verliebt und steht in Flammen.

»Ist er ein Jid, oder ist er kein Jid?« fragt Apollonia beklommen.

»Er ist ein Jid«, versichert die Mirjam aufbrausend, »und was für einer!« Er heißt Joshua Schapiro junior, und ist der Sohn von dem berühmten New Yorker Anwalt. Dagegen kann man nun wirklich nichts sagen, denkt Apollonia erleichtert und läßt der Schapiro Familie ganz besonders herzliche Grüße ausrichten.

Die Familienpflichten haben Apollonia etwas angestrengt, und sie lehnt sich eine Weile ins Kissen. Die Verliebtheit ihrer Tochter animiert sie darüber nachzudenken, warum ihr wohl die große Liebe versagt geblieben ist. Genauer gesagt: Sie weiß gar nicht, was das ist. Apollonia Rabinowitsch, geborene Nathan, war *nie* verliebt, aber das weiß außer ihrer Mutter keiner, und die schwieg darüber so hartnäckig, als hätte ihre Tochter Polly einen geheimen Geburtsfehler. Es schien ihr immer, als wäre ihr Herz für die Liebe taub, als fehlte ihr ein Sinn. Allerdings fand sie sich damit recht bald ab, ja, war irgendwann geradezu dankbar dafür, daß sie nicht an diesen seltsamen Anfällen von Wonnen und Weh leiden mußte, wie die anderen. Trotzdem ist irgend etwas in ihr bei dem Gedanken immer traurig geblieben.

»Nebbich!«

Apollonia greift entschlossen zu den Papieren auf dem Nachttisch, setzt sich die Lesebrille auf und unterschreibt hintereinander alle Formulare für die Operation. Die Diagnose lautet: akuter Krebsverdacht. Ein leeres Blatt Papier liegt vor ihr, und kyrillisch schreibt sie: »21. Juli, Jüdisches Krankenhaus, Berlin-Wedding. Mein Letzter Wille.«

24. Sonntagfrüh, wenn kein Milchmann klingelt

Unter einem hohen Himmel, in einem Dom aus Licht und Glas steht der Geschäftsführer Horst Dretzke. Absolut lässig und scharf in Schale lehnt er an seinem leuchtenden, drei Meter langen Schreibtisch aus irisierendem Panzerglas, spricht in drei Telefone gleichzeitig das Wort »kaufen«, und »dreht das ganze große Rad«. Dabei blickt er hinab auf sein Imperium, in die Straßenschluchten von »Mainhattan« auf der einen Seite der Fensterfront und auf der anderen auf den Berliner Alexander Platz.

Im Traum lächelt er sogar, aber nicht lange. Ein unangenehmes Geräusch dringt in seinen Lieblingstraum ein. Das gehört da nicht hin. Schmatzend wälzt er sich im Bett herum und wacht ein wenig später mit unwilligem Grunzen auf.

Es läutet an der Tür! Am Sonntagmorgen! Ein Unding! Das Schicksal steht bei Dretzkes diesmal bereits vor der Tür. Keiner ahnt was, weder Horst, der wütend in sein Kopfkissen drischt, noch die neben ihm schlummernde Beate, und die aus dem Brautstrauß an Horsts Arm wie Falschgeld lächelnde Larissa schon gar nicht.

Horst ist fest entschlossen, nicht da zu sein! Er hebt nur den Kopf in Richtung Fenster, um festzustellen, wie das Wetter ist. In der Restschlummerphase will er dann darüber nachdenken, was man mit diesem Sonntag am besten anstellt. Aber es klingelt.

Seit langem hat er mit Beate kein *wirklich* schönes Wochenende mehr gehabt. Sie hat nur Montag spielfrei. Sonst steht sie in Mülheim an der Ruhr auf der Bühne. Das Wetter ist *wirklich* schön, Traumwetter. Rausfahren, vielleicht baden, Freiluftiges, oder zu Ost-Heinzi aufs Boot. Aber es klingelt.

Während sich die Schlafzimmervorhänge unter einer sanften Morgenbrise leicht aufbauschen und den schweren Duft von Akazienblüten ins Zimmer tragen, dreht sich Horst noch einmal um und denkt: Im Sommer ist Berlin die schönste Stadt der Welt.

Er schließt noch einmal die Augen fest und will wieder Anschluß an den unterbrochenen Traum bekommen, so als müsse er auf einen davonfahrenden Zug aufspringen, von dem er nur noch vage die Rücklichter mehr ahnt als sieht. Und es klingelt immer noch.

Nun rumort Beate neben ihm herum, sagt laut: »Treppengeländer!« und schläft weiter.

Es klingelt jetzt stakkato.

»Horst, es klingelt«, säuselt Beate verschlafen.

»Wir sind nicht da!« knurrt er zurück und findet langsam, daß dieses Klingeln etwas Bösartiges hat. Es klingelt Sturm!

»Geh doch mal hin, vielleicht ist was mit dem Auto«, säuselt Beate schlaftrunken.

»Quatsch! Geh du doch!« knatscht er zurück.

»Ist doch *dein* Auto!« beschwert sich Beate mit geschlossenen Augen.

»*Mein* Auto steht in der Garage, und *ick* bin nicht da!«

Beate hat sich jetzt halb aufgesetzt und ein Auge geöffnet. »Aber wenn wir schon nicht da sind, dann will ich wenigstens wissen, wer *da* ist, um diese Zeit.«

»Na, denn geh' doch hin«, brabbelt Horst gnatzig.

»Und wenn das irgendwelche Gangster sind, krieg ich eins vor die Rübe! Nö, also dafür bist du viel besser gebaut.«

Wütend knallt Horst beide Fäuste ins Kissen. Der morgendliche Klingler scheint jetzt auf der Klingel zu stehen.

»Den mach ich kalt!« droht Horst, steigt aus dem Bett und torkelt nackt zur Wohnungstür.

Vorsichtshalber lugt er durch den Türspion und blickt auf den grünen Rücken eines Polizisten, der sich hinunter zum Briefschlitz beugt und dort Ausschau nach den Bewohnern der Wohnung halten will. Sein Blickfeld füllen Dretzkes männlichste Teile. So weit wollte der Beamte eigentlich nicht in die Intimsphäre des Bürgers Dretzke eindringen. Räuspernd richtet er sich darum auf und spricht durch die geschlossene Tür: »Tschuldigung, es dauert nur einen Moment. Bitte machen Sie auf!«

»Momäähhhnt«, brummt Horst unwillig, er fetzt sein Sakko vom Garderobenhaken und sieht gerade noch aus den Augenwinkeln, daß Beate somnambul in Richtung Bad und Küche tappert. Umständlich öffnet Horst die Wohnungstür.

Die Augen des Polizisten, der sich als sein zuständiger Kontaktbereichsbeamter »im Dienste des Bürgers« vorstellt, gleiten vom Sakko hinunter zu den muskulösen, mäßig behaarten Beinen des Hausherrn und dann wieder hoch zu einem Paar schlaftrunkenen, dicken Augen.

»Guten Morgen! Tut mir leid wegen der frühen Störung, aber ich mache ja auch nur meine Arbeit!«

Horst antwortet ihm mit einem Gähnen, das dem Löwen von Metro-Goldwyn-Meyer ebenbürtig ist, und schaut den Beamten dann mit verplierten Augen an. »Ja, was is' denn?«

»Herr Dretzke? Herr Horst Dretzke!«

»Ja, Mann! Was ist denn?« nörgelt Horst ungeduldig.

»Ich hätte gern mal Ihre Frau gesprochen.«

»Äh ...« In Horsts Kopf herrscht für einen Moment totale Funkstille.

»Ja, Ihre Frau, Larissa Dretzke, geborene Karpina.«

Im Moment arbeitet nur Horsts Großhirn. »Wie? Jetzt???«

Der Staatsdiener nickt mit erwartungsvollen Augen.

Endlich rastet Horsts Alarmprogramm ein: »Ach, Sie meinen meine Frau, die Larissa!« brüllt er in den rückwärtigen Teil der Wohnung, in dem Beate irgendwo schlafwandelt. Inständig hofft er, daß Beate schon in der Lage ist, Notsignale zu verarbeiten.

»Ja, haben Sie denn *mehrere* Frauen?« Der Kontaktbereichsbeamte, im Dienste des Bürgers, bemüht sich um Berliner Mutterwitz. Nur gerinnt der ihm genauso wie Horsts kläglicher Versuch zu höflichem Gelächter.

Horst versucht den KOB mit einem Lob zu bestechen. »Echt guter Witz, eijh!« Im Hinblick auf die fieberhafte Tätigkeit seiner Hirnzellen, müßte über seinem Kopf eigentlich eine Rauchwolke stehen. »Nehmen Sie doch Platz!«

»Nein, danke! Ich hätte nur gern mit Ihrer Frau ein paar Dinge geklärt, dann bin ich gleich wieder weg. Man will ja nicht stören, am Sonntagmorgen.«

»Ach, ich bitte Sie«, brüllt Horst, »*Die Polizei* stört doch *meine Frau Larissa* nicht!!! Aber leider ist meine Frau gar *nicht da*!«

Ach du dickes Ei, denkt Beate, als sie Horsts SOS aus dem Flur endlich dechiffriert. Und das ist ein echter Glücksfall, denn vor dem ersten Kaffee ist Beate normalerweise nur »daneben«. Lautlos schleicht sie sich aus der Küche, wo sie gerade die Kaffeemaschine in Gang gesetzt hat, und geht auf Zehenspitzen auf den Balkon, wo sie sich flach gegen den schon warmen Putz der Hauswand preßt. Auf dem Nachbarbalkon nimmt sie ein schwarzer Riesenschnauzer als Eindringling in sein Revier wahr und kläfft.

»Ja, wo ist denn Ihre Frau?« Der KOB runzelt bereits die Stirn.

»Wollen Sie sich nicht setzen? Vielleicht 'n Kaffee, Milch, Saft, Wasser, Bier oder eine Cola?« schlägt Horst fast flehend vor.

»Nein, danke!«

»Oder Tee, schwarzer Tee, grüner Tee, Eistee, Jasmintee, Kräutertee???«

»Danke, wirklich nicht! Ich möchte nur Ihre Frau sprechen, sonst gar nichts. Aber wenn Ihre Frau nicht da ist, wo ist sie denn dann?«

Mit beiden Händen fährt sich Horst durchs kurze Stoppelhaar, denkt an Doktor Murphy und grinst so positiv wie möglich. »Gute Frage«, lobt er den Uniformierten und betet um eine logische Ausrede, warum seine Ehefrau an einem Sonntagmorgen nicht in seinem Bett liegt. »Also, das ist komisch ...«, versucht er es aufs Geratewohl, aber bleibt wie ein Segler, den plötzlich der Wind im Stich läßt, auf einem Ozean gefährlich wogenden Schweigens seinem Schicksal überlassen. Dafür gähnt er um so ausführlicher.

»*Was* ist komisch?« In der mißtrauisch gerunzelten Polizistenstirn keimt so etwas wie ein »Anfangsverdacht«.

»Ja, sie ist ... es ist wirklich komisch ... Tja, sie ist gerade nach Moskau geflogen zu ihrer Mutter. Das Herz, wissen Sie ...« Er kommt sich vor wie der tumbeste Stammler der Galaxis und kommt zu dem Schluß, daß er in einen Wettbewerb im Schnellügen nur hintere Plätze belegen könnte.

»Aber das ist doch ganz traurig. Was finden Sie daran denn komisch?« will der Beamte jetzt wissen und bekommt Fuchsaugen.

»Mann! Was soll das? Ich meine mit ›komisch‹ nicht ›komisch‹ wie lustig, sondern ›komisch‹ wie ... äh ... äh ... *seltsam.*«

Die senkrechte Falte des Zweifels und des Vorverdachts vertieft sich jetzt in Richtung »begründeter Verdacht«. »*Seltsam.*« Dieses Wort läßt der Polizist auf der Zunge schmelzen und schmeckt mit einem argwöhnischen »so so« noch einmal den Wahrscheinlichkeitsgehalt nach. »Darf ich mich mal umsehen? Ich mache Sie natürlich darauf aufmerksam, daß Sie dazu nicht verpflichtet sind. Ich habe dazu keine richterliche Befugnis. Allerdings würde es einen *sehr* schlechten Eindruck machen, wenn Sie zu einer Zusammenarbeit mit der Polizei nicht bereit wären ... Sie verstehen?«

Horst versteht verdammt gut. »*Larissa und ich* haben doch vor der Polizei nichts zu verbergen!« brüllt Horst wieder.

»Haben Sie was mit den Ohren?«

»*Was*?« Dankbar fängt Horst den Ball auf und mimt den Harthörigen.

»Ich sehe mich dann nur mal schnell um, mit Ihrer Erlaubnis«, schreit der Polizist mit übertriebener Artikulation, wie er es im Fortbildungskurs zum Umgang mit Hörgeschädigten gelernt hat.

»Ich gehe dann mal eben vor«, orgelt Horst, »zuerst ins *Bad*!«

Im Badezimmer begutachtet der KOB die reichhaltige Sammlung weiblicher Utensilien auf den Ablagen und schaut auch mal in den Wäschekorb. Der Anblick von Damenunterwäsche stellt ihn offenbar zufrieden, denn seine Stirn glättet sich, als sei ein Bügeleisen drübergefahren.

»Bei Ausländerehen müssen wir eben mal nach dem rechten sehen, wissen Sie. Sie glauben ja gar nicht, was man da alles erleben kann!« plaudert der Staatsdiener verständnisheischend.

Horst nickt geheuchelte Anteilnahme und wünscht dem KOB, daß er entweder auf der Stelle tot umfällt, oder daß ihn zumindest sein Sprechfunkgerät dringend irgendwo anders hin abberuft. Nur fällt dieser tennisverdächtige Fünfziger einfach nicht um, und das Gerät zirpt und zischt, ohne Horst mit einem Notruf gefällig zu werden. Endlich gelangen sie in die Küche. Da stehen zwei Kaffeetassen auf dem Büffet und die Kaffeemaschine faucht vor sich hin mit vier angezeigten Tassen im Bauch.

»Erwarten Sie jemanden?«

»Wieso?«

Der Polizist weist auf die verdächtigen Tassen und den Kaffee.

»Sind Sie nicht *jemand*? Aber Sie wollten ja keinen Kaffee. Oder vielleicht doch 'n Täßchen?«

Der KOB schüttelt irritiert den Kopf. Im Wohnzimmer klaubt Horst schnell die russischen Frauenzeitschriften aus dem Zeitungsständer und dankt Simone stumm, obwohl er sie eigentlich für bescheuert hielt.

»Sehen genauso aus wie unsere, wenn man sich die Schrift wegdenkt«, faselt Horst blöd daher.

Der Polizist nickt beeindruckt. »Darf ich das Schlafzimmer auch sehen? Wie gesagt, Sie müssen nicht ...«

Horst fällt wieder der Hörschaden ein, und er legt die Hand ans Ohr.

»Ob ich mir auch das Schlafzimmer ansehen darf?« schreit der KOB.

»Ja, wir gehen jetzt ins Schlafzimmer!« brüllt Horst gegen die Wand.

»Haben Sie das eigentlich schon lange?« fragt der Beamte mitfühlend.

»Ein Tauchunfall. Mal ist es besser, mal ist es schlechter. Heute ist es gerade wieder besonders schlimm«, quatscht Horst lautstark herum.

Die Augen des Gesetzes bleiben gleich an der Wand mit den Hochzeitsfotos kleben. »Sieht man aber gleich, daß Ihre Frau eine Russin ist, finden Sie nicht?«

Horst gibt als Antwort vielsagendes Gebrumm von sich.

»Was für eine bildhübsche Frau, Glückwunsch! Wissen Sie, es gibt ja Ausländer-Ehen, da wissen die Leute noch nicht einmal den Namen ihrer Ehepartner! Alles *Scheinehen*, sag' ich Ihnen.«

»Na, wat et nich alles jibt«, staunt Horst genauso verlogen und schief grinsend wie Generationen brandenburgischer Dretzkes, die vom Landvogt um ein Haar beim Wildern erwischt worden sind.

An der offenen Balkontür errät Horst, wohin sich Beate geflüchtet hat. Schwer zu erraten ist das nicht, denn draußen tobt inzwischen ein wüster Berliner Morgentumult. Ein Haustier kläfft, die Nachbarn drohen mit der Polizei wegen ruhestörenden Lärms und das Herrchen schreit Beate an: »Na, so gehen Sie doch endlich vom Balkon! Sie machen ja meinen Hund janz verrückt!« Beate zeigt ihm einen Vogel. Das sieht Horst zwar nicht, aber er ahnt es. Energisch schließt er die Balkontür und läßt die Jalousie runter.

Endlich hat er den KOB in den Flur zum Ausgang zurückgelotst, da dreht der sich doch wie Kommissar Columbo mit dem kalten Stumpen in der Faust noch einmal in der Tür um und fragt listig: »Wann hat Ihre Frau eigentlich *Geburtstag*?«

Horst denkt: Scheiße! Ihm fällt aber Larissas Halskettchen ein. »Sie ist ein Fisch, stimmt's oder hab' ich recht!? Aber jetzt frag ich Sie mal was: Wann ist Ihr Hochzeitstag und der wievielte ist es genau, und auf welchen Wochentag fällt der dieses Jahr?«

Grübelnd zieht der KOB die Brauen zusammen und lacht verständnisvoll. »Also, nischt für unjut, Herr Dretzke!«

25. »Häppie Änd« für eine Paarungskrise

Holger hatte es satt. Die Parade von Claudias potentiellen Ehemännern war immer gespenstischer geworden, Claudia selbst immer verzweifelter. Für sie lief der Countdown immer unerbittlicher: zwölf Monate, elf Monate, *zehn* Monate und so weiter bis zum Vierzigsten! Ja, sie tat fast so, als ginge zu ihrem vierzigsten Geburtstag die Welt unter. Ähnliches kannte Holger nur von Schwulen, wenn sie dreißig werden. Völlig kopflos, die Frau!

Dabei ist Holger die seltsame weibliche Neigung aufgefallen, aus Verzweiflung den Körper eines Mannes irgendwann nur noch als notwendiges Gestell zur Anbringung eines möglichst gewinnorientierten oder wissensüberfrachteten Kopfes zu betrachten, der ihre Brut mit einem möglichst hohen »AiKju« versehen sicher durchs Leben bringen soll, anstatt auch in gleicher Weise auf körperliche Attribute zu achten. Das gab Holger zu denken.

Beim zigsten Krisenfrühstück an einem Wochenende, als es in Harlem schon um zehn Uhr vormittags über dreißig Grad heiß war, die Kinder auf der Straße die Hydranten aufdrehten und die Klimaanlagen auf volle Touren gingen, fragte er sie, ob das denn nun alles wirklich ihr Ernst sei. Wieso sich unter Zeitdruck an irgendeinen Armleuchter wegwerfen und den Rest des Lebens unglücklich werden? Das hätte doch eine Klassefrau wie sie gar nicht nötig!

»Na, meinst du, ich mache das aus Langeweile, oder weil ich masochistisch bin? Es gibt keine Männer mehr, außer Schwulen;

ansonsten nur noch Impotente und Perverse. Entschuldige ... Aber, wenn ich *das* geahnt hätte, dann hätte ich Hubert nie verlassen!« Von Frank kein Wort. Eheverweigerer zählen nicht.

Holger hatte gründlich nachgedacht und ließ nun einen Versuchsballon los. »Wenn's nur ums *Heiraten* geht, damit du nicht allein bist und dein seelisches Gleichgewicht stimmt, dann kannst du ebenso gut auch *mich* heiraten! Freundschaft ist bestimmt eine solidere Basis als Liebschaft.«

Obwohl derartige Vorschläge seit mindestens drei Generationen in der Literatur nachgewiesen werden können, starrte Claudia Holger mit offenem Mund mindestens zwei lange Minuten an. Sehr wunderlich und sehr marineblau. Dann gab sie sich einen Ruck: »Und wer macht mir ein *Kind*? Du vielleicht?!«

»Warum nicht? Über die Machart kann man sich ja noch einigen!«

Schlagartig wurde Claudia sauer bis in die Fußnägel. »Also, Holger, ich finde es absolut *nicht okäi*, wenn du darüber noch Witze machst!« Eingeschnappt mampfte sie ihr Müsli auf und studierte dabei das Dessin des Geschirrs, als sei es ein Mantra.

»Ich mache keine Witze. Ich meine es ernst!« lachte er sie gutmütig aus. »Lucien und ich hätten gern Kinder gehabt. Aber welche Chancen haben wohl Schwule, ein Kind zu adoptieren?«

»Du meinst also, du willst mich *heiraten* und mich *künstlich befruchten*?!« fragte Claudia konsterniert und äugte scheel über die Zwiebel auf ihrem Lachstoast.

»War ja nur so ein *Vorschlag*! Meine Güte, ich dachte mir nur: Ich wär glücklich, und du wärst glücklich ...«

»Hmm«, brummte Claudia verdrießlich und blickte in den tiefsten Abgrund aus Scham und Schmach seit Frauengedenken: Mein Gott, wie tief bin ich gesunken, daß ich mir schon von *Schwulen* aus *Mitleid* einen Heiratsantrag machen lasse, um mich dann *künstlich* befruchten zu lassen! Und was, zum Teufel, passiert mit all dem wundervollen, brachliegenden *Sex*??? *Grauenvoll*!

Schon wegen des enormen Peinlichkeitsfaktors, der etwa so

bei »owerkill« lag, würde sie darüber noch nicht einmal mit ihrer besten Freundin sprechen. Niemals! Eher tot umfallen!

»Denk darüber mal in aller Ruhe nach«, schob Holger etwas gekränkt nach, denn Claudias Begeisterung auf seinen Vorschlag schäumte wirklich nicht gerade über. Ja, um ehrlich zu sein, schlug sie noch nicht einmal eine einzige Blase. Und dabei hatte er es doch so gutgemeint.

Claudia gab sich nun jenseits von Gut und Böse und verzog sich recht einsilbig, um das Wochenende bei einer Freundin namens Lynn auf Long Island zu verbringen. Holger hing nun allein in seiner wirklich tollen Küche und grübelte: Was, zum Henker, ist jetzt schon wieder los? Das inspirierte ihn aber nur zu einem Schokoladenkuchen, wie ihn seine Mutter immer backte, und zu stundenlangem Fernglotzen von dusseligen Autorennen, fadem Tennis, blödem Basketball und öden Segelregatten, wo »Winston« vor »Becksbier« im Wind lag, bis irgendwann der Whiskey-Schoner »Cutty Sark« alles aufmischte, gefolgt von »Captain Iglu«, dem Windjammer aller Fischstäbchen.

Sonntagabend war Claudia so total sonnenverbrannt heimgekommen, wie das heute nur noch Europäer draufhaben, hatte an seine Zimmertür geklopft und erklärt: »Du, ich hab's mir überlegt. Vielleicht ist das mit dem Heiraten und der künstlichen Befruchtung doch gar nicht so verkehrt ... Ich hab' mir das zwar alles ein bißchen anders vorgestellt, aber in der Not frißt der Teufel Fliegen!«

»Raus!« brüllte Holger und schmiß sie aus dem Zimmer.

Eine Weile jaulte Claudia noch vor seiner Tür, daß sie das alles nicht so gemeint hätte, und schlich am nächsten Morgen wie ein geprügelter Hund mit einem ständigen »Sorry, du!« herum.

Zwei Wochen später haben sie geheiratet. Eine Hochzeitsnacht in der Samenbank gehört sicher nicht zu den Standards romantischer Tagträume von Bräuten. Zur künstlichen Insemination mit stationärer Beobachtung war aber kein anderer Termin frei. Warum auch nicht? Ist ja nun auch egal! Spart Zeit!

Wenn eine sonst einigermaßen vernünftige *Fast*-Vierzigjährige anfängt kindisch zu werden und strahlt, als säße sie Tag und Nacht unter kerzenleuchtenden Weihnachtsbäumen, auch zur Sommerszeit, wenn eine sonst ganz normale, wirklich kuhle Frau plötzlich einfältig dauerlächelt und sich benimmt, als liefe sie nur noch auf himmelblauen und babyrosa Wolken herum, dann kann sie nichts dafür. Das liegt an den Hormonen. Sowas kann auch für Männer ansteckend sein.

Holger beschleicht der Verdacht, daß nun in seinem Haus etwas vorgeht, das sich jeder Kontrolle entzieht: Claudia, das Mutterschiff. Seine klar geordnete, etwas langweilige Welt hat einen Knacks bekommen, und der wächst mit jeder Zellteilung, wie ihm scheint. Aber das ist in Ordnung, denn vorher war es nicht in Ordnung.

Endlich muß Holger nicht mehr an Lucien denken und an das ewige »Mea culpa, mea maxima culpa«. Daß er sich an Luciens Tod schuldig fühlt, kann ihm auch kein Therapeut ausreden. Lucien ist nicht an der Schuld »der Gesellschaft« gestorben, wie man ihm weismachen will, Lucien ist daran gestorben, daß *er* ihn verleugnet hatte. Lucien ist an *seiner* Feigheit gestorben. Denkt Holger.

Er wollte nur gut sein – zu seinen Eltern, ihnen weiter den braven Sohn vorspielen, denn inzwischen waren sie zu alt für die Wahrheit ... Lucien sollte Rücksicht nehmen und ausziehen für die Zeit, wenn deutsche Rentner wanderlustig werden und ihren einzigen Sohn in Paris besuchen. Lucien war sauer und tröstete sich mit anderen Männern. Weil nach jedem elterlichen Parisbesuch ihre Beziehung auf der Kippe stand, hat sich Holger nach New York versetzen lassen. Glücklicherweise bekam Lucien bei Morgan & Fairchild gleich einen Job in der Devisenabteilung. Nun sollte wieder alles gut werden. Holgers Vater darf nur vier Stunden im Flugzeug sitzen. Vor elterlichen Spontanbesuchen waren sie also sicher, vor dem Virus aber nicht.

Der Virus war schon da. Ein Souvenir aus Paris. New York

war schon einen Virus-Typ weiter. Lucien positiv. Holger negativ. Lucien ist vor fünf Monaten in New York gestorben.

Drei Wochen nach Luciens Tod ist Claudia aufgetaucht und mit ihr wieder das Leben. Das Leben erfordert Mut, egal ob schwul oder »sträit«.

Jetzt ist es zu spät für Lucien, nicht aber für Claudia und das Kind. Außerdem ist ihm das ganze schwule Leben verhaßt. Das erste Mal seit Jahrzehnten sehnt sich Holger wieder danach, »normal« zu sein. Natürlich verurteilt er das. Eine Anwandlung! Welch ein Durcheinander plötzlich! Verdächtig ist ihm auch, daß er Claudia gern berührt.

Jeanne hatte recht. In Paris gießt es in Strömen. Wie die französische »Kassandra der UNO«, die mit der Gegenmaschine kam, zwischen zwei dringenden Händie-Gesprächen wahrheitsgemäß mitteilte, sieht der Flughafen Charles De Gaulle momentan von innen aus, als würde er von allen Seiten mit Wasserwerfern unter Beschuß genommen. Das Aquarium ist draußen, und drinnen fürchten sich die Leute vor seinen Fluten. Nur Ludwig und Martha, Holgers Eltern, ist das völlig egal.

Trotz Friesennerz und Regenhexe taumeln sie im Glück. »Warum habt ihr uns diese Freude nicht schon eher gemacht?«

Weil es auf diese Frage keine aufrichtige Antwort gibt, die einem harmonischen Abend zuträglich wäre, lacht man und schweigt sich mit verschämten Blicken aus.

Das Erbstück, die Wohnung, die Lucien Holger vermacht hatte, liegt am Boulevard de la Bastille mit Blick auf die Seine und den Botanischen Garten. Behausungen dieser Art wurden seit Generationen nur vererbt oder beim Glücksspiel gewonnen. Hier wohnt man nicht, man residiert. Bis vor kurzem war hier nur der »echte französische Geldadel« zu Hause, wie Luciens Familie, ein Klan von Zuckerbäckern aus Limoges, die mit Keksen und Bonbons im neunzehnten Jahrhundert zu sagenhaftem Reichtum kamen. Dagegen schien die deutsche Bourgeoisie recht schäbig behaust, fand Claudia.

Das Entree hätte auch zu einem Schloß gehören können. Wie eine großartige Spirale führt eine breite Marmortreppe mit kunstvollem schmiedeeisernem Geländer sechs Stockwerke in die Höhe und wird von einer pompösen Glaskuppel gekrönt. In der Mitte mit den gleichen ehernen Blumen und Blättern wie am Geländer umrankt befindet sich der Käfig für den Lift aus Mahagoni, Messing und Spiegeln. Kurz: Es handelt sich um ein Haus wie aus Balzacschen Romanen, das man stilgerecht modernisiert hat.

Eine solche Erbschaft beschämt und fordert heraus, wenn man unvermutet als Erbe »eingesetzt« wird. Genau das war wohl auch Luciens Absicht. Wenn schon nicht im Leben, dann wollte er wenigstens posthum Holger und die Familie zwingen, ihre homosexuelle Beziehung offiziell anzuerkennen.

»Das ist einfach zu viel Ruß!« mosert Holger herum. Luciens Familie geht es ums »Prinzip« sowie um ein »Stück Familientradition« und fährt allergrößte Geschütze auf. »Am liebsten wäre ich diese ganze peinliche Angelegenheit los«, lamentiert Holger.

Da ist Claudia ganz anderer Meinung. Seinen Freund Lucien würde er doch ein weiteres Mal verraten, wenn er nun auch noch das Erbe ausschlüge. Dem will Holger auch nicht widersprechen, denn so ernst hat er es nun auch wieder nicht gemeint ... Immerhin stellt die Immobilie einen erheblichen Kapitalwert dar, und Holger war nie der Typ, der freiwillig auf rund zwei Millionen DeeMark verzichtet hätte. Das ist der derzeitige Marktwert mit Mobiliar. Nur mit dem Gemütswert ist das so eine Sache.

»Man muß schon das Gemüt eines Bulldozers oder eines Masochisten haben, um *hier* noch glücklich sein zu können!« hält Holger Claudia vor.

»Seit wann bist du denn so luschig? Ist doch sonst nicht deine Art. Außerdem kannst du ruhig mal dran denken, daß du jetzt bald *Familie* hast!«

Nur Ludwig und Martha sind weiterhin ahnungslos und übertönen mit lärmender Rentnerheiterkeit und enervierender

Unternehmungslust die einsilbige Verdrießlichkeit ihres Sohnes Holger, den sie »Butzi« nennen. Sie glauben ernstlich, daß die Wohnung von der Nachrichtenagentur angemietet worden ist und halten ihren vergötterten »Butzi« darum für mindestens gleichrangig mit dem Chef der PeeEff oder mit dem Herrgott persönlich.

Wer einmal lügt, ist verdammt, ewig weiter zu lügen. Der gradlinigen Claudia ist bereits ganz schlecht davon, doch sie schiebt das auf die Schwangerschaft.

Maître Lafarge, der Anwalt, legt Holger nahe, über einen Handel mit der Familie von Lucien nachzudenken. Holger hätte das auch gern getan, nur heizt ihm Claudia ein. Widerwillig lehnt Holger den Handel ab und besteht »auf Erfüllung von Luciens letztem Willen«. Der Maître hat außerdem Bedenken, ob es für den Prozeß günstig wäre, daß Holger jetzt verheiratet ist.

»Wir sind verheiratet und erwarten immerhin ein *Kind*!« fährt Claudia da dem ganzen Etepetete hart in die Parade. »Und wenn nun Luciens Familie hier die Behauptung aufstellt, Holger habe Lucien auf ›Abwege‹ gebracht, damit seinen frühzeitigen Tod durch eine Infektion mit AIDS fahrlässig herbeigeführt, kann man nun mit Fug und Recht die Gegenbehauptung aufstellen, daß Lucien Holger umgekehrt, den nun braven Ehemann und werdenden Vater auf solche ›Abwege‹ und Gefahren gebracht hätte. Dafür spreche außerdem, daß Lucien an AIDS gestorben, Holger aber HIV-negativ ist, ich auch und das Kind auch. Das beweisen alle Papiere!«

»Halt dich da raus!« weist Holger sie so scharf zurecht, daß Claudia der Mund offen stehenbleibt.

Hilfesuchend blickt Claudia den Anwalt an, der aber so trübe über ihren Scheitel ins Unendliche schaut, als hätten alle Rechtsstreitigkeiten dieser Welt ihm schon das Hirn ausgedörrt, so daß er nur aufseufzen kann: »Ach, wissen Sie, Madame, Monsieur, auf hoher See und vor Gericht sind wir alle in Gottes Hand.«

26. ... und Schweigen ist Geld!

»Das Lächeln eines Siegers kommt direkt aus dem Magen.«

Auf der Schauspielschule hat Frank den Satz nie begriffen. Jetzt geht es einfach so, ohne Anstrengung. Auch einen Spiegel braucht er dazu nicht mehr. Jetzt kennt er das Fieling, denn er wäscht sich die Hände auf dem Direktionsklo, wo man nur mit der Goldenen Sicherheitskarte reinkommt und sich die Fingerchen auch nicht trockenpusten lassen muß. Wenn er nun doch in den Spiegel schaut, um seinen Wochenbart mit vorgeschobenem Kinn zu prüfen, dann lächelt er jetzt kantiger, mit härteren Augen und mit dem modischen Zynismus, der sich seit Monaten in seinen Mundwinkeln eingenistet hat.

Er ist jetzt ein Mann im Vollbesitz seiner Kräfte, und die braucht er nicht mehr bloß als umtriebiger Liebhaber zwischen Elbe und Oder einsetzen. Seine Machtsphäre hat sich deutlich über den Bettrand einer nächtlichen Eroberung ausgeweitet. Ficken ist dagegen langweilig, findet er, insbesondere, wenn einem die richtige Braut abhanden gekommen ist. Eben der echte West-Trip, vom Fieling her.

Seine tropfnassen Hände greifen nach einem der vielen taubenblauen Flauschhandtücher, die jungfräulich und brav zusammengefaltet auf Gebrauch auf dem Abtritt der Führungsebene warten und zusammen mit sahnigen Seifenmuscheln und -kugeln affigen Luxus beweisen sollen. Dabei muß Frank grinsen.

Ein bißchen geht es im Kaderbereich dieser Westkonzerne doch zu wie bei Hofe! Früher war er empört gewesen, daß das ganze Imperium zittert oder sogar stillsteht, nur weil der »Gee-

Eff« nicht seine morgendliche frische champagnerfarbene Rose von sechzig Zentimeter Stiellänge auf seinem Schreibtisch vorfindet, sondern vielleicht nur eine zitronengelbe an einem vierzig Zentimeter langen Stengel. Der mißt das nach! Bei einem Verstoß gegen seinen Rosen-Erlaß führt sich der GeeEff auf wie Dschingis Khan, dem man auf sein Pferdesteak gespuckt hat. Seine verstörten Sekretärinnen sind dann bis zur Mittagspause nicht mehr arbeitsfähig oder melden sich krank. Das sind sie dann wohl auch. Die Fluktuation im Chefsekretariat ist deshalb so legendär, daß inzwischen bei jeder Neueinstellung unter den Kollegen Wetten auf die Laufzeit einer neuen Büromieze vom GeeEff abgeschlossen werden.

»Rituale haben unschätzbaren symbolischen Wert«, hatte ihm Antek erklärt. »Je mehr Anarchie draußen um sich greift, desto stärker muß im Unternehmen die Hierarchie betont werden.« Ob das nicht für den Arbeitsprozeß schädlich sei, hatte Frank Antek damals noch naiv gefragt. »Schädlich ist hier nur eine gelbe Rose an einem zu kurzen Stiel!«

Von der marmorierten Cheftoilette mitsamt den albernen Verwöhnhandtüchern nimmt Frank Kurs auf sein neues Büro. Die Gesichter auf dem Gang lächeln ihm jetzt anders zu: unterwürfig, beflissen, demütig und lauernd. Auch eine ihm bisher unbekannte Form des Anhimmelns und Schmachtens der Frauen ist ihm aufgefallen. Die sehnlichen Blicke gelten jetzt nicht mehr ihm als Mann, sondern seinem *Stellenwert*. Er kann da wenigstens noch unterscheiden. Nun kennt er beides.

Tatsache ist: Das Fluidum der Macht ist kein Oh de Toalett! Frank Zaunig gehört ab heute zur Chefetage. Er ist jetzt der Mann der Stunde. Er hat es geschafft. Heute früh hat er seinen neuen Vertrag bekommen. An seiner Tür steht jetzt »Dramaturgie, Ltg. Frank Zaunig«, und darunter »Eingang über Sekretariat Zimmer 221«.

Antek ist in die umwölkten Höhen des Konzern-Olymps entschwunden. Auf seinem Platz sitzt nun Frank und verdient das Doppelte seines Vorgehaltes zuzüglich Dienstwagen.

»Reden ist Silber und Schweigen ist Geld«, plauderte Antek aus dem Nähkästchen seiner Erfolgstour im Westen. »Wenn du auf dem Stuhl bleiben willst, oder sogar höher hinaus, dann merk dir eins: Das eigentliche Geschäft ist *immer* Politik. Fachkompetenz ist auch im Westen nur was für die zweite Garnitur.«

Antek wußte von Franks Problem mit den Drehbüchern. Er konnte sie weder richtig lesen, ohne zu gähnen und sofort zu vergessen, wenn keine Rolle für sein Fach dabei war, noch konnte er ein Drehbuch werten. Früher hat Claudia die Drehbücher für ihn gelesen und bewertet. Jetzt hat er das Sylvia, seiner Sekretärin aufgehalst.

»Das ist dilettantisch! So gibst du dir 'ne Blöße und machst dich angreifbar«, tadelte Antek und führte ihm vor, wie man so etwas *politisch* löst ...

Zunächst hielt Frank das Ganze nur für eine Schnapsidee. Doch Antek propagierte die »Schnapsidee« zwei Tage später beim GeeEff ernsthaft als das Konzept vom »Testleser-Puhl«. Frank dachte, er kriegt sich nicht mehr ein vor Lachen. Antek machte aber ein sehr ernstes, geschäftsmäßiges Gesicht und erklärte: Die sogenannten »Testleser« sollten sich repräsentativ aus der Zielgruppe zusammensetzen und pro Lektüre eines Skripts mit zwanzig DeeMark honoriert werden, und ihre Bewertung dann auf einer Tabelle von eins bis zehn zum vorliegenden Stoff abgeben. »So erreichen wir noch mehr Publikumsnähe schon im Vorfeld!« trompetete Antek herum und erklärte weiter, daß das auch für die Dramaturgie sehr arbeitsökonomisch sei, weil wir uns nur noch mit dem »Spitzensegment« befassen müssen. Der GeeEff fand diesen Vorschlag so hervorragend, daß sich alle ein Beispiel daran nehmen sollten.

Endlich war Frank nun von der lästigen Drehbuchlektüre befreit und konnte sich voll auf die »eigentlichen Führungs- und Entscheidungsaufgaben« konzentrieren. Dank Franks Lesefaulheit wurde das neue Konzept für die Sparte Action- und Kriminalfilm ein durchschlagender PeeErr-Erfolg, so daß Frank auch ohne Anteks Förderung plötzlich in allerhöchster Gunst stand.

»Siehste, so geht das!« Antek hatte es wirklich drauf!

Nun ist Franks Posten für das Ressort Action und Kriminalfilm wieder vakant. Da fällt Frank etwas ganz Verrücktes ein. Er schickt ein Fax nach Paris. Holger Messinger hin oder her! Man kann es ja versuchen:

> Sehr geehrte Frau Unhoch-Messinger,
> wir kommen noch einmal auf Ihre Bewerbung aus dem Vorjahr zurück und würden uns freuen, wenn Sie an dieser Position noch interessiert wären. Gern erwarten wir Ihre Nachricht und Ihren Besuch in unseren neuen Räumlichkeiten in Berlin-Babelsberg.
> Mit freundlichen Grüßen
> Frank Zaunig – Ltg Dramaturgie

Der Form halber muß der Dschopp natürlich ausgeschrieben, die entsprechenden Anzeigen geschaltet werden, schon aus Immätschgründen. Da der GeeEff will, daß die Stelle quotenmäßig mit einer Frau oder mit einem Ossi besetzt wird, könnte er Claudia bestimmt durchbringen, wenn sich nicht gerade eine schwerbeschädigte Ost-Frau bewirbt. Falls doch, dann reißt das Claudias frischer Doktor wieder raus.

Auf Franks Schreibtisch, dort wo er vor nicht langer Zeit Antek eins aufs Maul gehauen hat, häufen sich nun die Media-Untersuchungen, die neuesten Zuschauerquoten, Analysen und Trendmeldungen, die Einladungen zu den verschiedenen Fachkongressen an den schönsten Plätzen der Welt. Mit raffinierter Urlaubsplanung könnte er da insgesamt zehn Wochen Urlaub herausschinden. Aber ihn beschäftigt etwas ganz anderes.

Beim Blick auf die märkischen Kiefern, die in der Sommerglut schlaff vor seinem Fenster herumhängen, denkt er an die traurigen Augen eines zehnjährigen Jungen in Anklam. Wäre es der unbeschwerte Kinderblick gewesen, er hätte ihn gesehen und schnell vergessen. Es ist ja nichts. Hier *ist* aber was!

Seit einigen Tagen und Nächten verfolgt ihn dieses kleine Kindergesicht und platzt in seine Träume herein. Dem will er nun entschlossen-männlich ein Ende machen und greift zum Telefon. Dr. Kienle, der Anwalt, den ihm Antek empfohlen hat, rät dringend von jeglicher persönlicher Kontaktaufnahme ab. Er solle daran denken, daß die Kindesmutter die Zahlung von *zehn Jahren Alimenten* geltend machen könnte! »Was heißt, *könnte*?« ereifert sich Dr. Kienle und korrigiert sich: »*Wird*! Herr Zaunig, *wird*!!!«

Sechs Jahre nach Ost-Recht. Da käme er noch einmal glimpflich davon und vier Jahre nach bundesdeutschem Recht mit der Bemessungsgrundlage von einem durchschnittlichen Verdienst der letzten zwei Jahre nach der Düsseldorfer Tabelle. So kurz über den Daumen gepeilt, wären das schon unter Brüdern *fünfzigtausend* Mark! Wenn man Glück hätte, würden die Ost-Ansprüche, weil sie ja nie angemeldet wurden, vielleicht verfallen, aber auf mindestens fünfunddreißig- bis vierzigtausend Mark, eher mehr, müsse er sich schon gefaßt machen. Aus anwaltlicher Sicht müsse er ganz dringend abraten.

Es geht aber um ein *Kind*, wendet zaghaft Frank ein. Am anderen Ende der Leitung stöhnt Doktor Kienle über diesen laienhaften, sentimentalen Quark auf und fragt: »Sie wollen also das *Sorgerecht*?!«

Frank fährt jäh der Schreck in die Glieder. »Äh, so weit muß man ja nicht gleich gehen«, wehrt er mit einem etwas taubem Gefühl auf der Zunge ab. »Aber vielleicht wäre es ja möglich, *anonym* über einen Anwalt etwas für das Kind zu tun?«

Außerdem würde er gern wissen, in welchen Verhältnissen das Kind aufwächst. Wahrscheinlich sind diese sehr ärmlich und für die Entwicklung eines Kindes ungünstig. Unwillkürlich denkt Frank an seine eigene Kindheit, an die beklemmende geistige Enge und Hartleibigkeit eines Elternhauses von linientreuen Parteigenossen. Erst seit seinem achtzehnten Lebensjahr, seitdem er weiß, daß er ein Adoptivkind und Sohn einer«Republikflüchtigen« ist, die in der Ostsee beim Schwimmen in den Westen ertrunken ist, hat er keinen Kontakt mehr mit seinen Eltern. Glückliche Kindheit? Daran glaubt Frank nicht, an Mutterliebe schon gar nicht.

»Vielleicht sollte ich tausend Mark monatlich für Lebensunterhalt und Berufsausbildung zahlen?«

Doktor Kienle ist ehrlich entsetzt. »Ganz unverbindlich natürlich«, rät er Frank, die freiwillige Summe deutlich niedriger anzusetzen und ohne Wissen der Mutter als Sparvertrag, auszahlbar zum achtzehnten Geburtstag des Kindes. »Sonst machen Sie der Mutter erst Appetit! Ein anderer Weg wäre, Sie böten der Frau eine gewisse Summe monatlich an, sagen wir mal nur als Beispiel sechshundert Mark, wenn wir sie im Gegenzug auf Verzicht aller weiteren Ansprüche festnageln können.«

»Das wäre aber ziemlich niederträchtig und eine echte Sauerei«, entrüstet sich Frank.

»Das Leben an sich ist amoralisch«, seufzt Dr. Kienle. Und beim bundesdeutschen Recht handele es sich zu achtzig Prozent ausschließlich um Geld, zu zehn Prozent um Verwaltungsrecht, zu acht Prozent um Strafrecht, zu einem Prozent um Staatsrecht und zu einem Prozent um Moral. »Also, was wollen Sie?«

Franks schales Schuldgefühl hat sich nach dem Gespräch zu brennender Scham gesteigert. »Durch die Gleichgültigkeit und die Leichtigkeit, mit der man sich ein gutes Gewissen schaffen kann, sind mehr Menschen zugrunde gerichtet worden als durch bösen Willen.« An diesen Satz muß er denken.

Gerti! Ihm dreht sich der Magen um. Was passiert, wenn sich eine siebzehnjährige Gans von den vorpommerschen Kartoffeläckern in den Bühnenhelden aus der Kreisstadt mit dem romantisch traurigen Schicksal eines Verbannten verknallt? Genau das ist passiert. Und er wäre kein Kerl gewesen, wenn er das nicht weidlich ausgenutzt hätte.

Gerti war einfach nur ein geiler Arsch und ein Paar steile Titten aus der Gummistiefel-Szene. Fertig. Er vögelte sie, wann er wollte, wie er wollte, und dann hatte er sie über. Ihre dumpfe, totale Liebe ging ihm auf die Nerven. Stundenlang hatte sie wie eine Hündin auf ihn am Bühnenausgang und vor dem Hotel gewartet, selbst im Regen. Schon bei dem Gedanken daran wurde ihm schlecht. Außerdem reizte ihn damals bereits Karins schlanke Taille, und daß sie Busen wie *Eistüten* hatte. Daß Karin ihm dann Geld geklaut hat, steht auf einem ganz anderen Blatt.

Aber was ist wohl aus Gerti geworden? Was hatte die eigentlich für einen Beruf? Hatte die eine Familie, die sich um sie kümmerte? Was für ein Mensch war Gerti eigentlich? Das alles weiß er nicht, denn er hat sie nur gevögelt. Sie hat ihn denunziert. Ins Gefängnis nach Bautzen wollte sie ihn bringen wegen Republikflucht. Was war bloß in die gefahren? Weiber! Kopfschütteln.

Frank drückt die Taste seiner Gegensprechanlage und fordert Sylvia auf, daß sich Stefan von der Fahrbereitschaft fertigmachen soll. Er müsse dringend einen Drehort besichtigen. Die geriebenen Ratschläge seines Rechtsanwaltes wird er in den Wind schlagen. Denn wenn zwei Menschen sich Briefe schreiben, entsteht daraus gewöhnlich eine Korrespondenz, wenn aber zwei Anwälte Briefe tauschen, dann entsteht daraus erst ein Vorgang und dann ein Fall.

»Wir fahren nach Anklam«, ruft er Stefan im Hof zu und nimmt auf dem Rücksitz Platz. Sogleich vertieft er sich in die mitgenommenen Papiere und wundert sich, daß er überhaupt keine Konzentrationsprobleme mehr hat. Noch vor Prenzlau hat er alles gelesen und sogar schon eine Strategie erarbeitet, wie das Produktionsprofil der nächsten zwei Jahre auszusehen hätte. Nichts mehr von wegen Quoten-Ossi und Mann von Anteks Gnaden! Ich werd's euch allen zeigen!

In Anklam nehmen sie wieder Quartier in der »Post«. Stefan hat für den Rest des Tages frei.

»Und was soll ich *hier* machen?!« fragt Stefan vorwurfsvoll.

»Laß dir was einfallen!« Stefan verzieht sich grollend.

Am Hoteltresen verlangt Frank nach dem Telefonbuch, um Gertis Adresse herauszusuchen, und da fällt ihm ein, daß er ihren Nachnamen gar nicht weiß, ja nie wußte. Schulze, Schulz, oder so ähnlich, hat die Frau auf der Straße gesagt ... Hmm ... Aber wahrscheinlich hat die gar kein Telefon.

Das Telefonbuch schiebt er verlegen zur Seite und fängt mit dem Portier ein nettes kleines Gespräch über Anklam und seine Bürger an, dann, ob ihm eine Bekannte seines Bruders, eine Gerti So-und-so bekannt sei, die einen Sohn von ungefähr zehn Jahren haben müßte und hier leben soll. Der Portier mit dem rosigen Gesicht eines Jägers ist nicht von hier. Doch plötzlich hellt sich seine Miene auf.

»Momentchen!« Er verschwindet hinter der Tür mit der Aufschrift »Privat«. Nach einer Weile kehrt er wieder. Im Schlepptau hat er eine dralle Frau in Kittelschürze, die genauso gut dreißig wie fünfzig sein könnte und sich die von ständiger Putz- und Küchenarbeit rotgescheuerten Hände an einem dunkelgrau gewaffelten Küchentuch trockenreibt. Sie hat ein aufgedunsenes Mondgesicht, als stünde sie unter Cortison. Unter zwei verquollenen Lidern mustern zwei mißtrauische Schweinsäuglein Frank abweisend. Um sich verbreitet sie Küchendunst und den Geruch von frisch geschnittenen Zwiebeln.

»Warom wollnsn dat wissn?«

»Ich will was für den Jungen tun, im Auftrag meines Bruders ...«

»Na, der is ja man *dood*.«

Frank schluckt. Die Frau taxiert ihn mit Augen, die von Fremden nur Böses erwarten: die teure Garderobe, das Luxusauto vor der Tür.

»Karl-Marx-Straße zehn!« wirft sie ihm hin wie einem Hund einen Knochen. Frank steigt das Blut zu Kopfe. Er kennt die Adresse. Gleich am ersten Abend, hinter dem Haus auf der Gartenbank hatte er Gerti flachgelegt. Mit knappem Dank läßt er die beiden stehen und läuft die Straße runter.

Plötzlich steht er in einer Fußgängerzone vor einem Blumengeschäft und denkt an Claudia, die immer verrückt nach Blumen gewesen ist. Alle Frauen lieben Blumen, denkt er und geht rein. Drinnen überfällt ihn die Ratlosigkeit, was für Blumen, welche Preislage für eine sitzengelassene Mutter, deren Leben man womöglich verpfuscht hatte, angemessen sein könnten. Die junge Verkäuferin ist begeistert, endlich mal einen Kunden mit einem echten Blumenproblem zu haben, und legt sich ins Zeug, zumal es hier offensichtlich auf die Mark nicht ankommt.

»Hm, hm, hm ... Warten Se mal! Nech ze protzig, nech ze poplig ... eene Bitte um Verzeihung, aber keene Liebeserklärung, hm, hm, hm. Ech würd' man saen, wat met jälb, blou un weet. Dat is man hübsch un neudraahl.«

Sie stellt ihm ein kolossales Gebinde aus gelben Fresien, weißen Rosen, Lilien und blauer Iris mit Gräsern und Schleierkraut zusammen und linst immer wieder amüsiert nach Franks Stummelzopf am Hinterkopf. »Se sän woll nech vonnier?!«

Das Haus Karl-Marx-Straße Nummer zehn ist DeeDeeErrüblich baufällig und heruntergekommen. Der schwarz-braune Putz bröselt von den Wänden, in denen der Schwamm und alles mögliche steckt. Die fast auseinanderfallenden Fenster sind frisch geputzt, und die Gardinen dahinter machen den Eindruck von verzweifelter Sauberkeit. Ein wilder Jammer springt Frank Zaunig an und macht ihm die Brust eng. Es war ein Fehler, hierher zu kommen. Doktor Kienle hatte recht.

Gerade will er weitergehen, da sieht er an der Tür ein kaputtes Kinderfahrrad stehen. Der Junge! Darum ist er doch zweihundert Kilometer gefahren. Also klingelt er nun doch bei Scholz.

Eine brüchige Altfrauenstimme hört er drinnen rufen und langsam humpelt jemand zur Tür. Die Tür öffnet eine abgearbeitete Frau von ungefähr fünfundsechzig Jahren, die sich auf Krükken stützt. Als die Frau ihm ins Gesicht blickt, schlägt sie entsetzt die freie Hand vor den Mund.

»Ich wollte zu Gerti«, stammelt Frank linkisch.

Die Alte starrt ihn weiter wie ein Gespenst an. »Se sen ja jarnech dood! Jesses Maria, Jesses Maria!«

Frank streckt ihr beschämt die Blumen hin, die in dem ärmlichen Haushalt so fehl am Platze wirken wie ein Hawaiihemd auf einer Trauerfeier. Mutlos läßt Frank den Strauß an die Hosennaht sinken. Die Frau hat das Gesicht abgewandt und wischt sich die Augen. Im Hintergrund quakt Kermit der Frosch mit Ernie und Bert, dann kommt der Junge rausgelaufen.

»Oma, du weinst ja!« ruft das Kind bestürzt und geht auf Frank los. »Geh weg! Du sollst meiner Oma nichts tun! Hau ab!« Der Kleine nimmt mit den Fäusten vor dem Gesicht wie ein kleiner Boxer Kampfhaltung ein.

»Frankie, der Mann will bestimmt nichts Böses.«

Der Junge bleibt jedoch unversöhnlich und zeigt anklagend mit dem Finger auf Frank senior: »Den kenn' ich! Der ist vor mir weggelaufen!«

Gerti habe es mit den Nerven, sagt ihre Mutter. Seit der Wende will sie nichts mehr essen und bei sich behalten. Magersucht sagen die Ärzte. Und das sei sowas Psychisches. »Seit der Honecker weg ist, kotzt die Gerti alles aus. Jetzt, wo man endlich alles kriegt! So'n dummes Luder!« Kaum wieder erkennen werde er sie. »Nur noch achtundvierzig Kilo wiegt das Kind. Und was war das für ein stattliches Mädel, aber das wissen Sie ja ...«

Frank nickt nur stumm und blickt forschend auf Frank juniors feindselig versteinertes Kindergesicht und die geballten kleinen Fäuste, die er jetzt an der Hosennaht in Bereitschaft hält. Dabei muß er an ein Foto von sich im gleichen Alter denken. »Frank, das Böckchen«, sagte seine Adoptivmutter immer, wenn sie mit dem gelbgerauchten Finger auf das Bild tippte.

Gerti liege in der Landesnervenklinik in Prenzlau. Station drei, Zimmer zweihundertundsechs. Ob er in seinem großen Auto mit zur Mutti fahren will, fragt Frank senior Frank junior. Frank junior schaut ihn verächtlich an und wendet sich empört ab. Nein, der läßt sich nicht bestechen. Der Junge gefällt ihm, vermerkt er mit ganz neuem Vaterstolz.

Draußen versucht er über sein Händie, Stefan zu erreichen. Stefan hockt mit zwei Sixpacks mißmutig im Hotelzimmer und zappt sich durch die Fernsehlandschaft. Glücksrad.

»Wir fahren sofort ab nach Prenzlau.«

»Und dann zurück nach Berlin, Chef?«

»Kommt drauf an.«

Ohne Vorwarnung überfällt Frank plötzlich die Lust auf einen Schnaps, einen Aquavit, einen Tequila, auch ein Gin wär ihm recht. Was will er eigentlich von Gerti? Absolution?

Seit der Sache mit Antek weiß Frank, daß das mit Worten nicht funktioniert. Selbst Taten sind da nichts wert, wenn sie nicht von Herzen kommen. Worte sind zu leicht, Wiedergutmachung mit Geld ist obszön. Was macht er mit seiner Schuld? Vielleicht will sie mich ja gar nicht sehen? hofft er fast. Das würde es einfacher machen. »Dreh um, hau ab!« rät ihm die Stimme, die sich das letzte Mal vor der Gauckbehörde gemeldet hat. Aber er ist kein Typ für halbe Sachen, also greift er wieder zu den Blumen und steigt wortlos aus.

Die Krankenhausgänge sind verlassen. Alle sind im Garten, doch Gerti soll im Zimmer sein. Frank klopft. Niemand antwortet. Er klopft noch einmal. Keine Antwort. Langsam klinkt er die Tür auf und öffnet. Der abgedunkelte Raum scheint leer. Vorsichtig durch den dämmrigen Raum spähend, tritt er ein.

»Gerti?« Ein Rascheln hört er und sieht, nachdem sich seine Augen an das Halbdunkel gewöhnt haben, daß sich im Bett am Fenster jemand aufrichtet.

»Ich wußte, daß du kommst«, flüstert eine fast körperlose Stimme aus der Fensterecke. »Einmal wirst du kommen und es mir heimzahlen, weil sie dich totschießen sollten. Jetzt bin ich fällig, jetzt, wo deine Leute dran sind ...«

Im Dämmerlicht sieht er zwei schreckensgeweitete Augen auf sich gerichtet, die zu einem Häufchen Elend gehören, das sich ängstlich in der Bettdecke festkrallt. In Frank krampft sich alles zusammen. Ich hätte auf Doktor Kienle hören sollen. Jetzt ist es zu spät, und er weiß es.

27. Wenn in einem Quartett zwei falschspielen

Wenn im brasilianischen Regenwald ein Schmetterling auffliegt, verursacht das zwangsläufig einen Schneesturm in der sibirischen Taiga. Ein weiterer schlagender Beweis für die Richtigkeit der Chaos-Theorie ist, daß ein Ziegelstein aus der Kulisse des Stadt-Theaters in Mülheim an der Ruhr, der dort auf die Bühne gefallen ist und nicht zum Stück gehörte, das Leben von vier bis sechs in Berlin ansässigen Personen vollkommen aus der Bahn wirft.

Der Ziegel fällt also um elf Uhr an einem Donnerstag Ende August während der Proben zu Dario Fo's »Bezahlt wird nicht!« auf die Bühne. Andere Ziegelsteine wollen es ihm nachtun, und darum fallen alle Vorstellungen bis Dienstag aus.

Spielfrei! Die Schauspieler freuen sich. Anstatt nach der Sonntag-Vorstellung bis zur Dienstag-Vorstellung, kann man heute schon, am Donnerstag, nach Hause fahren.

Nichts gegen Mülheim, denkt sich Beate. Aber mal ehrlich: An Mülheim ist doch nur das Theater interessant, und das Theater in Mülheim ist nur interessant, weil dort der große Roberto Pino aus Bologna inszeniert! Vom großen Pino persönlich engagiert zu werden, darauf kann sich Beate Landé-Salnikow etwas einbilden. Und sie trägt den Kopf tatsächlich um einiges höher als sonst.

Mit der Schauspielerkarriere scheint es nun aufwärts zu gehen, wenngleich um den Preis ständigen Kohldampfschiebens. Beate spielt nämlich eine schwindsüchtige Sizilianerin, und Übergewicht wäre da ein glatter Kündigungsgrund.

Dem Stein sei Dank hängt Beate nun seit zwanzig Minuten am Kantinentelefon und versucht eine Mitfahrgelegenheit, genannt EmEffGe, nach Berlin zu ergattern. Seit dem Fall der Mauer scheinen die Beziehungen zwischen dem Ruhrpott und Berlin, die früher ausgesprochen intensiv waren, doch etwas lose geworden zu sein, jedenfalls, was Fahrgelegenheiten angeht. Vielleicht haben auch immer weniger Leute ein Auto? fragt sich Beate. Ökologisch wär das okäi, transportmäßig aber merde.

Bei Horst hat Beate schon auf sämtliche Anrufbeantworter und Mailboxen von Händies und dergleichen gesprochen. Horst scheint wie vom Erdboden verschluckt, und selbst ein Fax würde ihn da nicht herbeizaubern. Das kennt sie schon. Vielleicht ist er ja geschäftlich in Tadschikistan, seinen Dreck verscherbeln. Na, was soll's!? Hauptsache, ich krieg'ne EmEffGe nach Berlin.

Daß hinter ihr eine Warteschlange von nun insgesamt zwölf Personen auf das freiwerdende Kantinentelefon lauert, ignoriert Beate, so gut es geht. Die Kollegen meutern verhalten, und Beate faucht: »Is' ja abartig!«

Bevor sie verbal in die vollen gehen kann, tippt ihr der Marathon-Mann auf die Schulter. Der Mann heißt so, weil er jeden Morgen und Abend wie ein Besemmelter dauerläuft. Wenn er das für eine Rolle bräuchte, würden alle »Höllenrespekt« haben. Es ist aber nur eine Privatmacke und daher gut für Sparwitze für die Endloswarterei bis zum Stichwort.

»Wenn du startklar bist«, raunt der Marathon-Mann, »kann's sofort losgehen. Ich fahr in die Hauptstadt.«

»Was denn?? *Hauptstadt*??«

Der Marathon-Mann outet sich damit gleich als alter DeKaPe-Onkel und die Brechtsche Baskenmütze bestätigt Beates Vermutung. Beate grinst mitleidig. Ach, Jottchen! denkt sie sich, findet jedoch, daß das kein Hindernis für eine gemeinsame Fahrt bei fünfzig Mark Benzinkostenbeteiligung sein muß.

»Ich bin immer *startklar*!« kontert sie bewußt zickig. »Es könnt' ja auch *Hollywood* anrufen.«

Der Marathon-Mann zieht angewidert die Mundwinkel runter: Eine Filmfixierte mit kolonialisiertem Unterbewußtsein! Uäähhh! Damit ist Beate bei ihm unten durch.

Eine halbe Stunde später sind sie bereits auf der Autobahn, und der Marathon-Mann ödet Beate mit Klaus Kinskis »Ich bin so wild nach Deinem Erdbeermund« von François Villon auf einer verrauschten Kassette an. Danach deklamiert er alleine weiter, und Beate schläft beim zweiten »Hannover-Berlin«-Schild ein. Ab Hannover straft der Marathon-Mann Beate mit angesäuertem Schweigen. Auch gut!

Irgendwann wird auch das langweilig, und Beate versteigt sich zu irgendwelchen erfundenen, absurden Behauptungen zu der noch absurderen Auseinandersetzung zwischen dem Dramatiker Rolf Hochhut und einem Berliner Theater-Ensemble wahlweise um das Theater und die Immobilie des Theaters. Damit provoziert sie eine dröge Fachsimpelei unter Kollegen über alle Schlangengruben und Haifischbecken in der deutschsprachigen Theaterlandschaft im Nord-Süd- und Ost-West-Vergleich. Das Thema ist bei Magdeburg bis zum Staubhusten erschöpft.

Ob er denn schon eine Übernachtungsmöglichkeit in Berlin hätte, will Beate dann wissen, nur um die Konversation irgendwie in Gang zu halten. Der Marathon-Mann hat »Kollegen«, die in einer Fabriketage in Kreuzberg leben und arbeiten.

»Was denn? Sowas gibt's noch?« staunt Beate.

»Nicht ›noch‹, sondern ›wieder‹!« korrigiert sie der Marathon-Mann streng und faselt was von systemimmanenten Widersprüchen und dialektischen Sprüngen.

Nach der unausweichlichen Weltwirtschaftskrise macht der Marathon-Mann einen schwerwiegenden Fehler. Er läßt seiner Vorfreude auf die Attraktionen Berlins und namentlich der Berliner Theaterfestwochen freien Lauf. Das wäre besser unterblieben, denn Beate leidet unter der »Berliner Krankheit«.

Die »Berliner Krankheit« ist ein rein West-Berliner Phänomen und war früher in der Halbstadt stark verbreitet. Die Symptome dieses westlichen Leidens bestanden darin, Berlin zu hassen und *janz fürchterlich* zu finden, solange man dort weilte, aber proportional und reziprok zur örtlichen und zeitlichen Entfernung Berlin plötzlich über den grünen Klee zu preisen, um schließlich von nichts anderem mehr als »Berlin, Berlin!« zu schwafeln, bis sich der Schaum von tausend Berliner Weißbieren vor dem Mund zu bilden schien. Das letzte Stadium war das sogenannte »Berlin-Kollabieren«, das bei den Seuchenträgern ungefähr auf der Höhe San Francisco, Tokio und Australien auftrat und bei den dort ansässigen Menschen die Vermutung nahelegte, daß die alte deutsche Reichshauptstadt ein Ort sei, wo die Südsee direkt auf die Alpen träfe, und Paris, London und New York unmaßgebliche Vororte wären.

Seitdem Berlin aber eine janz normale Stadt geworden ist, wo sich der Einheitsblues wie ein Betondeckel auf das Gemüt der Eingeborenen gelegt hat, ist die »Berliner Krankheit« fast ausgestorben und tritt höchstens noch als Fläschbäck bei westlichen Bewohnern auf. Beate ist so ein Fall.

Nur der Leidensfähigkeit eines Marathonläufers verdankt es Beate, daß der chauffierende Kollege sie nicht irgendwo zwischen Brandenburg und Börde mit der Autoapotheke erschlägt oder ans Warndreieck nagelt. Das hat nur den Effekt, daß der Mann ganz schnell ans Ziel kommen will. Mit überhöhter Geschwindigkeit rast er über die frühabendlichen Berliner Straßen mit den verfetteten kackenden Kötern und den tropfenden Blumenkästen, dann stellt er grußlos Beates Koffer und Reisetasche auf den Damm und braust ohne Abschied davon. Na, wenn einer schon Marathon läuft ...

Die Portjeesche lugt hämisch hinter der Gardine vor. Beate schaut hochmütig über sie hinweg und stellt sich nach der wirklich enervierenden Autofahrt ohne Klimaanlage ein schönes langes Wannenbad mit Fernseher auf dem Klo und Telefon auf dem Wannenrand vor. Beim Aufschließen der Wohnungstür spekuliert sie bereits, ob sie sich heute schon ein Steak genehmigen darf, oder immer noch auf der Wiese weiden muß, ohne Öl versteht sich. Den Fleischkonsum macht Beate davon abhängig, ob sie heute noch bei körperlicher Liebe ordentlich Kalorien verbrennt oder nicht, und hält da ein Dreihundert-Gramm-Steak für durchaus realisierbar.

Mit Koffer und Tasche zottelt sie zum Schlafzimmer und bleibt im Türrahmen wie angenagelt stehen:

Horst mit Larissa in *ihrem* Bett! Horst rammelt Larissa wie ein Irrer und arbeitet sich schnaubend und zischend wie eine Lok seinem Orgasmus entgegen, wobei ihm der Schweiß in kleinen Bächen den athletischen Körper herunterläuft.

Irgendwie kann Beate nicht glauben, was sie da sieht: Ihren Lawwer mit einer anderen im Bett in flagranti zu erwischen, ist schon bitter. Daß Larissa dazu auch noch seine Ehefrau ist, empfindet sie hier nicht nur als grotesk, sondern geradezu als *strafverschärfend*. Sowas gibt's doch eigentlich nur in überdrehten französischen Komödien, die durchweg an der Côte d'Azur, in Deauville und Paris spielen, aber doch nicht im wahren Leben in Berlin und Mülheim an der Ruhr! empört sich ihr Kleinhirn gegen die sicht- und hörbaren Eindrücke von ihrer angestammten Betthälfte. Trotzdem, der Anblick hat etwas Faszinierendes, muß sie zugeben. Auf jeden Fall sieht man das nicht alle Tage!

Beate fällt dabei auf, daß Menschen beim Geschlechtsverkehr einen saudummen Gesichtsausdruck haben. Wenn ich auch so saudoof aussehe, mache ich nur noch die Augen zu, geht's ihr durch den Kopf. Nur, einen guten Liebhaber zu finden, ist ebenso schwer wie Perlen in Austern. Ein trauriger Gedanke. Und wie lange man wieder suchen muß!

Horst packt Larissa gerade wie ein Sportgerät, spreizt ihr die nachtschwarz bestrapsten Beine im Längsspagat, so daß Larissa aufjault. Das mußte bei Horst schon draufhaben, du steife, alte Zicke! denkt ein Teil von Beate grimmig wie ein Punktrichter, dem anderen Teil ihres Gemüts wird nun weh ums Herz und es wünscht sich dringend an Larissas Stelle, die doch ganz offensichtlich die sexuelle Lust nur vortäuscht. Das bringt Beate nun endgültig auf. Schließlich ist sie doch mit Horst, dieser Knalltüte, nur zusammengeblieben, weil er es im Bett bringt und über Kingsais verfügt. Die weiß das gar nicht zu schätzen, diese frigide Else! regt sich sich auf. Dabei ist Sex doch noch immer der ehrlichste Grund, um bei einem Mann zu bleiben! Was, zum Teufel, will *die* denn von Horst, wenn se nich' auf handfesten Sex steht? Begreif ich nich'!

Ganz krank vor Verlust und Lust lehnt Beate am Türpfosten, und dicke Tränen tropfen auf ihren bloßen Unterarm. Rote Schamhaare, Strapse! Verdammte Merde! flucht sie innerlich. Jetzt kann ich doch nur noch meine Plünnen zusammenraffen und abhauen. Alles andere wär' doch nur noch peinlich!

Sie wischt sich die Tränen vom Gesicht und gibt sich einen Ruck zu einem würdigen Abgang.

»Juh-hu, laßt Euch nicht stören«, ruft sie heiter den beiden Verknäulten zu und reißt krachend den Kleiderschrank auf, »ich pack' nur schnell ein und bin auch gleich weg!«

Als seien sie auf eine Stromschiene gestoßen, fahren Horst und Larissa auf, bedecken ihre Blößen und starren Beate so hohläugig an, als sei sie der spitzohrige Doktor Spock aus dem Raumschiff Enterprise, der unvermutet ihren Beischlaf störend durchs Schlafzimmer latscht, um seinen Koffer für die nächste Sternenreise zu packen. Diesen Koffer muß Beate aber erst unter dem besetzten Bett hervorholen, und darum quetscht sie ein zynisches »Tschuldigung« zwischen die Zähne, geht vor den Bettinsassen auf die Knie, zerrt auf dem Bauch liegend den Koffer unter dem Bett hervor, in dem noch ein weiterer steckt, und beginnt seelenruhig zu packen.

Nachdenklich schauen ihr Horst und Larissa zu und zerbrechen sich offensichtlich krampfhaft den Kopf über korrekte Verhaltensweisen für In-flagranti-Situationen. Ihnen fällt nur nichts ein, denn selbst gestandene Briefkastentanten kämen da mächtig ins Schleudern.

Endlich fühlt sich Horst gedrängt, etwas in das beklemmende Schweigen hinein zu schwafeln: »Heute ist doch gar nicht Montag!« meint er fast vorwurfsvoll.

Einen solchen Satz hätte sich Horst zwar denken, doch nicht aussprechen dürfen. Wie von Nattern gebissen fährt Beate auf dem Absatz herum und klebt ihm eine, so daß sich alle fünf Finger feuerrot auf Horsts Wange zeigen: »Nee, heute ist Donnerstag, du Arsch!«

Viel lieber hätte sie ja Larissa eine Maulschelle gehauen, aber die Dramaturgie der Situation schreibt ihr hier vor, Larissa lediglich mit Verachtung zu strafen. Das kommt Beate sehr hart an. Mit der ehernen Mechanik einer tödlich Beleidigten, die aber vorgeben muß, völlig *locker* über den Dingen zu stehen, räumt Beate schweigend den Kleiderschrank, Kommoden, Schränkchen und Borde leer und wirft alles wahllos zusammen in die aufgeklappten Koffer. Als sie ihren Pelzmantel, die Skisachen, die Schlittschuhe und die wollenen Winterstrumpfhosen zusammenrafft, fallen ihr endlich die denkwürdigen letzten Worte ein.

Gehässig lächelnd dreht sie sich langsam zu den beiden um, um ihnen den gemeinsten aller denkbaren Sätze an den Kopf zu werfen: »Ihr habt einander wirklich verdient!«

Hinter ihr Schweigen. Im Theater gäbe das Szenen-Applaus. Starker Abgang. Sie ist mit sich zufrieden, vorerst ...

Nach weniger als zwanzig Minuten seit ihrer Heimkehr steht Beate wieder auf der Straße. Nun mit einer Reisetasche und drei Koffern und unzähligen »Türkenkoffern« – großen Plastiktüten –, ihren Schlittschuhen, den Skiern und ihrem alten Waschbärpelz im Arm. Ihr ganzer Besitz. Ein Taxi hält.

»Wohin?«

»Weg!«

Aber das ist keine Adresse, die ein Taxifahrer anfahren kann. Das Taxi hat ein Händie an Bord, das sie benutzen darf. Sie ruft Simone an. Keiner meldet sich. Simone ist in Madrid bei Saura, fällt ihr ein. Sie ruft Ewa, die polnische Maske, an. Ewa ist vergrippt und hat die Bude voller polnischer Schauspieler. Alle anderen sind auf Tournee, verreist oder einfach nicht da.

»Dann eben ab ins Hotel!«

Der Fahrer macht ihr wenig Hoffnung. »Festwochen! Ist doch alles voll, junge Frau!«

Sie kennt da ein paar Pensionen in den Außenbezirken. Nichts zu machen! Der Taxameter steht mittlerweile auf einhundertsechsundsechzig Mark und zwanzig Pfennigen. Die Berliner grillen in den Vorgärten und Parks oder schlürfen Bier in den Straßenkaffees und Gartenrestaurants, die hier zwar nicht Biergärten heißen, aber welche sind.

Jetzt ist alles scheißegal! Darum tut Beate das Undenkbare: »Gotenstraße 30a!«

»Sind Se sicher?! Ick will nämlich ooch nochmal Feierabend machen. Sitze schließlich schon zwölf Stunden aufm Bock«, quengelt der Taxifahrer herum.

Die Fahrt ist lang und führt durch die ehemaligen Industrie- und Arbeitervororte Berlins, in denen jedes Leben erstorben scheint wie in den verlassenen Goldgräberstädten des Wilden Westens. Das richtige Szenario für ein Mundharmonika-Solo und Trauer mit Tränen. Langsam und dann immer heftiger tut sich Beate selber leid. Schließlich heult sie los wie ein Schloßhund.

»Det ham wa alle mal durchjemacht, Meechen«, brabbelt der Taxifahrer mit kaltgepreßter Anteilnahme und reicht ihr einen Karton Kleenextücher nach hinten. In der Schöneberger Gotenstraße heult Beate zwar nicht mehr, aber ihre Augenlider haben sich zu zwei prall wassergepolsterten Blasen verformt, die jeder Froschkönigin Ehre machen würden. Trotz Nacht und trübem Gaslaternenlicht tarnt Beate ihre verschwollenen Augen mit einer schwarzen Sonnenbrille, schält sich aus der Taxe und ist so stockblind, daß sie gegen 'nen Laternenpfahl rennt.

»Sind Se ooch sicher, daß ick Sie hier alleine lassen kann, oder soll ich lieber noch warten?«

»Wenn ich in fünf Minuten nicht wieder zurück bin, dann können Sie Feierabend machen!«

»Et macht jetz' hundertachtundachtzig Mark und sechzig Pfennige.«

Das Wohnhaus Gotenstraße 30a in Berlin-Schöneberg ist kein ordentliches Berliner Wohnhaus, wo um acht Uhr gnadenlos abgeschlossen wird. Es ist etwas heruntergekommen und darum noch offenherzig zu späten Gästen. Der verstaubte stille Portjee zeigt ausschließlich deutsche Namen, was aber nur beweist, daß, wenn er überhaupt noch irgendeinen Wert hat, dann historischen. Die Namensschilder an den Wohnungstüren sind entweder flüchtig bekritzelte Zettel, aus Schulheften oder Kalendern gerissen, oder aber pädagogisch wertvolle bunte Bastelarbeiten aus naturreinen Materialien, die anzeigen, daß hier ökologisch-kreative Kinder mit ihren körnerfressenden Eltern leben. An vielen Türen fehlen solche Hinweise auf bürgerliche Existenzen ganz, wie im gesamten zweiten Stockwerk, wo die Salnikows leben sollen.

Beate klingelt einfach überall. Zwei Türen bleiben geschlossen, eine öffnet sich. Sergej steht im Unterhemd, Bermudaschorts und Badelatschen verdattert in der Tür.

»Beate? Na, was *du* machst hier?«

Bei besserer Laune hätte Beate geantwortet: »Ich wart' hier auf den Bus, das sieht man doch!« Dazu ist sie heute nicht in Stimmung. Wegen der wartenden Taxe muß sie mit der Tür ins Haus fallen: »Kann ich heute Nacht bei *dir* bleiben?«

Sergej klappt erst der Unterkiefer runter, dann gucken seine wachen Augen so nachsichtig wie die eines Psychiaters angesichts einer akut Irren. »Äh, ich dachte eigentlich, daß Larissa nur den Schlüssel hat vergessen ...«

Verlegenes Räuspern. Hüstel, Hüstel. Kopfkratzen. »Tut mir leid, es dir so direkt sagen zu müssen: Larissa hat nicht den Schlüssel vergessen, sondern *dich*! Die liegt jetzt nämlich mit *meinem* Horst in *meinem* Bett! Verstehst Du?! Und in ganz Berlin gibt es heute kein einziges freies Bett mehr ... äh, aber nach Lage der Dinge, ist ja hier bei dir eins frei, also, ich meine ... also, wenn du kein Arsch bist, dann läßt du mich hier nicht so stehen! Schließlich hab' ich dir ja auch aus der Patsche geholfen, oder?!«

Wortlos starrt Sergej Beate an.

Mit einem Nachschluchzer nimmt Beate noch einmal Anlauf: »Larissa und Horst haben *uns beide* tierisch verarscht! Begreifste nicht?! Du bist der Idiot, der alles bezahlt, und ich die Idiotin, die jetzt mit ihren Plünnen auf der Straße steht: Mann weg, Wohnung weg! Ick weiß echt nicht, wohin ...«

»Wie? Horst und Larissa? Du meinst ... ?«

»Also, nach ›Mensch-ärger-dich-nicht‹ sah dit wirklich nich' aus!« motzt Beate aufgebracht und droht gleich wieder loszuheulen. »Sagt dir das Wort *in flagranti* irgendwas?«

Sergej faßt sich an die Stirn und wird noch bleicher. Seine goldenen Hände zittern leicht.

»Was is denn nu?! Die Taxe wartet doch nicht ewig. Hilfste mir nun mit den Koffern, oder nicht?« nörgelt Beate ungeduldig.

»Ja, ja, natürlich, klar, natürlich ...«, wie ein Triesel schlingert Sergej in der Tür hin und her und hätte beinahe die Tür hinter sich zugezogen, ohne den Schlüssel mitzunehmen. Irritiert starrt er auf Beates Sonnenbrille.

»Du hast deine Sonnenbrille vergessen«, sagt er mit rauher Stimme.

»Quatsch, die hab' ich doch auf!«

»Ja eben! ... Aber es ist schon Abend«, wundert sich Sergej mit einem total abwesenden Gesichtsausdruck.

Zur Antwort schiebt Beate die Brille den Nasenrücken hinunter, da geht das Licht im Treppenhaus aus. Trotzdem hat Sergej genug gesehen. Mitfühlend drückt er ihr den Arm.

Umständlich, mit viel Gepolter, haben sie irgendwann Beates Habseligkeiten durchs Treppenhaus nach oben bugsiert, und plötzlich ist Sergej verschwunden. Mit ihrem alten Waschbärpelz um die Schultern tigert Beate unschlüssig im Korridor auf und ab, prüft mit den Händen die Augenschwellungen unter ihrer Sonnenbrille. Dabei kommt sie zu dem Schluß, daß sie so morgen nicht aus dem Haus gehen kann.

Kurz darauf kehrt Sergej unter Geräusper zurück. Er trägt eine »Räibänn klässick« im Gesicht, und hat eine Flasche Grusiniac und zwei Gläser in der Hand. Schweigend setzen sie sich an den Küchentisch. Beate fröstelt in ihrem haarenden Waschbär, obwohl im sommerlich schwülen Hof eine Nachtigall auf der Kastanie eine Sondervorstellung gibt. Heute haben die Salnikows dafür kein Ohr.

Sergej gießt die Gläser randvoll. Voller Anteilnahme schauen sie einander in ihre schwarzen Brillengläser und in die darunter schmerzvoll hervorlugenden Gesichtsreste, die eine barmherzige Küchenlampe weichzeichnet. Dreimal kippen sie ihre Gläser auf ex.

Unvermittelt fragt Sergej mit verzagter Stimme: »Und was machen wir jetzt?«

»Wäschewaschen und telefonieren, ich jedenfalls! Und dann brauche ich zwei kleine Plastiktüten für Eiswürfel.«

Sergej weist ihr den Weg zum Telefon und bleibt auf dem Küchenstuhl hängen wie ein Erschossener.

Beate wählt die Nummer, die mal ihre war, und erstaunlicherweise ist Horst sofort dran. »Ich wollte nur sagen, daß Larissa gleich *ganz* bei dir bleiben kann. *Ich* bin jetzt bei *Sergej*! Larissas Kram können morgen die Spediteure abholen. Dann viel Spaß noch und Ciao!« Ehe Horst noch etwas entgegnen kann, hat sie aufgelegt. »Is' dir doch recht?! Oder?«

Sergej hängt immer noch wie füsiliert am Tisch und gibt zustimmende Töne von sich.

Wie immer bei problematischen Gemütszuständen fängt Beate zu putzen an. Sie beginnt damit ganz harmlos, die Waschmaschine mit ihrer gesammelten Schmutzwäsche zu füllen, dann fängt sie an, die Arbeitsflächen und den Herd abzuwischen, schließlich schrubbt sie grimmig den Küchenfußboden.

Dieser abendliche Großputz mit Sonnenbrille und haarendem Pelzmantel zu hochsommerlichen Temperaturen könnte auf normale Menschen vielleicht etwas befremdlich wirken. Sergej sieht ihrem Treiben aber nur teilnahmslos zu und gießt ihnen immer wieder nach.

»Wie lange willst du bleiben?« fragt er tonlos, als Beate sich mit einem Schwammtuch bewaffnet auf die Küchenmöbel stürzt.

Mitten in der Bewegung hält Beate ein und wischt dann ganz vorsichtig an den Kanten und Griffen herum. »Wie lange wär' es dir denn recht?«

Achselzucken.

Wie kommt eigentlich ein so netter Kerl zu solch einem Miststück? fragt sie sich und hält es für an der Zeit, ihm ihr Logierproblem auseinanderzusetzen: »Erst mal bis Dienstag! Dann habe ich noch zwei Wochen Mülheim, danach fangen aber hier in Berlin schon die Proben zum ›Othello‹ an. Vielleicht finde ich ja über das Theater eine Wohnung. Allerdings habe ich das nicht im Vertrag ... Ich konnte ja nicht ahnen, daß ... Es ist alles eine verdammte Merde!«

Besorgt linst sie über ihre Sonnenbrille, welche Miene Sergej zu ihrem Vortrag macht. Hinter seinen schwarzen Gläsern lächelt Sergej so traurig wie Bajazzo. Das Telefon klingelt. Sergej springt an den Apparat. Er hofft auf ein Wort von Larissa und er tut Beate leid. An der Tonlage hört sie aus seinem russischen Gespräch heraus, daß es sich um ein Patientengespräch handeln muß: sachlich, beruhigend, therapeutisch.

Die Waschmaschine hat sich ausgeschleudert. Auf dem Balkon hängt Beate ihre Wäsche auf und stolpert ständig über die Schwelle, die ihre zappendustere Brille verdunkelt hält. Als sie wieder hereinstolpert, sitzt Sergej schwermütig am Küchentisch und hält den Kopf nachdenklich in die Hände gestützt.

»Is' was?« fragt Beate.

»Es war Polly«, antwortet Sergej mit Grabesstimme. Beate füllt die zweite Ladung Schmutzwäsche in die Maschine.

»Ach, wie geht's denn dem alten Drachen so?«

»Gar nicht gut! Sie hat Krebs und sucht ärztliche Hilfe, die ich ihr nicht geben darf ...« Beate hat sich vor Schreck gesetzt.

»Nein!!! Du meinst, unsere Apollonia?! ... Die hat Krebs?! Und die fragt *dich* nach Sterbehilfe? Die lief doch noch kürzlich herum wie das blühende Leben. Und Victor? Und wie steht Victor dazu?«

»Der weiß nichts davon. Und es ist Apollonias Wunsch, daß er auf keinen Fall davon erfährt. Ich habe es versprochen und möchte dich bitten ...«

»Na, keine Frage.«

Langsam steht Beate wieder auf und der Gedanke, wie lächerlich doch ihre Probleme dagegen sind, tröstet sie. Mechanisch stopft sie die Maschine voll. Nach einer gewissen Anstandsfrist kommt sie wieder auf ihre aktuellen Probleme zurück: »Hast du eine Idee, wie wir es nun mit der Wohnerei machen können? Wie gesagt, es ist ja nur für den Übergang, bis ich eine andere Wohnung gefunden habe ...«

»Wenn du willst, du bleibst hier, und wenn nicht, dann nicht«, entgegnet Sergej erschöpft und gähnt.

»Ich störe dich auch wirklich nicht?!« fragt Beate scheinheilig besorgt.

»Im Gegenteil!« Sergej lächelt matt. »Meine Eltern wollen kommen nächste Woche und so es ist sogar säähr gut, wenn du bist da ...«

»Ach so!« Beate bekommt schmale Lippen. »Wieder Ehefrau spielen, ja?«

Sergej nickt.

»Geld ich kann dir nicht geben, aber du kannst wohnen und leben umsonst.«

»Na, is' ja toll!« entgegnet Beate pikiert und setzt tadelnd nach: »Sach' mal, schämste dich gar nicht, deine Eltern so zu belügen? Die sind doch echt nett. Also, mich geht das ja nischt an, aber meine Eltern würde *ich* nicht so belügen.«

Sergej zieht resignierend die Schultern hoch.

»Und was ist mit Larissa?« bohrt Beate weiter.

»Großes Vorteil, ich muß mich nicht mehr lassen scheiden!« Es sollte witzig sein, kommt aber nur hohl.

»Würdest du ihr verzeihen?«

Durch seine dunkelbraunen Gläser starrt Sergej auf das Glas, das er in seiner Hand hin und her dreht und schüttelt langsam den Kopf. Er gähnt und blickt auf seine Armbanduhr. »Also für mich wird spät. Ich habe morgen viele Arbeit.«

Beate reißt das Gefrierfach auf und bröselt sich zwei Ladungen Eiswürfel in Plastiktüten. »Ich habe heute auch genug. Wo kann ich mich hinhauen?«

»Ich zeig' dir, aber wie ich habe gesagt, ich bin gar nicht vorbereitet.« Er geht voran und öffnet eine Tür zu einem Zimmer, das gerade renoviert wird und durch einen aufgeklappten Tapeziertisch versperrt wird. »Das soll mal das Gästezimmer werden. Möbel kommen nächste Woche.« Dann geht er weiter vor in den Salon. Auf dem Buffet sind ihre Moskauer Hochzeitsfotos aufgebaut, was Beate jetzt irgendwie makaber vorkommt. Auch Sergej grinst schief. »Leider nur zwei kleine Sofa«, sagt er entschuldigend. Dann gehen sie zum Ende des Korridors. Sergej reißt die Tür auf. »Das Schlafzimmer.«

Es ist ein schönes lavendelblau gestrichenes Zimmer mit eingebautem Spiegelkleiderschrank und einem riesigen Französischen Bett. Beate sieht etwas besorgt drein. Sergej zeigt ein Restgrinsen unter seiner Sonnenbrille. »Ich kann dir Bett empfehlen, ist säähr gut, und ich habe heute garantiert nicht Lust auf Hochzeitsnacht nachholen.«

»Wie?« Beate guckt ihn entgeistert an. »Ich dachte, du schläfst auf dem *Sofa*?«

Sergej lacht belustigt auf und schüttelt den Kopf. »Hole ich mir Hexenschuß?! Ich denke gar nicht daran! Warum auch?! Das Bett ist doch groß genug!«

28. Vom Erben und Sterben

Claudia hat so ein Gefühl. Auf einmal völlig losgelöst, ohne Freunde und Bekannte in Paris ... Ist komisch. War aber ihre Idee. Sie will länger in Paris bleiben, denn bisher kennt sie ja nur das Paris der Touristen. Hamburgerin, Berlinerin und New Yorkerin ist sie schon mal gewesen, nun will sie das Eingeborenenleben in Paris antesten.

Außerdem findet sie, daß man dem Anwalt bei der Vorbereitung des Prozesses beim Rechtsstreit um Luciens Hinterlassenschaft ordentlich auf die Finger sehen sollte. »Sowie die merken, daß man nicht voll bei der Sache ist, wird alles verschleppt!«

Auf diese Idee wäre Maître Lafarge gewiß nicht gekommen, denn jeden Tag hatte Claudia am Telefon gehangen oder der Kanzlei einen Besuch abgestattet. Claudias Strategie: Durch Nervenkrieg zum Sieg!

Nur Holger hatte den Eifer, mit dem sich Claudia in *seinem* Erbstreit ins Zeug legte, mit gemischten Gefühlen beobachtet. Die Sache war ihm mehr und mehr widerwärtig! Wär's nach ihm gegangen, er hätte das Erbe ausgeschlagen und wäre nie wieder nach Paris zurückgekehrt. Sagt er...

Zwei Millionen sind aber zwei Millionen sind zwei Millionen! denkt Claudia und kauft ihm die Tour der edlen Entsagung einfach nicht ab. Dazu kennt sie ihn zu gut. Emotional sei er in der Sache einfach zu befangen, hat sie gesagt und die verständnisvolle Ehefrau herausgekehrt. Das respektiere sie *völlig*! Gerade wegen der besonderen Umstände sei es nun für sie als seine Frau ihre *Pflicht*, sich stellvertretend in dieser Sache zu engagieren, um das gemeinsame Familieninteresse zu wahren und ihn zu entlasten. Dazu sei schließlich eine Ehe da!

Halb entnervt, halb erleichtert gab sich Holger unter reichlichem Gebrumm endlich »geschlagen« und ließ Claudia freie Hand. Man kann auch sagen: Er war auf dem besten Weg, ein guter Ehemann zu werden ... oder: Er war heilfroh, die unangenehme Sache abwälzen zu können, seine Hände dabei in Unschuld zu waschen, um so weiter die Schönheit seiner Seele zu pflegen.

Ihn beschäftigt ein ganz anderes Problem: Zum ersten Mal in seinem Leben versucht er das seltsame Wesen der Frau zu ergründen. Wenn er es recht bedenkt, hatte er an Frauen immer verabscheut, daß sie so schwächlich, fad, weniger geschmeidig und meist auch humorloser als Männer sind.

Claudia ist da anders. Selbst Claudias Leib faßt sich fest und kernig an wie der durchtrainierte Körper eines Knaben, und selbst ihr Busen hat die Festigkeit eines Muskels und ragt stolz auf. Ihre Schenkel erinnern ihn an die von jungen Tänzern. Die Kraft, die sie ausstrahlt, und ihre völlig natürliche Bewegungsanmut wirken auch auf ihn, und das ist absolut neu.

Die Frauen, die er früher kannte, etwa aus der Tanzstunde, hatten sich immer wie tote Vögel oder warme Quallen angefühlt, und er hatte sich geekelt. Die Tanzstunde war ihm eine Pein.

Aber schließlich muß er gelten lassen: Kein Mann hat eine solche seidige Haut wie Claudia. Immer wenn er ihr den Rücken eincremt, erwischt er sich bei dem Gedanken, daß es eigentlich sehr angenehm sein müßte, eine so seidige Haut am ganzen Körper zu spüren und ... dann ruft er sich zur Ordnung: Ein Schwuler, der mit fast Vierzig sein Kamming Aut als *Hetero* hat, ist nun wirklich der Gipfel der Lächerlichkeit! Außerdem gibts das gar nicht! Und »Bi« kommt schon gar nicht in Frage!

Verächtlich denkt Holger an alle ihm bekannten »narzißtischen Schwuchteln«, die sich plötzlich mit Frauenaffären in der Sziehn »aufkrückten« und ständig dramatisch »Was-bin-ich?«

schreien, bis ihre Liebhaber und -innen die Faxen so dicke haben und ihnen raten, sich doch lieber ihre sexuelle Identität an den Hosenknöpfen abzuzählen. Zum Kotzen!

Langsam hält Holger sich für überspannt, hat die Krise und ist unausstehlich.

Von alledem hat Claudia keine Ahnung. Auch Männer haben ihre Tage! denkt sie sich mal wieder und schiebt das auf Holgers Streß im Büro und die angekündigten »Strukturveränderungen«. Allen Beteuerungen zum Trotz läuft sowas für gewöhnlich auf Entlassungen hinaus, und Holger muß sein »Ständing« verteidigen. Inzwischen geistern Gerüchte durch die Büros. Die US-Abteilung solle stark »runtergefahren« werden. Die Büros in Los Angeles und New York durch freie Mitarbeiter vor Ort ersetzt werden und so weiter. Als »Wais Sienior« für Washington ist Holger vorgesehen gewesen. Holger haßt Washington, und schon wieder nur ein Vize, also der zweite Mann zu sein, hat ihn auch nicht gerade vom Hocker gerissen. Wichtig ist aber, daß er seinen Platz in der Hierarchie nicht nur verteidigt, sondern ausbaut.

Eine dringende Konferenz aller amerikanischen Büroleiter hatte Holger zurück nach New York gerufen. Großes Aufatmen. Diese Pariser Wohnung, die ihn auf Schritt und Tritt an Lucien erinnert und wo er mit Claudia nun im *gleichen* Bett liegt ... das alles ist ihm plötzlich fürchterlich »auf den Zeiger« gegangen, obwohl das gemeinsame Schlafzimmer eigentlich seine Idee war. Wenn Claudia neben ihm schläft, kann auch er besser schlafen.

Auf dem Flughafen hatte er wie alle anderen Ehemänner Claudia rechts und links einen Kuß gegeben. Allein nach New York! freute er sich.

Das erste Mal in ihrem Leben fühlt sich Claudia wirklich verlassen. Und ob sie will oder nicht, fällt ihr auf, daß ihr Leben seit Berlin immer mehr ins Unwirkliche abgedriftet ist und um so mehr aus den Fugen geraten ist, je mehr sie ihre Pläne in die Tat umsetzte. Deshalb überfällt sie nun der Jammer. Folgerichtig wird ihr auch sofort eiskalt, sie fröstelt und hat Nikotinphantasien.

Hinzukommt, daß sie sich draußen in der Stadt noch okäi gefühlt hat, nun im Haus aber den Eindruck hat, als befände sie sich plötzlich auf feindlichem Gebiet.

Vielleicht habe ich mir nur den Terror der Concierge zu sehr zu Herzen genommen, erklärt sie sich das Ganze. Die Concierge, ein mopsähnliches Wesen von monströser Häßlichkeit mit dem metalligen Geruch einer Zuckerkranken, spioniert nach Herzenlust für die »wahren Herrschaften« und hat am Morgen im Vestibül keifend gegen die deutschen Erbschleicher Front gemacht. Normalerweise lacht Claudia über sowas. Jetzt schleicht sie aber deprimiert und frierend durch die Wohnung und bleibt mit um den Leib geschlungenen Armen vor dem Schreibtisch stehen.

Da liegt das Fax! *Franks Fax*! Dicke Tränen tropfen auf das Wort »Eilt«. Plötzlich beschleicht sie der niederschmetternde Gedanke, ein vertanes, beschämendes Leben zu führen. Die ärgsten Superlative läßt sie gerade noch weg, aber... Schließlich putzt sie sich die Nase.

In einem Anfall von Vernunft reißt sie sich von ihrem »subjektiven Elend« los, und weil das »objektiv« natürlich alles totaler Quatsch ist, schaltet sie den Computer ein und schimpft: »Dieser *Kerl*!«

Um sich aus ihrem Jammertal rauszuhangeln, beschließt sie, Frank zurückzufaxen. Ganz kühl von hoch oben herab muß das natürlich kommen, nimmt sie sich vor und greift sich an den Kopf. Was dabei herauskommt, ist verblasenes Zeug: »... daß sie sein Schreiben überrascht, nein: *erstaunt*; nein: sehr *verwundert* hätte; nein doch lieber: erstaunt; nein, doch nur: *überrascht* hätte; ... sie aber eine Erbschaftsangelegenheit *ihres Mannes* (!!!) in Paris unabkömmlich mache, sie jedoch, *falls* es möglich wäre, versuche, einen Flug nach Berlin *einzuschieben*! Allerdings käme, wenn überhaupt, eine solche Stelle für sie nur in

Frage, wenn sie das mit ihrer Doktorarbeit, die kurz vor dem Abschluß stünde, vereinbaren könnte. Mit freundlichen Grüßen Claudia Messinger-Unhoch ...«

Es macht einen noch kuhleren Eindruck, überlegt sie, wenn sie Frank auch noch irgendwas Privates schreibt, an sein Privatfax, etwas beinahe-verletzend Beiläufiges vielleicht ... Sie grinst.

Auf dem leeren Bildschirm starrt sie sich die blauen Augen stumpf. Der Monitor bleibt genauso leer wie ihr Kopf. Die private Korrespondenz zwischen Frank und Claudia leidet seit längerem unter Erosion. Zwischen den versteppten Ödflächen des Ungesagten sickern nur noch Belanglosigkeiten des Alltags, überflüssige Wetterberichte und Naturbeschreibungen.

Es interessiert mich einen Scheiß, wie rot dein Abendnebel am Waldesrand ist! würde sie ihm am liebsten schreiben. Aber das macht keinen »schlanken Fuß«.

Frank weiß nicht, daß Claudia mit einem *homosexuellen* Schulfreund verheiratet ist. Auch von ihrer Schwangerschaft hatte sie ihm nichts mitgeteilt. Warum, weiß sie selbst nicht. Wahrscheinlich nur »Darum!«

Frank läßt im Gegenzug Frank junior und Gerti »außen vor«, ebenso wie die Tatsache, daß er seit einiger Zeit regelmäßig eine Prostituierte besucht, die Claudia irgendwie ähnlich sieht. Nur daß er sie weiter liebe und sich nach ihr sehne, wiederholt er ständig, Claudia allerdings nie.

Bald werden wir uns nur noch Weihnachtskarten schreiben ...

Sie sucht nach weiteren Eingebungen und läßt den Blick durch die »Bibliothek« der Wohnung, ihr Arbeitszimmer, schweifen. Von den Regalen blicken spöttisch die versammelten Erstausgaben auf sie hinab. Der Mahagoni-Sekretär scheint immer hämisch zu grinsen: »Was hast *du* denn hier verloren?« Hinter dem Putz lauert das Böse. In den Zimmerecken hocken Gespenster.

Schwangeren-Psychose. Darf man gar nicht ernst nehmen!

Claudia vertieft sich in ihr Fax und ringt sich eine verquaste Theaterkritik eines Stückes ab, das sie gar nicht gesehen hat, aber aus unerfindlichen Gründen nun so tut ... Dann hat sie wieder so ein Gefühl wie am Morgen. Sie wird zapplig und bekommt Juckreiz am ganzen Körper. Der Computer stürzt ab.

Bei Krisen oder Nervenzuständen sucht Claudia wie immer Zuflucht im warmen Uterus einer Badewanne. Auf dem Gang durch den protzigen Salon, den Flur mit der Statue eines Speerträgers, das Art-déco-Schlafzimmer zum Bad aus griechischem Marmor hat sie den Eindruck, als machten die Wände Front, als wolle dieses Gemäuer sie wie einen Fremdkörper abstoßen. Folglich schlottert sie noch mehr. Jetzt klappert sie sogar mit den Zähnen.

Im Bad dreht sie an den goldglänzenden Wasserhähnen. Die Leitungen röhren, aber kein Wasser kommt. Die Hausmeisterin faselt ihr am Telefon etwas von Rohrbruch, aber lacht dazu dreckig und legt auf. Danach ist dauerbesetzt. Im Keller sieht Claudia nach. Das Wasser für ihre Etage ist abgestellt, der Haupthahn abmontiert!

Claudia macht sich oben in der Wohnung auf die Suche nach der Werkzeugkiste, kramt eine Rohrzange raus, fährt zitternd und zähneklappernd wieder ins Kellergeschoß und schafft es trotz ihrer Anfälle von Schüttelfrost, das Wasser wieder anzudrehen. Aus Richtung Kellertür vernimmt sie ein Geräusch, als wollte jemand zuschließen. Aufgebracht rennt sie hin und reißt die Tür auf. Nichts! Nur Nerven.

Erschöpft läßt sie sich zwanzig Minuten später ins Wasser gleiten. Das heiße Bad kann zwar die körperliche Kälte etwas mildern, nicht aber die seelische Verkühlung. Sie will sich verkriechen, schlafen, schlafen, schlafen und erst wieder aufwachen, wenn sie glücklich ist und dreißig Grad im Schatten! Im Pariser September eher unwahrscheinlich.

In der Nacht führen die Eingeweide des Hauses plötzlich ein dröhnendes Eigenleben. An Schlaf ist nicht zu denken. Das alles hält sie für eine finstere Hausmeisterverschwörung. Am nächsten

Tag erwacht sie beinahe-tot gegen halb zwölf und staunt, daß sie noch atmen und sich herumschleppen kann. Im Briefkasten findet sie erfolgreich benutzte Präservative mitsamt Inhalt. Sie erbricht sich auf dem Trottoir vor der Haustür. Die Mops-Concierge lacht lauthals.

So nicht! beschließt Claudia, während sie sich den kotzigen Geschmack aus dem Mund ausspült. Sie hat einen Einfall und stürzt ans Telefon. Eine total verschlafene Ewa holt sie offenbar aus dem Tiefschlaf. Sie hatte Nachtdreh, lallt ihr Ewa mit schwerer Zunge ins Ohr. Aber übermorgen ist abgedreht, und da hätte sie durchaus Lust auf ein paar Tage Paris.

Eine halbe Stunde später ruft Ewa noch einmal an und fragt, ob sie eine Freundin mitbringen dürfe, die in Paris »kahsten« müsse. Simone Achmetow-Schröder ist Claudia als genial verrücktes Huhn geläufig. Der Besuch verspricht den vollen Griff ins tosende Leben. Das kann nicht verkehrt sein, das ist sogar zweckdienlich! frohlockt Claudia.

Gegen die Schikane der Hausgeister und Hausmeister wappnet sie sich fortan mit ihrer wiedergefundenen unverwüstlichen norddeutschen Dickfelligkeit und ihrem hanseatischen Hochmut. Bisher hat das immer gewirkt.

Nachdem Ewa und Simone mit überreichlichen »Ahs« und »Ohs« ihr Pariser Domizil ehrfürchtig bestaunt haben und auch der mitgebrachte Apfelstrudel mit heißer Vanillesoße verdrückt worden ist, wird Frau Achmetow-Schröder unruhig.

»Irgendwas stimmt hier nicht ...«

»Das ist gut möglich ...« sagt Claudia so beiläufig wie möglich.

»Hhm!« Tief nachdenklich läuft Simone durch die Wohnung. »Wenn Ewa nicht deine und meine Freundin wäre, würde ich einfach in ein Hotel ziehen ... aber so kann ich dich ja nicht einfach auf dem Problem hier sitzen lassen. Mehr kann ich dazu im Moment nicht sagen.«

Claudia sieht Ewa ratlos an. Ewa steht hinter Simone und

macht Claudia Zeichen, indem sie dezent mit dem Zeigefinger gegen die Schläfe tippt. Höflich leitet Claudia das Gespräch lieber auf die Filmbesetzungsprobleme von Simone Achmetow-Schröder.

»Eine größenwahnsinnige kleine, deutsche Filmproduktion will für einen primitiv-komischen, absolut doofen Streifen unbedingt den französischen Star P.D. gewinnen, weil sie dann auch Geld kriegen.« Simone reicht Claudia das Drehbuch. »Die französische Version soll ich P.D. aufs Kopfkissen legen, stellen die sich vor...«, kichert Simone verächtlich. Claudia blättert und liest im Schnellgang »quer«.

»Dafür haben die wirklich Filmförderung bekommen???« fragt Claudia fassungslos. Simone rollt mit den Augen und nickt. Was mache ich eigentlich im Leben falsch, fragt sich Claudia. Und was bedeutet das für eine eventuelle Arbeit als Dramaturgin bei der »Pallas«? denkt sie beklommen. Etwa: Millionen Fliegen können nicht irren...?

Der Besuch der Freundinnen hat Claudia aufgemöbelt. Vielleicht liegt es aber auch an den Kirchenkerzen, die an allen vier geometrischen Ecken der Wohnung brennen. Möglicherweise ist es auch das versprühte Weihwasser und die Kupferpyramide mit dem Aschekreis in der geometrischen Mitte des Wohnzimmers, wohin Simone alle bösen Geister gebannt haben will.

Lange hat sich Simone Achmetow-Schröder dazu mit Hanna, ihrer zweitbesten Freundin, der begnadeten Sozialamtstrategin und Geisterbeschwörerin mit antikapitalistischer Grundhaltung, beraten. Per Ferndiagnose konstatierte Hanna illegal umgehende Untote mit verbündeten Hausgeistern und verordnete fürs erste »weißmagische Exorzizien«.

»Wenn das nich' hilft, dann gibt es in Paris so'n Priester für so Fälle«, gibt Hanna als Lebenshilfe weiter.

Zunächst hatte es nur den Effekt, daß der kostbare Spiegel im Bad mit einem infernalischen Knall in tausend Stücke zersprang und sämtliche Kosmetika aussahen, als hätte sie ein Tornado ausgespuckt. Das sei ein ganz, ganz positives Zeichen, hatte

Hanna aus Berlin getröstet. Claudia tippte aber eher auf einen Anschlag terroristischer Portjees.

An die Kirchenkerzen, die inzwischen halb runtergebrannt sind und an die Kupferpyramide im Aschekreis mitten im Salon haben sie sich alle so gewöhnt, daß man inzwischen ernsthaft erwägt, Kerzen, Pyramide und Aschekreis als »schamanischen Hausschmuck« stehen zu lassen. Natürlich hält Claudia das alles für einen Mumpitz und Mummenschanz, aber Tatsache ist: Sie schläft ab sofort wie gewiegt, die Gespenster scheinen sich aus dem Staub gemacht zu haben, denn alle Pannen im Hause haben ein Ende.

Am Tag des Erbschaftsprozesses fühlt sich Claudia wieder in Höchstform. Ihr Auftritt als züchtige Gattin und werdende Mutter im königsblauen Umstandskleid mit bravem weißen Spitzenkragen und nämlichen Manschetten hat die kalkulierte Wirkung. Man hat es ja schließlich mit einer diplomierten Dramaturgin zu tun!

Luciens Familie und deren Anwälte sind ziemlich überrumpelt und geraten aus dem Konzept. Das Gericht stellt erst einmal die Echtheit und Rechtsgültigkeit des Testaments fest, das in Gegenwart eines Notars beurkundet worden ist. Ebenso fegt der Richter den Vorwurf einer fahrlässigen Körperverletzung mit Tötungsfolge durch Holger vom Tisch. Mehrere Gutachten beweisen, daß Holger nicht Träger des HIV-Virus war, durch das Lucien zu Tode kam.

»Wenn eine solche abenteuerliche Anschuldigung erhoben werden kann, dann seitens des Beklagten höchstens versuchte Körperverletzung, aber dafür wäre – wenn überhaupt – eine andere Kammer zuständig.«

Eine »Verführung auf Abwege« ledert der Richter sofort schroff ab. Der Erblasser war schließlich volljährig und bis zuletzt im Vollbesitz seiner geistigen Kräfte. Von Nötigung könne er auch keine Spur erkennen, belehrt er streng die Staranwälte der Familie, die fade in die aktengetrocknete Luft des Gerichtssaals grinsen, wie ertappte Pennäler beim Schummeln. Mit einem Seitenblick auf Claudia schließt der Vorsitzende nicht ohne Hohn, daß es nicht Aufgabe eines Gerichts sei, darüber zu rechten, wer wohl wen verführt haben mag. »Man müsse in diesem Fall eigentlich nur seinem gesunden Menschenverstand folgen …«

Die Klage von Luciens Familie wird in allen Punkten abgewiesen. Punktsieg! Claudia preßt befriedigt die Lippen aufeinander.

Die Anwälte der Gegenseite kündigen die Anrufung der nächsten Instanz an und eine Klage vor der Strafkammer bezüglich der fahrlässigen Körperverletzung mit Todesfolge an. Maître Lafarge rät Claudia jetzt dringend aus der Position der Stärke heraus zu einem Handel. Claudia telefoniert mit Holger.

»Bei einem Vergleich von viereinhalb Millionen Franc sind wir dabei, was meinst du?«

Claudia meint dasselbe.

»Wie fändest du es, ganz in Paris zu leben?« fragt Holger vorsichtig. Er soll vom nächsten Ersten an die Leitung der englischen Abteilung in Paris übernehmen. Man müßte also in Paris wohnen.

Claudia sagt, sie wisse noch nicht so recht, ob Paris es *wirklich* sei, doch mittelfristig ist es vielleicht okäi.

Zwei Wochen später ist Holger wieder da. Er ist ein bleiches, abgespanntes Nervenwrack und merkwürdig geistesabwesend. Claudia schlägt Ferien vor. Zum nächsten Arzttermin will er unbedingt mitkommen und nimmt sich extra frei im Büro. Fasziniert starrt er auf den Ultraschallmonitor.

»Ist das wirklich mein Kind?! … Ich hätte nie geglaubt …« stammelt er bewegt. Claudias Hand hält er zärtlich gegen seine Wange geschmiegt.

»Es ist ein Junge«, sagt der Arzt.

Holger küßt Claudias Hand. Unvermittelt springt er auf. »Ich muß los! Bis später!« Ohne sich umzudrehen, stürmt er grußlos aus der Praxis. Claudia und der Arzt schauen ihm verdattert nach.

Normalerweise ist Holger gegen achtzehn Uhr immer zu Hause. Wenn er noch über den Markt geht, um achtzehn Uhr dreißig, oder aber er ruft sofort an, wenn er sich verspätet. Darin ist er eigen.

»Sis pörson is temporärilieh not äväiläbäl!« sagt die Mailbox-Stimme, als Claudia sein Funktelefon anruft. Im Büro ist er nicht, aber er wollte noch zu einem Anwalt, sagt seine Sekretärin. Da ist er schon seit sechzehn Uhr weg.

Um zwanzig Uhr dreißig klingelt es an der Wohnungstür.

»Madame Messinger?« Zwei Flics stehen verlegen räuspernd im Flur, nehmen feierlich die Mützen ab und schauen betreten zu Boden. Bevor sie es aussprechen können, weiß es Claudia: Holger ist tot!

29. Nur ein großer Esel hält sich für ein Pferd

Horst hat Spaß. Die Hacken auf der BeeZett des Tages gebettet, hat er die Beine auf seiner Schreibtischplatte lässig über Kreuz ausgestreckt und betrachtet feixend seine glänzend manikürten Fingernägel. Er telefoniert und hält sich für einen wirklich tollen Typ.

Sergej setzt ihm am Hörer gerade auseinander, daß er nicht im Traum daran denke, für eine Formalehe zwischen Larissa und ihm, die ja nun eine *Normalehe* sei, zu zahlen. Er will sein Geld zurück und zwar sofort! Der Armleuchter! beölt sich Horst. »Zahl' ich dir etwa zwanzigtausend, damit du mir *meine* Frau ausspannst?! Bin ich Idiot, oder was?!« fragt Sergej aufgebracht.

Mit seiner Ex-Ex-Frau, mit Larissa, hatte Sergej in der selben Sache gerade eine lautere Aussprache ... Larissa hat ihn in ihrer herben sibirischen Art abperlen lassen. Sie hätte *damit* gar nichts zu tun, erklärte sie ihm kaltblütig. Sie hätte weder Geld erhalten noch hätte sie mit ihm, Sergej, einen *Vertrag*. Das müsse er doch wissen.

Das Dretzkesche Zerchfell bibbert und hüpft gefährlich. Horst reißt sich aber zusammen und spielt den scheinheiligen Biedermann: »Ich weiß gar nicht, was du von mir willst, Sergej? Im Vertrag steht, daß die ›Mitgift‹ von Larissa nur im Falle einer Scheidung vor Ablauf von drei Ehejahren zurückgezahlt werden muß. Aber Fakt ist, ich will mich von Larissa gar nicht scheiden lassen, im Gegenteil!« Einen Lachkrampf kann Horst gerade noch abfangen. Ganz lammfromm fährt er fort: »Tja ...

und von einer Rückzahlungspflicht im Falle eines einverständigen Ehevollzuges steht im Vertrag nischt! Und Vertrag ist Vertrag! Oder hast du etwa einen Schuldvertrag mit Larissa über die Mitgift?«

Sergej knurrt etwas Unverständliches, was sich wie ein russischer Fluch anhört und auch einer ist.

»Haste *nicht*! Stimmt's?! Tja, Pech jehabt, mein Lieber! Lehrgeld müssen wir eben alle mal zahlen. So is' das Leben: Et wird mehr jenommen als jegeben! Also, Tschüß, Serjoscha, und sieh das alles nicht so eng! Du mußt auch *mich* verstehen!«

Am anderen Ende bleibt es still.

Horst legt auf und ist äußerst zufrieden mit sich. Derjenige, der mir Geld aus der Tasche ziehen will, der muß erst noch geboren werden. Gutgelaunt pfeifend wendet sich Horst seinem Müll zu: Drei Güterzüge mit jeweils hundertfünfzig Waggons Sonderabfall, der mit üppigen Zuschüssen aus Bonn und Brüssel durch dreimonatiges Lagern in Beeskow und Storkow zu »chemischen Vorprodukten zur Weiterverarbeitung« veredelt wird, um dann als subventionierte Handelsware mit Hermes-Ausfallbürgschaften nach Sibirien, Usbekistan und Kasachstan abzugehen.

Ein gigantischer Schwindel. An jedem Zug werden an die drei Millionen Mark verdient. Im Gegenzug kommt getarntes sibirisches Gold. In den Spielhöllen und Sonnenstudios wird es zu legalem deutschen Geld.

Ein Drittel greift der »Japaner« ab. Neidlos muß Horst zugeben, daß seine Geschäftspartner die ausgeschlafensten Burschen sind, die ihm je untergekommen sind. Allein, wie sie die Sache mit seinem Gewerbegrundstück gefingert haben, gerät er da ins Schwärmen.

Hier ist ganz oben! Hier funktioniert nur die blanke Macht, die sich speist aus Bonner Hinterzimmern, Vorstandsetagen, alten Seilschaften und salonfähigen deutschen Mafiosi, die man bei Strafandrohung nicht so nennen darf. Alles Ehrenmänner. Ob aus Ost oder West, sie sind Fleisch vom gleichen Fleische und kennen nur eine Partei: die Macht. Da stellt man auch schon mal direkt *von oben* durch.

Einem einfachen Gemüt bekommt so etwas nicht. Horst hält sich deshalb auch schon für einen jener Halbgötter in Nadelstreifen, die den Vorsitzenden gewählter Gremien zu unliebsamen Entscheidungen zurufen dürfen: »Finden Sie einen Formfehler und lassen Sie erst dann wieder abstimmen, wenn das Ergebnis stimmt! Aber stellen Sie das nächste Mal, um Himmelswillen, vorher erst ein ›Meinungsbild‹ her, Sie Trottel, sonst können Sie Ihre Karriere vergessen!«

Wenn er nicht zufällig Ohrenzeuge gewesen wäre und danach die wundersame »Entscheidungskorrektur« mitbekommen hätte, er hätte das nicht für möglich gehalten.

Bananenrepubliken sind nicht unbedingt die, wo die Bananen wachsen, sondern auch die, wo sie besonders gern gegessen werden, hat Horst gelernt. Der »King off se Rohd« mit seinem Schitt ist eine Pappnase verglichen mit der »Blockflöte«, die sich für ein Pöstchen fürs Töchterchen seine Landtagsstimme abhandeln ließ, so daß ein ganzes neues Bundesland einen fremden West-Sender verpaßt bekam und tausend eigene Leute arbeitslos wurden. Ein ganzer Landtag wußte darüber Bescheid. Man hielt sich nur darüber den Bauch, daß der nördliche öffentlich-rechtliche Sender das Millionending für weniger als ein Linsengericht bekommen hat.

No limitz, denkt sich Horst seitdem. Das sind meine Dimensionen! Und da kommt mir so'n popliger Zahnklempner daher und riskiert 'ne dicke Lippe?!

Der sensible Dentist Sergej aber war das erste Mal in seinem Leben *wirklich* sauer und hat sich geschworen, daß sich das Großmaul Dretzke an ihm noch die Zähne ausbeißen soll.

Sergej ruft Victors Händie an. Victor tut recht ungnädig. Angeblich, weil er in Wladiwostok in einem Hotelzimmer mit Küchenschaben so groß wie Ratten sitzt und den Lauf einer Uzi an der Schläfe spürt.

»Und da kommste mir mit den *Eheproblemen* mit deiner *Exfrau*! Biste meschugge?!«

»Ja!« erwidert Sergej ebenso ungerührt wie unschlüssig, ob Victor ihm gerade seine tatsächliche Lage geschildert hat oder diese Idee gerade nur für witzig hält. Das weiß man bei ihm nie so genau.

»Egal *wer* zahlt, gezahlt werden muß!« schnauzt Victor und setzt dann sanfter nach: »Aber weil ich dich grade dran habe, könnten wir mehrere Fliegen mit einer Klappe schlagen: Sprich mit dem *weisen* Mann, aber *nicht* am Telefon, und richte ihm von mir aus, daß es wegen der *Gefälligkeit*, die ich ihm erweisen sollte, zu *Mißverständnissen* gekommen sei. Und wenn der Mann dann noch gutgelaunt ist, kannst du ja mal fallen lassen, daß ein Geschäftspartner vom Japaner gegenüber *seinen Freunden* ein falsches Spiel treibt. Das wird ihm sicher nicht besonders gefallen ... Aber mehr kann ich dann auch nicht für dich tun.« Dann ist die Funkverbindung weg.

Anatol, Simons Läufer, hat Sergej mittags um halbeins in einen der Bornsteinschen Betriebe in der Lietzenburger Straße bestellt. Es handelt sich um eine Nachtbar des »gehobenen Genres«, und Sergej wuselt sich durch weinrote Samtvorhänge, in denen der kalte Rauch und Alkoholdunst von Jahrhunderten zu hängen scheint. Eine hohlwangige Putzfrau mit mißtrauischem Proletarierblick balanciert einen Turm dreckiger Aschenbecher über die spiegelnde Tanzfläche aus Edelstahl, auf der ausgetretene Kippen und breitgewalzte rosa Kaugummis kleben. Die Bierkutscher lassen gerade donnernd einige Fässer durch die Bar rollen und in den Keller krachen. Sergej hatte waffenstarrende Bodigards wie in Moskau erwartet und die prickelnde Nervosität von latentem Gängsterkrieg.

Das einzige, was das hier von einem Verwandtenbesuch unterscheidet, ist, daß Anatol ihn nach Waffen abtastet, bevor er durch die Tür mit der Aufschrift »Privat« gelassen wird. Ein altersloser weißhaariger Mann mit skeptischen schwarzen Augen sitzt da inmitten von Papierkram und raucht Zigarre. Die Luft könnte man in Blöcke schneiden. Nachdem ihm Anatol etwas zugeflüstert hat, mustert er Sergej mit erstaunten freundlichen Augen.

Sergej will ihm die aufgetragene Botschaft auf Russisch mitteilen, aber der Alte unterbricht ihn sofort schroff und weist ihn streng zurecht: Victor sei zwar Ostjude, *er* aber ist Deutscher, und *deutsche Juden* seien wahrscheinlich länger Deutsche als ein Drittel aller Deutschen! Sergej solle ihm gefälligst sein Anliegen auch auf *deutsch* mitteilen, sonst solle er sich einen Dolmetscher besorgen. Wahlweise könne er auch Jiddisch mit ihm sprechen, wenn ihm das geläufig sei.

Sergej hält brav einen Vortrag auf Deutsch, der ihm erstaunlich flüssig von der Lippe geht. Simon der Weise hat sich zurückgelehnt, raucht seine Zigarre und betrachtet dabei Sergej schweigend, als studiere er ein seltenes Insekt. Dann flüstert er Anatol etwas zu und fixiert Sergej weiter.

Sergej starrt wie gebannt auf Simon Bornsteins Unterarm. Eine hochgerutschte Hemdmanschette hat eine eintätowierte Nummer auf seinem linken Unterarm freigelegt. Sie beginnt mit »A« wie Auschwitz.

Vor seinen Augen hatte man Simon Bornstein den Sohn erschlagen, hat ihm Victor mal erzählt. Man nahm den zwei Wochen alten Säugling bei den Füßen und schlug ihn mit dem Schädel gegen die Wand. An den Öfen von Auschwitz mußte Simon die Arbeit verrichten, die angeblich frei machte: Berge von Leichen ins Feuer schieben, darunter auch seine Mutter und seine erste Frau.

Seitdem haben für Simon Bornstein deutsche Ganoven eine weit höhere Moral als brave Bürger. Berlin ist aber seine Heimat, das einzige, was ihm geblieben war. Eine andere Heimat wollte er nicht. Um keinen Preis.

Simon der Weise zupft sich räuspernd die Hemdsärmel zurecht und sieht, wie Victors Schützling errötet. Nach einer Weile faßt Sergej Mut und fragt mit belegter Stimme, ob er ihm auch eine kleine private Sorge anvertrauen dürfe. Simon scheint in milder Stimmung zu sein und lächelt.

Sergej hält sich bei der Schilderung seines Problems genau an Victors Wortlaut. Diese Nachricht scheint den weisen Mann ebenso zu amüsieren wie einen gewissen Hagen einst der Tip zu Siegfrieds Schwachstelle. Er will Näheres wissen.

Sergej zieht sich dadurch aus der Affäre, daß er nur ganz allgemein von einem Darlehen spricht, das sich der Geschäftsführer des Japaners erschlichen hätte und nicht an ihn, beziehungsweise an Victor, zurückzahlen will. Das genügt. Noch während Sergej an der trocken hustenden Hohlwangigen an der Theke vorbei über die Tanzfläche schreitet, greift Simon der Weise mit einem süffisanten Lächeln zum Telefon und wählt die Nummer des Japaners.

Im Verlaufe dieses Gespräches bekommt Ismail Achmetow am anderen Ende der Leitung einen puterroten Kopf und danach einen seiner gefürchteten Schreianfälle. Dann geht alles sehr schnell.

Ahnungslos wie ein spielendes Kind vor scharfgeladenen Gewehrläufen im Gebüsch tanzt Horst herum und freut sich des Lebens, denn er feiert seinen Geburtstag. Man wird nicht jeden Tag fünfunddreißig. Alle seine Freunde sind heute gekommen. In guten Zeiten sind es über hundertfünfzig, denn Horst ist bei Kasse. Die Kerzen auf seiner Geburtstagstorte hat er gerade ausgepustet, da rüttelt sein Händie in der Brusttasche, und er geht auf die Terrasse, weil es da leiser ist und der Empfang besser.

Karlheinz ist dran. Mit gequetschter Stimme befiehlt »Ost-Heinzi« Horst, sofort alles stehen und liegen zu lassen, alles verfügbare Bargeld, Paß und Unterwäsche zu greifen und *sofort* zu ihm zum Flughafen Dresden zu kommen.

»Sofort! Und niemandem ein Wort, vor allem nicht Larissa!«

»Heinzi, nu mach' doch nicht so'n Lärrie ...«, will Horst gerade abwiegeln. Doch plötzlich wird der Strahlemann welk.

»Zehn Fässer mit Soveso-Gift, für die *du* verantwortlich zeichnest, sind heute im Naturschutzgebiet der Oder auf polnischer Seite gefunden worden. Die Polen haben die Botschaft in Bonn rebellisch gemacht, die das Auswärtige Amt, das Auswärtige Amt hat das Kanzleramt informieren müssen, der Bundesanwalt befaßt sich mit der Sache *persönlich*, und die Polizei ist auf dem Weg zu dir mit einem *Haftbefehl*! Muß ich noch mehr sagen?«

»Bin schon weg«, haucht Horst. »Danke, du bist echt'n Kumpel!«

Zwei Stunden später tigert Horst als Blöd-Touri verkleidet über den Dresdner Flughafen. Karlheinz zieht ihn hastig in eine ruhige Ecke, wo ein Mann mit einer schweren Hornbrille vor erstorbenen Augen auf sie wartet und sich mit korrekter Verbeugung vorstellt. »Doktor Schubert, Notar.«

Horst schaut seinen Kumpel Ost-Heinzi fragend an.

»Menschenskind, ich muß die Firma retten!!«

Karlheinz Büssow schwitzt und wischt sich ständig die Stirn und die Hände. Doktor Schubert leiert endlos Vertragstexte runter, die alle solche Begriffe wie »Abtretung«, »Verzicht« und »volle Haftung« enthalten und damit enden, daß Horst alles unterschreiben muß. Einen Moment lang will Horst sich auf die Hinterbeine stellen.

»*Ich* muß gar nischt!«

Sein Blick bleibt aber an zwei vorbeipatroullierenden Polizisten mit Hund hängen. Heinzi zeigt sowas wie Mitgefühl.

»Mensch, Horst, wir helfen dir doch *alle* weiter! Und ohne was sollst du doch auch hier nicht vom Acker gehen«, er deutet auf einen Aktenkoffer.

Irgendein Schwein hat mich tierisch reingelegt, dämmert es Horst, doch er hat keine andere Wahl und unterschreibt.

Die Polizisten stehen am Abfertigungsschalter und plaudern mit dem Woki-Toki-Mann. Etwas zittrig reicht Horst sein Ticket über die Theke: »Nichtraucher!«

Deutschland ade!

30. Rechnungen, die nicht aufgehen, haben erstaunliche Ergebnisse

Wenn Frauen wie Nutten in seidenen Unterröcken auf folternden *Riemchen-Haihiels* herumstöckeln müssen und Männer in *Trenschkohts* mit Hüten oder in Wüstentarnanzügen mit amerikanischen Stahlhelm wie *Dschänäräl Schwoartzkopf* herumlaufen und schreien, dann ist das modernes deutsches Theater. Beate ist heilfroh, endlich erwürgt zu werden. Gewalt in der Ehe mit Frauenmord, Exitus und Feierabend für Desdemona nach der zweiten Szene im fünften Akt.

Nur für Beates tägliche Seifenoper zu Hause wird nicht geprobt. Heute verspricht es, ein ganz ruhiger Abend zu werden. Die Schwiegereltern aus Moskau hören in München die drei weltbesten Tenöre. Beate geht das am Ärmel vorbei, denn sie trabt gerade ziemlich knüll in die Küche im zweiten Stock der Gotenstraße 30a und traut da ihren Augen nicht: Völlig zerknischt und verheult sitzt Larissa am Tisch.

»Is' hier Mappetschau?« Beate schaut Sergej fragend an, aber der schlägt verlegen die Augen nieder und zottelt sie am Ellenbogen rüber ins Wohnzimmer.

»Larissa ist *schwanger*!« erklärt er ihr und schaut immer genau zwei Zentimeter an ihr vorbei, »vor zwei Monaten schon, also von *mir* ... Ich habe das Attest gesehen.«

»Na, und nu'?«

»Die Sache mit Horst ist aus. Es tut ihr leid. Sie will wieder zu mir zurück, und ich soll ihr verzeihen ...«

»Das ist doch wohl nicht dein Ernst?!«

Sergej zieht resignierend die Schultern hoch.

»Hä hä«, lacht Beate dreckig, »was die bereut, das weiß ich! Die merkt jetzt, sie hat aufs falsche Pferd gesetzt! Horst ist nämlich auf und davon. Wußtest du das nicht?« Mit einer Mischung aus schlechtem Gewissen, Bedauern und Staunen blickt Sergej Beate jetzt das erste Mal direkt ins Gesicht.

»Davon hat sie nix gesagt«, gibt er kleinlaut zu. Beate lacht gallig auf.

»Und was haste jetzt vor? Soll ich jetzt meine Sachen schnappen und abhauen, oder was?!«

»Ich weiß nicht«, murmelt Sergej ratlos. »Immerhin, ich werde *Vater* und habe Verantwortung für Kind.«

»Ach Quatsch«, fährt Beate auf, »du liebst dieses Luder immer noch! Aber wenn ich dir mal als gute Freundin einen guten Rat geben darf, verlange Bedenkzeit und prüfe alles sehr, sehr genau nach. Die blufft doch nur, jetzt, wo ihr alle Felle davonschwimmen. Wollen wir wetten?«

Das war vor vier Tagen. Heute ist Familienessen angesagt. Weil Beate aber sogar Wasser anbrennt, hat sie beim Inder ein Menü für vier Personen bestellt. Endlich klingelt es.

In der Tür steht *kein* Inder, sondern Beates Mutti und Vati. Normalerweise leben sie auf Mallorca, und nichts bewegt die von da weg – schon gar nicht Mitte Oktober! Braun und faltig wie Ledersäcke stehen sie da.

»Na, das ist ja eine Überraschung!« Beate bleibt der Mund offen stehen und sie macht dazu Kulleraugen.

Ohne von Sergej und den Schwiegereltern, die das Klingelzeichen und Beates Ausruf in den Flur gelockt haben, Notiz zu nehmen, legt Mutti gleich fuchtig los: »Wieso müssen wir von *fremden* Leuten erfahren, daß unsere *einzige* Tochter ohne *unser* Wissen *geheiratet* hat?!«

Sergej schließt besänftigend Beates wutschäumende Mutter in die Arme. Einen Moment lang sieht es aus, als ringen sie miteinander. Beate hält das für eine gute Idee und umarmt und küßt Vati. »Das muß irgendwie an der Post liegen, Mutti! Ach, wir freuen uns *riesig*!« Sergej nimmt darauf Vati in den Klinsch.

Es klingelt. Ein Inder mit Sturzhelm.

»Darauf müssen wir anstoßen!« fällt Sergej geistesgegenwärtig ein. Mit vereinten Kräften lotsen sie die Eltern ins Wohnzimmer. Beate drängelt den Boten eilig aus der Tür und macht aus vier Portionen sechs Portiönchen.

»Wir hoffen doch, daß Ihre Gallenoperation damals zur Hochzeit der Kinder gut verlaufen ist?« übersetzt Sergej nach der Vorspeise die Frage seiner Mutter an Beates Mutti.

»Galle? *Ich*?« Mutti guckt Beate hilflos an.

Beate wird schlecht und sie muß sich auf dem Klo übergeben. Mutti hält ihr den Kopf und massiert ihr den Magen wie früher als Kind. Im Wohnzimmer wechseln die Schwiegermütter dann schmunzelnd tiefe Blicke.

»Joi, joi, joi, joi!« freut sich die russische Schwiegermama und herzt mit leuchtenden Augen mal Beate und mal Sergej, dann wahllos alle.

»Na, *wann* ist es denn so weit?« fragt Mutti aus Mallorca mit spitzer Stimme.

»In sieben Monaten«, antwortet Sergej, ohne mit der Wimper zu zucken, und Beate staunt. Woher weiß der das?

Wenn aber *zwei* Frauen, die beide seinen Namen tragen, zur *gleichen* Zeit schwanger sind, ist das entweder ein ziemlich großer Zufall oder aber ein großer Schwindel. Sergej glaubt nun mal nicht an Zufälle, schließlich war er Sowjetmensch. Statt dessen ruft er beim Gynäkologen an, von dem er das Attest für Larissa gesehen hat. Er gibt vor, sich mit dem Herrn Kollegen über die Medikation einer gemeinsamen Patientin beraten zu müssen. Schon die Sprechstundenhilfe korrigiert ihn: Es handele sich nicht um *Larissa*, sondern um *Beate* Salnikow, eine Patientin namens Larissa Salnikow ist nicht bekannt. Man hatte versehentlich das Attest an die alte Adresse der Patientin geschickt.

Den Rest kann sich Sergej zusammenreimen. Sergej ruft Larissa an und erklärt ihr, daß er künftig von ihr weder Anrufe, Besuche noch Post wünsche. Wie eine Spielerin, die einen mäßigen Verlust verzeichnet, nimmt Larissa die Nachricht auf und sagt nur: »Okäi«. Die Sache nimmt Sergej sehr mit, und Beate schleicht abwartend um ihn herum.

»Was soll denn nun werden?« fragt sie etwas kläglich.

»Wie? Was?« Er hat keine Ahnung, wovon sie spricht und zieht die Augenbrauen finster zusammen.

»Na, mit mir, dem Kind und Wohnen und so? Das Kind ist übrigens von Horst –«

»Na, von *mir* kann es ja wohl kaum sein.«

»Eben! Ich könnte jetzt aber eine Wohnung kriegen vom Theater... Soll ich die nun nehmen oder nicht?!«

»Wieso?«

»Weiß nich'...« Sie guckt von links unten.

»Man sollte nichts überstürzen«, gibt Sergej zu bedenken. »Es geht doch auch so ganz gut, oder findest du das hier so schlecht?«

»Es gibt Schlimmeres!«

Im Grunewald liegt eine Leiche im Herbstlaub und hat drei Löcher im Kopf. Die unbekannte männliche Person hat auffällige goldene Eckzähne und eine Vita, an der John le Carré seine reine Freude hätte. Die Polizei tippt auf Machtkämpfe innerhalb der russischen Mafia. Der BeeEnDee und die Russenszene weiß es besser. In Deutschland war der Mann ein Ehrenmann, der pünktlich seine Steuern zahlte. Nur in Rußland galt er seit langem als Staatsfeind, auf dessen Kopf fünfzigtausend Dollar ausgesetzt waren, tot oder lebendig. Die hat sich jetzt einer verdient. Andere wiederum glauben an einen Racheakt.

Natürlich denkt keiner an Horst. Zu kleiner Fisch. Nur »Tunnel-Udo«, »Hunde-Müller«, »Nähmaschinen-Günther« und die »Jungs« erbauen sich an der Legende von Horst Dretzke als dem wahren »Terminator«, »der es allen gezeigt hat«.

Wladimir ist das alles Jacke wie Hose, Hauptsache, es wird viel gestorben und teuer beerdigt. Und doch interessiert ihn momentan weder die Leiche des Japaners noch die sterbliche Hülle von Apollonia Rabinowitsch sonderlich. Er ist mit den Gedanken ganz woanders. Wladimir ist verliebt. Einen Brillantring hat er gekauft, und er würde seiner Angebeteten sofort auf Knien einen Heiratsantrag machen, wenn die nicht schon verheiratet wäre.

Das ist ein kleiner Wermutstropfen in seinem Glück, aber wer mit dem Tod umgeht, hat Geduld. Zweieinhalb Jahre muß er noch warten, hat sie gesagt. Wenn sie sich nämlich gleich von ihrem Mann scheiden ließe, müßte sie ihm zwanzigtausend Mark zahlen. Nichtsdestotrotz würde sie auch als die geschiedene Frau in die Falschgeldaffäre ihres Noch-Mannes hineingezogen werden. Das sollte er vorher wissen, meint sie.

Doch Wladimir wußte das schon längst. Seine Flamme ist nämlich die Ehefrau von jenem Horst Dretzke, den man mit einem Koffer voll »seltener Drucke« und Schitt in rauhen Mengen in Marokko festgenommen hat. In Casablanca sitzt er in der Klapse, und das ist ein Glück. Seine Äußerungen zur Sache klangen einfach zu irre.

Vor Wladimir sitzen jetzt aber die Rabinowitschs und sind noch uneins, ob sie Wladimir mit seinem jüdischen Partner Moische Ehrlich von der »Chewra Kadischa«-Ost die Ausrichtung einer jüdischen Totenfeier anvertrauen sollten oder lieber doch die »Chewra Kadischa«, die jüdische Beerdigungsgesellschaft aus West-Berlin, beauftragen sollen.

Immerhin können Wladimir und Ehrlich höchste Referenzen vorweisen. Nur eine Beerdigung vor Sonnenuntergang wird nicht möglich sein ... Aber die Rabinowitschs sind ja zum Glück unorthodox-orthodoxe Juden, und die warten gutgekühlt auch länger.

Victor, der dazu was sagen müßte, sitzt seit dem Ableben seiner Polly nur noch schweigend da und starrt vor sich hin. Der macht nicht mehr lange. Ein Bestatter hat dafür ein Auge.

Nach Israel, nach Jerusalem will Victor, sagt seine Tochter Mirjam und hatte darüber sogleich ihren ersten Streit mit ihrem Verlobten Joshua Schapiro jr. aus New York, der das wahnwitzig findet.

»Was will 'n russischer Jid allein in Israel? Schwitzen?«

»Schwitzen auch, aber näher bei Gott!« erklärt ihm sein künftiger Schwager Aaron.

»In Florida hätte er's viel besser«, mäkelt Josh.

»Wieso?«

»Schwitzen kann er da auch, aber da sind nicht so viele Jidden, außer vielleicht in West Palm Beach.« Für jüdische Selbstironie haben jetzt weder Mirjam noch Sarah eine Ader, muß Josh seufzend feststellen. Dabei macht es doch die Dinge so viel leichter, selbst beim Schiwa-Sitzen!

Mirjam und Aaron sollen Victors sämtliche Geschäfte in Berlin auflösen. Nur haben sie für Vorteil und Verträge kein Organ, scheint es. Joshua, der hartgesottene New Yorker Anwalt, ist hier der Mann fürs Grobe, und er geht für seine zukünftige Familie in die vollen, ja, legt sich sogar mit Simon dem Weisen an.

Mirjam, Aaron und die Goi, Sarah McIntire, sollen sich um die harmloseren Familienangelegenheiten kümmern, darum fragt Wladimir sie: »Einzel- oder Doppelgrabstelle?«

31. Die Ungetrennten und die Nichtvereinten im Herbst des Jägers

Irgendeine Pop-Berühmtheit von der Sorte, die genauso schnell berühmt wie vergessen ist, wollte das Haus in Harlem unbedingt haben. Der Anwalt bot per Fax nach Paris fünfhundertfünfzigtausend Dollar. Eine sensationelle Summe. Claudia sagte sofort zu. Jetzt fliegt sie rüber, um den Diel abzuschließen und alle persönlichen Sachen, die Bilder, die Leuchter und die Antiquitäten zum Verschiffen nach Europa, Zielhafen Hamburg, fertig zu machen.

Ihr Flugzeug ist überbucht, und man fragt sie, ob sie vielleicht auch in der Klub Klahs fliegen würde. Welch eine Frage! Nach fast einem halben Jahr schließt sie das Haus auf, zieht die Jalousien hoch und reißt die Fenster auf.

Eigentlich war's 'ne schöne Zeit hier, denkt sie versonnen und bleibt wie vom Donner gerührt vor der Garderobe stehen. Sie starrt auf Holgers Schuhe und sein altes Tweedjacket.

Es dunkelt bereits. Claudia sitzt starr auf dem Sofa und hält zärtlich Holgers alte Jacke im Arm, die er nie wieder anziehen wird. Erst jetzt stirbt Holger für Claudia wirklich. Sie hat das Gefühl, als ob er hinter ihr steht und ihr über die Schulter schaut. Mit angehaltenem Atem reglos sitzenbleiben. Sie will, daß er noch eine Weile bei ihr bleibt.

So still saßen sie oft beieinander, lasen oder hingen ihren Gedanken nach. Dann ist plötzlich keiner mehr da. Holger ist gegangen. Für immer!

Ächzend steht Claudia auf und macht im ganzen Haus Licht. Langsam Stück für Stück beginnt sie seine Sachen einzupacken und erinnert sich, wann er diesen Mantel anhatte, jene Krawatte. Seinen Lieblingspullover drückt sie ans Gesicht, nimmt noch seinen Geruch wahr. Das Witwen-Geschäft! Ihr laufen die Tränen lautlos das Gesicht runter.

Plötzlich hat sie genug von einsamer Trauer und Besinnlichkeit. Sie ruft Jeanne, das französische Uno-Orakel, an. »Dinner änd dschast ä kappel off drinks?«

Jeanne zögert wie eine Frau, die eigentlich ihren Lawwer sehen wollte, auf dessen Anruf sie vergeblich wartet. Statt dessen ist es die »tragische Witwe« Claudia. Claudia schlägt eine »sentimäntel dschörney« vor, und sie suchen alle Kneipen, Restaurants, Klubs und Kaschemmen auf, in denen sie mit Holger war.

Am nächsten Tag nimmt Jeanne sich im Büro frei, um Claudia mit der Haushaltsauflösung zu helfen. Während Jeanne behauptet, mit Musik von Billie Holliday am besten Bücher packen zu können, macht Claudia eine seltsame Entdeckung. Ein Briefkuvert fällt ihr in die Hände, das einen Computerausdruck enthält. Einen anonymen HIV-Test, fünf Wochen alt und positiv! Unter Claudias Schädeldecke gibt es eine mittlere Detonation. Sie kann das Papier gerade noch in die Hosentaschen schieben, bevor ihr schlecht wird.

Jeanne schafft sie zu einem prominenten Gynäkologen, der schon für die Begrüßung zweihundert Dollar berechnet. Natürlich nennt er das anders. Wortlos legt Claudia ihm das Testergebnis auf den Tisch. Sie will nur wissen, ob sie und das Kind auch infiziert sein könnten. »Sonst keinen weiteren Text, bitte!«

Zum zigsten Mal rekonstruiert sie Holgers letzten Lebenstag. Eigentlich wollte sie damit aufhören. Je länger man darüber nachdenkt, desto unheimlicher wird so etwas. Es werden immer mehr Fragen anstatt Antworten. Schon als Holger nach Paris zurückkam, war er so merkwürdig, fand sie. Deswegen? Morgens um neun hatte er sich über das Kind auf dem Monitor gefreut. Nur, daß es ihn eher traurig als glücklich zu stimmen schien ... Dann ist er auf und davon. Warum?

Von zehn bis um eins war Holger im Büro, und da war nichts

besonderes los. Keine schicksalshaften Sitzungen, keine dramatischen Gespräche, Telefonate, Besuche – alles ganz normal. Um zwei war er bei Maître Lafarge und ist mit ihm in die Kanzlei der gegnerischen Anwälte, von Luciens Familie, gefahren. Sie wollten die Entschädigung aushandeln und wurden sich im Prinzip einig. Luciens jüngerer Bruder, der ein erfolgreicher Bauunternehmer ist, bot drei Immobilien zur Auswahl an, und Holger schien die auch interessant zu finden.

Kurz nach halb vier – und hier wurde Claudia stutzig, aber leider nicht nur sie – suchte Holger in der gleichen Straße, in der der gegnerische Anwalt praktizierte, einen Versicherungsagenten auf und ließ sich eine Unfallversicherung und eine Risikolebensversicherung in Höhe von jeweils drei Millionen Francs aufschwatzen, außerdem eine Ausbildungsversicherung für das Kind, ebenfalls in beträchtlicher Höhe. Warum ging er nicht zu seiner alten Versicherung, deren Büro sich im gleichen Haus befindet, wo er auch sein Büro hat?

»Wir tun alle bisweilen unerklärliche Dinge«, hatte sie den Versicherungsleuten kalt vorgehalten. Aber es ist schon merkwürdig, daß ein Mann, der sämtliche Bankgeschäfte online abwickelt, plötzlich in eine Bank geht, um die Prämien für einen soeben abgeschlossenen Versicherungsvertrag direkt einzuzahlen, und dann keine dreißig Minuten später stirbt.

Man könnte fast meinen, Holger hätte eine feste Verabredung mit dem Tod gehabt. Das fand auch der Versicherungsagent und musterte Claudia mit schmalen Augen wie eine Gattenmörderin, der man nur nichts nachweisen könnte.

»Der Mann ist mir sehenden Auges vor die Räder gelaufen«, hatte der LKW-Fahrer beteuert. Alle hielten das für eine reine Schutzbehauptung. Nur die Versicherungsgesellschaft nicht. Für die geht es immerhin um umgerechnet zwei Millionen DeutschMark. Der Fahrer ist ihr Zeuge für Selbstmord. Darum wird nicht gezahlt. Maître Lafarge hat einen neuen Fall.

Holger bekam einen weißen Marmorstein, »Per Aspera ad Astra« in Gold gemeißelt, drei Hände voll Sand. Martha und

Ludwig Messinger, Holgers Eltern bekamen davon gar nichts mit. Sie reisen mit ihrem WoMo durch die Türkei, und kein Reiseruf erreichte sie bisher.

Mit dem Wisch hier bekommt Holgers Tod einen Sinn. Aber welchen?

»Alles negativ«, sagt man Claudia.

Holger war schon zwei Virustypen weiter als Lucien. Ein ganz neuer Virus. Sie weiß nicht warum, aber das haut sie um.

Witwen-Business auch das: Sämtliche Daten über Testergebnisse löschen lassen. Sichergehen!

Maître Lafarge faxt sie, daß sie nun an einer Tausch-Immobilie nicht mehr interessiert sei. Man solle ihr den Geldwert des Vergleichs auf ihr deutsches Konto zahlen.

Das Blatt mit dem Aidstest verbrennt sie im Waschbecken. Lange läßt sie das Wasser rauschen und ist eine Weile total deprimiert. Sie klammert sich einen Moment an den Gedanken: Vielleicht war's ja gar nicht Holgers Test?

Das Leben scheint wieder hinter einer Aquariumscheibe stattzufinden. Irgendwann ist auch die letzte Abschiedsparty vorbei. Indian Summer hält Einzug in Amerika, das Fernsehen zeigt täglich den Blätter-Bericht. Claudia hat über eine halbe Million Grienbäcks in ihrer Handtasche, und Jeanne chauffiert sie mit ihrem Gepäck zum Kennedy-Flughafen. Sie reden nicht viel. Berlin-Nonstop. Ihr ist nichts besseres eingefallen.

Der Himmel über Berlin ist vergilbt wie verschossene blaßblaue Seide. Das harte, körperlose Herbstlicht wird schnell dunkel. Claudia in taun! Frank erwischt es auf dem falschen Fuß. Natürlich hatte er immer gehofft, daß sie käme, aber nie wirklich daran geglaubt. Mit ihrer Abreise war es ja dasselbe.

Jetzt ist sie da wie der Blitz aus heiterem Himmel. Ungelegener hätte sie ihm gar nicht kommen können. Und daran ist Frank junior schuld.

Dabei hatte Frank sich alles ganz harmlos gedacht. Er werde den Jungen zu sich nehmen, damit etwas Ordentliches aus ihm wird und sie wieder auf die Beine kommt, schlug er Gerti vor. Gerti war gerührt.

Frankie sollte entscheiden. Frankie vergrub sich in trotzigem Schweigen und genoß es sichtlich, daß alle Erwachsenen albern um ihn herumhudelten, um ihm eine Antwort abzuringen. Der Junge verfügt über soziale Intelligenz, wie sich herausstellte, und gehört leider zu jenen kleinen Scheusalen, die sofort mit tödlicher Sicherheit spitzkriegen, wo die Axt hängt.

Zu jener Axt griff Klein-Frankie, indem er dem ungeübten Tugut Frank senior, über sein Gutmenschsein wohl selbst am meisten gerührt, ein finsteres »Aber nicht ohne Mutti!« entgegenschleuderte.

Der unbeholfene Gutmensch Frank senior ging stehend k. o. Sollte er das Kind nun in diesem hoffnungslosen Milieu lassen und den Rest seiner Tage ein schlechtes Gewissen haben? Oder sollte er sich überwinden?

»Eine Wiedergutmachung ohne Opfer ist wertlos«, hatte er Antek und allen Herzensträgen immer unerbittlich vorgehalten. Jetzt war er dran. Wie Doktor Faustus mit Mephisto sah er sich nun feilschen und nach Ausflüchten suchen. Frank junior schien ihm aber bis auf den Grund der Seele blicken zu können, schwieg mit zusammengepreßten Lippen und wendete sich angewidert von ihm ab. Dem großen Frank tat das weh.

»Deine Mutter würde doch *nie* zu mir nach Berlin ziehen, Frankie. Das mußt du doch verstehen. Stimmt's, Gerti?« redete er verzweifelt auf den Jungen ein.

»Doch!« protestierte Klein-Frankie.

Hilfesuchend blickte Frank zu Gerti, die ihn zärtlich anstrahlte und wisperte: »Ich wollte *immer* bei dir sein!«

Irgendwo in seinem Hinterkopf hörte Frank der Große eine Tür zufallen. Scheiße!

Von da an war Gerti aber wie ausgewechselt. Wie eine siebenköpfige Raupe begann sie zu essen und konnte nicht genug Schokolade in sich hineinstopfen. In Rekordzeit nahm sie zwölf Kilo zu, ging zum Friseur und begann sich zu schminken und die Fingernägel zu lackieren. Ihre Augen leuchteten und sie lachte. Sie wurde wieder zu der hübschen, properen Frau, die sie früher war.

Auch wenn sich Frank anfangs damit tröstete, erst einmal abzuwarten, bis Gras über die Sache gewachsen ist, bis man vernünftig über alles reden könne und so weiter, so wurde es von mal zu mal unmöglicher, einen Rückzieher zu machen.

Die Ärzte in der Psychiatrie hatten endlich einmal ein Erfolgserlebnis und sprachen von »Spontanheilung durch verändertes soziales Umfeld«. Nächstes Wochenende könnte er Gerti mit nach Hause nehmen. Gerti würde als geheilt entlassen. Man dürfte sie natürlich noch keinen seelischen Belastungen aussetzen und sollte schonend mit ihr umgehen und so weiter. Schließlich war sie ja noch Rekonvaleszent. Erst wöchentlich, dann zweiwöchentlich und dann monatlich sollte sie sich zu Nachuntersuchungen vorstellen.

Am glücklichsten war Frank junior, und er schenkte seinem Vater erst ein skeptisches, dann ein strahlendes Lächeln und ließ sich zur Belohnung zu einer Runde Fußball herab.

Ich habe mich mal wieder reingeritten! Das war Frank senior nun klar. Nur noch das konnte er denken, weil der andere Gedanke, daß er von einem zehnjährigen Jungen ausgetrickst worden ist, noch schwerer erträglich war.

Auf der Heimfahrt nach Berlin-Zehlendorf schien der Junge in sein Spiel mit den Mätsch-Box-Autos versunken zu sein, bis er den Blick seines Vaters auf sich ruhen fühlte, seiner Mutter einen kurzen Blick über die Schulter zum Rücksitz schenkte und Frank senior dann schamlos triumphierend angrinste. Harmlos wandte sich der Kleine dann wieder seinen Kinderspielen zu.

Von wem hat der Junge das bloß, hatte sich Frank Zaunig ebenso beklommen wie stolz gefragt. Mit Gerti würde er schon fertigwerden. Sie sollte die Räume im Gartenparterre bewohnen, die er einmal vage für Claudia eingeplant hatte. Er würde mit dem Jungen im oberen Stockwerk wohnen.

Alles ließ sich auch bestens an. Klein-Frankie machte in der

Zehlendorfer Nachbarschaft gleich Freunde. Vorpommern kannten die nicht. Gerti war stets munter und kochte den Schweinebraten mit Semmelknödel wie einst seine Adoptivmutter.

Nur als Frank nachts aufwachte, weil sich ein Frauenkörper mit eindeutigen Absichten an ihn schmiegte, hatte es eine Krise gegeben. »Daraus wird nichts«, fuhr er auf und machte Licht. Wie ein geprügelter Hund schlich Gerti zurück in ihr Gartenparterre, saß anderntags wie ein Mahnmal für sämtliche Frauenklagen am Tisch und aß nicht mehr.

»So nicht!« schimpfte Frank, der beschlossen hatte, sich nicht kleinkriegen zu lassen. Notfalls müsse er sie zurück in die Klinik bringen, drohte er. Auch ein Gutmensch muß sich nicht zu Geschlechtsverkehr zwingen lassen!

Das war an einem Freitag. Am Sonnabend setzte Gerti den Hungerstreik fort und weinte den ganzen Tag. Frank junior wurde vorstellig. »Mutti ist traurig. Was hast du ihr getan?«

»Nichts! »

»Dann mußt du aufhören damit, sonst gehen wir zurück zu Oma!«

»Das ist eine Sache zwischen deiner Mutter und mir und geht dich nichts an!«

»Wenn ich das aber abkriege, dann doch!«

Der Senior griff den Junior am Schlafittchen und steckte ihn in sein Zimmer. »Steck deine Nase in deine eigenen Angelegenheiten, zum Beispiel mal in ein Schulbuch! Stubenarrest!«

Dann dachte Frank Zaunig nach und fand, daß er eigentlich wider seine Natur handele und sich wie ein Idiot aufführe. Angriff ist die beste Verteidigung! Sonnabendnacht mit einer Flasche Sekt. Ihm ist dann schnell wieder eingefallen, was ihn mal an Gerti gereizt hatte.

Und sie ist siebenundzwanzig! Sonnabend immer und vielleicht auch mal Mittwoch, lautete die Verkehrsregelung. Am Sonntag sind sie wie eine glückliche Familie um die Krumme Lanke spaziert.

Am Mittwoch ruft Claudia in seinem Büro an. Im Hotel Esplanade sei sie abgestiegen und schaue sich in Berlin nach einem Haus um.

Spontan platzt Frank damit heraus, daß die Villa, in der er wohnt, verkauft werden soll. Einen Moment lang hält er das für eine gute Idee, nur kam der Satz offenbar zur falschen Zeit. Claudia scheint irgendwie verstimmt.

»Aber so ein Kasten für drei Wohnparteien am Schlachtensee übersteigt sicher deine Möglichkeiten ...«

»Das soll nicht deine Sorge sein«, meint Claudia spitz, und reichlich abgekühlt verabredet sie sich mit ihm zum Essen.

Wie ein Siebzehnjähriger vor dem ersten Rendezvous ist er schon eineinhalb Stunden vorher nervös und eine Viertelstunde zu früh da. Das ist ihm noch nie passiert. Als erstes fällt ihm auf, daß Claudia rundlich geworden ist, und er muß sich zusammenreißen, ihr nicht ständig auf den Busen zu starren. Ihre Augen sind melancholisch und um den Greta-Garbo-Mund liegt ein neuer schmerzlicher Zug. Aber das steht ihr, findet Frank, und ihm schmerzt der Brustkorb vor Sehnsucht.

Sie reden über Flüge, Flughäfen und empfehlenswerte Hotels. Als die Vorspeise endlich kommt, fällt ihm auf, das sie ganz in schwarz gekleidet ist. Sziehn-Schwarz?

»Bist du in Trauer?« versetzt er spaßig, doch Claudia senkt die Augen und wird noch ernster als vorher.

»Holger ist in Paris tödlich verunglückt. Verkehrsunfall ...«

»Äh, du ... tut mir leid«, hört er sich sagen und drückt ihr bewegt die Hände.

Innerlich aber jubelt Frank: »Freie Bahn!« Natürlich findet er das ziemlich schändlich. Dann fällt ihm Gerti ein.

»Ein bißchen zugenommen hast du auch«, stellt er lächelnd fest.

»Ich nehme erst noch zu! Ich bin im vierten Monat. Darum suche ich ein Haus im Grünen für mich und das Kind.«

»Ach so!« murmelt er irritiert, glotzt ihr wieder auf den Busen. Wenn nicht so viele Leute herumsitzen würden, hätte ich nicht schlecht Lust, dich sofort flachzulegen. »Ich liebe dich!« sagt er lieber und setzt seinen Tigerblick auf.

Klirrend fällt Claudia das Besteck aus den Händen, sie beugt sich quer über den Tisch und küßt ihn so lange und innig, daß das ganze Lokal herübersieht. Dann ißt sie ungerührt weiter.

»In einem Jahr Ehefrau, Mutter und Witwe zu werden, klingt ziemlich rekordverdächtig«, kalauert Frank, um von dem Sex-Flasch, der sich bei ihm auf Hals und Wangen abzeichnet, abzulenken. Beim Hauptgang rückt er so nach und nach mit der Sprache über Frank junior raus, und daß dieser auch eine Mutter hat, die seinetwegen viel gelitten hätte ... Um die müsse er sich nun auch ein bißchen kümmern.

Doch erstaunlicherweise findet Claudia das großartig und wundert sich über seine Anständigkeit. »Das ist ja ein ganz neuer Zug. So kenne ich dich ja gar nicht!«

In ihrer Ehe war auch nicht alles so, wie es hätte sein sollen, gesteht sie schleppend. »Und was war das?« will Frank wissen.

»Mein Mann war schwul.«

Claudia hat das Haus gekauft. Sie zieht in den zweiten Stock ein und läßt den Dachboden ausbauen. Abends kommt Frank mit einer Flasche Champagner und Austern zu ihr hoch.

Und dann immer dienstags und donnerstags, manchmal auch am Sonntag ...

»Gut daß ich kein Sieger bin, sondern eine Frau«, sagt Claudia und strahlt ihn an. Frank lächelt matt. Er kennt das Zitat. Draußen heult der Herbstwind ums Haus. Ihm ist plötzlich kalt.

»Heute ist der neunte November«, ertönt es aus dem Weckradio, »ein besonderer Tag ...«, und

dann

ist

es

aus.

Aus juristischen Gründen behauptet die Autorin, daß selbst bei verblüffenden Ähnlichkeiten mit tatsächlichen Begebenheiten und lebenden oder toten Personen, die man so gar nicht erfinden kann, alles ganz phantastisch ist.